沙枣树开花

林健民 / 著

北方文艺出版社

图书在版编目（CIP）数据

沙枣树开花 / 林健民著. -- 哈尔滨：北方文艺出版社，2022.7
ISBN 978-7-5317-5671-2

Ⅰ. ①沙… Ⅱ. ①林… Ⅲ. ①长篇小说－中国－当代 Ⅳ. ①I247.5

中国版本图书馆CIP数据核字(2022)第116812号

沙枣树开花
SHAZAOSHU KAIHUA

作　者/林健民
责任编辑/王　爽　　　　　　　特约编辑/陈长明
装帧设计/汇蓝文化

出版发行/北方文艺出版社　　　　邮　编/150008
发行电话/（0451）86825533　　　经　销/新华书店
地　址/哈尔滨市南岗区宣庆小区1号楼　网　址/www.bfwy.com

印　刷/北京金特印刷有限责任公司　开　本/880×1230　1/32
字　数/230千字　　　　　　　　印　张/9.125
版　次/2022年7月第1版　　　　　印　次/2022年7月第1次印刷

书　号/ISBN978-7-5317-5671-2　　定　价/68.00元

目录

自序 / 1

第一章　失学 / 4

第二章　穷人家孩子早当家 / 9

第三章　拦羊 / 14

第四章　被发配去沙漠 / 24

第五章　瘸腿婆 / 36

第六章　迷眼子之死 / 40

第七章　初识牧羊人 / 50

第八章　沙枣林中的驻地 / 56

第九章　沙漠里的女人和男人 / 60

第十章　歪嘴的绮梦 / 66

第十一章　我成了牧羊人 / 72

第十二章　打狐狸 / 85

第十三章　穷乐呵 / 91

第十四章　那达慕大会 / 102

第十五章　蛇狼遇故人 / 116

第十六章　适应沙漠生活 / 120

第十七章　同是天涯沦落人 / 130

沙枣树开花

第十八章　祭奠迷眼子 / 137
第十九章　初遇沙尘暴 / 141
第二十章　羊的世界 / 151
第二十一章　畜牧打草 / 157
第二十二章　骚动 / 165
第二十三章　雨天采蘑菇 / 171
第二十四章　一撮毛祸害人 / 176
第二十五章　王姨回了沙坡头 / 183
第二十六章　家里不省心 / 191
第二十七章　思念家乡 / 196
第二十八章　打猎 / 200
第二十九章　苦命人 / 214
第三十章　苦中作乐 / 224
第三十一章　沙漠遇险 / 230
第三十二章　深秋的悲凉 / 247
第三十三章　草原客人 / 253
第三十四章　好汉又提当年勇 / 260
第三十五章　严寒中生产 / 264
第三十六章　复学 / 276

自序

二十世纪六十年代，我出生在中国西北的一个小村庄，七十年代中期上小学，除了读书，大部分时间都在放羊。童年是一个人成长中最重要的时期，而我在美丽的乡村度过了童年。乡间，田野一望无际，阡陌纵横，田间地头，绿油油、黄灿灿、沉甸甸；村庄，绿树村边围绕，青山绿水，老井石磨风车，杨柳依依，郁郁葱葱；人家，土房低屋矮墙，树木环绕，炊烟缭绕；院落，篱笆野花围绕，鸡鸣狗吠，马嘶驴叫，热闹闹，脏兮兮；溪间，黄河之水流来，泉水叮当，大渠小沟纵横，流水潺潺，叮叮咚咚；土路，行人熙熙攘攘，尘土飞扬，羊肠小道崎岖，路漫漫，道长长；田园，庄稼、野菜、青草，桃红李白，莺歌燕舞，蝶飞飞，蜂嗡嗡；牧童，阳坡沟渠洼地，倒骑牛背，一枝牧笛吹响，懒洋洋，乐悠悠；农人，头戴草帽，地里繁忙，播种、施肥、育苗，汗水涔涔，忙忙碌碌。

这些农村景象中，我印象最深的是放羊，五岁时牵家里两头羊，十二岁时拦村里一小群羊，后又在腾格里沙漠放一大群羊，每天见到最多的是天上的云，日月星辰，地里的五谷庄稼，村里巷陌的牲口家禽，茫茫沙漠，只有我一个人，或者几个牧羊汉，可以想象这种生活的漫长、艰难、困苦和孤独，以及失学带来的无望、无助、无奈。现在回想，都不知道自己是怎么熬过来的。在原本最好动、最爱幻想、最爱做梦、最活跃的年龄，我却整日和羊相伴，生活在沙漠里，寂寞了就看小人书，望着天空发呆，想说话的时候只能"对羊谈琴"。一个人的成长与环境息息相关，少年时代的家庭环境和成长经历往往会对性格起决定作用。

  放羊的时候，我学会了观察羊的温顺善良，感知沙漠的浩瀚壮阔，感受牧羊人的热情厚道，聆听自然的教诲。我总喜欢站在沙丘从高处眺望，世界广阔，众生渺小，躺在沙丘上看天空，原始、荒凉、寂静。生活也是个围城，许多人求学、工作、创业，往大城市挤，还有很多人对都市文明产生厌恶的情绪，纠结、冲撞、矛盾着。在我们那个穷山村，守着一亩三分地，却没有老婆孩子热炕头的理想生活，大人辛苦劳作，娃娃学习，而我没有希望和出头之日。我特别羡慕那天上的云，渠里的水，自由自在、无拘无束；也喜欢那些动物，无忧无虑，活着就活着，死了就死了，生与死，只是生命状态的转换，从来没有苦恼、嗔恨、怨憎和不平。我一度觉得，牧羊人是世界上最好的职业，以至于后来不愿意复学。在以后的学习、工作中遇到困难时，我喜欢到草原去看羊，或者回故乡感受那牛马骡羊、鸡鸭猪狗的田园氛围。如果可以的话，没有亲情的羁绊，没有社会关系的束缚，没有肉身衣食住行的拘束，我愿意放一辈子羊，完全可以这样静静地待下去。后来，我进了城，在城里生活了几十年，这些年目睹身边的人，一天天，一个个，为生存而奔忙，我心里滋味难言。在最原始的那份朴素的感情里，沉淀在灵魂里的精神支撑，永远是过去那些乡村生活，尤其是牧羊那一时期。在城里生活久了，物质的丰富，生活的便利，超越农村，可我把自己拘于钢筋水泥筑成的小方格里，如同扎在沙里的小草，方寸之地，缺失自由，心灵干旱，灵魂羁绊，手脚束缚，老这么窝着，内心过于平静，没有了新鲜感和好奇心。我日日夜夜不可遏抑地，想逃出这个篱笆圈，逃出这个牢笼，来激荡心里的死水一潭。我想象着牧羊的天地，游目骋怀，洗净心中沉积的污垢尘埃，顿感清新惬意。在沙漠待久了，又生出虚无之感，渴望回归尘世，平平淡淡。

自序

经历过，磨难过，顿悟过，在纷繁复杂的人间，没有谁可以脱离现实，将日子过得逍遥自在。但我始终相信，走过沙漠中的艰辛，与羊为伴，历经磨难、尝遍人生百味的人，所有的过程，都不会付之东流，它会磨炼人，砥砺人前行，让人更加适应自然，热爱生活。

第一章　失学

小学毕业前两周，升学的红榜名单出来了，上边没有我的名字，而在另一面墙上，用毛笔书写的学习成绩红榜上，我位列第三，这么强烈的反差，极具嘲讽之意。

我一个人坐在学校操场的土围墙边上，躲在一棵大树后面，害怕正在上课的同学看见我的狼狈样子。我心情沮丧，目光呆滞，耷拉着脑袋，心事重重，企盼着有上学的希望。一只乌鸦和几只麻雀在这棵老榆树的枝头跳跃，阳光被无数片树叶扯成斑点，洒在我的面前，与我恍恍惚惚的心情交织着。乌鸦"呱呱"的叫声凄凉地刮擦着我的耳膜，那只讨厌的鸟还将一泡白中夹黑的稀屎滴在我的裤角上。按照农村迷信的说法，乌鸦叫，屎沾身，都是不吉利的。我最近心情不佳，捡起一块土坷垃向乌鸦扔去。我在心里说，若是打中了，我就能复学；打不中，我就失学。或者从口袋中掏出一小把供我做早餐的豆子，是双数就行，单数就不行。可想而知，乌鸦没打中，豆子也是单数，我快绝望了。七月的天气又热又燥，包裹着我的周身，而我的心里一片荒凉。那棵树伸长了枝丫触摸着寂寞的空气，仿佛要抓什么入怀，又徒劳一场；搞不清楚这样的季节为何如此残酷，更捉摸不透自己的心情。太阳明亮而又刺眼，而我感觉周边都是灰暗的，没有生机，毫无兴趣，只是那多余的热让我浑身上下汗津津的，就像有无数条小虫在皮肤上爬，在心里抓痒痒。一

第一章 失学

阵连着一阵厌烦从心头升起,我不时扭过头去,焦急地看学校领导和驻校贫下中农代表陈大的办公室里,我父母提着一篮鸡蛋去求情,他们在里面已有一节课的时间。我熬了仿佛好久好久,随着下课铃声响起,学生们呼啦啦冲出教室,到操场上踢毽子、滚铁环、跳绳,叽叽喳喳,热热闹闹。其中有我过去的同班同学,也有和我一起光屁股长大的同村孩子,我像个贼一样,怕被人看见,慌忙躲闪到一处没人的角落。上课铃声响了,他们慢悠悠地回到各自的教室,我又磨磨蹭蹭到树后面。隔着窗户,我隐约看见那位向来喜欢装腔作势的陈大,眼望前方,挥着手,正讲着大道理,而我的父母则恭恭敬敬地站在对面,卑微地点头哈腰。我知道,父母是在求情,为了我能上学,他们放下老脸,苦苦哀求。但在那一刻,他们身上所体现出的卑微,让我心中的厌烦变成了一种莫名的愤怒,我朝着地上吐出了一口唾沫,恨恨地叨咕着:"谁让你爹当地主?谁让你出生在这样的家里?"藏在那片树荫下,我开始胡思乱想,要不干脆逃走吧,扒火车,去一个没有人迹的深山老林,或者学一种法术,隐身让人看不见……就是从那一刻开始,我成了一个只能看着阳光、隐身于黑暗之中的人。我正在神游时,父母出来了,父亲垂头丧气,母亲泪流满面,我已知道结果了——我不能上学了,学校不要我,原因是我家是地主成分。在我之前,我这个父亲生的两个娃,所谓的我哥哥和弟弟,遭受了同样的命运。不同的是,他俩从上学第一天起,就好像知道这个结局,混日子,熬到这一天,心安理得地离开学校,而我却不开窍,认真学习,是个排名在前的好学生。我没有思想准备,这个结局是对我无情的嘲讽和打击。我知道,从此,我的学生时代、我的幸福将终结,我只是个小学生,不能升入初中,社会上又多了一个"半文盲",苦难和厄运即将开始。

"走,人怎么都能活,这书我们不念了。"我被母亲粗糙的手抓着,顺势出了学校的大门,母亲的脸上透着一股悲哀、凄凉、屈辱、以及坚毅。父亲在后面低着头，无声地表示着无奈。母亲走出学校，哭了。我甩开她的手，无声地、倔强地表示着对这个地主家庭给我带来的屈辱的不服和无奈，闷着头，愤怒地跑回了家。我无力抗争，只有憋屈；我不服气，却又很无奈；我想出走，却没有收留我的地方。

　　我家住的是农村常见的土坯房，顶子是椽木结构，院墙里稀稀落落长着杨树、柳树。叶子被风吹得哗啦啦地响着，靠东墙有猪圈、鸡舍、狗棚，西边堆着高高的麦柴垛，厨房的房梁和顶棚已被烟熏火燎得黑乎乎的。厨房里摆放着水缸、砧板、案板，一口黑铁锅架在土炉子上，周边是盆罐碗筷，乱而全。远远地听到牛的"哞哞"声，狗已摇晃着尾巴向我奔来，上蹿下跳，围着我讨好撒欢，我厌恶地踢了它一脚，它"嗷嗷"叫着闪开，惊恐地边跑边不时回头望着我。它也疑惑不解，平时它跑来，我会抱着它的头，抚摸它，今天它怎么招来我的脚踢呢？它当然不知道，我很烦恼，还没有发泄出来呢。我甚至不知道是谁欺负了我，该向谁讨个说法。我只能凭我的小本事去欺侮它们这些小动物了。

　　我靠在院子里的沙枣树上，不由得悲伤，从小声哽咽到放声大哭。被我踢了一脚的狗，看我悲伤，忘了挨打的痛苦，悄悄地来到我身边，依偎在我的脚下。我坐下来依靠在沙枣树上，抱着它的头，感到世界那么大，而我却这么渺小，没来由地感到孤单。这世界这么复杂，太多事情我看不懂。我看不懂世界，狗也不懂我，只是用它的头摩挲着我。我看着它，想这个村子里每个人、每只牛、每只羊、每只狗都有自己的家，有自己的伙伴，有自己的群体，而我却不能上学，没有自己的群体，没有自己的伙伴，没有自己的路可走，总是受人欺负。想到这里，我又哽咽了。

　　我们家的房子坐落在村子最南头，一条土路从门前直通学校和集市，这是我和同村孩子会合后一齐去学校的欢乐小路。现在我要躲开了，每当有人路过，学生上学、回家，我赶忙回到屋子里，趴

第一章 失学

在窗户上偷偷看他们。等没人了，我蹲在高高的柴火垛上，望着学校发愣，不听使唤的泪水流了下来。父母看在眼里，急在心上，躲着我唉声叹气，今天领着我到学校一趟，丢人败兴。

得了，学我哥吧，认命吧。我在院子里默默地收拾着铁锹、锄头、镰刀、榔头、耙子、赶牛的鞭子，拾掇了半天，拢了一大堆，生产队还未通知我出工，我才十二岁，也不知应当被归到哪一类劳动力组，又能干些什么呢？这个夏天，放学后，我们一群孩子每人牵一两头生产队的马、驴、骡或牛，到荒坡、草地、水渠、田埂放牧，牲畜们低着头在草丛中出声地吃着。放牧的间隙，是我们孩童集体生活的大好时机。将它们圈在荒坡后，我们在田间地头树下，玩"狼吃娃"的石头棋，玩骰子，肚子饿了就下渠摸鱼，池塘边找鸟蛋，地里拔萝卜，挖土豆，摘豆子，捡点儿柴火，用土垒个灶口，或烧或烤或煮，不干不净，带着泥土的湿气，植物新鲜的清香，随意下肚。生在农村，活在自然，玩在田园。没想到，我少年时代的快乐生活这么快就结束了。

但是我还留恋着这样的生活。我拿起镰刀，背着背篓，沿着放牧的路线去割草。沟渠里长满了稻草、芦苇、狗尾巴草、牛筋草，一会儿就割满了一篓，我没有走，静静地望着这熟悉的地方，想着心事。蚊虫咬了我一身疙瘩，我也懒得去赶，咬吧，叮吧，能把我咬死才好呢。时间缓缓地走着，我的心悠悠地飘着，没有希望、未来和归处。直到村子上空飘起炊烟，父母喊我，我才懒洋洋地往回走，身上好像没了骨头，没有了支撑。

娘知道我心情不好，晚饭的酸菜土豆拌面条里，多加了些嫩豆子，里边还有一个鸡蛋。我无声地吃着，夹起鸡蛋时，这小小的温暖，让我的感动、憋屈、郁闷，还有别的复杂心情汇在一起，眼泪又不争气地流下来了。父亲点了一锅烟，坐在炕前的小凳子上，狠狠地吸着，咳嗽声比平时更大更长。爷爷吓得一声都不敢吭，躲在墙角

沙枣树开花

抱着头,不停地说:"我咋还不死呢?我祸害死这个家了。"父亲抽完三袋烟,长长地出了口气,这时母亲已收拾完锅灶,两人好像早已商量好了似的,一起跟我说了让我放羊的决定。

第二章　穷人家孩子早当家

这天下午，当父母看到我在放牧的沟畔割草时，知道我还恋着放牧，也明白我身单力薄，只能干这个，于是找了生产队长。村里同意把各家各户的羊拢在一起，让我放。傍晚，父亲就做好了放羊用的铲子和皮鞭。其实，那时一家只能养一两只羊，有些家庭穷得连一只羊也买不起，全队三十多户只凑齐十六只羊。这些羊过去由张五爷放，现在交给我了。第二天早上，我为了避开上学的同学，特意早起，带上铲子和皮鞭，去赶羊。羊集中在生产队饲养场的茅草棚里，看到我这个陌生人拿着鞭子，它们迅速地挤在一起，搅拌起一股羊粪的腐臭气味，我下意识地屏住呼吸，嫌恶地吐着唾沫。羊靠在一起，怯懦地打量我，我也看着它们，一共九只大母羊，七只小羊。我问饲养员："怎么全是母羊，没有骚胡？"他回答："家家养的都是母羊，为了让它们下羊羔卖钱。没有羯羊和骚胡，养这些个费草费料，若不办育种场，就是赔钱货。这些家伙有两只以上就麻烦了，一个槽里拴不了两个叫驴，一个小羊群里拢不住两只骚胡，打斗闹事，就不好管了。"他还管着队里的牛马驴骡，忙着去给牲口拌料喂水，顾不上我的小事。

对放羊，我并不陌生。那个年代，农村家家都养猪、羊、鸡，指望着年底杀猪吃肉，用羊毛纺线织衣，用鸡蛋换日常用的油盐酱醋，这些给家里带来生活的希望。大人们每天日出时随着生产队上

沙枣树开花

工的号子到田间地头劳作，日落后拖着疲惫的身子回家，还要做饭，让一家老老小小填饱肚子，有时还要到生产队学习，一天到晚忙个不停。因此，挑水、割草、赶羊、喂猪、养鸡，这些细碎的家务活计，就落在小孩子身上。于是，从小学到初中，都是早七点钟上学，中午一点钟放学，孩子们回家后就开始干活。我们过的是半学半农的生活。我五岁就开始干这些家务活。七岁上学后，每天中午放学时，早上吃下的食物早已消化得无影无踪，肚子饿得咕咕直叫，下课铃声还未响，我的心早已跑了。放学后，我一路小跑回家，狼吞虎咽地填饱肚子，就去挑水、喂猪、赶羊，鸡是不用管的，散养在院子里，随地刨食。忙完这些，我们同村一起放学的娃娃们，每人背个大背篓，手持镰刀，到村外的田埂、沟渠、田畔、荒野里割草。

  不同的季节有不同的收获。开春，青黄不接，吃了一冬腌酸菜、冻土豆、胡萝卜的人，馋着生产队地里的苜蓿、灰灰菜，与其说是割草，还不如说是偷菜。小孩们与看地的大人玩着东边追、西边撵的游戏，南征北战，抓上几把，拿回家给奶奶或正在做饭的妈妈，下在清汤寡水的锅里，给面条配菜，吃起来非常可口，有青菜的甜香。夏天，沟渠里长满了各种草，牲口吃了一茬又长一茬，割掉几天后又长得齐刷刷的，一会儿就能割满背篓，拿回来喂羊。剩余的交给生产队喂牛、骡、马，可换得工分。猪不太喜欢吃这些草，要拌上米糠才能哄得过去，猪最喜欢吃的是猪耳朵菜、灰灰菜等有甜味的青菜。这些菜，人也可以吃。它们小而少，长在田埂地畔，要挑拣，需半天工夫，才能挖满一筐。村子附近的，早被人挖完了，要到大沟渠或近山的崖上去寻。秋天，是收获粮食的季节，也是打草的季节，草叶金黄带着籽，最容易让家畜上膘，小孩割草，大人也打草。

  同村的孩子从九岁开始，不仅要喂养自家的猪羊，又添一项新的活计——每天下午三点钟到生产队的饲养场牵一头马或牛、骡、驴，到田埂、水渠、荒地去放。所以说，我们的劳动启蒙教育是从放牧开始的。

我了解牲畜们吃草的习性。牛嘴宽牙粗舌头长，大嘴一张，舌头一卷，鬼子扫荡似的，干脆彻底。马嘴尖挑食，步伐快，专挑长得高的好草，爱干净、挑剔，而且性子急和倔，挣脱着缰绳，要自己走，不听娃娃使唤，放牧娃跟在它们屁股后面一直小跑。羊就像个爱美的大姑娘，抿着樱桃小口，细嚼慢咽，挪动慢，吃得慢，性子温温柔柔的。

我父亲是兽医，知道羊爱干净，饮水要清洁，规定我每天下午放学后必给羊饮水，要洗净脸盆端水，看着它们喝完了再喂猪。可羊饮水太慢，我没有耐性熬时间，总是把脸盆撂在圈门口，便出去割草和找小朋友玩。问题就来了，羊在争抢时脸盆翻了，或狗和猪去抢，没有羊的份儿，羊总是渴着，围着晚上回家的大人，可怜地"咩咩"直叫，诉说着被虐待的委屈，好长时间都不上膘。后来父母发现了问题，我的屁股也挨了柳条抽打，肿了好几天，疼了一阵子。我心里想，让羊上膘还不容易？我让它们吃肉。在割草时，我捞了许多蝌蚪和小癞蛤蟆，卷在草里喂羊吃，没想到竟惹了麻烦，羊拉肚子，不吃草了。我父亲虽然是兽医，却诊断不出我的鬼点子导致的奇葩病，看着羊一天天消瘦下去，束手无策。我们家养羊是不成功的。这些家伙耽误我的时间不说，还让我没的吃，经常挨饿。父母每天八点左右出工，为了让我中午放学回来吃点儿热饭，防止面食结团儿，就将擀好的面晾在案板上，洗净切好的菜放在灶台，我放学回来后自己烧水下面。我忙乎着，稍不注意，鸡、羊、狗就会蹿进来，将一团面叼走，演变到后来，竟然暴力抢夺。我开门的一瞬间，它们争抢着一拥而入，我幼小的身体挡不住勇猛的它们，眼睁睁看着我的饭食被夺走。直到我十岁时，才驾驭了它们。我拦羊时，指东就是东，它们绝不敢往西撒丫子。左右两家邻居，也将羊交给我拦着，交换条件是年底割两斤羊肉给我家。

我拦羊、割草，与羊为伍，跟羊较量，发展到放好几只羊，我成长为少年了。

小时候放羊，也闹过不少笑话。秋收后，地里没了庄稼，各家的羊和猪全部在田野里放养，与生产队的牛、马、骡、驴混在一起，成了动物世界。秋草带籽，营养好，牲口们上膘快，精力旺盛，放牧的小孩们聚在一起玩耍打斗，牲畜也聚在一起追逐打斗。有一天，羊群里又骚动起来，二狗子家的骚胡紧追着石头家的母羊不放。小孩们都不知道咋回事，还以为是羊在打架，二狗子以为自家的羊厉害，为此扬扬得意。石头以为那骚胡欺侮自家的羊，就愤愤不平地说："你家羊欺负我家羊了！"张五爷的孙女儿翠芳年龄大，红着脸告诉他俩："羊跑羔呢。"可石头还是不懂，就追着那骚胡打，不让它欺负他家的羊。二狗子不乐意了，追上去拉石头。说时迟，那时快，那骚胡正在发情期，性情烈，见有小孩挡它，攒足劲儿，撞倒了石头。骚胡长着粗大的犄角，又肥又壮，顶得石头翻了两个跟头。他揉揉腰刚起来，那骚胡又猛地一撞，他又被重重地碰倒了，好一会儿缓不过气来。看那骚胡追上了他家的羊，石头忍着疼顽强地爬起来，追过去朝着骚胡甩了一鞭子，骚胡却不理他，继续欺侮他家的羊。二狗子不乐意了，跑过去报复似的对石头家的母羊也来了一鞭子。两人你一鞭，我一鞭，打着对方家的羊，可那两只羊稳稳地站着，一动不动。石头急了，上去就是一脚，正好踹到了骚胡的屁股上，可那骚胡的屁股抖得更欢了。石头只好揪着骚胡的尾巴往下拽，非要把它从自家的羊身上揪下来。骚胡不满地叫了起来。二狗子认为石头把自家的羊弄疼了，也急了，上去一把拉下石头，两人打了起来。

下午回到家，石头脸上青一块，紫一块，他爹问和谁打架了，石头嘴一咧，伤心地哭了，委屈地诉说了二狗子家的羊欺侮他家的羊的情形。他打它，它不下来；拉它，它也不下来，二狗子就打了他。

第二章 穷人家孩子早当家

他爹一听,二话不说又给了他一脚,石头愣了,哭得更委屈了。他爹骂骂咧咧地训斥他:"正是羊跑羔的时候,去哪里找骚胡,求配种站打羔还花钱呢!不花钱的骚胡自己跑羔,多好的事。你个愣货,若是耽搁了羊跑羔,今年冬天连一个羊羔也没有。看老子不打断你的腿!"石头还是倔强地说:"它欺负咱家羊。"他爹气哼哼地说:"不欺负咋有羊羔?"石头辩解:"那非得它欺负咱家羊啊!为什么不让咱家羊欺侮他家羊?"他爹气得不知道说啥。

第三章　拦羊

我成了村里的放羊娃。它们被各家送来，合成一群，不熟悉彼此的气味，相互闻着、拥挤着、摩擦着。羊太胆小，见了生人，走到不熟悉的环境，合群的习性使它们尽量往中间挤。一群羊在骚动中找着自己的位置。

出了门，朝阳的光辉落在羊背上，把绵软的白毛照得亮晶晶的。羊身上还沾着干草碎屑和羊粪蛋，脏兮兮的。这些羊在我这个陌生人的鞭子下，怯懦得很，胆小惊恐，不知所措地看着四周。我稍微一扬鞭，它们就吓得跑起来。一群母羊也没个骚胡头羊带队，任由我挥着鞭子指引方向。我的职责很简单，防止羊跑散丢失，防止羊跳坎摔伤或下水过涧被水淹，防止羊偷吃庄稼、菜蔬。

一路上，有村里的人到地里干活，叽叽喳喳地说着话。陈二看到我赶羊，就当着大家的面嚷嚷着："这地主崽子不上学了？成了放羊娃。"大家都朝我看，我又气又急又羞，恨不得找个地洞钻进去。老跟我们家作对的王祥像发现了什么秘密似的，生怕别人不知道地跟着陈二嚷嚷："听说这娃爱学习，考试成绩不错，好好放羊，将来我们推荐你上工农兵大学。""哟！他又不是工农兵，想得美。"听着这些羞辱和讥讽的话，我的眼泪就不争气地落下来。妇女队长崔贵英骂道："闭上你的乌鸦嘴，还像个大人说的话吗？这是长辈说的话吗？人心都让狗叼走了。"说着，她走过来，用手抹去我的

第三章 拦羊

眼泪,温柔地说:"孩子,不要听他们瞎咧咧,不要和他们一般见识,该干啥干啥。"我借着她的话,匆忙赶羊走开。

今天是第一天,我带了我们家的四眼狗,出了村庄。我想把羊赶到离村稍远的二道湖荒野滩,那里空旷,与庄稼地隔着一条渠,方便拦羊。羊走路跟牛和马不一样,它们一边走,一边啃路边田埂旁的小草,小碎步飞快地踩着,扬起土,还扬着尾巴,留下一路羊粪蛋蛋,释放着臭气。这是我第一次拦羊,心里没底,惊慌、茫然、害怕、担心。如果不是因为早年失学,我应当有劳动的光荣感,第一次承担任务的自豪感,还有成长的欣喜,而经历了刚才的一幕,我更加羞于见人,碰到熟人就躲躲闪闪,好像我做错了什么,心里有愧似的。我特害怕别人问我"怎么不上学了?干什么去呀?"之类的话,我无法回答。在那个年代,我回答我爷是地主,所以学校不要我了,这很难开口,我羞于启齿。我怀着复杂的心情,走在乡间土路上,原来担心羊不听话怎么办,羊跑散了怎么办,遇到岔路怎么走,羊不好好吃草饿不饿,它们吃了毒草会不会死,不肯回家怎么办?其实这些担心都是多余的,它们一上路就很听话。没有了骚胡,一群羊没有了领头羊,开始有点儿乱,走了一会儿,一只大母羊走在了前面,其他羊就默认了它的领导地位。那只大母羊没有对手挑战的威胁,以动物的本能确定了它的职责,走在最前面,昂着头看路,不时回头看我的指令和意图,不停地用鼻子嗅着,寻找草的方向。遇到田埂、渠畔沟坎,它会驻足判断,然后小心翼翼地通过。头羊叫着,像是号令,众多羊跟在后面,像整齐的队伍,有条不紊,蹄子踩在土路上,一溜蹄印。小羊羔更胆小,一刻不离地跟在大母羊后面,低着头,不辨方向,偶尔撒欢蹦跶几下。

民以食为天,牲畜也以食为天。牲畜是食草动物,但吃谷料对它们来讲就相当于人吃肉,味道更好,更有营养价值。村庄的水沟两边,是一望无际的田野,小麦金黄,饱满的谷粒散发着清香。快收割了，套种的二茬玉米、高粱已经超过了麦子，水稻叶绿莹莹的，羊偷吃后，就像人吃了山珍海味，会上瘾。一不留意，就有好吃的家伙，蹦蹦跳跳地跑进去，逮住玉米苗儿、谷子或菜猛吃几口，能逮着多少就吃多少。待人发现的时候，一个土块砸过来，这乱跑的"害群之羊"就赶紧从地里跳出来，扭头时叼一口粮草，一边往回跑，一边嘴里不停地嚼着。

出了村庄，过了农田，沟渠边有了杂草，羊开始低头吃草，不听使唤，乱了方向和队形。我一边扬鞭吆喝，一边赶头羊，那头羊也不理解我的意思，茫然四顾。狗也不明白我的意思，围着羊群瞎转圈，吓得羊往队伍中间挤。我也不知道该怎么办。这样走走停停，费了些周折，太阳已升到很高，才到二道湖。这里是野地，碱性大，不能做耕地，因此它荒着，长着蒿草和狼牙刺，还有一些不知名的野草。靠水洼的地方，长着几簇芦苇，白发似的穗子迎风摇曳，很漂亮。水洼子四周有荒滩，中间有一条水渠，水很浊，泛着黄泥汤。水沟两侧，荒坡上还泛着白色的盐碱，粮食长不好，草也很矮小，没有稗草、灰灰菜、猪耳朵、蒲公英，多是蒿草、茇茇、小红柳、桔梗等，夹杂着一些不知名的野黄花。那湖其实是个小沼泽水洼子，水不及膝，也不相连。风一吹来，凉气扑面，四五棵不成材的歪脖子树上筑着几个鸟巢。羊的到来，打扰了它们的清静，它们不停地喊着叫着。

初来乍到，在一个新的环境，羊都会驻足观察，不知道这里是否安全。没有熟悉的气味，没有骚胡的保卫，它们不知道这里的水草是否适合自己的胃口。而我这个"拦羊人"的气味对它们而言也很陌生，它们不知我是干什么的，会不会伤害它们。还有那讨厌的狗，围着它们转，狗仗人势，狗眼看羊低，以强凌弱，动不动吹胡子瞪眼，露出长长的尖牙利齿，让它们战战兢兢，惶恐不安，还有那水洼子，那么大一片，羊都害怕，踌躇不前。在尚未找到归属感的地方，它们不敢轻易有什么举动，也不敢走得太散，甚至不敢弄出太大声响。头羊走到哪，羊群跟到哪，过一会儿才能进入状态，不紧不慢地吃着、看着。

那头母羊不如骚胡大胆，也不逞强斗狠，整整一个上午都在一个很小的范围内安安静静地慢步挪动，吃着，怯怯的，隔好长一段时间才抬头向我叫几声，看看同伴是否走远。狗像个巡城的将军，虽没有牧羊犬机灵，却也明白点儿动静，不时小跑着围羊群转几圈，高扬着头，急速地甩着尾巴，作扑咬状，吠几声，显示着自己的威风。羊就会往一起挤一挤，停下来吃草，惊恐地望着狗。旷野水洼中只有我一个人，微风吹动茅草，被羊惊吓的野兔没命地奔跑。还有野鸡，不知道它们藏在哪里，只能听见它们咯咯的叫声。有离得近的，在我不经意的时候，从身边的草丛飞起来，大声叫着，飞到更远处的草丛。草丛中偶尔惊起一只鸟扑棱棱飞起来，或者一个蚱蜢跳出来，羊也会骚动一下，难怪人们形容一个人胆小温顺，就说他像羊一样。仔细看，羊的双眼一直温柔，没有凶狠、狡诈，也不会贼溜溜的。羊除了吃草，不吃任何动物，吃素的都是善良、恭顺、温柔的。它们就是个安分吃草的肉球，生为吃草，死为别人吃它，白天的工作是吃，晚上的反刍还是吃，生为长肉，死为奉献肉。羊的叫声，也是温柔的，没有威胁、咆哮、尖叫，只会"咩咩"，好像一直在叫妈，让人觉得它们怯懦、弱小，对它们生出爱怜之心。小羊羔还保留着小动物的野性，像小孩一样，蹦蹦跳跳、撒欢、吃奶，幼稚乖巧，动作笨拙可爱。

中午天气闷热，旷野中，除了低矮的庄稼和草，没有任何高出我的东西，太阳就显得又大又低。它的光晕使它的身体大了许多，矮矮地压在我头顶。我感觉它要压在我的身上了，睁眼看到的唯一物体是它，身上接触的是它火辣辣的光线，侧耳甚至能听到植物被日头炙烤发出的声音。麦田被一浪一浪地点燃，高粱的红穗子升腾起火焰。以前上学坐在教室里一点儿没有这种感觉，现在一个人置身在旷野中，才感到了夏日太阳的厉害。

　　我有点儿孤单，还有点儿害怕，一边观察着周围的环境，一边不时扬几下鞭子，给自己壮胆，鞭梢在空气中发出"啪啪"的脆响，我的胆子没有大起来，倒是把羊吓坏了。我闲着没事，听着知了的叫声，打开一本看了无数遍的《孙悟空三打白骨精》连环画看了起来。一个人坐在坡上，看着看着就胡思乱想。大人经常跟我讲些鬼狐的故事。他们说的那些故事大多发生在二道湖这个荒无人烟的地方，在蒿草茂密的草丛里面住着一个狐狸精，牛、马、骡、羊一到那儿，就会骚动乱跑。很多年前，村里一个老太太因媳妇不孝在这儿的榆树上吊死了，还有几个身体不好的女人，在这里发生了诡异的事……越这样想，我心里越发紧，全身起了一层鸡皮疙瘩，头发也像竖起来一样。而羊还是一副事不关己，懒得理睬的样子，低头自顾自地吃草，嘴巴飞快地掠过青草，绝不放过任何一根新鲜可口的青草。我做些其他事情或躺在柔软的草上，由着心性胡思乱想。我紧紧地抱着狗的头，缓解恐惧。可这狗天性不老实，爱乱动爱跑，它挣脱我，在田野里绕圈奔跑。不一会儿，它在水里捉鱼，引起了我的兴趣，分散了我的注意力。它沿着水洼子团团转，盯梢、追踪、捕捉，每个动作都顽皮可爱，十有八九都徒劳无功。功夫不负"有心狗"，偶尔一两次，叼上鱼后，它跑到我跟前邀功，可我伸手去接，它却紧咬不放。我试图从它嘴里夺下鱼，它瞪着眼睛，一点儿都不松口。这引起了我参与游戏的兴趣。我利用它的愚蠢，故意逗弄它，它表现得憨态可掬，很笨拙。我在它尾巴上拴上一朵花，它会歪着脑袋想甩掉花，在原地转圈，一会儿就晕头转向了，坐在地上沮丧地看着它的主人，委屈地低声呜咽着。遇到纷飞的蝴蝶，它会去追逐，叫嚣着，然后扫兴而归。

　　夏天，是小精灵的世界，蝴蝶翩翩，蜜蜂嗡嗡，蜻蜓点水，知

第三章 拦羊

了欢鸣，蚊虫肆虐，活跃生动，忙忙碌碌。狗跑远了，我就捉虫子斗弄、逮蜻蜓玩。蜻蜓身上沾了洼子里的水或湿气，像停机坪上的直升机一样，趴在草尖上，阳光照着它们透明的蝉翼，它们一动不动，像南墙根底下晒太阳的老头儿，慵懒，毫无生气。我悄悄爬过去，用指头轻轻捏住它的翅膀，它会轻轻抖动一下，不怎么挣扎。一只被捉走了，其他蜻蜓照样排着队，静候你的检阅，比羔羊还温顺。有时我怀疑，它们是不是画在纸上的虫子，一动不动，视死如归，等着你一网打尽，也不飞走。在太阳暖和明亮时，蜻蜓则是灵动的，会像燕子掠水一样，在水上走动、跳跃，在草丛地里飞，在树枝上驻足、跳舞。我会蹑手蹑脚，像狩猎一样，屏气凝神，"魔手"悄悄伸过去，在我即将触到时，蜻蜓会突然飞走，我一次一次地失望。玩累了，我或坐或卧，静下来时会想，蝴蝶穿着花衣，打扮着自然，装点着生活；蜜蜂勤劳，传花授粉，酿制蜂蜜，只取其味，不伤花草，鸟儿歌唱，鹊儿报喜。我不知道知了一天到晚叫什么，贡献什么，蚊虫吸血咬人，更是讨厌。唯有蜻蜓，能给小孩带来乐趣。蜻蜓和蝴蝶一样，也许和人一样，喜欢阳光，喜欢雨后清净的天地，湿润的空气，温暖的太阳，是和善、美丽的。

不上学，没有作业，没有人给我描绘未来的蓝图，无忧无虑，无知无畏，也挺好的，就是一个人无聊，太寂寞了。我渴望着有个玩伴，有几个小朋友在一起多好，总盼着日头早点儿落下去，好回家吃饭。

这么好的草场，羊若专心吃草，到下午就吃饱了。可是这群胆小鬼，东张西望，吃草的速度明显比平时慢，太阳快落下的时候，才勉强吃饱。我赶它们回家，它们还恋着草，慢腾腾的，不愿意走。我把鞭子甩得啪啪响，狗领会了我的意思，冲着羊狂吠扑咬。羊终于上了道，一边走一边啃食路边的草，费了些周折，很晚才到家。

我回家后，父母关切地问我怎么样，我的情绪还没调节好，懒得回答，应付了一句"好着呢"，就埋头看书去了。

从那天开始，我做了队上有史以来最小的放羊娃，十二岁的我整天在荒滩和野地里赶着一群羊。

两三天工夫，它们已熟悉了我，越来越乖，除了那几只小羊蹿来蹿去，其他羊出了村，已习惯了顺着有草的沟畔、田埂、荒地、野滩走。到了草场，远离田地和庄稼，它们也就没了偷吃庄稼的贼心，安静地低头吃草，顺着水洼边，寻找嫩草。一群羊啃着嚼着，我听见割草一样的咔嚓声。

其实放羊并不费多少力气，羊温顺柔弱，一根筋，只为那一片青草。羊吃东西非常认真，"龇牙咧嘴"地撕扯着草，吃得慢，还要回味，细嚼慢咽。吃饱了，卧在那儿，很少来回走动。只有那些小羊，精力旺盛，不知疲倦地撒欢玩耍，或者用头使劲撞击母羊的奶头，撞得母羊直打趔趄。而那只母羊，爱怜地回头看着自己的孩子，羊羔显然还处在懵懂无知的阶段，只顾自己贪婪地吃奶，丝毫不管母亲的死活。

羊吃饱了，回去也顺当，又熟悉路，不再贪恋路边的杂草，很快就到家了。

我通过几天的牧羊总结出来，世上大部分事看起来容易做起来难，有的恰恰相反，看着很难，做起来却很轻松。比如拦羊，这是高智慧的人对最温柔的动物的驯化。一个"拦"字形象地概括了这一行为。一般来说，走在最前头的羊有责任感，总是能领会拦羊人的意图，照顾羊群，不会惹是生非。管好头羊，就"拦"好了一半。领头羊抬头看路，嗅草味，还揣摩牧羊人的意图，配合着牧羊人的行为和指示；经常捣乱的羊会走在队伍中间，用头拱前面的羊；最滑头的羊走在后边，东张西望，掉队搞小动作。

放羊第五天是周末，估计会有同学到这里来放牧，我不愿意被他们看到，被他们取笑。我换了个地方，来到村西头的大渠畔。上午，

第三章 拦羊

羊很安静，空闲下来，我找个平展干净的地方躺下来，头枕草地，一边看天上斑驳迷离的云，一边用耳朵听它们窸窸窣窣吃东西的声音。我想，村子里那么多人，那么多鸡鸭猪羊，那么多牛马驴骡，都是泥腿子，土里刨食，各活各的，各吃各的，人在地里用锄头刨着，鸡在荒滩里用爪子刨着寻虫吃，麻雀在柴火堆里刨着那未收干净的果实，虫子呢，在土里钻着，吸着露水，无忧无虑地过完一秋，为啥人欺侮人，还奴役大牲口，吃为他们劳动的大牲口？我幻想着，人都变成这些动物就好了，这样也不用上学，也就没人知道我为什么不上学了。我在遐想中睡着了。春末夏初的田野，我们的村庄变成了草原，一望无际，齐腰深的稗草像稻谷一样旺盛稠密，野花盛开，一群绵羊正在草原上缓慢地移动。我骑在马背上，在旷野上驰骋，可草高枝密，阻挡着马蹄，磕磕碰碰，马很吃力。"喂，小屁孩，你这个不安分的家伙，老是跑来跑去干吗？"那只头羊不屑一顾地大声地冲我吼道。我越发着急，大声喊着："马儿马儿，你快跑，不要让羊笑话。"话一出口，群羊哈哈大笑。我越发急了。就在这时，羊群里的几只小羊跑来，帮着我吃前面的草，啃开一条道，我与马和小羊一起跑起来。那个冲我吼的头羊觉得权威受到了挑战，追了过来，用角顶我们。小羊停止了奔跑，回头恭恭敬敬地笑道："头羊爷爷，我们在玩耍，你也玩吧。""哼，我们羊的生活就是吃草，我们羊有六个胃，现在这么好的季节，要抓紧吃，吃不饱就长不肥，主人会很不高兴的。"头羊教训道。"头羊爷爷，光吃不玩，有啥意思，我们吃草长肥只为了主人，多没有尊严啊。"小羊和小马一起抱怨道。"尊严，能当饱吗"？头羊在晚辈面前还得保持风度，耐着性子对乖羊羊循循善诱。

"我可不是为了谁高兴而活着，我想要的是有尊严的快乐生活。"乖羊羊小声嘟囔了一句。"对于我们羊来说，吃饱就是快乐，长肥才是生活，什么尊严、快乐都是扯淡！羊吃庄稼了，快，羊吃庄稼了!"头羊提高了嗓门,吼起来。我睡着了,直到有人喊"羊吃庄稼了",我才惊醒。糟糕!所有羊都在稻田里,疯狂地踩踏咀嚼,有一片稻子倒了。看那羊,个个肚子填得饱饱的,滚圆了,从背面看像青蛙。我赶忙连打带踢地往田外拦羊。来人是张五爷,前任羊倌,人很善良,他连忙阻止我踢打。"羊吃得太饱,小心踢出毛病,肠胃破了。"他一边说着,一边帮我把羊赶回去。我说:"还不到点呢。"他说:"羊偷吃粮食,如饱餐了一顿肉,肚子都鼓了,不能再吃了。"他和善地解释着,"放羊要懂羊。羊也不容易,那是个畜生,啥都不懂,爱吃是天性。人都爱吃粮食,别说羊了。打它有啥用?放羊要有善心,有耐性,多注意拦着就行了。羊可不是人,知道哪个应该吃,哪个不应该吃,它也不知道对错。羊也好可怜,羊的一天就像人的一生,秋收冬藏,白天将肚子灌满,然后又消耗完,一天只为吃,最后却是要被人宰掉的。你要知道,爱扎堆的羊好对付,羊混在一起,管好领头的就没事了;有些调皮羊虽然喜欢单干,路上不合群,吃着吃着没了踪影,但只要吃饱了就会现身,这些无组织无纪律的家伙令人头疼。到天黑,其他羊聚在一起等着回家,总有那么一两只故意不过来,不远不近地跟着。要是不管它们,先回去,这些羊就会一路啃庄稼。对这些个'害群之羊'多甩几鞭子,调教几次,它们就老实了。'春放一条鞭,秋放满天星。'春天,羊被赶到草地后,你只需站在高处,眺望着它们,让它们安安静静、自由自在地吃草,不乱跑,不跌进水渠深坑,不被野兽作践,就行了。秋天各种草都已经结籽,羊吃了上膘。这个季节是拦羊娃的好日子,满地的野果都可以吃了;也是羊的好日子,它们每天都能吃个肚子圆。羊在这一茬拦好了,一年都上膘有油水,过冬就不会乏了。"

我擦着眼泪,哭丧着脸说:"羊糟蹋了稻子,队长知道了,要骂我父母,扣我们家工分和口粮。我闯了祸,回去要挨打,怎么办啊?"他知道我的遭遇和不幸,没有责备我,说帮我瞒过去。接着,他指着天上的鸟说:"鸟飞在天上,好吧?你们娃娃家,都想像鸟那样,可是鸟长不大,走在地上的,都踏实,长得人高马大。扑下身子,在农村也好着呢。你五爷我没上过学,斗大的字不识一个,不也过来了?还有,打鱼钓鱼的人都知道,鱼在水里生活是有层次的,不同的鱼生活在不同的层次。钓鱼的人会将鱼线的长度改变,钓出不同的鱼,我们人也给自己分个层,分个地位,男男女女、老老少少,折腾一辈子,不管怎样,都离不开水,都是鱼,都是一样过日子。你把这点想通了,就没有过不去的坎,像我一样,好好地过一辈子。"

这样的日子还不到一周,我又有新活路了。

第四章　被发配去沙漠

放羊汉迷眼子死了，留下了婆娘和生产队的一百多只羊在沙漠里，不能让这些羊喂了狼，让风沙卷去，谁去接替呢？

生产队的饲养室里，队长、饲养员、一伙上了年纪的老汉，嘴上叼着个旱烟袋，冒着烟，屋子里烟雾弥漫，直呛鼻子，比牲口棚里的味好不到哪里去。一个个在那里装糊涂，实际上个个精得赛过鬼。迷眼子是咋死的，为啥迷眼，为啥喝酒，又为什么要了个瘸腿婆？迷眼子年轻时模样俊着呢，浓眉大眼，白白净净，只可惜爹妈死得早，一人吃饱，全家不饿，遇上了一个坑人的队长。他说放羊有奶喝，有肉吃，有羊皮袄穿，出门耍着，一天天就过去了。那个鸟不拉屎的地方，三天一小风，十天一大风，日头毒得揭人皮，天气热起来把人烤出油，冻起来屁都放不出去，好好的娃在沙漠里废了。十几年下来，娃被风沙吹得眯缝了眼，白纸一样光亮平整的皮肤彻底变黑了，沙子戳得脸上坑坑洼洼，看上去老相，快三十了说不上一门亲事。多亏五姨心善，心里惦记着这没娘的光棍，将别人炕上睡了几年的女人，打折腿赶出来，放在迷眼子的被窝里……这还没过上几年好日子，好端端一个人，愁肠老了，狼咬死了，谁还敢接这烫手的山芋，那是虎狼的窝子，不是个活人的地方。

队长连抽三袋烟，望着一个个烟锅子明明灭灭，看大伙嘴闭得没个缝缝，咳嗽几声，说："分羊吃肉一个个比兔子快，说到放羊，

第四章 被发配去沙漠

都成了缩头乌龟，哪个不是身子埋了半截土，都想抱着个婆娘离不开热被窝，还有啥活头？"没有一句回应，满屋的烟从门缝里窜出来，从外边看还以为屋里着火了。这场合，都装王八，头越低，话越少，越能躲过事。抬起头看队长一眼，那一眼就收不回来了，就会被人用眼光拉着拽着赶鸭子一样上了架子，看别人一眼也不行，那是啥意思，看我干啥？说我吗？这好事你咋不去？

"老郭，你是饲养员，懂牲口，知道那羊羔子的脾性，好侍弄，你去接上两年吧。"队长憋不住了，郭饲养员却不急，腮帮子一鼓一鼓的，将那半袋烟抽完，仿佛不抽完就说话会浪费了那烟，糟践了好东西。他一边在鞋帮上磕着烟灰，一边慢吞吞地说："你看我这把老骨头，不在家里，非要出去喂狼吗？骑在棺材头上放屁——欺侮死人哩。"也是，人家六十多岁了，快到鬼门关的人了，有个三长两短，死在外头，真是不好交代。他说得队长深深低下了头，可这屋里大多是老头，年轻人不指望了，开会没叫他们。剩下的人，只有张五爷拦过羊，但张五爷比饲养员年龄更大，刚摆脱村里的十几只羊，怎么好意思发配他进沙漠放更多的羊？这事想都不用想，更别说开口了。

一个时辰过去了，也没有熬出点儿眉目，蛇狼是急性子人，蹲不住了，冒出一句："我不下地狱，谁下地狱？话说在前头，屁放在圈里，你们是碟子里边的牛球——滑头，象牙筷子夹凉粉——滑头对滑头，一个个夹不起来。我走一趟，大不了死在外头，嘉峪关外死人——做个边外的鬼。我有三个条件，一是两年后，我啥时候想回来就回来；二是加两个工分，一天计十二分；三是派个年轻娃帮衬着，我刚去，不熟悉情况，一个人顾不过来，等我拦羊熟练了，再让娃回来。"

队长终于盼到救星了，感激地连连点头，说："行行行！"其他人也如获大赦，说着称颂蛇狼的话："你上山撵驴，下山捉鳖，洞里逮狼，地上捕蛇，比杨子荣厉害，那地方你能降得住。""你在那一带贩皮货，人熟地熟，羊脾性也熟络。""再说你老伴也走了，在家没个念想，出去转转也好，一人吃饱，全家不饿。""你脸上的褶子比老牛的脖子还皱，也不怕日头晒，眼睛比老鼠还小，也不怕风沙吹。"有人接着这话开起玩笑："蛇狼你莫非要打那个瘸腿婆的主意，让她给你暖被窝，王宝钏爱上叫花子——有远见。"人就是这样，长着两片鸭子嘴，有弹簧一样柔软伸缩的舌头，可口吐莲花，也可血口喷人。长的短的，宽的窄的，好的坏的，苦的甜的，酸的辣的，全凭那一张嘴，刚才还说那是个鸟不拉屎，鬼见愁，送死的地方，现在口气一变，全好了，好像蛇狼真能去那里过上神仙日子。

蛇狼自己心里明白，人老了，有个老来伴，陪着说说话，一日吃糠咽菜，好打发日子，快死的人，隔代亲，看着孙子也有个盼头。当农民，图个啥？一头牛三亩地，老婆娃娃热炕头。这些，他都没有了，老婆死了，孙子没了。那就与牛羊为伴，侍候羊过日子吧。这是他主动承担到沙漠放羊的任务的根本原因。

蛇狼是个邪性子，热心肠人，吹大牛，说荤话，爱热闹，你跟他讲大道理、说正经的，没用；打情卖俏，连骂带夸，他心里最受用，皮松了，毛也就捋顺了。刚才几个人的话中听，他拍拍屁股，说："我老头上山当羊倌，坐个金銮殿把朝上，有个瘸腿皇娘等我封，退朝回去做梦想媳妇。"大家这才跟着他出了门，门一开，一股烟泼水似的跟着人抢了出去。

这个帮衬蛇狼当羊倌的娃，便成了我。因为我家是地主成分，没有抗争的资格，苦活、脏活、累活少不了我。

七月底，在小学放假这一天，具体是什么日期，我已记不得了，那是个伤心的日子，我跟着蛇狼上路了。艳阳高照，光线肆虐，积攒了一春的火热尽情地释放、挥洒。日头高悬在空中，如一个大火盆，

第四章 被发配去沙漠

光芒四射，烧着空气，烤着大地，鼻子一吸，一股火焰就钻了进来，还有焦煳的味道。身上的汗一沁出来，就被火热的空气舔了去，干燥闷热，我想起了新疆烤馕，人也这样烤着，为什么不熟呢？也许是有这口气将热量呼出，或者是这舌头像狗一样也能将热气吐出去。

牛车在弯弯曲曲的土路上慢悠悠地晃着，真能把人急出毛病来。上坡时，老牛喘着粗气，车轮子发出单调而固执的吱吱声，我坐在车上捏着拳头使劲，急得想给老牛使把劲。蛇狼坐在前面，两条腿耷拉在车外，随着颠簸而晃晃悠悠的，一手提个酒瓶，一手拿着一条软鞭，眯着眼在车上打瞌睡。过一会儿，抿一口小酒，鞭子在空中扬一下，他不看牛，更不看鞭子打在哪儿。再过一会，捻一袋烟哑巴着，悠然自得，和那老牛一样，不管你吆喝什么，鞭子甩不甩，仍然是外甥点灯笼——照舅（旧），像个戏台上演戏的官僚，迈着八字步，一步一晃地迈着。我第一次出远门，想着还有点儿激动，用今天的话说叫"旅行"，尽管是被发配到沙漠受苦，还是掩饰不住心里的兴奋。我睁大眼睛看田野两边割麦的人，饶有兴趣地学蛇狼赶车，一会儿就厌了。蛇狼闭着眼睛，不时打几声呼噜，和着车轮单调而固执的吱吱声，他眼角结着一块干屎，嘴角流着白沫，让人厌烦恶心。这样的老牛、老汉、破车、土路，慢节奏、缓动作，很不适合我这小孩，一点儿想象空间都没有，一点儿也不好玩，我眼皮打架，睡了过去。

一觉醒来，我问："快到了吗？"

蛇狼不耐烦地说："这话问七八回了，心急吃不了热豆腐，快晌午了，吃点儿干粮，喝点儿水，继续睡，路还远着呢。"我嚼着妈妈给我烙的饼子，就着凉开水，填饱了肚子。下午到了沙坡头，从平原地区到了腾格里沙漠的边缘，一下子变得荒凉起来。高耸的沙丘连绵不断，高过县城的鼓楼，上边有不少人拿着铁锹、抱着麦柴在干活。女人用头巾把头裹得严严实实，看不到一点儿脸；男人都带着大草帽,帽子晒得黑乎乎的,每人头上像顶了个倒扣的黑底锅子,可见沙漠阳光的厉害。这才是边缘,我想沙漠深处的人是不是晒成非洲人了。

"他们在沙丘上种粮食吗?"我问蛇狼。

蛇狼得意地来了精神,他吹牛说大话时,人就活泛了:"瓜瓜娃,你不懂的东西多着呢,这一路跟老子出来,能学好多东西哩,别惆怅个脸,好像谁欠了你的钱。我是全村出门最多,跑的地方最多,见的世面最多,琢磨事情最多,懂的道道最多的能人,可惜没人识我这千里马,把老汉我一肚子学问糟蹋了。"蛇狼连用五个"最"字把自己举得高高的,又捻上一袋子烟抽着,吹起牛来,"沙子这东西怪得很,砌墙挡不住,石头压不住,水淹不住,逞能得很。《西游记》里有个黄风妖怪,就会飞沙走石,孙悟空有天大的本事,却打不过黄风怪,让风沙吹了十万八千里,把火眼金睛迷得睁不开,你娃说这风沙厉害不。可世界上的事,都是一物降一物,那轻飘飘不值钱的柴火却能遮风挡沙。还是我们的老先人和老大哥苏联人厉害,把这麦柴草扎在沙丘上,一个方格,一个方格,像网一样罩在沙丘上,把这黄风沙怪束缚住了。世界上第一条沙漠铁路——包兰铁路穿越这个沙丘,仍通畅无阻,多亏了这个麦草方格在铁路两侧形成几千米的防沙屏障。"蛇狼絮絮叨叨讲了一大堆。

我心里骂蛇狼是大灰狼,谁让他在我跟前装老子。他吊梢眉毛老鼠眼,鹰钩鼻子山羊胡,精瘦的脸上布满像刀刻一样深的褶皱,里面藏着没洗干净的污垢,小眼珠子精光四射,贼眉鼠眼,一年四季戴个掉了毛的狗皮帽子,后来我才知道那是狐狸皮帽子。一边帽耳朵卷上去,一边帽耳朵朝下耷拉着,那边阳光射来,他就把耷拉下来的帽耳朵转到光线射来的方向遮阳,眼角总结着干巴巴的眼屎,一说话唾沫星子四溅,直往人脸上喷,嘴角有白沫子,如牲口倒嚼时的哈喇子。我真怀疑他是动物转世的,带着牲口的脾性,一看就

第四章 被发配去沙漠

跟电影里的坏人一个样子。

牛车过了沙坡头，进入甘塘，路面是碎石子铺的，车辙明显，略白，有浅槽，四周显出那种毫无生机的浅黑，或者说是褐色。走一二公里路，能看到路边有一两个农家小院，清一色的土坯基子垒起，被太阳晒得与四周的土褐色一样，与我们村四周的黄土地迥然不同。山渐渐高了，越来越荒凉，这里的山和戈壁，没有一点生命的装饰，别说树木，连绿草也难见到。山体是褐中带黑，戈壁是褐中带黄，下车用脚一踩，土是硬的，如冬天踩了冰碴子、雪疙瘩，发出干巴脆响的声音。炙热的太阳和剑一样的厉风，将大地雕塑成黑色的饼干。我在银川平原的黄土地上生活了十一年，打我记事起，放眼一望，一片绿色，水浇地带来了鱼米之乡，即使收了庄稼，也有树和野草。冬天来了，树叶掉光了，裸露的黄土地会被大雪覆盖，妖娆、干净、清爽，哪像这里，竟然摒弃了生命，少了柔软的绿草披拂，没有了树木的遮掩，也没有雨水的洗礼和大雪的覆盖，就这么原始、自然、丑陋地裸露着。我凝视良久，忽然感到没有生命迹象，没有一只鸟，没有一条虫子，死寂一般，令人恐慌，我下意识地紧紧抓住蛇狼的衣服，害怕被遗弃在这里，没有一个做伴的，连条毛毛虫也没有。那山就是巨大的怪兽，露着狰狞的面貌；那戈壁是无边的深渊；那天如海一般广阔湛蓝，仰面环顾，感到无限眩晕。蛇狼又眯着眼打起了呼噜，这呼噜声平时听来十分厌烦，现在听着却是生命的赞歌，我的恐慌才慢慢平息下来。我多么希望那老牛也哞哞叫几声，能给我壮壮胆，这样的荒凉随着太阳西斜慢慢融入黄昏中。山峦在黄昏的余晖的映照下变成了淡黄、浅红色，转个弯，又成了逆光的剪影。我突然明白了，这一切都是太阳造成的，它可以使人变成白、黑、黄、褐、棕等色，也可以使大地山川变成黄、黑、红、褐诸色，一方水土一个样，都是太阳和气候的造化，大地只能承受，不能抗拒和改变。人就更渺小了，一方水土养一方人，人是一方水土的寄生者，受着这一方水土的造就和养育，遇上好地方是恩泽，遇上鸟不拉屎的地方是不幸。人们生活的地方的差异为什么这么大呢？有人生活在鱼米之乡，有人生活在荒山野岭。冥冥之中，是谁在主宰呢？就是生活在同一个地方，人与人之间也有境遇的差异……这又是为何呢？看来人天生就不一样。

车子又拐过一个山坳，蛇狼突然说："娃子，我们到小煤窑吃饭借宿，明天进沙漠。"

"哪里有煤窑啊？"我茫然四顾，没有看到有人活动的地方。

蛇狼得意地说："这地方我来了无数次，闭着眼睛都能走几个来回，在前边那座山的东边拐个弯，就是小煤窑。"我心里虽不服气，但不得不承认，他这一路眯着眼，打着瞌睡，但路一分岔或拐弯，他就自然醒了，拿鞭子甩着，口里吆喝着老牛按他指引的方向走。这一瓶酒抿干净了，车也到了煤窑，莫非他有特异功能？我心中不解，便问了他，他卖着关子："吃完饭躺下了，咱爷俩好好聊，我给你讲个神奇的故事。"

小煤窑前或蹲或坐着十来个赤裸着上身的男人，他们黑脸黑手黑身体，端着大小不一、颜色不同的脸盆，里面盛着汤面，吮吸声此起彼伏。我怯懦地跟在蛇狼身后。蛇狼走到跟前说："赶上你们吃饭了，我是镇罗乡张庄的，上沙漠放羊，赶这儿打个尖，吃饭借宿。"说着，他从口袋里摸出一盒纸烟，给黑汉子们发着，有些人接过来抽了，有些人夹在耳朵上继续吃饭。

有个稍白的汉子抽着蛇狼递过去的烟，说："出门人不容易，谁身上也不背个房子和灶，只是我们刚把饭分完，没的吃了，再做点儿。住的地方，你们和我们挤一挤，脏是脏点儿，凑合一些就过去了。"

蛇狼接着说："都是受苦出力的，吃一锅饭，睡一铺炕，好着哩。"他没有说感谢之类的客套话，卸了行李，解开绳套，将牛

第四章 被发配去沙漠

交给我,去饮水、吃草、加料。我有过几年放牧经验,知道这些,低着头,躲着那些人,去做了。蛇狼去做饭。车上拉着米、面、油、辣椒面、醋、酱油和行李,自己带的东西,都是现成的,一会儿饭就好了。他蒸了一碗大米,出锅变成四碗熟米饭,像油泼面一样,在每碗米饭里加点辣面子和盐,用热油泼,没有其他菜蔬和调料。我和他每人两碗,也许是天太热,我没有食欲,没滋没味地吃着。

蛇狼看我吞咽得不痛快,说:"好娃娃哩,出门人不容易,这就是个好吃货哩,不敢作假,多吃点儿,吃饱就不想家了"。

他这样一说,我还真想家了。这个季节丰收在望,菜蔬丰盛,瓜果飘香,虽没有肉吃,但我妈每晚会变着花样做凉面、清汤面、捞面、油泼面、菜拌面、凉拌黄瓜、西红柿,或炒土豆丝、西葫芦,哪有这种油泼米的干吃法?想到这里,我委屈得流下泪来,泪水掉到碗里。

蛇狼看见了,说:"造孽呀,让这么小的娃出门受这罪。"说着,他伸过脏兮兮的手替我抹眼泪,我竟然没有躲避那平时看着就嫌弃的手,好像这时候需要人的安慰,这样心里才好受些。

吃过饭,挖煤汉给我们腾了一间小而低矮的房子。我和蛇狼进去,屋子又黑又脏,散发着汗和臭脚丫子的混合气味,很刺鼻,我将就着躺下来。我问蛇狼:"为什么不叫他们矿工,叫挖煤汉呢?"蛇狼卷了一支烟,慢悠悠地说:"挖煤汉是算不得工人,出更大的力,受更大的苦,比不得工人。这挖煤汉还不如种地放羊的。挖煤汉的命贱哪!"听着这些话,看着黑乎乎的他们拿着脸盆喝汤面,我在心里一比较,觉得自己虽受歧视,但还比他们强一点儿,委屈就轻了些。人就这样怪,天地这样大,能人到处都是,比你吃香喝辣,混得好的人千千万万,但人就争眼前一口气,与身边人比。

我迫不及待地追问蛇狼路上答应给我讲的神奇故事。每一个孩子都有好奇心,对神奇的故事百听不厌,哪怕它是童话、寓言,哪怕它荒诞不经呢！蛇狼将烟袋锅装好，火柴在羊皮袄上一划，嗞的一声蹿起火苗。漆黑的夜里，蛇狼脏兮兮的脸被映得如秦腔里的丑旦角色，尖嘴猴腮，很滑稽，他嘴上啪地吸出声来，缓缓吐出一股烟，惬意地眯缝着小眼，才开口道来："娃子，听说过《水浒传》中的公孙胜先生撒豆成兵、呼风唤雨的故事吗"？

"我不知道。"我老实地回答着。一说到妖魔鬼怪，我就害怕，向他那边靠了靠，抓紧了炕沿。

"咱村的郑阴阳，你看人瘦毛长，没有多少力气，从县城到照壁山坟场四五十公里路，老汉帮人看风水，一晚上打个来回，靠的啥本事？不骑马，不牵驴，使的就是法术，驾着风就走了。"

我不服气地反问："你见过吗？"我知道村上人都说蛇狼是"豁豁嘴"，说话没有把门的，吹牛不怕牛皮胀破，歪戴帽子斜穿袄——不成体统的人。

蛇狼快六十岁了，他吹牛，别人一怀疑和反问，他就急了。只见他在黑暗中急得拍着胸脯，烟也顾不上抽了，语速也快了："郑阴阳我最熟了，一次在他家，他正在做法术，我出了门，两耳呼呼生风，看下面像鸟掠过一样，一直停不下来，跑了大半夜。鸡一叫，把我扔下了，屁股摔得生疼，睁眼一看，你猜到哪儿了。"

我听得惊讶，突然打住，我也想不出哪儿，急忙问："到哪了？"

蛇狼诡秘地说："到这儿了。"我知道又上他的当了。

蛇狼又开始吹他如何鬼使神差，我就朦朦胧胧地睡了，梦里母亲慈祥地摸着我的头，给我掖着被子，嘱咐我出门要吃饱。

第二天天还未亮，蛇狼就喊着推着叫醒我，我揉着困得睁不开的眼睛，说："天还没亮呢，再睡一会儿吧。"

蛇狼说："趁太阳不毒时赶路。进了沙漠，这天气，这太阳能毒死你，早起凉爽些。"我迷迷糊糊随他上了车，又睡着了。我是被身上的虱子咬醒的，脱下衫子一看，有好几个，肯定是煤窑那脏

第四章 被发配去沙漠

屋子里爬上来的,我哭丧着脸对蛇狼说:"虱子爬到身上了。"

蛇狼哈哈大笑,说:"初生毛驴放屁自失惊,大惊小怪,出门在外,哪个店里没虱子、跳蚤、臭虫?哪个人身上都有。"

说着,走着,已到沙漠边缘了,偶尔还能见到一两棵树和杂草,越往里走越荒凉。刚好日上三竿,抬头仰望,看到的只是没有云朵的蓝天,低头是连绵的沙丘。

沙漠给我的第一印象是震撼,一望无垠,无边无际,除了个别点状的绿草和红柳之外,到处都是沙、沙、沙。一座座高大的沙丘巍然耸立着,一条条错综排列的沙垄则高达上百米,绵延到天际,没有尽头,如大沙海一样令人望而生畏。早晨的阳光柔和地洒在沙丘上,迎面泛着金黄色调,背光的一面有阴影,反差使它立体感极强,一梁又一梁,陡峭巍峨,九曲十八弯,如龙一样横盘在大地,蜿蜒伸向远处。黄沙漫漫,与苍穹相接,沙山的脊梁在湛蓝的天际划出一道道厚实漂亮的弧线。我跳下车,细沙钻进鞋子,我用手抓一把沙子,沙子如面粉一样细腻、柔软、干净,仔细看,还闪着星星点点的金光。我喊道:"这是金子,我发现金子了!"

蛇狼说:"瓜瓜娃,那不是金子,那是阳光照射在含有云母颗粒的沙子上,反射出的金光。"我听了略有失望,可惜地扔掉那把闪烁着点点金光的沙子。

蛇狼说:"云母在闪闪发光,比金子还闪亮,却没有金子那样高贵的命运,岂知金子要在烈火中提炼,在匠人的锤炼下成形,要符合人的需求,才发亮、有用、有价值。"

我知道蛇狼这是在教育我,启发我,人要受苦,经受锻炼,才能有出息。我却哀叹自己出身不好,如这云母,用多大的火提炼也炼不成金子,再苦再锻炼也没用。不过我倒是羡慕沙漠中的云母,混在沙子中不掩其质,给点儿阳光就发光,在自然中安静,受阳光垂青,月色沐浴,风沙洗礼。云母星星点点的金光就是自身光芒的流露和价值的体现，不取悦人，不受火刑，不受匠人的捶打，不在人的身上媚俗，不像金子戴在人身上出入各种场合，染上俗气，连灵魂都脏了。

云母在沙子里被淘洗得干干净净，会发光，若是在污泥里，它能发光吗？换个环境，做个沙漠里的云母，挺好！我想到在沙漠里放羊，这不正是云母的命运吗？

蛇狼说："抬起头看远处，骆驼来了。"我手搭凉棚，遮挡着阳光，向远处瞭望。在起伏的沙丘中，一队骆驼缓缓走来。我还未见过骆驼，也不等牛车，在沙地里费劲地向前跑着，鞋子陷入沙里，每一步都像踩进了泥沼中一样，需要用力才能将脚拔出，留下一个深深的脚窝。蛇狼提醒道："脱了鞋，把鞋拿在手上，光着脚好走。"我顺从地听了他的话，果然赤脚比穿鞋好走多了。近看，那骆驼通体毛发金黄，和沙子一个颜色，比马高大，像长颈鹿一样伸长脖子，举着个驴样的脑袋，鼻孔穿着绳子，嘴不停地动着，在反刍，鼻子里喷着沫子。最奇特的是背上长着两个如笔架一样的肉疙瘩。我跟在后面看这长相奇怪的家伙，它宽大的蹄子踩在沙丘上，即使驮再重的东西，也不会陷入沙中，在沙子上如履平地。它特有的三节骨骼的腿使它走动时身子前后一弓一晃，如船在波涛汹涌中缓缓行进，有行舟的轻微起伏，没有令人不适的震荡，怪不得人们称它为"沙漠之舟"。脖子上系的铃铛，声音清脆悦耳，我初次见到这东西，不敢靠近，隔着十来米尾随着它们走了好长一段沙路。

跟着骆驼走远了，蛇狼将手做成喇叭状放在嘴上，朝我大喊："回来！回来！"我才依依不舍地回来了。

越往里走，沙丘越大，非常壮观。那沙脊，一面缓，一面陡，顶上带着细细的陡线，尖尖地耸向天，一线高过一线，一坎胜过一坎，好像比着谁高谁陡似的。苍茫的沙漠，广阔无边的黄沙之上，除了天空还是天空。天空一如碧洗，纤尘不染，蓝得透彻、明净、深邃，显得空旷、博大、邈远，衬托着沙海波涛，人在其中，仿佛身体渺小得没有了，神魂出窍，融在其中。

沙丘高低不平，路已难行，蛇狼也下了车，推着车吃力地前行。那老牛每走一步都喘着粗气，鼻子里喷着白沫子，蹄子陷在沙里，艰难地跋涉着。我也帮着推车。蛇狼叹口气，说："这不是牛走的地方，下象棋，马有马路，车有车道，这牛拉车、犁地可以，走沙漠还是骆驼好。天生万物，各有各的命，各有各的用。"

快晌午时，沙丘变小了，能望见星星点点的沙枣树和一些不知名的顽强小草稀稀拉拉匍匐在沙地里。蛇狼说："快到了，沙子浅了，地硬了，我们不用推了。"

第五章 瘸腿婆

远远地能看见沙漠中的小绿洲，到近前仔细观看，与我们家乡的水浇地相比，它还不如我放羊的荒滩野坡好。我向蛇狼提出这个问题："这也能叫绿洲？还不如掉了大半头发的秃子。"蛇狼咂着嘴说："对寸草不生的沙漠而言，能长些草就不错了。"

绿洲近沙丘处有一片沙枣树，树上挂着一串串还未成熟的沙枣，青白色的小果泛着淡淡的黄色，和沙子一个颜色，奇怪。这一路上看到的适合在沙漠里生长的，为什么都和沙子一个颜色，骆驼、狼、狐狸、黄羊，都和沙子一个颜色。地上东一簇、西一片地长着骆驼刺、甘草、沙葱、蒲公英、沙蓬、红柳和一些蒿草，也和沙子一个德行，干燥，颜色发黄。

这里没有多少颜色和生机，我越看越失望。

约五十米外有几间低矮的房子，人还未到，一条大狗已扑过来。滑稽的是它对蛇狼摇着尾巴，对我露着凶相。我和蛇狼在一起，它在讨好和扑咬中摇摆，不知所措。蛇狼笑着踢了它一脚，骂道："好狗不咬主，连你爷都不认得了！"

说着，他走到近前，一个女人从房里低头弯腰走出来，一瘸一拐地迈着步，身体跟着晃动，嘴里说着："哎哟，这不是蛇狼吗，哪股风把你给吹来了？车上拉的是你儿子还是孙子？来得巧不如赶得巧，昨天死了只羊，今天刚炖上，你就馋着嘴来了。快进屋，我

第五章 瘸腿婆

有几张皮子，刚好你收走。"

我在他俩说话的空儿观察了一下，这个房子是地窝子，门楣上镶嵌着一个硕大的羊角。房基在地里，往下挖一米，上面用土坯块垒起半人高的墙，上面搭些乱柴和草，糊着厚厚的泥巴和羊粪，冬暖夏凉，低矮防风。门前用树枝扎着栅栏，圈牲口和羊，这大概是原始向现代进步过程中的一种生活方式，类似于我长大后在西安参观过的半坡遗址。

蛇狼打趣道："我接你那死鬼的班来了，成了放羊倌，干脆连你一块儿接了。我看你，西施上磅秤——自称美女，我老汉瞧着也顺眼。"

女人说："你们男人啊，稀饭锅里下元宵——都是混蛋。我看你，洗锅巴儿戴凉帽——假装成器的人，稀泥巴糊墙——扶不上去了。"

蛇狼打趣道："我看你的小俊脸，就像喜鹊登枝叫喳喳——无喜心里乐三分。"

他们说着我听不懂的话，把我晾在一边，我站也不是，坐也不是。

那女人大脸大眼睛，像《红灯记》里的李铁梅，就是眼大、脸黑，也耐看着呢。但我不喜欢她，谁让她乱说我是蛇狼的儿子、孙子。

她一边与蛇狼聊着，一边端详着我，说："这娃眉清目秀，长得挺乖巧，一点儿不像你。这娃一头黄头发，我以后就叫你黄毛了。"说着，手往我头上摸来，我躲闪了。

蛇狼说："这是村上郭地主的孙子，可怜娃，跟着大人受欺负，这次跟我来放羊，也是受罪。"他拉我过来，让我叫"王姨"，我扭着头不吭声。那女人用爱怜的眼神看了我一会儿，掉着泪，说："天下可怜人咋这么多，我那死鬼走了，也没给我留个一儿半女，我以后日子怎么过呀？"说着，她搂住了我，好像我又成了她儿子。

蛇狼说："没法子过了，和我老汉过。"接着，拿腔作调地唱了几句《大红果子剥皮皮》，"大红果子剥皮皮，人家都说我和你，

沙枣树开花

其实咱俩没关系,好人落了个恶名,这位大姐好面熟,好像哪里见过面,若是你不嫌弃,干脆咱俩结成一对对,这样的日子美不美?"唱完来了一句,"美死了!我带了一桶酒,下午牧羊回来,快去把那些馋鬼喊来,喝酒吃羊肉,这样的日子美得很。"

那女人听蛇狼唱,笑得前仰后合,嘴里像下蛋的母鸡,咯咯咯,末了来一句:"你这老骚胡啊!"

女人给我们烙了沙葱饼,我们吃得很香。

下午,蛇狼与那女人聊家常,说村上各家的长短。蛇狼说:"一个村庄里,活物都有个定数,牛马驴骡,不是家家能养得起。羊是人的三倍,狗是家家有一个,鸡鸭多得数不清,清晨鸡鸣,晚上狗吠,白天猪羊叫,牲口出力受苦。一个村庄的兴衰,不在于人的多少,人多村大,人少村小,牲口和家禽的多少也是村子兴衰的一个表现。这好比草原上的人家,用牛羊的数量来比贫富。现在,这群羊有多少只呀?这就是我们队上最大的财富了。"

女人说:"有八百多只,我们队最多,其他队少一些。这几年,迷眼子可没少出力呀!"

蛇狼竖着指头夸奖道:"也少不了你的功劳。其他队一个人放牧,我们队有你们两个人放,羊多一些也是应当的。一个家庭,女主人勤快,养的鸡就多,赶的鸭就肥,你也能啊!"

"这几年日子过得还行吧?"蛇狼问。这句话勾起了女人的心酸事:"我一个妇道人家,生活真是难啊!过去迷眼子在的时候,我还有个家,有个靠山,有个照应。那时候,他们几个人,眼睛盯着我放火,晚上听房敲门,白天说流氓话,趁没人看见的时候,动不动在我身上抓一把。现在迷眼子死了,他们更是肆无忌惮。迷眼子下葬那天,我上厕所,一撮毛大大咧咧地进来了,你说我该怎么做人,该怎么活啊!"她抹着眼泪诉说。

蛇狼愤怒地说:"这帮浑蛋,欺侮一个女人,算什么本事,看我不收拾他们！"

他们又说了些交接羊的事情，我闲着没事，到沙枣树上摘了些沙枣，酸涩得下不了口。太阳偏西，凉爽点儿时，我又跑到沙丘上玩，爬上去，滚下来，再爬上去，滑下去。玩腻了累了，我仰面躺在沙子上，背上烫得暖暖的，盯着蓝天发愣，想心事。我第一次进沙漠当羊倌，住哪儿？吃什么？这儿好还是家里好？赶那么多羊，它们跑了怎么办？我与这里的人怎么相处？他们喜欢我吗？听说沙漠里有狼和蛇，千万别碰上，若真碰上了，怎么办？没有人回答我的问题，沙漠这会儿死沉沉的，突然凝重起来，我感到寂寞和压抑，迷茫和无奈。因为我是被队上派来的，所有的事情都不是我能选择的，我只有顺从，在这里没有父母可依靠，没有小朋友做伴，没有人陪着我玩，我还不如羊，羊还能一群一群挤在一起，有同伴，有人照顾。我突然恨起爷爷奶奶来，干啥不好，非要当个地主，害得我抬不起头来，受人欺负。我来这儿当个羊倌，以后小朋友们知道了会怎么看我、说我？我很忧郁，慢悠悠地用脚踢着不顺眼的东西往回走。

第六章　迷眼子之死

太阳偏西时，开始做下午饭了，蛇狼去井边打水，我跟着他就蹦了出去，像小兔子一样蹦蹦跳跳。回来后，我拉风匣烧火，蛇狼又问瘸腿婆迷眼子是咋死的，这事我也有兴趣听。她长长地哀叹了一声，用手理了一下额头上的散发，说今天是迷眼子死后第九天了，停顿一下，一边干活，一边说了起来。通过她的哭诉，我对迷眼子的事大致有了个了解。

迷眼子比她大二十岁，七岁时父母得病，相继亡故，成了孤儿，吃百家饭长大。他上学上到五年级，本家亲戚无人供养，生产队也管不了那么多，就辍学了，干些力所能及的活计。因无人管教，他沾染上恶习，偷鸡摸狗，搞得村里不得安宁，被村人唾骂和嫌弃。后来，生产队长为了省事省心，说到沙漠放羊，有肉吃，有奶喝，好玩，迷眼子十七岁时便到沙漠放羊。来了之后，他发现虽然没说的那么好，但自由散漫，没人管教，一人吃饱，全家不饿。他爱喝羊奶，这里多的是。他长得很魁梧，喜欢这里，不想再回村，只是光棍一条，自己啥感觉倒不说，村里人觉得他没娘没媳妇，太可怜。众人请孟五姨帮衬，从沙坡头寻到瘸腿婆，他在三十岁上有了着落，安了个家，不承想，好日子才三年，抛下个婆娘，走了。

今年春节后，放羊的日子和平常一样，填料、扫场、饮水，吃了睡，睡了吃，看天看沙漠，一点儿绿色都没有，日子无聊极了。

第六章 迷眼子之死

他们在干打垒窝了一冬,憋闷得都快疯了,迷眼子借了歪嘴的猎枪,说出去转转,散散心,看能不能搞点儿吃的回来,改善生活。他便提着干粮,骑着骡子走了。

那天,早晨天还好好的,下午起了风,风吹着雪花,伴随着沙子呼啸着,打在脸上生疼。迷眼子骑着骡子,踩着积雪,雪水和着沙子,潮湿遇着天寒地冻,地面硬邦邦的,适合骡子奔跑,半天时间走出几十公里,接近内蒙古的草原。人浪够了,骡子也该休息了,正准备返回,在干枯稀疏的树林子边上,他发现一只小狗呜嗷叫着乱跑。他快速追上去逮住,放到骡背上的马甲袋里。跑了半天,也没遇上猎物,太阳快落山时,他回到地窝子,将骡子往圈里一拴,抱着小狗回屋,门口两条大狗对着他抱的小狗又扑又咬,狂叫着。迷眼子生气地骂着:"连你爷都认不清了,总认得这是你孙子,大水冲了龙王庙,自家人不认自家人。"说着,他踢了扑过来的狗一脚,关了门,上炕暖脚。大狗还在外边狂叫着。晚饭时,大家在一起吃酸菜土豆拌清汤面条,给小狗添了小半碗,小狗竟然不吃,呜呜叫着往外跑,门口的大狗也往里扑。和尚说:"多养条狗,看羊也好。"歪嘴说:"这沙漠里的狗与咱们家乡的狗还真不一样,眼亮耳硬,叫声怪怪的。"屋里正聊着,一声凄厉悠长的狼嚎在外面响起,门口的两条大狗更加疯狂地叫起来,作扑咬状,脖子上的毛都立了起来。歪嘴说:"我们这一块从来不见狼,怎么有狼叫?我打了十几年猎,也未见过狼。"推门一看,外面有六七条狼,眼睛绿幽幽的,犹如鬼火一样的光亮了起来,呜嗷呜嗷地怒吼着。歪嘴大叫:"不好,快拿猎枪!"迷眼子这才想起来,枪放在骡子棚了。门口的狗龇牙咧嘴地对着狼叫,却不敢扑进去。双方对峙着。和尚提醒着:"这么多狼,小心羊遭殃!集体财产受损失,可就要吃不了兜着走了。"几个人心里着急,却不敢出门。只能远远地望着。瘸腿婆腿抖得站不住,爬到炕上,用被子蒙着头,抖成一团。"呜嗷——"屋里的

沙枣树开花

小狗仿佛在回应着什么,也低声叫起来,要往外跑,仿佛感受到了亲人的召唤。狼群的叫声大了,它们往前猛扑着,小狗也瞪大双眼,龇着牙回应着,那目光昭示着它并不是小狗崽子,而是地地道道带着野性的狼。歪嘴打过猎,比较了解动物的野性和脾气,看着这个场景,心里犯了嘀咕,这是怎么回事啊!这地方狼群从来都没来过,这是第一次,奇怪!他问迷眼子,小狗从哪儿来的,迷眼子急忙简单讲了经过,歪嘴仔细打量小狗崽子几眼,这才发觉有点儿不对劲,那叫声怎么听都不像狗。这小狗崽和小狼崽小的时候长得一模一样,就是有经验的老猎人也分不清。歪嘴说:"你可能把小狼捉来了,快放出去!"门一开,那小狼崽子循声就往大狼那儿跑去,门口的大狗追了几步,那边的狼群急扑过来,叼着小狼崽子,"呜呜"几声,不见了。他们再趴门缝看时,这群狼已经不见了踪影,他们赶忙跑去拿了猎枪,到羊圈一看,羊群战战兢兢地挤作一团,四只羊被咬死。当夜,几个人还在惊恐中,担心狼再次袭击,一夜未睡,小心提防,好不容易熬到天明,再次清点羊群,又失踪两只,一共损失六只羊,二队三只,五队二只,一队一只。大家将六只死羊绑在骡子背上,歪嘴骑着另一匹骡子,趁着天冷送回村庄,报告情况。

  狼是羊的天敌,遇到狼,羊毫无招架之力。歪嘴唉声叹气地道:"狼来了,以后这地方甭想过好日子了,狼见惯了血腥,吃顺了口,说不定还要来呢。"

  迷眼子把手里的棍棒一挥,说:"再来,看我不打死这些狗娘养的。"

  山蛋不屑地耸耸肩,翻着白眼说:"这几天连个狼影你都逮不住,等你听到动静,狼早跑没影了,歪嘴的枪都没用上。"

  话说到这里,大家议论如何防狼,歪嘴反而希望狼能来,用枪把它打死了剥了皮给他儿子做帽子,给瘸腿婆做个狼皮裰子。他正暗中追这婆娘,也好露一手,让大家看看他的厉害。

第六章 迷眼子之死

几个人唉声叹气，束手无策，没有好办法。

争了一会儿，大家一致的意见是为了方便看护羊，要晚上值班，于是在羊圈门口临时盖了一间小茅房，盘了炕，安了门。

房子盖好后，一撮毛说："这几天形势严峻，值班房留两人看着，轮流守夜，枪不离手。"

迷眼子很赞同，祸是自己惹下的，他自告奋勇："我看羊主要是晚上被狼咬死的，我天天值夜班，看我不打死它！"

这几天羊被惊到了，不好好吃草，还没吃饱，虽然入了圈，可都不安分，头朝草场方向，"咩咩"地叫着。和尚和歪嘴说："我们铡些草料吧，给羊当夜草填填。"

人也怕狼。那几天晚上，屋门紧闭，无论是谁想出去解手，都必须有人陪着，大声地吆喝，回来时让里面的人听到是人，确保安全了，屋里的人才敢把门打开。

四月，沙漠才真正进入放牧期。沙漠里好像没有春秋，只有冬夏。初春，太阳一出来，就照得沙丘闪着金光，反射着白茫茫的雪，任何动物都不敢抬头看。虽然还没到真正的夏天，但只要有太阳，冰就会软，雪就会化，放眼望去，稀疏的黄草地又露了出来。沙漠植物是最会潜伏的，连续几个月在严寒下藏着不露头，只要稍微得到点儿雪水和阳光，就会露出头来，兴风作浪，漫无天际，早发的嫩芽被积雪长时间地捂着，已经发黄。只草芽的尖上才带着点儿绿色。沙漠升腾起雾岚，空气中到处弥漫着腐草的浓重气味，牲口和羊大张着鼻翼，贪婪地吸着。牧羊人都回来了，开始走出去，羊啃食露尖的嫩草，狼没有再来骚扰侵害，他们的心才放下来。

六月底，轮到迷眼子去驮盐。瘸腿婆抹着泪水，自责地说："那天也怪我没拉住他，好好劝他。他走的那天早上，我劝他约上个人一块儿去。他逞能说背了多少次盐，一个人走习惯了。我又劝他，以前没狼，现在有狼就不一样了。他眯着眼嘿嘿笑着说杀只狼吃多美。反正那天我眼皮跳个不停,总是担心,啰唆了很多,他被嚷嚷急了,牵着骡子就走,带了饼子、水和酥油奶疙瘩。他走了半天,我收拾屋子时才注意到猎枪还放在墙角,最重要的防身武器没拿,我一个劲地埋怨自己,是我话多惹得他急匆匆走了。"

"后来呢?"我急着问。

"四天后,浑身是伤的他被救回来了。他断断续续地给我们讲了那几天的情况,太吓人了。"她哀戚地说着,跟我们讲起了经过。

迷眼子一直对她一个人在家不放心。他出了门,就催着骡子,一路小跑,平时一天半的路程,他当天晚上就赶到了,途中才发现没带猎枪。他已经走了一半,再回来让人笑话,再说十几年来从未碰见狼,不必担忧。斧砍锤击盐湖,很快装好了百十斤盐,他开始往回走,找个地方过夜。骡子需要休息,补充体力,给它吃带来的黄豆和渣油饼。月亮隐在西边厚厚的云层里,只从云层的边缘漏出些惨淡的昏光,暗夜里也没有星星,迷眼子牵着骡子昏昏欲睡。他来到一小片林子,这林子与沙丘是连接着的。他在中间寻了个宽敞平展的地方,卸下行李,骡子嘎嘣嘎嘣地嚼豆子,这时突然传来动物的一声嚎叫。这时,苍白的月亮升起来了,月光在阴云中穿行,光线摇曳在青青的草叶上,泛着灰色的光泽。稀稀疏疏的各种树枝拖着一个个奇形怪状的黑影,猛地看去,里面黑森森的,像有无数怪物藏着。他赶忙点燃一堆篝火取暖,吃饼子、奶酪,喝水,微闭上眼睛,打起瞌睡来。苍白的月亮越来越薄,天气越来越寒冷,那骡子不安分地东张西望,打着响鼻,用蹄子刨沙子。已经是凌晨了,他冷得瑟缩,裹紧了老羊皮袄。后半夜,篝火熄灭了,借着火的余光,他看见红柳丛和芨芨草丛中有一只狼,两只前爪交叉地伸在前面,头伏在上面,凶恶地朝他看着。迷眼子一下子惊得睡意全无,怪不得骡子一直不安分,看着那里骚动。他迅速坐起来,拿起斧头,紧紧地攥在手里,立即观察四周,还好,只发现这一只狼。只见狼

第六章 迷眼子之死

那根又粗又长的尾巴在身后晃着，它偶尔会挪动，支棱一下前腿撑起身子，向另一侧又趴了下去，换上一种姿势。迷眼子知道狼怕火，给篝火堆又添了些柴火。他不知道狼的用意，不知底细，不敢妄动，与狼对峙着。天蒙蒙亮时，远处传来一阵狼嚎，不一会儿又来了几只狼，散布在四周，将他包围。有一只公狼观察好地形后，在狼的队伍当中穿梭，悄悄将观察结果和它的扑咬方案用它的方式告知它们。然后，它便一马当先，悄无声息地迂回式逼近他。迷眼子一手持斧，一手持火把，张牙舞爪地挥动着，狼后退了几步，那骡子也尥蹶子。狼群仍在转圈，变换着队形，又一次冲上来。迷眼子一斧砍中朝他肩上扑来的那只狼的前胸，那狼嚎叫着跌落在地，滚到一边，滴着血跳出了圈子。狼群受到震惊，又退了回去，它们需要等待，等待最佳出击时机。公狼在这方面很有经验。它经常为了捕杀动物，长时间守候。

　　东方发白，天亮了，在这浩瀚的沙漠，荒无人烟，等待救援是不可能的，熬下去也是死。狼继续小跑着转动，在捕捉着扑咬的时机，两只小狼焦急得龇牙咧嘴，不时地转动着耳朵，随时准备把利齿扎进他的身体。迷眼子知道等待无用，这些狼是来寻仇的，上次千不该万不该错抓了那个狼崽子。要逃，盐和多余的东西也不要了，解开缰绳，骑上骡子，开溜，从狼群中急急地跑出来。公狼呼的一下冲了上去。骡子支棱着耳朵，敏锐地感觉到来自后面的危险，吓得一个激灵，跑了起来。公狼领着群狼紧追不舍，不给它任何喘息的机会。狼为了报仇，胸中升起了团团怒火，看着到手的猎物，这火愈燃愈烈，烈得它不能不仰起头来，冲着蓝蓝的天，张开嘴，"嗷"地大叫一声，将这怒火喷射出来。于是，它昂起了头吼叫，像一道黑色的闪电一样，高高跃起，趁着迷眼子俯在骡背上自顾不暇的当口，一口咬在迷眼子的腿上，隔着厚厚的衣服，狼牙刺进肉里，接着一扯，皮肉随着衣服被扯下一块。迷眼子感到一阵剧痛，一看一道血线在腿上划过，落地的狼后腿一加劲，又冲了上去。迷眼子一斧砍去，正中狼头，狼扑通一声落在地上，其他狼恐惧了，追击速度变慢了。他使劲地拽着骡子的缰绳，保持稳定，可骡子嘶叫着，依然狂奔不停。狼跟了一会儿，再次发起攻击，扑了上来，他的左胳膊又被扯下一块肉，疼痛使他丢掉了斧头。在断断续续的搏斗中，迷眼子打趴了三只狼，身上被咬伤多处，才甩掉了狼群，剩下的狼撤退了。他被狂奔的骡子颠得东倒西歪，鲜血淋漓，只好牢牢地抓住骡背上的鞍子。那骡子嘶鸣着，连蹦带跳，不知道过了多久，跃上一个大沙丘，骡子力量已弱，一个不小心，他被重重地摔下骡背，滚下沙丘。骡子惊跑了，留下他一个人。日头已高悬空中，他不知道这是什么地方，不辨方向，没有一点吃的和一口水，他浑身疼痛乏力，还好手里有把斧头。

才六月份，当阳光直射在他脸上的时候，他感到无比干燥灼热，舔着干涩的嘴，吐出一口血丝，艰难地挪动身体。他查看了一下伤势，左臂皮肉撕裂，右腿裤子被扯开了，一块皮没了，往外渗着血，后背也被咬伤和抓伤，全身疼痛难忍。他将衣服撕成布条状，把伤口包扎起来，伏在沙滩上歇息一会儿。太阳偏西时，他艰难地举起手遮住阳光，睁开涩涩的眼睛，辨识着方向。昨晚天上有阴云，白天的天空没有一丝云彩，空荡荡的，黄沙和蓝天，单调寂静而又悠远。头顶上有几只秃鹫在高空中盘旋着，看着他怪叫，估计是循着他身上的血腥味而来的，等待着他的死亡，那叫声令他厌烦和恐怖，他还担心着狼群会不会嗅着血腥味跟踪而来。要活命，离这儿越远越好，他试着挣扎着起身，疼痛感迅速传遍全身，就像刀割针刺似的，他只能放慢动作。昨晚至今，他一直在恐惧中，没有睡足、吃饱和喝水，他大口喘息着，嗓子像是在冒火，嘴里满是沙子和血丝。他慢慢地活动着身体。四周看不到一丝绿色，漫无边际的黄沙包围着他，一片死寂。太阳西斜，方向认清了，他和骡子只顾逃命，向

第六章 迷眼子之死

东跑偏了。他慢慢地站起身来。"得找点水儿喝。"他对自己说。他走到沙丘深沟背阴的地方，那里有沙蒿和芨芨草。他揪了一把树叶，放在嘴里嚼着，一股汁液渗进他的嗓子，直到涩得恶心，他一口吐出去，伸着脖子，再揪一把树叶细嚼，把汁液咽进肚子里。他咂了咂嘴，嗓子里的火被压了下去，虽然嘴里发苦，有些恶心，但干渴带来的眩晕消失了。他在沙漠生活多年，经验丰富，锻炼出与沙漠植物一样的耐渴和求生能力。趁着太阳西斜，晚上凉爽，他要一直走下去。天地间晃动着一个身影，如同蚂蚁一样，迈步，走动，机械地周而复始，地上扬起一串串沙子，脚陷下去，拨出来，艰难而又缓慢。晕眩、干渴、饥饿、疼痛、疲惫、恐惧、孤寂、无助，像死神一样威胁着他，在要他的命，消磨着他的意志，阻挡着他的脚步。他的意识不时模糊，想躺下去，舒服地死了也好。夜色和他的意识一样模糊起来，他似乎慢慢地垮下来。不行，他揉着脑袋，遇到任何植物，都捋下来放在嘴里猛嚼，干涩的气管发出了破风箱的声音，牙齿的动作使他再次清醒过来。他又慢慢地摇摇晃晃地向前走去。天亮了，他仔细观察，这里是驮盐走过的路线，终于上了正道，还有五十公里路。他坚持到中午，日已当空，太阳明晃晃的，刺得他干涩的眼睛冒着金星，一圈圈的光晕罩着他，他也晕了。热浪再次袭来，他干裂的嘴唇上布满了血口，嗓子就像被撕裂一般，发出嘶嘶的声音，有血腥味，估计是受伤和干渴，使里边撕裂了。他坐了下来，随即像散了架一般轰然倒下了。他告诉自己：不能死在这里，坚持，要走！可他的身体不听大脑的指挥，不给他一丝力气，他几次试图起来，都没能成功。他恨自己为什么要坐下去。他明白了，这个时候的身体，听从了死神的召唤，躺着死比走着生更舒畅。他重重地喘息着，眼皮慢慢地合上，睡过去了。他是半夜被冻醒的，蜷着身子，牙在打战，身体表面冰凉，可里边在发烧，他感冒了。他坐起来，才想起这两天的遭遇，知道自己还活着。迷眼子是个苦命娃,一点都不娇贵。他又挣扎着爬了起来,可那斧头重得他拿不起来了,他踉跄着又上路了,一直走到第二天中午。烈日下,沙漠上岚气萦绕,他眼冒金星,意识模糊,远远近近的梭梭、红柳在他眼里幻化成一棵棵大树和一片片森林,他想扑进去乘凉。他眼前的沙漠呈现出一派海市蜃楼的胜境,他想进去喝水吃饭,美美地睡上一觉。迷眼子走着,渐渐地失去了意识,昏倒在沙漠里。

也就在这个时候,她和大家等得心焦不已,那骡子回来了,一惊一乍,身上一无所有,皮肤上还有抓痕。山蛋看着不对劲,就喊:"一撮毛,你快过来看看。"一撮毛刚把牲口们圈进去,就问他咋咋呼呼地干啥。山蛋说:"骡子受伤回来了,不见迷眼子,怕有啥事啊!"

一撮毛过来一看,倒吸一口冷气说:"这是凶兽抓出来的。"他把手一摆说,"快去叫瘸腿婆。"她开始烧火,准备做面糊疙瘩汤,火已经生着了,水快烧开了,准备拿筛子下面,听说迷眼子出事了,放下手中的家什蹦了出来。只见牲口,不见自己的男人,她心里就急了。山蛋和歪嘴说去找迷眼子,她说:"我也去,我也去。"骑了两匹马就走。歪嘴拉她骑在马上就跑。他们骑着牲口找了过去,天快黑时,在二十多公里以外的地方找到迷眼子。他昏迷不醒,当时水米不进,他们强行给他喂了点儿水,将他驮了回来。这些苦命人,在沙漠里有个头痛脑热,受个轻伤,都是忍一忍,自己处理一下就过去了。

迷眼子回来后昏睡两天,醒来后就开始怕光。夏天日头长,平常紧怕天黑慢怕天黑,天就黑了,天一黑做活就得点灯,一点灯就得费油,油都是拿粮食换来的,又不是大风刮来的,所以每天他都催她天黑前抓紧做针线活,天黑了尽量少点灯。可那天左等右等天都不黑,不但不黑,风还在呼呼地刮。没有办法,迷眼子就一锅接一锅地抽烟梗子,一边抽,一边呛得咳嗽,气都喘不匀。他平时抽烟不咳嗽,功夫很深。她说:"你少抽点儿吧。"他就脖子一梗,眼一瞪:"老子又没抽你的。"他的脾气突然变得暴躁多了。

迷眼子睡到半夜醒来,要吃要喝,大家觉得他好多了,问他要不要回村找大夫看看,他说不用,坚持不去。她就摘了些蒲公英等消毒的草药,熬汤给他疗伤。前几天,他浑身乏力、头痛、低烧、咽喉疼痛。大家和他自己都以为是受伤、劳累、饥渴、寒冷导致的感冒症状,没有在意,但他一直恶心、头痛,倦怠加重,坐卧不安,烦人说话,烦见阳光。又过了几天,他爱哭闹、爱发脾气,原先用药擦洗后稍好的伤口有开始疼痛发痒,他有时会流泪、出汗以及流涎,晚上睡不踏实,只要稍微有一点儿动静,就会立刻醒来。吃东西时嗓子还疼,他不好好吃饭,后来喝水也不对劲了,抽风、呼吸困难、斜视、嘴歪、犯傻。大家都觉得不对劲,赶紧把他送到医院,诊断是他患了狂犬病。没几天,他就走了。

王姨哽咽着讲完这些,又俯在炕上哭了起来。

她说:"都怪我们,耽搁了二十多天,才送他去医院,他受了那么多罪,还是走了。"其实,狂犬病是无法治疗的,与送医院的早晚没关系。可是她不懂这些,所以她很自责,也很纠结。

她的故事讲完了,太阳也快落山了。远处的太阳落到了近处的沙脊上,风就过来凑热闹,掠过沙丘,追着沙脊上的太阳,像个贪玩的小孩,坐在秋千上,在沙梁上一下一下地荡着。

第七章　初识牧羊人

晚饭快做好了,我拉风匣的手累了,厨房里烟熏火燎,更加闷热,我出来透透气。突然看到远处的沙梁上,一道金红色的东西,似一团火,急速掠过,我疑惑着,那是个什么东西呢?

听了迷眼子的故事,我心里更加忐忑不安,这里干旱、炎热、缺水,真让人受不了。蛇狼还说,沙漠里的流沙陷阱、沙尘暴等都会要人的命,还有狼也很凶残。豺狼可以当道,人却不能立足,在这里生活,难得很。我害怕了,突然又想家了,想我妈了,怀念着在家的生活,这时候学校放假了,我们同村十几个娃娃,每人牵一头大牲口,在田野里放牧。我们一群小孩上树掏鸟,下河捉鱼,藏猫猫……玩得多开心。可惜,我一个人在这荒凉的沙漠,咋过呀?

正想着,几个人骑着骡和马,吆喝着一大群羊,从西边过来。羊群如棉花团一样滚动着。走近了,羊拥挤着到井边喝水。那水我中午时喝了,很浑浊,颜色发白,入口发咸,跟村里水井里的水相比,差远了。

那女人招呼着他们:"蛇狼来了,大家快点儿收恰好,进屋喝酒。"

接二连三进来五个人,他们都是张庄村各队派来放羊的,与蛇狼很熟,没有文明的握手问候,如土匪一样擂拳头,这就算是见面礼了。

我看他们放下手里的老羊皮袄,在墙上挂好鞭子,从腰带上解下水囊和烟锅，大咧咧地往炕上一坐。

蛇狼将他们介绍给我，一队的和尚、二队的歪嘴、三队的一撮毛、五队的二愣子、六队的山蛋，这些人好像没个正式的名字，全都是绰号。他们见面说话，大嗓门，啥话都骂，笑得很真诚。他们热闹地寒暄着，很快就把我晾在一边了，忘了我的存在。蛇狼掏出一盒香烟，对牧羊人来说，这可是奢侈品。连平时不抽烟的歪嘴和山蛋也想抽了，各接过来一支。他们平时抽自己种的烟，在地里掐几片旱烟叶子，晒干了卷着抽，那劲太冲了，抽一口就咳半天，还是香烟好抽，一撮毛从蛇狼口袋里掏出剩下的半盒烟，装进了自己的口袋。

蛇狼说明放羊来意，大家齐道一声好，拿出大大的白瓷粗碗，倒满酒。

大家喊着："瘸腿婆，上肉！"王姨端上一脸盆羊肉。她摆上碗筷后，另外拿个碗，在水里涮了一下，从里面挑了最好的三块前胛骨头肉，垒了满满一碗，递给我。大家才又注意到我。那个左脸下角长着一块羊粪蛋一样的黑疤，上面还有几根十分显眼的毛，看着凶巴巴的一撮毛，看着我说："村上搞运动，我们这里闲得没事干，也斗斗这个地主崽子玩玩。"他的话立马使我的心掉到冰窟窿里，一下子凉透了，腿也不由得打战。我最怕这个。

蛇狼看在眼里，顺手在一撮毛脑袋上敲了一烟袋锅子，不客气地说："对这碎娃好点儿，谁若欺负这娃，休怪我不客气！他爷的情况我知道，他爷打小和我在一起，给地主家打长工，人聪明，爱干点儿事，自己学了点儿文化，被地主看中，提携为账房先生。可是好景不长，后来，每个村得有一个地主，矮子里面拔将军，把他爷评了个地主成分，我都为他爷叫屈。老家伙受罪不说，全家人跟着受气，这不，娃娃才上完五年级，就不能上学了，被打发到这儿来放羊，够受罪造孽的了。"

沙枣树开花

听了蛇狼的话,我已经完全没了初来乍到的激动和兴奋,眼泪又顺着脸颊淌下来,滴到碗里。我一边吃着,一边呜咽着,鼻涕也下来了。王姨用她的袖子给我擦着,我看她也流泪了,不知是同情我的遭遇和不幸,还是我勾起了她对亡夫的思念。

我近半年没吃过肉了,过去逢年过节吃肉,也是限量的,哪像这么大一碗。我贪婪地用手撕、用嘴啃,小手和脸上沾满了油。两只狗蹲在门前,看着我吃饭,眼珠子随着我手拿的骨头咕噜噜转,头也跟着左右摆动着。我把啃剩的骨头扔过去,它俩就争抢,吃完了又到我跟前摇尾乞怜,没有了刚见面时的凶相。三块骨头就收买了它们,它们成了我的朋友。

初来乍到,我蹲在门口,端着碗,对外面一切都感到新奇。晚上,越接近沙漠的天空越低矮,沙丘却越显得高大,几乎与天连接在一起。我转身回到屋子里,空间本来就小,他们或坐或蹲,把屋子挤满了,抽烟、吃肉、喝酒、划拳。蛇狼坐庄,与每个人来一下,他嗓音嘶哑,喊声又高:"一元红啊,八匹马啊,四橙橙啊,五魁首啊,七仙女啊,六六大顺啊……"他们都好酒,馋酒,有酒瘾。他们越来越兴奋,话更多了,玩得那叫一个欢快!

二愣子脑子有毛病,快三十岁的人了,智商还是处于孩童水平,不懂人情世故。他不懂猜拳行令,也听不懂别人的话,吃完饭,拿着个啃过肉的羊骨头,坐在门前,依偎在狗身边逗狗玩。

我听他们划拳喊的词好笑。吃完肉,王姨又给我端来一小碗羊肉揪面片拌沙葱,我吃饱了,又不好拒绝,接过来硬撑,好吃极了。蛇狼拳划得好,连赢一撮毛六拳,一撮毛不服气,说来个二五铜锤,十三太保怎样。蛇狼说:"老子拳打黄河两岸,酒喝西北五省,来吧!"两人又划了起来,蛇狼以十一比二赢了,一撮毛赖着不喝。蛇狼说:"不喝可以,我有一个条件,先唱首歌,再送我一张用手捻出来的大羊皮,我有用处。"

第七章 初识牧羊人

一撮毛涨红着脸毫不犹豫地答应着:"成,这事没问题,哥们儿以后有事尽管跟我说。"说完,他又唱起来,"借笊篱小曲有点儿荤,有点儿荤,唱出来有点儿不大卫生,不大卫生,一出门来,脸迎西,脸迎西,迎头碰见个冒失鬼……"这是当地出名的"骚曲子",大家哄堂大笑,王姨红着脸去拾掇灶台。

蛇狼看在眼里,借题发挥说:"一撮毛,你就是个牲口,嘴说不出个人话,唱歌都没正经。我定个规矩,以后,有瘸腿婆在,不得说流氓话,做下三烂的事。"说完又罚一撮毛一杯酒。

王姨向蛇狼投去感谢的一瞥。

蛇狼打着嗝说:"这两年,大家的日子还凑合,虽然钱少,但肚子能吃饱,大集体也热闹。我老汉的光景越来越不行了,日子难过了,先是孙子被电击死,老伴也走了,剩下我一个孤老头子,吃了上顿没下顿,晚上没人惦记着烧炕暖脚,有时连口热水都没的喝,过得苦啊。再说,队上集体出工,天天有干不完的活,运粪、挖渠、平田、犁地、下种、施肥、间苗、收割、打场,一茬子庄稼刚伺候完,接着又是间种、套种、收稻子、高粱、白菜、土豆。秋收了,总觉得该歇口气了,又是翻田、冬灌、饲养场起粪、农田改造,又一个春播接上了,一年三百六十五天,不停歇。一年分的粮刚够吃饭,没肉没酒,裤裆里就是屁多,穷鬼身上还虱子多。"说着,捉个肥虱子,用牙一咬,再抹几滴辛酸的老泪。

我听了一会儿,渐觉没趣,被烟熏得咳嗽,便走了出去。夜漆黑如墨,我看着满天繁星,似乎比在家里看到的更近更亮,还闪动着,像炭灰里跳动的几个将熄的火星。我们家在哪颗星星下面呢?我又想家了,把脸伏在柔软的沙子里,压抑着哭声,希望把痛苦掩埋,转身看见小草,摩挲着它们。转念又觉得王姨对我挺好,给我肉吃,蛇狼不允许他们欺负我,我对蛇狼的敌意有了改变,觉得他是好人,忧愁和痛苦又淡了下去。

沙枣树开花

天越来越黑，一阵风吹来，在草中钻过，带着哨音，这让我产生一丝惊恐不安。沙漠的黑和空旷使我觉得空虚害怕，只好回到屋里，他们还在大呼小叫地喝着酒，一个个面红耳赤，脑门流汗，嘴脸油腻，屋子里散发着浓重的酒气，还有烟味，以及羊粪的臭骚味和其他什么东西的霉味，让我作呕。蛇狼很兴奋，眼珠子都红了，还不认输。我看得出来，其他几个人都将他当作攻击对象，频频划拳、劝酒。蛇狼表现得很豪气，来者不拒，还没等对方喝下去，自己倒是先把酒灌进了嘴里，咕咚一声咽下去，咂咂嘴，好像很香甜，使人陶醉。他放下了酒杯，用手抹了一下嘴角，不自觉地，也很不讲究地抹到了自己衣襟的下摆，抬起手背又抹了一下，要吃菜，筷子掉到地上，捡起来，在肘窝下擦一下，夹块肉塞进嘴里，舌头打着结说："酒是好东西啊，酒啊，装在瓶里像水，喝到肚里闹鬼，说起话来走嘴，走起路来闪腿，半夜起来找水，早上起来后悔。"其他几个人附和着，说说自己的心事，发发牢骚，互相骂几句，消气后再听听旁人的心声，听听来自不同地方的怪事，大家一起乐乐。

蛇狼看我进来蹲在旮旯里，喊着："来，替爷喝杯酒！"顺手递过来一杯。

我惊慌失措，结结巴巴地推辞："我、我不会喝酒。"惹来大家一阵大笑和戏谑。一撮毛轻蔑地说："孬种才不会喝酒。"

我本来不想喝，可一想起一撮毛刚见面时说的话，气鼓鼓地接过杯子，一饮而尽，一条火辣辣的热线顺着嗓子呛下去，我咳嗽着噎住了。王姨拍着我的背，怜爱地说："不要难为娃娃，看把娃娃难受得。"

一撮毛不满地瞪着王姨，不怀好意地回敬："到这里来的哪个人不难受，活受罪？你来关心我一下，比关心这崽子有意思。"说着，又递给我一杯酒，"把爷这杯也代了。"

我接过酒杯，吸取教训，不敢大口喝，先抿了一小口，又抿了

第七章 初识牧羊人

一小口,再抿一小口,好像还剩下什么似的,仰着脖子,看了看一撮毛,彻底抿进了嘴里。

第三杯是谁送来的,我都忘了,王姨一把抢过去,低头笑了笑,两个小酒窝子就抿了出来,很矜持地把酒杯放到桌子上,坐回炕上,双手并拢放到了膝盖上,笑了一下。

后来,我可能又喝了一两杯,头昏脸红耳热,很快就什么都不知道了。

第八章 沙枣林中的驻地

第二天早晨起来，我看王姨叠被子、扫地，才知道昨晚是在她屋里睡的，不禁有些害羞。

场子里传来羊的咩咩声，牛的哞哞声，马的咴咴声，狗的汪汪声，还有人们吆喝牲口的声音和甩响的鞭声。

出了门，我望着远处笼罩在早晨阳光里的沙丘。它在阳光下如刚醒的睡美人一样慵懒沉静，逶迤地托着长长的裙摆，一道褶子连着一弯深谷，无垠地伸向远方。

初来乍到，王姨带着我去熟悉情况。我们门前放着磨扇、碾子、碌碡，这些都是农村常有的，我见着不奇怪。

院子里的路，经常被牲口踩来踩去，渐渐地，有的地方高，有的地方低，很不平整。王姨腿脚不方便，走在这高低不平的路上，晃得更厉害。看她在前面走路的滑稽样子，我偷偷掩着嘴笑。

门口吹起旋风，一股一股，把黄沙扬得雾一样，平地起了沙尘，王姨把围在脖子上的头巾拉扯到头上遮蔽风沙。

二百米开外的远处，平缓低浅的沙滩呈现一派黄褐色，无数道沙石构成的皱褶如凝固的浪涛。再往远处眺望，是连绵起伏的沙丘，一直延伸到远方金色的地平线，由清一色的黄沙堆砌而成。这里是黄沙的世界，黄沙的海洋，绵绵的黄沙与天际相接，根本想象不出哪里才是沙的尽头！

第八章 沙枣林中的驻地

我们的地窝子和羊圈以及牲口棚,卧在沙漠中,有两个打麦场那么大。

首先映入眼帘的是场地周边稀稀落落的沙枣树,我摸着它的枝干,粗糙,发着紫光。树枝上挂着青色的小沙枣,密密麻麻的。王姨以为我不认识沙枣树,夸耀道:"你要是五月份来,这树上全是黄花,一簇一簇的,好看着呢!也香得很,风一吹来,老远都能闻着。再过几个月,沙枣就熟了。"

不用她说,其实我家就有沙枣树,我不稀罕。每年五月,伴着鸟儿的歌唱,当空气中飘来淡淡的甜香时,我知道,沙枣树开花了。沙枣树的花细碎繁密,香气诱人。在腾格里沙漠及其周边长大的孩子,大多把沙枣树当作家乡的果树,记忆里都萦绕着沙枣花沁人心脾的清香。

我之所以看它、摸它,是觉得它与我们家的沙枣树有区别。我们家的沙枣树枝干更翠绿,毛茸茸的,水分充足。这里的沙枣树,低矮瘦小,树干上伤痕累累,断裂处结着粗糙的疙瘩,如一个人身上长着难看的瘤子;树皮不是通常植物的绿色,略显枯黄,枝条硬硬的,一点柔软和妩媚都没有,上面还长着尖尖的小刺。往树底下看,稀疏的芨芨草和黄蒿和这树一个德行,干瘪,枯黄,还有些发灰。我露出厌恶嫌弃的表情,用脚踢沙枣树的树干,如碰到石头一样,疼得我龇牙咧嘴,树丝毫未摇动。

"这树长得像个满脸皱纹的小老头,皮没光泽,疙里疙瘩多难看,这草也死不死、活不活的,没有一点儿生气。"我掩饰着疼痛带给我的窘迫,没话找话。

王姨把自己的头巾往紧拉了拉,看着树说:"这里空旷、干旱、炎热、缺水,还有狂风和沙尘暴,树和草要耐寒、抗旱才能活下去,风吹日晒久了,就有着与沙子一样的颜色,长得干、硬,才能抗风御寒,不倒下。"是啊!她说得对,每年四月,多情的柳树早已吐出新叶,高高的白杨也开始发芽,沙枣树其貌不扬,不与杨柳争春,不和桃李为伍,却能在任何地方都活着。

看着这些沙枣树,我就琢磨,一方水土养一方人,一方水土也养一方植物。

沙枣树林里有口水井,井台是石头垒的,旁边放着一个用白色厚帆布做的吊桶,四周湿淋淋的,地上泥泞。井台前摆着一个木制水槽,宽约二尺,长有丈余,是给牲口饮水用的,我拿起水桶放到井里,徐徐落下绳子,打了一桶水提上来。我说:"这井浅,我们村上的井比这还深一米多。"王姨皱着眉说:"井太浅,水苦,牲口都不好好喝。"是呀,我看水泛着白糊糊的颜色,不干不净的,喝一口咸咸的,还不如厨房缸里的水好喝。我问王姨:"这水比缸里的水还苦?"王姨解释说:"从这里打水回去,放一会儿,把上面的撇去,中间的舀到缸里,桶底的倒掉。缸里的水是经过过滤的。"我摇摇头,沙漠不如庄稼地好,连沙漠里的水都不如我们村子里的水好喝,还不知道有哪些不好,真不是人待的地方。

牲口棚后面是草料棚,紧挨着的是码着草垛的草料场,棚子不大,放着铡刀,旁边堵着铡好的一堆料,都是寸把长的草秆。我拿起磨得亮亮的、寒光闪闪的铡刀,王姨赶忙制止:"快放下,别伤了手。"我说:"我们生产队有这个,我玩过,我跟你讲,我们语文课本有刘胡兰烈士的故事,她就是被敌人用这种铡刀杀了。"王姨把手捂在胸口上,惊讶地说:"谁这么凶,这么狠,下得了这个手,有多大的仇啊。"她显然不知道刘胡兰的英雄事迹,我就把书背了一遍,她听得一直捂着胸口。

来到羊圈,下半截是泥墙,上半截是木棍扎的篱笆,很不规整。牲口棚是土坯砌的,倒比我们住的地窝子高大一些。

往西走一里地,是一片神秘的沙漠小绿洲,我们放牧的草场。沙漠里的植物都有自己的特色,都在以各自的形态诠释着生命,卑

第八章 沙枣林中的驻地

微、艰难，索取少、奉献多。长得显眼的是红柳，枝条呈红色，细枝无数，枝条柔韧，抗大风，匍匐倒地也不会折断，是牧民做套马杆和鞭杆的好材料。狗狗秧是开紫色小花的草，犹如一个扎着小辫子、穿花衣的小姑娘，让人爱怜。蒲公英，虽然满枝是刺，但开着金菊一样的黄花，花瓣如柔软的细针，抱拢在一起，好亲密，好团结，好友爱。乞乞牙也是带刺的，叶边有呈锯齿状的草，鲁班发明锯，据传说受了它启发，看上去矮矮的、孤零零的，叶边的小刺仿佛也有一点儿保护能力似的。这些小草，尽量地减少吸取养分和水分，朴实无华地生存着，在恶劣的环境中保持着祥和与宁静，使沙漠不死，存有一丝生命的活力。这里的沙，这里的树和草，彰显着奉献精神，滋养着牛马骡羊，忍受着干旱、高温、寂寞，形成一个独特的世界。

我们的驻地就在这里，这是一个人迹罕至的寂寞荒凉之地。这个牧羊场，有沙枣树、胡杨、杂草，有人，有地窝子和烟火，就有了生机。

这也是一个与炎热干旱抗争的地方，与死神决斗的地方。牧羊人骑在马和骡的背上，吆喝着，甩着响鞭，与这些不畏干旱的植物，共同向天膜拜，向自然感恩，但不向生活低头，不向艰难困苦弯腰，向世人诠释着生存的奇迹和顽强的精神。他们热爱绿洲，离不开这片绿洲，绿洲也离不开这些人的喧闹，它需要夕阳下的炊烟、夜晚的篝火带给它生的气息。沙漠中的每个人都有不屈的韧劲，如沙漠中这些不屈不挠的植物一般。

第九章　沙漠里的女人和男人

这是一个贫瘠而荒凉的世界，但这里有男人，也有女人，那就肯定是有故事的。

三年前，迷眼子娶了瘸腿婆。也没有什么正儿八经的婚礼程序，迷眼子拿出自己的积蓄，买了一塑料桶白酒，宰了只羊，吆五喝六地美美喝了一场酒。当夜，天公作美，天上挂着一轮又大又圆又亮的月亮，清辉洒地，万籁俱寂，一切都酣然入梦。歪嘴喝得多了些，到屋外起夜，睡眼惺忪地提着裤子，撒完一泡尿，回过头发现有个影子从迷眼子的屋门前一闪而过。他过去看个究竟，走到门口时，屋子里传来断断续续的声音……这声音对于一个经常在沙漠走动的牧羊人和猎人来说是很熟悉的。再仔细听，又有很大的不同，他仔细分辨着，眼睛不由自主地贴在门缝上，隐隐约约看见了大公羊打羔的影子，突然明白了什么，脸红了起来，全身猛然涌过一种从未体验过的感觉，他脑袋大了，脸红了。屋里的婆娘耳朵灵，就在这时，嘘了一声，接着生气地骂道："门外是哪条狗趴门缝？再不走，老娘就宰了你炖着吃了！"

歪嘴赶紧开溜。瘸腿婆纳闷：这里的人咋了，都喜欢这样听墙根啊？接着对迷眼子说道："你看你们这里的人咋这么肮脏，这大半夜不睡觉，听人家墙根，还让人家咋过日子？"

歪嘴匆匆离去，回到房间就看到一撮毛正绘声绘色地向其他几

第九章 沙漠里的女人和男人

个光棍讲述着迷眼子和那女人的故事。歪嘴这才知道刚才在门外看到的那个影子是一撮毛，原来他也在偷听，几个人兴奋地说着，闹得大家一夜都没睡好。

第二天做早饭，瘸腿婆在灶上忙活，一撮毛眼睛如锥子似的盯着看她。瘸腿婆拿了碗，似乎觉察到一撮毛的目光正发出窸窣声，像寻觅猎物的蛇吐着红红的芯子，在她的脊背上爬行，让她凉飕飕的，让她的皮肤收得紧紧的。

一连几天，歪嘴内心有鬼，总觉得自己做了亏心事，都不敢正视迷眼子和那婆娘的眼睛。

迷眼子结婚后，整天笑眯眯的，眼睛眯得剩条缝，走路轻快，精神爽朗，心情也好，让歪嘴很羡慕。

瘸腿婆尽管腿不好，走路难看，但单看脸盘和上半身，瑕不掩瑜，柳眉上扬，眉下闪着灵动的大眼睛，如成熟的葡萄，有光泽，鼻子直挺，尤其是鼻尖如一滴水似的向下勾着。女人水蛇腰，在这里犹如出水芙蓉，引得这些男人见了她都不由得多瞄上几眼。

这些牧羊人，多年都是光棍，别说见个女人，连个母猪也看不到，聚到一块编排着女人和男人的那些事，虚幻而又神秘，朦胧而不现实，渴望而又压抑。身体里那股火蹿上蹿下，像沙漠里的风，十分狂躁，不知从哪里来，也不知到哪里去。

尤其是一撮毛，那双小色眼儿常常盯着她不放。一撮毛肥头大耳、大嘴巴，唯独不成比例地镶嵌了一对耗子眼，又倒吊着眉目，脸上一颗黑痣上钻出长长的黑毛，犹如老鼠的胡须，颇有贼眉鼠眼的意味。瘸腿婆看到他就想到老鼠。有一撮毛在，她总是浑身不舒服，猛然一回头，发现有双眼睛总在色眯眯地盯着她。那直勾勾的眼神也有点太直白太贪婪了！迷眼子从此多了个心眼儿，每当一撮毛在时，他就咳嗽几声，让她到屋里做活计去。

夜里，瘸腿婆和迷眼子经常感觉有人像老鼠一样从门缝里偷窥他们，或者支棱着耳朵偷听。刚开始，她紧张、羞愧、害怕，浑身不自在。她不安地把这些异常情况告诉了迷眼子，迷眼子也知道这些，搂紧她说："以后把门关紧点儿，我用木胶把门缝塞严实点儿，别理他们。"

迷眼子补修门缝时，一撮毛讥讽道："看你吃肉，我们连个汤也喝不上了。"

迷眼子不客气地说："你个老狗，栽在女人沟里，还不知道改。"

"宁在花下死，做鬼也风流。"一撮毛说完，唱着淫调走开了。

从此，偷窥的人明显少了，时间久了，他俩也就习惯了，就当是屋里的房梁上卧着条蛇在看着他们，墙缝里有个老鼠在偷听他们。

这里是个荒芜的世界，几个男人野人般生活，没有厕所，如牲口和羊群一样排泄。瘸腿婆嫁过来后，有了女人，才有了不方便一说，可是也没有人意识到应该修个厕所。一天傍晚，瘸腿婆在胡杨林粗壮的树根后小解，一抬头突然发现沙枣树背后有个人鬼鬼祟祟地偷看她，慌忙提起裤子，从此，吓得不敢在白天方便，憋到夜深人静时才敢出去。这也不是办法呀！迷眼子用四根木头搭起架子，秫秸芦苇做墙，芨芨草铺顶，在地上挖了两个坑，修了个旱厕，而且男女共用，谁先进去谁先用。男人们谁进都无所谓，瘸腿婆进去时，把围巾系在门口的木柱子上，意思是她在里面。

结婚半年后的夏末，轮到一撮毛起圈，只有他和女人两人在驻地，他觉得有机可乘，不停地溜到厨房，一会儿要喝水，一会儿要找铁锹，先是语言挑逗、威胁，而后又动手脚，结果被女人狠狠地扇了一个嘴巴。

瘸腿婆哭着跟迷眼子诉说了这一切，结果是迷眼子找一撮毛打了一架，还吃了亏。迷眼子体格不如一撮毛，打不过一撮毛，也就不了了之了。

再说了，瘸腿婆因名声不好，被家人打发得越远越好，某种意

第九章 沙漠里的女人和男人

义上说,是被媒婆"贩"到这沙漠深处来的。她也是顶着"破鞋"的帽子,在那个年月,能让流言蜚语的唾沫淹死。再说她还是个外来户,吃着别人的饭,在别人屋檐下,岂能不低头?她从嫁到这沙漠里的第二天开始就忙忙碌碌地干杂活,争取生存的权利和空间,想赢得大家的认可。每天天刚亮的时候,她就从炕上爬起来,顾不上梳洗,揉揉眼睛,出了地窝子干打垒,去给那几头牲口添头遍草,回来后为大家准备早餐。随着厨房里"呱嗒呱嗒"的风箱声,屋顶的烟囱里便会有一股股炊烟冉冉升起。牧羊人一天两顿饭,早餐很重要,吃一顿管一天,主要是熬奶茶、拌奶酪,还有砖茶、炒小米、葱油饼。在大家吃饭的空隙,她到井台边打水。水井有四五米深,她用绳子吊着个帆布小桶,一下又一下提水,倒在井台边的木水槽里。木水槽是一个完整的大木头墩子凿成的,宽有二尺,长有三米,她先饮其他牲口,然后饮羊,绞几下,停下来歇息一下,喘口气。这样的天气还行,等到十一月至来年的三月,天寒地冻,冰碴遍地,冷得手都伸不出去,脸冻得发麻,眉毛上结霜,吐口气都白茫茫的。每次饮完牲口们,她都冻僵了,赶快回去烤火。现在天热,早晨较凉,等她往木水槽里注满了水,羊挤挤巴巴地饮着,她站在水槽边稍事歇息,满意地笑着,弯下腰,掬一捧清凉的井水撩在脸上,搓几下,又掬起一捧水再搓搓,脸就算洗了。她直起腰,长长地舒一口气,甩甩手上的水,继续打水。饮完牲口,人家都走了,她拿起扫把清扫院子,收拾屋子,里里外外忙完,太阳已升到半空了,这时她会感到一种满足和惬意。

她那一巴掌,迷眼子打那一架,暂时把一撮毛的邪气压了下去。可是还有人惦记着这个漂亮的女人。

牧人轮流放羊,她不是牧人,在驻地搞后勤服务,歪嘴有一半时间也在驻地,他们免不了经常见面,甚至合作铡草、扫圈、打水、或做饭时互相搭把手。

有一天，轮到他俩铡草，歪嘴压铡刀，她捏着草往刀口送草，一递一送一压，草房里响起有节奏的咔嚓声。一个时辰后，两人累得汗流浃背，先是歪嘴扔掉外衣，只穿件坎肩，活脱脱一个陕北汉子的形象。随着铡刀的一起一落，他臂膀上的肌肉也跳跃着，显示着刚强健壮。女人也热得受不了了，脱了外套，只穿件内衣，白嫩的颈脖和丰腴的肩膀裸露在外边，像莲藕一样，身上流着汗，衣服湿湿的，贴在身上……歪嘴的眼睛不安分了，手里的铡刀乱按起来，差点铡上女人的手。女人骂道："歪嘴，你魔怔了，你可当心铡了我的手！"歪嘴打了个激灵，浑身一颤，才醒过来。二人一时无言，只有铡刀切过青草的"嚓嚓"声。

歪嘴觉得自己听房，偷看那女人，丑态也被她窥见了，怪不好意思的，见了她开始低头，绕着道走。这天起圈扫粪清场，女人拿着扫帚等在门口。歪嘴拿着铁锹过来，老远看到女人在门口，就低着头，绕着身子往里进。女人看他过来，并没有让路，歪嘴进也不是，不进也不是，犹豫地抬起头望着女人。女人倒是大大方方，说："歪嘴，你好像有心事，躲着我，你是不是干了啥亏心事？"歪嘴愣了一下，怯懦地说："没有啊……"语无伦次，说不下去了。女人不依不饶地推歪嘴一把，歪嘴没有防备，一个趔趄，脚绊在栅栏上，衣服"刺啦"一声划了道口子，他一屁股跌坐在地上。女人望着歪嘴露在衣服外的屁股，原来他没穿裤衩，忍不住"扑哧"一声笑出来。歪嘴用手捂着屁股遮羞，脸红发窘，女人捂着肚子，笑得花枝乱颤，然后狠巴巴地说道："还不快回去换好衣服来干活！"歪嘴气呼呼地说："换个屁，老子就这一条裤子，让你扯了。"女人才止住笑，不好意思起来，说："拿来，我给你补。"歪嘴说："多不好意思。"女人也不管他的拒绝，说："回房子去，把衣服扔出来。"

一会儿，她拿着衣服，拾掇针线，扒拉开裤子，黄的、白的污秽一块块结着痂，虱子成团爬动着，她恶心得差点吐了，别过脸去，

第九章 沙漠里的女人和男人

匆匆忙忙地补了，扔回歪嘴的房间。

再到羊圈，那女人红着脸对歪嘴说："你的裤子那么脏，也不洗洗，恶心死人了。"

歪嘴不好意思地说："我们这些穷光蛋，只有一条裤子，又是臭男人，都一个德行，迷眼子以前也是这样，你不知道我们没有婆娘的苦处。"说到这儿，他突然意识到裤子特别脏，怎么忘了这一茬，让一个女人看了，她会怎么想，真丢人！想到这儿，他偷瞄了那女人一眼，刚好她也在看他，他的脸立马红了，他扭过头去。女人不知道他的心思，接着前面的话题问："歪嘴，你最近在躲我们两口子，你是不是偷听偷看我们了？"

歪嘴觉得自己的丑事被说破，心怦怦跳着，难堪得抬不起头来，嘴上却支吾着："我没有！""哼，我就知道是你。那有啥好听好看的！要是没有，你慌啥呢？"歪嘴吭哧了半天也说不出个啥来。那婆娘换了关心的口气说："想婆娘了，嫂子帮你介绍一个。"其实，迷眼子和她都比歪嘴小，歪嘴也不计较这些，心里觉得温暖，向她投去感谢的一瞥，嘴里忙不迭地说着"谢谢"，先前的难堪、窘迫也退去了，只是觉得这女人好，可爱。

此后好一段时间，歪嘴都不好意思见人家两口子，红着脸，低着头，躲着走。他也看得出，迷眼子对他有了敌意，冷不防一回头，他就发现迷眼子在背后阴森森地盯着他。本来是好朋友的两个人，关系突然尴尬起来。

第十章 歪嘴的绮梦

歪嘴的心理慢慢扭曲了,他想:你们做着龌龊的事,又不是我做了,我是光棍一条,惹谁了,我怕谁?从此以后,他对迷眼子也没了哥们儿的情分,开始打迷眼子的婆娘的主意。

歪嘴动心思了。在他的梦中,那女人慢慢地飞起来,穿墙进来,似乎是穿过那沉闷又黏稠的空气过了墙,游入他的梦里。他做梦娶媳妇——偷偷地乐。

有了梦想,就会付诸实践,但是,那女人如天上的彩云,地下的幻影,看得见,摸不着,猜不透,天狗吃月亮——难下爪。

有一次,那婆娘在门口梳着两条长长的大辫子。她在梳头时那种样子,极吸引人,挑逗人,歪嘴忍不住大大咧咧地说:"我最近老做梦和你在一起,你说奇怪不?"

女人说:"哎哟,你心里还有老娘了,老实交代,梦见我什么?"

"你说梦见你什么了。"歪嘴不怀好意地说,心里想,听说这女人以前就偷男人,我为什么不能偷她?她这么贱。于是他更大胆露骨地试探:"这么长时间了,也没见你们生个娃,是不想要吗?人拿娃拴,牲口拿绳拴,他不想要或者不行,我来给你送一个。"说完斜眼盯着女人看。

"想得美,我看你歪嘴不但嘴歪,心也歪着呢,发了霉的葡萄——肚子里坏水哩。你呀,打枪放你的兔子鸭子去吧。"

第十章 歪嘴的绮梦

歪嘴接着说:"我给你打些野物改善生活吧。"

女人咯咯笑着说:"这还像个人话,看你有那本事,二月的闷雷——不要响(想)得早。"

歪嘴心里想着,你装什么清高,笑道:"老子本事多着呢,你瞅着瞧!"

歪嘴越来越喜欢这女人,一条油黑发亮的大辫子搭在胸前,辫梢在手指间缠来绕去,仿佛牵着他的魂,大大的眼睛使他经常哼着那一句歌:"我就爱你那毛眼眼。"

从此歪嘴勤快了起来,除了放羊。放羊都是按部就班,也没什么需要他操心的。他去打猎,改善大家的生活。有野味吃,众人皆欢喜,支持他。他背上枪,跨上他的大黑骡子,去沙漠深处。肉是大家一起吃,皮归他,卖了钱,他买弹药、打酒,还偷偷给那女人捎带点儿好东西。春天打猎回来,就顺便采蘑菇、薅野菜。沙漠里虽然环境差,但若有雨水和合适的条件,长出的都是好东西。蘑菇细瘦,经风吹日晒,冷热交替,特别柔韧,营养丰富,耐嚼。锁阳根深粗壮,是上好的中药,入汤大补。沙葱、野蒜细短,根部发红,有独特浓郁的沙生植物的气味,炒菜、凉拌、入汤,味浓辛辣,萦绕舌间,久久不散,令人回味。夏秋两季打野兔、黄羊、沙狐,这些家伙吃野草,活动量大,个个膘肥体壮,吃起来比家畜香味浓郁,喝点儿酒,很过瘾。冬天一眼望不到边的白雪,将沙漠覆盖得妖妖娆娆,浩瀚苍茫,大动物们都不出来了,鸽子、麻雀和肥胖笨拙的呱呱鸡往绿洲和柴草垛飞来,送上门来。下套子和网,抓野鸽子,逮呱呱鸡,这些都是冬天里美味的下酒菜。歪嘴有了向往,有了奋斗目标,浑身是劲,寻踪辨物,枪声不断,隔三岔五提回野物,改善生活。女人嘴馋,吃了人家的东西心软,拿了人家的东西手短,二姑娘不拉纤——顺水推舟。

去年冬天,歪嘴和女人又在草房铡草。天寒地冻,草也冻得结成疙瘩，那女人撕扯不动，歪嘴上前帮着拉草，使劲一拉，一回手碰在那女人的身上，尽管隔着棉衣，那触电般的感觉仍然让他心狂跳，他恍若在梦中，刹那间血涌上了头。女人愣了一下，说："你是不是故意摸老娘？"抬手护在胸前，理了理头发。歪嘴缩回手，微微地有些抖，睁大眼睛盯着自己的手，又看着刚才触碰的地方，心仿佛要蹦出胸腔，浑身热血沸腾，直冲头顶。

　　女人看得明白，也涨红着脸，愕然地瞪着歪嘴，往后退着。说时迟，那时快，歪嘴一步上前，紧紧掰住她，她吓得一下子僵住了。她毕竟是过来人，一边推搡一边说："在这里不合适吧，进来个人怎么办？"他的眼里隐现着一丝惊恐、迷乱和不知所措，但耳朵里听到的话倒像是鼓励。她并不反对，只是说地方不合适，怕被人发现。歪嘴两眼通红地盯着那女人，话都说不连贯了："我一定对你好……"嘴里断断续续地说着，身子一扑，将那女人推倒在草堆里。

　　事后，女人却异常冷静，迅速地穿好衣服，拍掉身上的碎草和尘土，理了理头发。

　　歪嘴有了第一次，尝到甜头，就想下一次。女人有了心事，见了迷眼子，心里有愧，挺别扭的。

　　歪嘴又逮着机会，又要非礼女人，女人说："我男人是迷眼子，我只能让他动，再也不会和你胡来了，就那一次，以后别再想了，我不会再让你耍了，否则，我看着迷眼子心里难受。"歪嘴苦苦哀求。

　　"你别再想那些乱七八糟的事了，我愧对迷眼子，这辈子不能再造孽了。"她正色说道，"咱们之间，再不敢了，你对我的心思快收起来。"

　　歪嘴不解地说道："你咋回事？你刚让我尝到了甜头，就又不让我耍了，那不是吊我的胃口吗？"

　　女人说："那已经很不错了，我后悔了。"

　　歪嘴好不容易努力到这份上，可不想前功尽弃，跪下求道："也

第十章 歪嘴的绮梦

不想想我对你有多好，你咋说翻脸就翻脸啊？你这样对我，多残忍啊，比用刀子扎我还狠。"

女人又犹豫了，任凭歪嘴轻薄。事毕，瘸腿婆抽抽搭搭地流着泪说："不管咋说，我最困难的时候，是迷眼子收留了我。"

"我知道，我也觉得对不起迷眼子，我们是好兄弟，可我这么大岁数了，才遇见你，你就可怜可怜我吧！没有你，我活不下去。"迷眼子和瘸婆啥感情，他一清二楚，只要两人在一起，那就像牛皮糖黏在一起，撕也撕不开了。

有了第一次，那就会有更多次，就是女人拒绝，他也敢强行下手。

从此以后，那女人对歪嘴好了起来。吃饭打菜，她有意无意给歪嘴捞稠的，拣好的，歪嘴心里像抹了蜜一样甜。

纸里包不住火。他俩的事，半年前就被和尚窥见了。有一次逢"初十五"，和尚提前回来，要做法事功课，到厨房去盛一碗清水。歪嘴和女人还搂抱在一起，连开门声都没听到，不知道和尚进来。和尚一抬眼看到他们两人共盖一条被子，这是他万万没有想到的，他惊愕得目瞪口呆，等他反应过来，明白是怎么回事，臊得大气都没敢出就退出了厨房，出了门才大口大口喘气。和尚遵从佛教规矩，不破口戒，不惹是非，硬生生把这事装在肚子里，只当没看见。一切都是虚的，过眼烟云，都是不真实的。也许是因果，这是他们俩的孽缘，该来的都会来，该遇见的都会遇见，该发生的都会发生，他从未对别人提起此事。

迷眼子病死后，寡妇门前是非多。

他们这几个男人里，山蛋是二十几岁的小伙子，不可能娶个三十多岁的寡妇；二愣子痴傻，还不懂男女风月；一撮毛虽然与老婆离了婚，却是一个快五十岁的猥琐小老头，浪荡惯了，不是一个居家过日子的人，大家都认为，就是他有这个心，女人也不会生那份情，但他绝不放弃这个念想；歪嘴是三十多岁的光棍汉，因歪嘴，

沙枣树开花

形象不佳，至今孑然一身，想女人都快想疯了。迷眼子死后，他们俩心里升起了希望，盯上那女人，日夜做着美梦，殷勤地帮她做事。

迷眼子下葬的那天，一撮毛大大咧咧地进来，他明明看见女人进了厕所，却装作没看见，女人仿佛遇到了妖怪，吓得大叫了两声，急忙提着解开的裤子往出跑。之后的几天，她见到一撮毛总感觉有些难为情，一撮毛却如同什么事也没有发生一样，好像进错厕所的是她，而不是他。

她有委屈没法说，也无人诉说，她需要有个港湾可以停靠，需要个男人来保护她。说实在的，一撮毛和歪嘴她都没有看上，一撮毛那德行，歪嘴那相貌。这里说说歪嘴，他并不算丑，可是嘴被骡子踢歪了，向左耳根扯着，说话和笑的时候，扯得更厉害。他年龄虽然不大，但在沙漠里饱经风霜，皮肤又黑又粗糙，看上去足有四十岁，少了英俊之气。

她唯一看得上的人是山蛋，他年轻，有文化，干净又麻利，不像个放羊的汉子，有点儿书生气。可是，山蛋眼里没有她，这一点她很清楚。

迷眼子死后，歪嘴想了好多天，突然灵光一闪，迷眼子死了，腾出了位置，他可以填补。他决心娶这个女人，好好对她，好好过日子。

歪嘴一日不见那女人，如隔三秋，心里如十五个吊桶打水——七上八下，寝食难安，陷入不能自拔的境地。他知道他离不开那个女人了，用今天的话说，他深深地爱上那个女人了。

歪嘴又来缠她，诉说自己的衷肠，表达要娶她的心意。女人还处于悲痛中，没有这心思。歪嘴也觉得对不起老朋友迷眼子，一度收敛，心里充满了对过去的岁月的眷恋和对自己的责备。

这时候，蛇狼领着我进了沙漠，接了迷眼子的牧羊鞭，成了四队的牧羊人，融入了这个集体。

第十章 歪嘴的绮梦

　　蛇狼对王姨说,干脆连她一块儿接了,这是句玩笑话,那是不可能的,但他的到来,他在这个小集体中的存在,对王姨和其他几个人来讲,多多少少是有些影响的。

第十一章　我成了牧羊人

　　清晨，沙漠上升起的太阳，与沙海连成一片，如沙里出浴的美人，带着光洁、清新，缓缓升起。远望只有依稀的几点绿色，牧人们吆喝着从圈里赶出羊群，其实也不用赶，打开栅门，羊已迫不及待地出来。羊群一出圈就像放飞的鸟儿一样，无拘无束地小跑，顺着平时在碱地上踏出的路向草场跑去，都不用牧人吆喝。它们朝着熟悉的方向，风中传来的植物清香引诱着它们。骚胡顶着硕大的角，犹如披上铠甲的将军，雄赳赳气昂昂走在最前面，领着它的妻妾和子孙。一群羊挤着拥着，扬着尾巴，一溜溜羊粪蛋蛋落地，空气中添了腥膻味道。牧人从驻地出发后，路上是节奏不紧不慢的蹄声，间或夹杂着牲口的叫声和人的咳嗽声。

　　人骑着牲口，赶着羊，狗跑前跑后地跟着，在弯曲而崎岖不平的盐碱小路上，沙枣树、红柳、茇茇草，迎着风向人和兽致敬。人踩起的尘土落在牲口身上，牲口扬起的尘土落在人身上，人低着头，想着心事，牲口昂着头，甩着尾巴，管它三七二十一，没有那些是是非非。

　　从羊圈到绿洲的盐碱路上，踏出的"蹄印道"在阳光下斑驳地闪烁着光点。

　　沙枣树枝头挑着许多圆圆的、绿绿的小毛蛋，它们在风中摇来晃去，失去了黄色花朵的陪衬，像一串绿色的羊粪蛋蛋，外表很光亮。

第十一章 我成了牧羊人

风吹来，树叶哗啦啦地响着，耳畔仿佛撒下一阵风琴声。

他们几个人早已熟视无睹，时而不见，仿佛它不存在似的，只有我多看它几眼。因为我对沙枣树很同情，很亲近。

我现在的样子和处境，如沙枣树一样——出生在荒芜的沙漠戈壁，生长在贫穷落后的西北农村，沙枣树弯弯扭扭，一生也成不了大材，开的花琐碎，虽然芳香，但在沙漠深处无人赏识，结的果实名叫沙枣，味酸涩，不是果中珍品，上不了大雅之堂。我不就是这样吗？

我与沙枣树同病相怜，我叹息着自己的处境，难免有些落寞。

沙漠上的羊与草原上的羊相比，难免低一等。沙漠里那可怜的稀草，使这些家伙过着缺吃少喝、风吹日晒的艰苦日子，进入胃肠道的那一点儿食物早消化干净了，出了羊圈，乞丐般涌向远处的草棵子。牧羊人的工作是保持羊的队形，颠来跑去，极力吆喝着，把跑散的羊赶回到羊群中。在这方面，我年幼好动，有特长，屁颠屁颠的，乐此不疲，玩着耍着就把事情干了，大人们乐呵呵地看着我一会儿东一会儿西地跑着拦羊，傻乎乎地忙着。几个队的羊合在一起有八九百只，耳朵上染着红、蓝、青、黑等不同的颜色，以此表明它们分别属于不同的主人。原本寂寞的沙漠让这些生灵搅动起来，沙尘飞扬，咩咩声此起彼伏，沙漠灵动起来了，有了生机。世界万物相辅相成，花的美丽芳香引来蜜蜂采蜜，蜜蜂只采其香，不损其质。广袤的沙漠，孕育了星星点点的杂草树木，养育了羊，又引来狼虫虎豹，有了鲜活的世界，沙漠才有了生机、故事，沙漠才不寂寞、孤单。走了半个时辰，过了沙丘，到了空旷的地带，贫瘠低矮的戈壁盐碱地上，有着同样低矮的硬草和苲子，羊四散开来吃东西。

牧羊的五个人分成三摊，守在不同的方向，用牧鞭杆和木棍支起随身带的老羊皮袄，遮阳避风，吃饼、喝奶茶、抽烟。等羊安分了，大家又聚到一块儿讲闲话，不时望一眼阳光下猛啃的羊，不能让羊

沙枣树开花

散得太开或掉队。

我看了他们每个人带的东西，老羊皮袄、水囊、绳子、鞭子、干锅烙饼子、盐、大蒜、烟锅，别无他物，少而简单，注重实用，与生活息息相关，仅仅是生存，除此之外都是多余，无用。

草地上，牛在白云下悠然反刍，慢慢地，静静地，样子很绅士；马在猛吞，骡子在大口咽，羊在唰唰地啃……

随着太阳愈来愈高，绿草的欣欣向荣消失了，沙漠的温柔消失了。大漠与太阳展开了激烈的竞赛，光线带着热浪扑向沙漠，从沙缝里露出的热气涌向太阳，如热恋中的情侣，一个比一个温暖，一个比一个热情，一个比一个奔放。沙漠露出它本有的残酷，把沙洼变成蒸笼，沙漠上的植物在熬着，小动物蛰伏着。

我闲不住，想骑马玩玩。我牵着马缰绳，刚挨着马头，那枣红马猛地一仰头就把我顶开了，我后退了一步，马也欺生欺小。我收着缰绳又走到它身边，它的身体与我一样高，我一手拉缰绳，一手掰着马鞍，想骑上去。我刚一抬脚，那马恶作剧似的闪一下身子，我扑了个空，惹得蛇狼和尚等人大笑。我脸红了，又不甘心，又试了几次，都扑空了，没有骑到马上。我缠着歪嘴让他教我骑马。歪嘴偷眼看着我说："笨蛋，骑马还用学，你腿一抬，骑上就行了呗。""可它不让我骑，老躲闪着我。"我愤恨地说。歪嘴纳闷地挠挠头，不理解我的窘迫和我说的意思。他没有上过学，种地、骑马、放羊，生活中的一切，都是在实践中自然形成的，不存在专门的学习，更没有人特意教他，他从小到大，也没有向爹妈和其他人说过"教我"之类的话。骑马也是一样，不知是哪一天，用什么样的方式，骑在马上就走开了。所以，他也不知道如何教我骑马。动物界没有专门的教育，却有传承，这就是人们说它们是低级动物的原因。过去，农人们没有上过学堂，日出而作，日落而息，生活和农耕及放牧的经验也像动物们一样传承，他们不把这些叫知识和经验，本觉得就

第十一章 我成了牧羊人

是这样的。

还是山蛋善解人意,他过来飞身一跃骑在马上,一把将我拉上去抱在怀里,"吁"的一声,一扬缰绳,那马便小跑起来,沿草场周遭转了一圈,他想让我熟悉情况。沙滩是沙丘边缘形成的洼地,大量雨水从沙沟渗透后溢出,流经这里。水土保持很好,用手刨个一米深的坑,水带着白碱的颜色湿漉漉地附着在沙砾上,不流也不冒,在干旱的沙漠里,为植物提供了生命因子。朝阳的金色光芒洒落在沙滩上,遇沙金黄,照草绿莹莹,反射在盐碱地上有耀眼的白光。远看沙丘上蒸腾着淡淡的雾气,色彩大片地交织在一起。

仔细看这绿洲,单从植物的角度讲,是个不毛之地;若从宏观的全景看,在浩如烟海的黄沙中,有那么一点就足以让人惊奇,有那么一片就足以让人震撼,有那么一个绿洲,就堪称奇迹了。这里的植物有沙枣树、红柳、胡杨,点缀着芨芨草及沙蒿,还有甘草,更多的是我叫不上名的卑微的小草。

大漠空旷寂静,唯独这片小绿洲里有生机。牧羊人穿着老羊皮袄,毛朝外翻着,叼着烟袋,挥着鞭子,在碱地上艰难行走,脚一踩,板结的表面就带着脆响破裂开来,有一种壮烈行军的铿锵感和激越的力量。天上盘旋着雄鹰,地上的野兔惊恐地躲闪着,地上滚动着牛马骡羊和白云般的羊群,草丛中忽上忽下地跳跃着鸟雀,蝴蝶在摇着的草尖上翩翩起舞。

我不知道这苍茫的沙海里怎么会形成这么一个小绿洲。它的四周是连绵的沙丘,沙丘环抱着这么一片洼地,沙丘和洼地交界处是沙和土混合的松软黄土层,接着是明晃晃的白色的盐碱滩,中间是黑色的地面,适合长草。这个世界真是很奇怪,有许多不可思议的创造。来的时候经过沙坡头,黄河从高高的沙丘下底穿过,像楚河汉界,你不犯我,我不犯你,相安无事,一过就是几百年。据说敦煌鸣沙山的月牙泉也是在沙漠里,被四周的沙丘围着,是沙漠不忍心吞噬它的美丽吗？这个大漠中保留这样一个小绿洲，给万千生命一个活下去的地方。

　　马跑了一圈，花费了约一个时辰的工夫。那老马在山蛋的驾驭下很老实，说东走东，指西向西，勒绳即停，放缰即走，好像人与马合二为一。马能懂人语，解人意，配合得很好。快到我们落脚的地方了，山蛋下马，牵着缰绳，让我独自骑在马上，倒也走得很平稳。他刚把缰绳交给我，那老马就再也不听我的指挥了，掉头向另一匹马和那两头骡子吃草的地方跑去，无论我咋抻缰绳，马都直着脖子朝那几个牲口跑去。这回马不用抽打了，跑得比兔子都快，山蛋在后面追着喊着，马也没回应。我吓得眼一闭，索性豁出去了，抱着马脖子，夹紧双腿，生怕跌下来。没跑几步，那马跑到了另一匹马跟前，突然停了，看见了可口的青草就猛地低头去吃草了。它这一停一低头，我顺着马脖子就跌到了马跟前。显然马也被吓了一跳，前蹄一扬闪开了，可缰绳还在我手里攥着。马一闪不要紧，缰绳就绷直了，我的手心顿时感到火辣辣的疼，可我死抓着不撒手，马只顾着吃草，就拖着我向前挪了一截。这时山蛋赶过来，抓住缰绳扶我起来，急忙问我："没摔伤吧？"我龇着牙，摸着疼痛的屁股，倒吸一口冷气说："没事，我还要骑。"山蛋说："悠着点儿，慢慢来，马饿了，要吃草，吃饱了再骑。"

　　沙漠的夏天本来就热得厉害，还不到中午，天地像个大炉子，上面点着火，下面的沙滩热浪翻滚，向上喷着热气，折腾这么一会儿，我一身汗水，马的皮毛也湿了。

　　我听了他的话，和他回到其他几个人身边。

　　这儿的草比平原的草干和硬，枯和矮。正如硬柴耐烧，这硬草也耐吃顶饿，羊群忽而飘过来，忽而转过去，好像与天上的云在比赛，看谁的团大，谁更洁白、悠闲、飘逸。羊的生活很简单，饿时乖乖地寻着那一抹绿意，安稳地低头吃草，草系着羊的心，草拴着羊群，

第十一章 我成了牧羊人

草稳着羊的性子。

看着羊吃草,我早上喝的奶茶早消化光了,肚子也饿得咕噜噜叫。山蛋听到这声音,递给我个饼子,说:"牧羊人吃两顿饭,早晨这一顿很关键,要喝足奶茶。"我说:"那茶又咸又腥,我喝不下去。"

"这你就不懂了,没听人说过吗,人没钱不如鬼,肉不肥不如草,茶没盐不如水。放牧的人,喝这放盐放奶放肉和炒米的茶,在沙漠上一天,不口渴也不饿,这是放牧人的基本功,习惯了还上瘾呢。"我点点头,嘴里的饼子干噎着,我无法说话。一点儿也不好吃,我不想吃,可这一天一直熬到晚上五六点钟才回驻地吃饭,不吃饿得慌。我一边艰难地吞咽着饼子,一边瞅太阳,希望早点儿回去吃一碗汤面条。

上午赶羊、骑马、熟悉草场,一切都很新鲜,初来乍到的兴奋和激动淹没了空虚和无聊。

中午我睡了一觉,不知迷糊了多长时间,我热醒了,浑身是汗。

坐在沙滩上,四处弥漫着燥热的气息,天地之间是白茫茫的热气形成的气浪,远看就像是四处奔窜的火焰,热能源不断,一浪高过一浪。太阳要将自己的热情全部洒向沙漠,大地要将身体深处的火热全部喷射出来,一个天上,一个地下,比着谁的热情更高,持续时间更久。热风吹拂着天上的白云,青草呼唤着地上的羊群来回走动,云在天上飘,羊群如白色的棉花团在地上滚动,天上、地上颜色交融,影子叠加,缠绞在一起。远处的沙丘在低云中或隐或露,羊在天地相接中若隐若现,烟尘苍茫之处,不辨天地。荒草稀树下,羊群挨着云匍匐,有时我感觉它们突然从消失了的远方天际冒出来,想起"黄鹤一去不复返,白云千载空悠悠"的诗句。

在我浮想联翩、吟诗之际,有几只羊在离群走出了一段路。一撮毛说:"你娃娃腿快,去撵回来。"我一溜小跑着去了,拿着红柳条木棍,连打带吆喝,将那几只羊赶回来,就在这几只羊走入羊群时，一只健壮的骚胡举着高高的角朝我奔来，我吓得扭头就跑。说时迟，那时快，那家伙朝我的屁股撞了过来，只听"砰"的一声，我朝前飞了出去，摔了个嘴啃沙。那羊又后退几步，蓄力准备再弹跳过来。歪嘴早在那骚胡冲出羊群时就看明白了，飞奔来救我，抓着骚胡狠打了几棍子。我爬起来，一瘸一拐地回来。他拉开我的衣服，看到我的屁股肿了一块，对我说："牲口都有以大欺小的毛病，它看你欺侮它的妻妾子女，就觉得你在挑战它，就要与你干仗。回去后你拿把草料单独喂那骚胡，让它熟悉你的气味，和它培养感情，比打有效果。"

山蛋说："也是，回去给娃搞个老羊皮袄穿上，羊的气味自然就浓了"。

山蛋给那骚胡角上套了绳子，让我一圈一圈地拉着它走。骚胡四蹄蹬地，与我拔河一样较劲。山蛋用鞭子抽它，它就耸动屁股昂起头走几步。还不给它低头吃草的机会，只要它有低头吃草的意思，他就抽它一鞭子，折腾了一个时辰，那骚胡终于屈服了，在我面前低下头，对我服服帖帖。在教训这骚胡时，有些羊不时抬头往这里看看，其实有杀鸡给猴看的意思，让它们别小瞧了我。

这么大一群羊，如何拦好、放好，我没有经验，我缠着他们几人给我讲怎么放羊。他们以老把式的姿态给我摆弄，尤其是一撮毛，他话最多，谁都知道他和蛇狼一样，是吹牛、讲段子、说荤话的一对冤家，两个人犟起来，如小孩一样，赌咒发誓，唾沫星子都能喷好远，吵得红脖子粗，互不相让。这也不是毛病，没有他们，在沙漠里放羊就太寂寞太乏味了。后来我与他们混熟了，知道他们都很善良，各有各的脾性，才能更好地相处，取长补短，形成一个很好的团队。和尚信佛，心善，在沙窝子不和人聚堆，在老羊皮袄搭成的凉棚下，手拿串珠，静心念经。平时他会说一些高深的禅理，比如众生平等，与人为善。豁子爱打猎，嘴歪眼直，很有准头，经常

第十一章 我成了牧羊人

提着兔子和呱呱鸡,改善大家的伙食。

山蛋年轻,读过书,有点儿知识,说话更加科学和有根有据。他说:"羊是人类较早驯化的动物,与牛、马、猪、狗、鸡并称'六畜'。我国古代养羊的历史非常悠久。在生活中,人们以羊造字,以羊铸词,以羊作文,以羊教化,以羊祝福。比如羊的样子——祥、善、美;羊的性格——温柔敦厚;羊的奉献——吃的是草,奉献的是肉,索取很少,贡献很大,全身是宝。"

和尚接过来说:"羊的习性——合群、团结、仁义。羊温顺忠厚,产生了'善'字。在古人的观念里,羊是美和善的象征。羊,自古都是吉祥的象征,代表着和平、善良、美好、知仁、知义、知礼。"

歪嘴讲牧羊的知识,春末给羊剪毛,羊毛是人靠羊取得的劳动成果。一个好的牧羊人不仅仅是看天相判断天气,看水草来轮牧,当助产婆保证羊的安全分娩,在暴风雪和沙尘暴中减少灾害,还要掌握剪羊毛的技术,要剪得光滑完整,不损伤羊皮和羊毛,这需要练习很长时间。

我夸奖说:"你们几个怎么知道这么多?"

一撮毛笑着说出一串歇后语:"磨道里出了驴叫声,羊群里冒出个骆驼,猪鼻子插大葱装象,还敢当先生了。壁画上的耕牛——不中用,篾匠店的徒弟——会编,癞蛤蟆看书——装先生,东岳庙的二胡——鬼扯神吹,不听曲子听评书——说得比唱得好听,殡仪馆里的棺材——装人。"

山蛋也不客气,又是一连串歇后语:"你一撮毛,案板顶门——管得宽,疤癞眼上长疮——坏到一块了,不出鸡的鸡子儿(鸡蛋)——坏蛋,裁缝的尺子——量人不量已,晒干的葫芦——开窍了"。

他俩这一阵瞎说,把我们逗得前仰后合,气氛热烈起来。

一撮毛最不爱听正经话,听他俩讲羊,一会儿善,一会儿忠,一会儿仁义,就烦了,用手指着偏西的太阳,甩着响鞭高喊:"该回了"。我已经迫不及待了,听了这话,拿起鞭子朝羊群跑去。后面传来一撮毛驴吼出来的歌声:"十八满姑三岁郎,新郎夜夜尿湿床,站起没有扫把高,睡起没有枕头长,深更半夜喊奶吃,我是你媳妇,不是你娘!"这声音压过了我的吆喝声。

我挥鞭驱赶着还在恋恋不舍地吃草的羊群,它们好像并不惧怕我,懒洋洋地挪动着。一撮毛和他们几人骑着牲口过来,羊群聚拢了。太阳斜斜地坠下了,把远处的沙丘染得红红的,与西天边缘的火烧云融为一体。场子又骚动起来,几个人收拾着东西,我跟在他们后头,也把牲口们都喊得停止了吃草,羊群好像听明白了话,掉头缓缓地向驻地走了。马和骡子,还有狗,在羊的后面溜达着。山蛋牵着那匹马在队伍的最后头不紧不慢地跟着,我骑在马上,很快到驻地了。山蛋顺便把缰绳递给了我。他却忘记了,一天都没喝水的老马看见水槽就直奔了过去,我使足劲都拽不住,那马到水槽前突然猛地低头,我又摔了下去。这是我今天第二次从马上摔下来了,我站起来揉着疼痛的屁股,大家又笑了。

我很气愤,拿鞭子抽那老马,二愣子不乐意了,过来阻拦我。我知道他脑子有问题,想把他糊弄走,继续训马,让马知道我的厉害。谁知道二愣子是个护犊子的性情中人,他把牲口们当亲人,容不得别人鞭打和欺侮它们。我每鞭打老马一下,那马昂着头退一步,二愣子就推我一把,我俩较上了劲。我躲开他,连抽几鞭子,他就小可怜似的张嘴哭开了,而且声音越来越大,仿佛我打了他,欺负了他似的,委屈得不行。听见了二愣子"哇哇"的哭声,和尚过来对我说:"你打马,对他来说就是打他的亲人,以后不要当着他的面打牲口。这小伙子也是个可怜人,不容易啊!"我听后顺从地走开了,二愣子拉过了缰绳,爱抚着被我抽打过的马的身体。

羊乱哄哄地挤进狭窄的栅栏门,进入羊圈。一撮毛和歪嘴同时数着羊,最后报出同样的数字:八百九十二只。我不禁纳闷,羊入

第十一章 我成了牧羊人

圈如同饺子下锅,一群小鱼在水里游动,挨挨挤挤,乱糟糟的,他们是如何数清楚的?尤其是歪嘴,别看他是大人,可没上过学,不会写字,也不会写数字,捏着手指头最多能数到一百,可他有一套独特的数羊的本领,我很佩服,此后多次向他请教。羊在羊圈待着,我咋数都数不清楚,可无论羊走得多乱,入圈多么拥挤,歪嘴都很快能弄清楚,知道少没少一只羊。我特别纳闷,就问他是咋数的。歪嘴就告诉我:"时间长了,放羊人就能知道哪一小群羊是个小集体,是多少只,把它们分成一个个小群,搭眼一瞧,每一小群有羯羊几只,母羊几只,小羊几只,就清楚了。"我这才明白,原来歪嘴虽然只能数到一百,但他数羊的时候是一小群一小群分开数的,每一群最多几十只,每一群又有公母大小之分。从那之后我也按他的方法数羊,两个月后,果然很快就把一群群羊数得清清楚楚了。

场地里跑来跑去的狗,哗啦啦拥挤的羊,拴在树下的牛,正在饮水的骡马,厨房飘出的袅袅炊烟,还有几个披着老羊皮袄、挥着鞭子的男人,此起彼伏的吆喝声,充满了浓郁的牧场气息,让初来乍到的我很新奇,很激动。

了解牧羊人的最简洁方式是了解羊,我耐心地观察并拨弄着它们。

大家忙着拦羊,给大牲口饮水,准备夜草,王姨做饭,各忙各的。我去井上提水加到厨房的缸里,那井是为了方便饮牲口,在羊圈东面打了一口井,离羊圈、牲口棚和人住的地窝子都很近。缸里水填满了,王姨又叫我给北边的十几棵胡杨树浇些水,沙地渗水,我呼哧呼哧地提了十多桶水,才将树根浇湿。看到南边还有十来棵胡杨,我又打了一桶水去南边浇树,这时王姨喊:"饭好了,吃饭了。"我早饿了,提着水桶往厨房走,和尚过来问:"提水去南边干啥?"我回答说:"浇树。"和尚说:"沙漠里的树和草没有那么金贵,生在这里是它的命,长在这里是它的活路,自生自灭。你不要管它,以后不要再提水去浇。"

我说:"是王姨让我去浇水的。"和尚双手合十,念了句"阿弥陀佛",然后说,"心急吃不了热豆腐,有个好心肠也行。她喜欢在驻地周围栽树养花,这是女人的天性,她对栽的胡杨像对自己的孩子一样,尽心呵护着幼苗的成长,每隔几天会去浇浇水。我也喜欢花草动物,这是佛家的慈悲。我栽树后,起风的时候,把吹倒的小树苗扶一扶,让它自己生长,这就看它的造化了。谋事在人,成事在天。南边的胡杨是我种的,北边的胡杨是她栽的。隔几年,再看它们的生生灭灭。"

我心里惦记着驯马、骑马,忘了看那狐狸跑过沙丘的情景。

晚饭是汤面条,有羊油和土豆丁,入口比家里的酸菜萝卜强。

王姨给大家盛完第一碗饭,刚刚端起饭碗,我已狼吞虎咽将饭扒拉到肚子里,缠着山蛋教我去骑马,山蛋也刚刚吃了半碗汤面条,我急切地摇着他的肩膀说:"快吃快吃,我要学骑马。"山蛋一口土豆丁卡在了嗓子眼儿,噎得半天干瞪眼说不出一句话。一撮毛已经不耐烦了,瞪着我,闷哼了一声。王姨看在眼里,知道一撮毛不待见我,帮我打圆场说:"放羊娃应当学会骑马,山蛋快去教吧。"山蛋被我和王姨催得来不及细嚼慢咽,仰起头,呼噜呼噜地连汤带面倒进肚子里,连鞋也不穿,光着脚就和我走了。王姨在后面叮嘱道:"两个急性子,注意点儿,别把娃摔了,这娃够可怜了,跌出个三长两短更难受了。"一撮毛恶狠狠地说:"管他那兔崽子呢!跌几回,他就结实了,明白了。"我一心想骑马,把这些话全当耳旁风,好的坏的,没有一句听进去。看样子,人只要专注一件事,其他的就都无所谓了。

我们从牲口棚拉老马出来,正在吃槽料的老马明显不高兴,躲躲闪闪,我只顾高兴,没提防马,那匹马脖子一扬,脑袋一甩,就把我拉倒在地。挣脱了我的老马又往回走,我拉着缰绳不放,它拖

第十一章 我成了牧羊人

着我走，山蛋大喊："撒手，撒手，快撒手！"我这才撒开马缰绳，翻身坐起来。山蛋快步走过来抓住了缰绳，这老马也奇怪，很听山蛋的话。山蛋抓缰绳，拉它牵它，拍它骑它，它都乖乖的，甚至是低眉顺眼，像个善良温顺的小媳妇。在山蛋的调教下，它对我的态度也是一百八十度大转弯。我摸它的头，它温顺地蹭痒痒；我牵它，它乖乖地跟着走，一点也不欺生了。人认人，认情，认理，马也一样，认人，知好坏，喜欢顺毛捋。不一会儿，它就跟我混熟了，顺从地接受了我，任我牵着走，任我骑。

星星出来眨眼时，我回来了，看到一撮毛在房间里，我看到他就怯怯的，浑身不自在。他按照昨天酒桌上输酒换羊皮的约定，拿来一张上好的老羊皮给蛇狼。蛇狼说："一撮毛，我以为你忘了呢！你也有说话算数的时候，正儿八经地做个人了。"

一撮毛打着饱嗝，拿着一个骨头做的牙签，一边剔牙，一边打趣："哪像你，十年的老鸡头——毒啊，喝点儿酒还谋算着我的皮子。"

"那酒也不能白喝，你总得出点儿血嘛，占老子的便宜，没门！"蛇狼一边讥讽一撮毛，一边叫王姨拿个剪子来，拿着羊皮在我身上比画一下，用剪刀在老羊皮的前肢处剪了两个窟窿，又把羊尾剪掉，像燕尾服一样开了个口子，披在我身上，让我把两个胳膊顺着两个窟窿穿过去，这就成了老羊皮袄。

我像个披着羊皮的人，也像极了前腿搭在栅栏上直立的羊，滑稽可笑，一撮毛和王姨笑得前仰后合，直夸蛇狼聪明。一撮毛竖着大拇指，睁大眼睛，模仿着电影《地道战》里的一句台词说："高家庄，高，实在是高！"蛇狼被逗笑了。

这羊皮袄长短合适，只是腹部的羊皮宽大邋遢地朝下拖着，蛇狼又拿皮条给我做了个腰带扎上，才紧一点儿。就这样，我也有了老羊皮袄，而且是整张皮，天衣无缝。

和尚来看我屁股上的伤，看着我滑稽的老羊皮袄也笑了。他让我趴着，看着瘀青的印记，口中念念有词，一会儿我的疼痛感就减轻了，这可能就是典型的心理暗示治疗吧。

　　太阳落了，月亮还未爬上来，天黑漆漆的，他们不让点灯，说点灯费油，我很不习惯，很不适应，不高兴地嘀咕道："这是啥鬼地方，一帮鬼人定的鬼规矩，摸黑走路，说黑话，抽黑烟。鬼才喜欢黑呢。"一撮毛居然也会两句文绉绉的话："古人日出而作，日落而息，不也过了几千年？"真是秀才遇上兵——有理说不清。我说了也白搭。地窝子半截子陷进地里，墙上里没有玻璃窗，光线更暗，随着木门"吱呀"一声关上，屋里漆黑一片，整个人仿佛掉进了黑窟窿，就连伸手可触摸的墙壁都看不到。人无法看到边际，心里虚虚的。整个空间都像被涂上了墨，一团黏稠，黑暗变成了海洋，人被裹在里面，无法挣脱，黑得让人窒息，没有半束光可以指引我的航向，我对未来没有一点儿希望。

　　我摸黑走两步就是土炕，炕上铺着扎人的羊毛毡，我和衣躺在炕上，只能适应"日落而息"的生活了。我一躺下就动都不想动了，舒展骑马后酸痛的腰，屁股好像磨烂了，有点儿疼。我能做的就像是个搁浅在岸边的鱼，张大嘴沉重地呼吸，鼻翼有力地翕动着，就睡着了。睡在哪个房间？和谁睡？我都恍恍惚惚地不知道了。

第十二章　打狐狸

　　第二天放羊归来，二愣子和山蛋数着羊，在接近羊圈时，大家一起过来拢羊，那个有着红色尾巴的狐狸又从对面沙梁上急速而过。

　　蛇狼也看见了，牙咬得咯嘣响，眼睛里喷着仇恨的火焰，恨不得一口吞了它。蛇狼上前几步，招呼着歪嘴："你把那狐狸打了给我的老羊皮袄做个领子，暖暖我的风湿脖子，我给你带两瓶好酒。"歪嘴朝和尚努努嘴，不满地悄声说："人家和尚不让打。"

　　他俩正悄悄地说着，和尚赶紧同蛇狼说："蛇狼，你可不要打那狐狸的主意，你这辈子杀生太多，造的孽还不够吗？亏得你人善心好，与人处得还不错，否则你还能活到今天？那狐狸每天这时候随着红彤彤的夕阳卷着一团火向西奔去，想来也不是个俗物，我们每天也有个看头，这也是一景。"

　　蛇狼咬牙恨恨地说："我们家的事你也知道，都传说我儿子打了狐狸，狐狸精害死了我孙子，我老伴想孙子，伤心过度，扔下我先走了。我和狐狸有不共戴天之仇。我恨死狐狸了。"

　　和尚对蛇狼说："不让你打狐狸，是为你好，你一辈子杀戮过重，身上有股凶气，羊见了你都躲着。另外，狐狸吃老鼠，把狐狸打完了，老鼠就成精了，贼眉鼠眼，不好看不说，铺天盖地，到处打洞，水土草皮坏了，草原和绿洲就没了，挡不住沙子，沙丘会慢慢移动，把牲畜赶出去。老鼠还会传播瘟疫，到那时，没了人畜，这沙漠就死了,成了鬼的世界。"

蛇狼咂着嘴,好像到手的鸭子飞了,很遗憾地说:"听你的,我老汉也积点儿德,跟着你念阿弥陀佛,长命百岁吧。"

和尚这是对牛弹琴,对蛇狼这样一个和屠夫一样的人来说,他没有杀生是罪过的意识。他刚才说那话是应付和尚,免得他唠叨个没完。

吃完饭,他把歪嘴叫到王姨的房间,避开和尚,商量着如何打那只狐狸。歪嘴自信地介绍说:"我跟踪两年了,这驻地附近有好几窝狐狸,沙梁上迎着夕阳奔跑的是狐狸头,体格最大,皮毛最好,浑身泛着红色,是块好皮子。"

蛇狼跟着说:"是块好料,做个大衣领子美得很。"

"和尚不让打,说它是有灵性的动物。"歪嘴可惜地说着。

蛇狼急急地接着说:"那是扯淡,我一辈子走南闯北,杀过猪,宰过牛,打过狼,吃过蛇,啥没见过,啥事没经过,这不活得好好的?"

王姨接过来说:"和尚是慈悲心肠,也是对我们好,安安生生过日子多好,舞枪弄刀杀生害命,会招祸的。"

"饿死胆小的,撑死胆大的。这世界不就是这么个样子吗?迷眼子也没有干过多大的坏事,还让狼咬死了。他当初要是心狠一些,把狼打死了,哪有今天的事。"蛇狼听不进任何劝说,反而给王姨讲了一番歪理。

歪嘴附和着:"就是就是。这个狐狸非打了不可,这几年看得我牙痒痒的,手心都攥出汗来了。"

他俩又商量了具体的打狐狸方法,说明天放羊回来吃过饭,晚上行动。我听了,心里跟着痒痒的,嚷嚷着要跟他们一起去打狐狸。歪嘴不屑地说:"你去了啥事都干不了,还把场子搅了,把狐狸吓跑了。"

蛇狼挥手制止了他继续说下去,看着我说:"娃来到这里,没啥事干,心慌慌,跟我们去瞧瞧热闹吧。"

第十二章 打狐狸

快坠入沙漠的太阳着火似的布满了红云,血红的条与带之间的铅灰色缝隙像个无底洞,变幻着形状和颜色张牙舞爪,千姿百态。沙漠的夜很长,没什么事可做,只有睡觉。这一夜,我在期盼想象中激动了很久才慢慢入睡。

第二天天一亮,我就盼着太阳早点儿下山,好去打狐狸。

到了绿洲,羊低头吃草,我一直抬着头看天。太阳挂在天上,纹丝不动。我就数羊,一只,两只,三只,一百只,三百只,五百只,八百只……太阳好像还是没有动。接着又数,如此反复,我焦躁地盼着时间过得快一点。

在焦急的等待中,我第一次有了时间的概念。在平常的日子里,时间是抽象的、枯燥的。久而久之,习惯成自然,时间就是个摆设,没有目标,是空洞的;没有过程,是乏味的;没有结果,是无意义的。但是人一旦有那么一个想法,一个期盼,时间就有了意义,有了价值,就活泛了。

盼啊盼啊,终于晌午了,几个人把羊从沙漠边围笼在绿洲低洼带避暑。羊或站或卧,热得不好好吃草,但也安分,不乱跑,跑也会热。我们聚在沙枣树下,在树枝上搭好老羊皮袄,坐在下面吃午饭,然后或躺或卧眯着。我是睡着了。

一觉醒来,看太阳还是那么高,牛卧着倒嚼,那嘴如老太太无牙的嘴,不开不合,就是磨着动着。羊分成好几群,依然在安静地吃草,仿佛一切都没变,一切又变了。不变的是太阳走得慢慢的,天气热得乏味;变的是天高云淡了,沙丘连绵无边,空旷寂静。时间和空间是孪生体,是分不开、扯不断的。时间慢了,空间就更大了,天地也就更加寂静寥廓。

我们躲在老羊皮搭的窝铺下。厚厚的羊皮遮挡了初升的太阳,却挡不住正午的酷热。我们在上面再搭上一层老羊皮袄,又拔了一些草扔在老羊皮袄上,拼命把屁股底下晒热的沙子刨出去,寻找那深处的一丝丝凉气,才能勉强熬过酷热。

在这空旷的大沙漠里,我感觉天变得高了,深远了,地变得宽广了。这大沙漠悄无声息,没有一丝红尘气息,更无人间生机。我真切地感受到了空虚的含义,长这么大第一次感觉到天这么高,时间这么长,第一次觉得人变得渺小了,生命变得轻了,活着的意义也浅了,或者说不知道生为什么,活为什么。

度日如年,熬呀,盼呀,等呀,终于到了夕阳西下的时候。我突然明白一个道理,时间在期盼中变慢了,在苦难中熬着走,在快乐中跳跃着走,正所谓"好日子不长"。

回到场地,不一会儿大家看着那狐狸又一次卷着火红的尾巴迅疾地掠过沙梁,我下意识地看蛇狼的眼色,他眼中喷射着仇恨的火焰。

我端着饭碗狼吞虎咽地草草吃完饭,就跟在歪嘴身后,生怕他忘了我,甩下我。歪嘴平时是个急性子的人,干什么事都是火急火燎的,可我急了,就感觉他好像不是个急性子人,慢悠悠的,看来任何事都是相对的。我恨不得一步赶到狐狸的洞穴边,就嫌他们的准备过程有点儿缓慢。其实他俩一点都不慢,手里的活一点儿都没停。歪嘴擦枪,焙干火药,蛇狼收拾棍棒、绳子、麻袋,等这些准备齐全,月亮就升起来了。月亮明晃晃的,适合夜间行动,看来这是他们早就计划好的日子。我们悄悄地溜出了门,歪嘴打头,蛇狼居中,我紧紧地跟在后面。走了大约半个时辰,到了第三个沙丘后边,歪嘴要求我们三个把衣服都脱了,在沙子里如驴打滚一样翻滚。歪嘴说:"狐狸的鼻子非常灵光,老远就能闻到人身上的气味,脱了我们的衣服埋在沙子里,身体在沙子里滚一阵,气味就小了。再说,人脱了衣服,晚上肤色和沙漠的颜色差不多,不容易被发现。"我们就按照他说的做了。正要起身,歪嘴又叮嘱蛇狼:"你抽烟,嘴里的烟味太大,去抓些草,在嘴里嚼一阵子。"蛇狼不高兴地说:

第十二章 打狐狸

"如果不是为了这狐狸皮,老子才不会像牲口一样嚼草呢!"蛇狼嘴上骂骂咧咧的,可他一辈子经历了很多事,也打过猎,知道歪嘴说得有道理,还是抓了一把草,在嘴里咀嚼了起来。我明显地闻到了牲口吃草的那股熟悉的味道。

我们三个就如野人一样,光着身子,猫着腰,蹑手蹑脚地潜行在沙漠里。这个路线是歪嘴早就踩好点的。又走到一个沙梁上,歪嘴低头看着一串串蹄印说:"这踪迹很新鲜,狐狸走过不到一袋烟工夫。"他就领着我们,寻着蹄印追去。没走多远,听到狐狸的声音,循声望去,在一个胡杨树旁的高坎上,只见一只狐狸蹬着后腿站立着,对着月亮一拜一拜的。这只狐狸个头大,在月光下,皮毛都泛着光,冷幽幽的,气势逼人。他们两人让我趴下别动,悄悄地爬了过去。歪嘴举枪瞄准,蛇狼用手压下他的枪头,附在他的耳边,悄声说:"这么好的皮子,枪打了就废了。"说着随手拿起棍子,轻手轻脚摸了过去。那狐狸极灵光,似有察觉,拜月的动作慢了下来,脑袋转着,往四周机警地看着。说时迟,那时快,蛇狼一棍子抡过去,那狐狸竟然不可思议地往空中弹跳,棍子扫在了它的一条后腿上,只听它像小孩受惊似的惨叫,拖着一条腿,一阵风似的没入了黑夜。

歪嘴猛地跳了起来,顺着狐狸逃跑的地方追去。沙丘上蹄印飞溅,十分明显,还有点点血迹。我们三个人顺着这足迹跑了过去,追了二三百米,赶上了那只狐狸。狐狸一瘸一拐的,速度越来越慢。到了跟前,那只狐狸突然掉头冲我们嚎叫和龇牙咧嘴。歪嘴二话不说,冲那狐狸的腰上就是一棒子,狐狸哀号着跌倒在地。他们二人又补了几棒子,狐狸的声音弱了下去,软软地瘫在沙地上。蛇狼抓住它的后腿,提了起来,将它装在麻袋里。

我们带着喜悦凯旋了。

当夜,圆圆的月亮被一片片拥来的乌云遮盖,月亮刺破乌云投下浅光,天色显得灰暗诡异。不到两个时辰,只见我们驻地周围全是狐狸，有几十只，它们或站或坐，绿幽幽的眼睛泛着冷光，盯着我们的地窝子，不住地哀号。

我们几个人刚睡着就被吵醒了。我支棱着耳朵听，有点儿像乡下女人失去孩子的哭诉声，哭天喊地："我的天呀，我那可怜的儿啊，你怎么就这么走了呢？娘心疼死了……"那声调进了人的耳朵，让人难受，起鸡皮疙瘩，魂也跟着颤抖起来。

蛇狼和歪嘴心怦怦跳个不停，知道是他俩惹的祸，可不敢说，装作不知道。

我挨着门缝往外一看，那么多绿幽幽的眼睛，吓得我倒吸一口冷气，跌坐在地上，摸爬到炕上，头蒙着被子，大气都不敢出。

一撮毛听到声音，起来关好院门，检查牲口棚和羊圈，嘴里念叨着："怪了，这好几年都不见狐狸来了，怎么一下子来这么多？"

狐狸叫了很长时间，歪嘴想想觉得挺丢人的，拿枪出门，朝着狐狸的方向放了枪。大半夜，这一声枪响惊天动地，把我又吵醒了。大家以为狼来了，起来看个究竟，狐狸们没有了踪迹，全吓跑了。

我们打狐狸的事也瞒不住大家了。蛇狼说是他领着我们俩干的，讲了事情的经过。大家听了也不觉得有什么稀罕，唯独和尚很不高兴，双手合十念佛，说我们造孽太深。

第二天歪嘴把狐狸剥了皮，肉炖在锅里，和尚很生气，他是不会吃这肉的。山蛋嫌狐狸肉骚气难闻，也不愿意吃。我想吃，可是他们不让我吃。他们的说法是，这肉不净，对小孩不好。我闻着他们吃肉的香味，没有闻到骚味，用舌头舔了舔嘴唇，只好作罢。歪嘴和蛇狼，还有一撮毛、二愣子，把肉吃了。

他们不让我吃这狐狸肉，是为我好，可我吃不上肉，心里酸溜溜的，又认为他们是欺侮我。我总认为我是被发配来的，是被贬低的，是受屈辱的，与别人不一样，来到这愚昧的地方受别人欺负。可见当时我幼小的心灵是多么脆弱。

第十三章　穷乐呵

昨晚狐狸被吓跑后，后半夜下了一阵小雨，沙漠的草久旱逢甘霖，一夜之间，长了寸许。沙漠里的植物吸足了水分，枝粗叶茂，厚实肥大，到处都绿油油的。一场雨使沙漠里的树木、杂草欣欣向荣地生长，牧羊人会感谢老天，这是难得的好天气。牲口们嗅着蓬勃生长的新草的味道，兴奋起来，叫声高昂有力，骚动着向栅栏外拥去，直奔草场。

这一切情景都和往常一模一样。大家又用鞭子杆和木棍支起老羊皮袄，在沙子上铺上老羊皮袄。不过，今天不是为了遮阳，而是为了防潮。这老羊皮袄在这里就是万能的，冬天御寒，夏天搭帐篷遮凉，白天躺在沙窝当垫子，晚上睡觉当褥子，下雨时当伞，手油了脏了时当抹布。沙地里，老羊皮袄裹身，又当房，又做被褥，人照样睡得香甜，还不失眠。牧羊人的生活简陋，却也有简陋的好处和乐趣。

沙漠里，一切动植物求水盼水。天公作美，一场雨，天空洗净了，沙漠湿润了，绿洲活了，原先被羊啃掉一茬的草，蓄足了劲想冒头。草净了，长高了，更绿了，这是羊群的盛宴，它们个个低头猛啃，"嚓嚓"的啃食声奏响了草原交响乐。

牧羊人在草原上可以赶着羊到草茂盛的地方，在沙漠小绿洲里，则跟着羊，完全由着这些动物的本能直觉寻食。

这不，才吃了一个上午，走个在前面的头羊，近水楼台先得草，已吃得差不多了，肚子都圆鼓鼓的。

天阴着，太阳藏在云层里，沙丘潮湿凉爽，人舒服也清闲，聚在一起聊天、抽烟、捉虱子。

我没有明确的指责，哪里热闹，哪里好玩，我就往哪里跑。折腾一阵子，很快就无事可做，无聊起来，心焦不耐烦的我坐卧不安地在沙丘和羊之间跑来跑去，跟在羊群后面，看它们吃草。看草被啃了一片又一片，我心里也毛草草、空荡荡的，沙漠空得人心慌，时间挨得人心焦，肚子饿得人心乏。只有羊群不在乎这些，吃是它的工作，吃是它的生活，吃也是它的娱乐，大部分时间，它两眼直勾勾地看着太阳。听着羊吃草的声音，我第一次知道了空虚无聊带来的愁滋味。于是，从日出时分到傍晚的时间就更加悠长。

人闲着无聊，那太阳也像是在天上睡着了，挂在天上纹丝不动。那时手表是稀罕东西，我们这些人都没有，没有几点钟的时间概念。我们对时间的称呼是二十四节气。每月分为上弦月、月圆、下弦月三个阶段，没有几月几日之说。每天又分为上午、中午、下午、晚上四个阶段，再说小一点儿，是一袋烟、一炷香、一顿饭。我才突然间觉得我的生活被彻底改变了，我的生物钟被彻底打乱了，我的身份真的和从前不一样了。过去在学校，最大的是操场，容纳几百个人；教室里坐着四十来个学生，一整天待在教室里，听课、复习、写作业，听着上课铃响了，一会儿下课铃响了，不知不觉一天就没了。我从来没有盼望过太阳早早落山，也没有感到空虚，更不知道无聊的滋味。前几天，初来的新鲜掩盖了无聊和空虚，激动冲淡了乏味，但今天的感觉不一样，好像品尝了天地洪荒、亘古不变的味道，我寂寞无聊得不能忍受了。

和尚看我如猴子一样好动，一会儿站，一会儿卧，或者驱赶羊、骑马、看虫、斗蚂蚁，眼睛不停地瞅太阳，显得坐卧不安，就知道我静不下来，心里毛躁了。他来到我身边对我说："在沙漠放羊，

第十三章 穷乐呵

除了天就是沙,再无别的颜色;除了冷就是热,没有人间热闹;除了等就是待着,没有红尘世俗,枯燥乏味,孤独无助。对牧羊人来说,在没有修炼到不食人间烟火的境界时,特别寂寞和无聊,甚至会产生难以宣泄的苦闷,这是牧羊人要克服的第一个困难。你才来了几天,今后我们要在这广袤的沙漠里,固定在这小小的草场里,过日复一日,年复一年的单调生活。你要学会在这空寂的沙漠里,静静地听、看、品,让浮躁的心静下来。听,当你躺在沙丘上,听到天是静的,地是静的,宇宙洪荒,寂静无声,只有羊吃草的声音时,你会领悟什么是空寂,什么是生命的可贵,什么是自然。看,蓝天上飘着白云,雨后天上架起了彩虹;沙漠是那样连绵广阔,长着各式植物;空中飞着鸟、蜻蜓、蝴蝶,地上跑着狐狸、黄鼠狼、羊、沙漠蜥蜴,这是多美的世界。品,孤寂将牧人与天地,以及一切自然造化物合为一体,不与自然争,不与人争,不与动物争,独处静身,世界无我,我无世界,是人生最好的修养,淡然、平静、寂静。"

我按照他说的法子试一试,远看近看,左看右看,看到的沙漠没有他说的那样美好;听,侧耳听,好像有轻柔的风过去了,也品不出什么。我感到自己悟性太低,很无奈,迷惘地看着和尚。歪嘴听了和尚的话,看到我傻瓜的样子,摇着我的肩膀说:"沙漠是苦地方,人是穷人,要学会穷乐呵。越是艰苦的地方,越是生活条件差,越是依靠自然,越要穷乐呵。在这个鬼地方,人呢,不要想太多,过一天是一天,有吃有喝有说的,就是快活的天地。今朝有酒今朝醉,猜拳行令,打情卖俏,说荤话,骂人……就是我们这些人的乐儿。"

他俩说了两个法子,是两个截然不同的思路和方法,看来不同的人对空虚寂寞的感受不同,排遣的方法也不一样。他俩说的方法对我都不管用。

快中午了,太阳冲破阴云才一阵子,天又热了起来,羊都热得喘成一团了。歪嘴指着前面几个精神十足的骚胡说:"马上就有活动了，有好看的。"

我顺着他指的方向看去，有的羊卧下来，有的静静站着，那几只骚胡吃饱不安分，举着大大的羊角走来走去，巡视着羊群。歪嘴补充说："骚胡要干仗。"

果不其然，骚胡为了圈住更多美丽的母羊，在巡视中越过了自己的群体，另一个骚胡不服气，猛地冲了出来。两个骚胡干起仗来，相隔十来米，深吸一口气，四蹄攒足劲，如两个相扑运动员，找准时机和对方的弱点，猛地扑过来，弹射出去，两角相撞，轰然作响。它们两角相抵，用劲扭着推对方，蹄印在草地上划出深深的槽痕，头抵着把对方往地下按，或身子在空中合成个八字缠斗，前蹄抵着对方的前胛，滑稽可笑。一分开，就是一个回合，忽地分开，退回原地，蓄了力，再次冲上去，一个回合又一个回合地打下去。骚胡间的打斗，没有裁判，也不用敲锣吹哨，全凭力量和勇猛，不耍心眼子，不暗算，不搞阴谋诡计，用坚硬锐利的犄角挑对方的腹部、屁股或眼睛，全凭正面两角的攻击势力。谁力量弱，承受不了，就甘拜下风，多吃几天草，有了能量和实力再来一对一挑战。说白了，像两个公鸡那样打斗，不像狗，咬个血肉模糊，狗毛乱飞，败的一方跑远了还不甘心地狂吠几声，或狗仗人势卷土重来。羊更不具备狼那超人的奇袭智慧。

其他几个人对骚胡打架看得多了，见怪不怪，我第一次看，眼睛都不眨一下，觉得太好玩了。蛇狼也觉得有意思，看了一会儿感慨道："这羊与人一样。羊分一群一伙，我们庄稼人也是，有强人，有弱人，有厉害的，有胆小的，有欺侮人的，如这骚胡一样。地闲了长草，人也不能闲着。这几年，我宁愿跟牲口打交道，也不与耍滑头的人来往。现在好多人鬼点子多，鬼招多，尽耍人，我老汉瞧着都难受。我就想琢磨呀，做个人，应当怎么做。我想，人一辈子，有个家，一个房子，一个院落，一头牛三亩地，老婆孩子热炕头，

第十三章 穷乐呵

就行了。人住着正房，低矮的院墙内，马有马厩，猪有猪圈，狗有狗窝，鸡鸭有棚，可放它自己去觅食。一院子鸡飞狗跳，猪哼马嘶，一个个等着人侍候，向外跑着、跟着，也是热闹。这一辈子也就够了。"

和尚也有感而发："现在，世上的狼虫虎豹少了，坏人多了。"

蛇狼有感而发："真是的，怪不得现在有些人心狠，好斗，闹事。"

大家聊着天，歪嘴看几只羊跑出了群，甩了个东西过去，正好打在离群往远处走的羊，然后他喊了一声，那只脱群的羊停下脚步，迅速地吃了一口青草，掉头回到羊群。

我看大牲口在那大滩里也走散了，两匹马朝西走，骡子在东边，只有牛还在原地安安分分地待着。我想去把它们赶到一起，好看守。牲口们也是喜爱自由的，渴望无拘无束。现在它们吃得半饱，马嘴刁，专拣长得高、细嫩的草吃。我"吁吁"地吆喝着，它根本不听，对我视而不见。我走近了，它还想踢我，我生气了，隔着一段安全距离，用鞭子抽它，那马才躲闪着回了头。我赶了好几个来回，牲口们才恋恋不舍地向牛靠拢。可是这些畜生也欺侮小孩，我赶了西边的马，东边的骡子又往前走了；赶了东边的骡子，西边的马又掉头转圈甩开我。那老马专门跟我作对，我咋赶，它都不走，而且我越赶，它越跑得欢。我跑得气喘吁吁，汗都下来了，也没聚拢它们，急得破口大骂："牲口，不听话，让狼吃了你们！"它们也听不进去，只有牛若有所思地看着我，我真是没办法。山蛋看见了，过来帮我，他骑上老马，嘴里吆喝着，有力地甩着鞭子，跑了一圈，很快把牲口赶到了一块儿。

我回来后，两个骚胡的对决刚结束，好戏结束了，又没事干了。

山蛋好像知道我的空虚，他约二愣子在沙丘上摔跤，规则是不能踢、蹬、撕、咬，其他动作尽管用，反正沙丘软得如海绵一样，不怕磕碰。两人双臂和手缠在一起，头对头，弯着腰，掰胳膊扭腿，使蛮力较劲，有点儿像骚胡头对头抵着犄角相持的样子。二牛抬杠，

沙枣树开花

老熊掰苞谷、猴子捞月、兔子蹬鹰、老鹰抓兔、豺狗子掏肠、狐狸迷阵、狗咬狗一嘴毛、狼偷袭薄弱环节……这一系列动作，他俩都用上了。比蛮力，还是二愣子有劲，前三个回合正面交锋，他将山蛋摔倒在地；比灵活，还是山蛋灵巧，在后几个回合中，他使用了剪手、别腿、背后借力等方法，二愣子也倒地几次。不到十个回合，两人在大家的喝彩声中大汗淋漓，在老羊皮袄上擦把汗，坐下喝水。

　　二愣子摔跤后，体力还未消耗完，玩兴十足，又教我滚沙丘。脱光衣服，抱住头，拢住腿，把身体缩成一团，从沙丘顶上向下滚，爬上来，再滚。我觉得这像屎壳郎一样，山蛋却说，这叫锻炼身体和洗澡，也可以比赛，比速度、耐力和姿势，可别小觑它了。二愣子是会滚不会说，歪嘴又给我讲了标准姿势和滚的方法。双脚并拢着地的同时屈膝，双手抱头曲肘，身体沿着沙丘下方倾倒，并且连续滚动。在向下滚动的过程中，接触到地面的是手肘、膝盖、双脚、屁股和背部，尽量抬高头部，不让它接触到地面，防止磕伤。这是一个连贯的动作，必须保持身体的各部分相当协调才能做到。另外，屏住呼吸也是一个必须遵守的原则，这是为了防止吃进沙子。我花了一下午时间，连续滚了二十多趟，头都晕了，才掌握了要领，爬坡时一身汗，花了十来分钟才爬上一座沙丘，却只用了一分钟就滚下来了。一般人从沙丘上滚下来之后，要花一点儿时间来清理衣服、鞋子和身上的沙子，否则，胳肢窝里的沙子会磨破皮肤。我们光着身子，被沙子磨得皮肤发红，身上的垢和痂都擦光了。我玩得精疲力尽，随后却是清爽的感觉。沐浴在沙丘午后的暖阳里，坐在高高的沙丘上，雄浑的沙漠显得古拙又凝重。一望无际的"沙波"连绵，直到和蓝天融为一体，呈现出一种美轮美奂的飘逸。

　　看沙、滚沙、玩沙，置身在沙里，才能切身感受沙漠是广阔、壮观、磅礴、伟大的，沙丘有曲线美、柔和美、色彩美、苍茫美。用心感受，全身接触，才能感受到它的柔软、细腻，它的纯净、纯粹，它那动

第十三章 穷乐呵

人心魄的魅力。怪不得牧人赞叹:"沙漠是父,水是母,草是天。"

看骚胡打架、年轻人摔跤,以及老家伙吹牛是我打发时间、排遣寂寞的娱乐活动。这些放羊的人,没有更多的欲望,一人吃饱,全家不饿,与沙漠上的万千生灵一样,简单而快活。

通过这些活动,我觉得还是歪嘴说得有道理。牧羊人在空寂的天地、广阔的沙漠间,十天半个月见不到个外人,听不到天下大事,看不到红尘热闹,只能与羊为伴,与牲口为伍。这是一种原生态的、简单的生活方式,大家聚在一起,纵情喝酒,喝一些劣质的烧酒,有多少酒都不够。他们说笑时,有种透亮的感觉,那心也仿佛亮起来;讲老掉牙的旧事,说一些不着边际的胡话,有多少话都说不完;看骚胡打架,打发时光,穷乐呵,这样才能消除寂寞空虚。荒凉的地方,心简单了,就有了快乐与爱。现在一些人过惯了物质丰富的生活,总是要求这,要求那,心却空了,不知道何为快乐,幸福指数低了。

闹够了,玩累了,剩下的时间,我只能缠着他们讲故事,哪怕很荒唐也行,好打发时间。听他们胡扯乱说,一开始有兴趣,听得多了也就索然无味了。

我拉着二愣子去躲猫猫。我跑到芨芨草丛里埋下身子,让二愣子找我:"二愣子,来找我啊!"他就傻乎乎地屁颠屁颠地跑来了。二愣子虽然快三十岁了,但还保留着顽童的憨厚,喜欢躲猫猫,下简单的石子棋。和他说正事,讲道理,他头痛。和我玩捉迷藏,上树摘沙枣、爬沙丘、滚沙子,是最让他开心的活动。二愣子脑子一根筋,我喊一声,他愣一愣就循声而来。我趁他不注意,匍匐着换个地方。他跑到原来有声音的地方,找不到我,就感到意外,挠着头皮发愣。芨芨草长得高却很稀疏,蒿蓬矮却密密麻麻,很难藏住人,不远处的蛇狼他们几个人都看到我躲哪儿了,唯独二愣子站在那儿,双眼迷茫地发呆。于是大家笑了,笑的不是躲猫猫好玩,笑的是二愣子的傻。有时我钻到羊群里,俯下身子,这是最好的有点儿难度

97

的藏法，我认为这样不好找，可是二愣子很快就找到了。我感到奇怪，好找的地方他找不见，不好找的地方他偏偏能很快找到。我就问他是怎么找到我的，他兴奋地告诉我："羊群里有东西，羊会不安分，乱动。抬头望羊动的地方，我就知道你在那儿。"这种躲猫猫游戏太简单，已不是属于我这个年龄的游戏了，可是沙漠里太寂寞了，每天摔跤、滚沙子、看虫子、听他们扯淡，一遍又一遍，太阳好像也没挪个地方，我只能胡耍了。

大人们无聊了，干些别的事情。歪嘴拿着一把刀，将一个公羊角的尖端上雕成一个小钟，又用驴的踝骨制成铃铛。他手上的小刀上下飞舞，速度很快，他用两天的空闲时间制作了一个兽骨铃铛，音色深沉而优美。一撮毛和山蛋闲暇时，用手搓捻皮子，将皮子弄软，拿着粗糙的工具，裁剪羊皮，制作坎肩、帽子、皮包，这些皮制品都非常结实耐用。

我耍一会儿，睡着了。沙丘被太阳晒得热乎乎的，睡在沙子上，真是香啊，连梦都没来得及做。夏天，无论多漫长的白天，都有黑的时候，盼啊盼啊，毒辣的大阳终于转到了西天，炎热消退，慢慢地凉了一点儿。吃饱的牛早就卧在沙滩上开始倒嚼了，羊簇拥在一起，马和骡子永远都吃不饱。

这些家伙吃饱了，正在夕阳的余晖里引颈张望，下一个程序就是回去喝水。

太阳终于偏西，天气阴沉，云层厚厚的，衬得大漠灰暗了许多。天色不好，早点儿收场。我们赶着羊缓缓回来，王姨说："你们回来得早，饭还没有做好呢。娃子，你去门外摘点儿沙葱，拌个凉菜吃。"

一撮毛不怀好意地说："沙葱壮阳，我们几个光棍……"

王姨不等他说完，就不客气地骂起来："一天尽是歪心思，脑子里没个正经事，一肚子坏水……"

听他俩打嘴仗，我为难起来，要不要去摘沙葱呢？和尚对一撮

第十三章 穷乐呵

毛说："除了沙葱，你看还有啥能啃的？"一撮毛不吱声了。我趁机拿起筐，小跑到沙丘与绿洲接触的边缘。昨晚和今天都下了雨，给酷热的大漠带来了一些凉气，也给苍茫的大漠换了新装。远远看去，戈壁沙坡居然呈现出一簇簇、一摊摊淡淡的绿色。那是一抹新绿。大漠其实是蕴藏丰富的生物宝库，只要给点儿雨水，就能显示出勃勃生机，干渴已久的植物就会从地里冒出来。沙葱又名蒙古葱、蒙古韭、野葱、山葱、胡穆利，属百合科葱属的多年生鳞茎丛生草本植物。沙葱有"菜中灵芝"的美称。王姨很懂天时地利，有先见之明。我到那一抹绿色中，看见沙葱的叶状如红葱、白葱之叶，只是细而短小，长不足五寸。三下五除二，我用手撕、掀、拽了半筐，拿回来递给王姨。她一边忙一边说："这沙葱清香，吃起来美得很，可以用来做汤、炒菜、做饺子馅、烙饼子。我最爱吃的是腌沙葱。今天凉拌个沙葱，面汤里当个绿菜。"

正如她所说，我吃这凉拌菜很爽口，汤面有味。

我看王姨一天到晚总是以头巾裹面，就想起一个故事，据说当年玄奘去西天取经的时候，猪八戒色心难改，沿途总是骚扰女性，女性害怕，就以头巾裹面的方式来躲避。我问王姨："猪八戒是传说中的人物，早没了，更不会到沙漠来，你为啥还裹头巾？"大家听了哈哈大笑。王姨也笑得喷出一口饭，耐心地给我解释："沙漠风沙大，妇女以头巾裹面是防止沙尘进入头发，这里又缺水，洗不干净。"

我知道红狐狸被打死了，可是每天晚饭前，我还是抬头搜索那道沙梁，企盼着它的出现。我希望还能看到那狐狸在沙梁上风驰电掣，迅捷地舞动，那是我们在沙漠的枯燥生活中的一道景致。每到那个时间，我们都会向那个方向张望，它出现了，心就踏实了；它没有出现，我们的心就空荡荡的。直到炊烟飘散，那狐狸的踪影都没出现，它的肉身进了蛇狼他们几个的肚子，它的灵魂不知投到何处？它作为美丽的红狐狸，永远不会出现了……

沙枣树开花

我来了半个月，开始想家，不安分了，没有小孩一起玩，坐不住，心里慌慌的。一会儿跑到沙丘玩，腻了又去草滩捉虫子和蜻蜓，或者绕着羊圈看羊，更多的时候是跑到隔壁的房子。他们几个人很少出房间，不看天，不看地，不看羊，闷着头抽烟，偶尔讲讲闲话，无非是村子里老掉牙的陈年旧事，或者是张家长李家短的是非，我听着听着，瞌睡就来了。他们也爱讲鬼神的故事，我虽然害怕，却不瞌睡。我喜欢跟着蛇狼，因为是他带我来的，他答应保护我，我就像亲人一样依偎着他。我又到隔壁找蛇狼，他不在，我看见一撮毛，心里发怵。我问山蛋："蛇狼呢？"他朝外边努努嘴说："去值夜了。"夜里怕狼叼了羊，每天有一人到羊圈旁的草房里值夜，门口挂了口破锅，有动静的时候就敲那口锅，吓唬狼。我去找蛇狼，进草房的时候，他正低头眯眼噙着个烟杆抽烟。看到我进来，他愣了一下，这一发愣，被烟呛得咳嗽了两声，嘶哑地问我："不好好睡觉，你来干啥？""没玩的，没意思，我过来玩玩。"我直率地表达着我的空虚。他又抽几口烟，懒洋洋地说："这个鬼都不来的地方，能玩个啥？"他继续抽烟，我只好看星星，就这么坐了很久。他开始催我了："你快回吧，天晚了。"我求他，让我跟他一块儿睡。他问："为啥？"我说："我不愿意跟女的睡，再说她那屋子的墙壁上糊着牛粪、羊粪，这么臭，怎么睡？"蛇狼笑着说："你这个娃，狗大的年龄，还是个娃娃，才从你妈奶头上掉下来，不跟女人睡，给你爹睡，穷毛病还多得很。你王姨没儿没女，把你当宝贝儿子稀罕着呢。她那房子清净，正因为是羊粪码的墙子，知道不？那是大家照顾你，羊粪杀虫子，那屋里没有臭虫和跳蚤。我们那屋里，又是臭虫，又是跳蚤，住六个大男人，屁能熏死你，呼噜声能震死你，虫子能咬死你。"

我听了又失望地乖乖回去睡觉。

这里的生活简单、艰苦，没有高大的房子，甚至连农村的土房也没有，没有家具，没有床，没有装饰，晚上睡在土炕上，白天干

第十三章 穷乐呵

脆直接躺在沙滩上。

　　这段时间，我对放羊生活有了初步的了解。牧羊分两方面，一方面是赶羊到草场放牧；一方面是牧羊的后勤保证，比较繁杂，主要是准备冬草，晒干，用铡刀切碎，堆成草垛，为羊不能出去时供料，再就是羊圈清理，羊圈要保持清爽干净，防止疾病和疫情发生。再就是牧羊归来的饮水，栅栏的加固，要防止狼叼羊。还有，三个月驮一次盐，撒在草料里，那是羊的最爱。最苦的是春季接羊羔，不分白天黑夜地守着，要保证母子平安。干这些活的人，两班倒，有人放牧，有人搞后勤，定期轮流干不同的活。王姨主要是做饭，洗洗涮涮，缝缝补补，为牧羊人做好后勤保障工作。我不算正式成员，他们照顾我，让我随意跟着他们两拨人干。

　　打死那只狐狸一段时间后，又有狐狸在远处哀号，他们就讲狐狸精的故事。说着说着就小半夜了，我困得打哈欠，恹恹欲睡地往倒炕上倒，蛇狼看见了说："天晚了，睡吧！"他安排王姨领我睡觉，我还觉得别扭，不情愿，也说不清为啥不愿意。蛇狼说："我们在羊圈棚里睡，防止狼叼羊，防止狐狸精摄人。"我吓得直往后退。

　　王姨拉着我的手说："别胡说，吓着孩子。狼在沙漠深处，从来不到这疙瘩。"女人的心永远比男人的心柔软，总是带着温情。她一边说，一边铺了床，我乖乖地睡了，早晨醒来没有看到王姨。

　　从这天晚上起，歪嘴开始做美梦了。那狐狸幻化成了王姨，她与他在梦中相会。

　　这段时间，王姨还没有从迷眼子死亡的阴影中走出来，再加上我和蛇狼来了，我又住在她屋里，条件也不允许，歪嘴暗中纠缠过她几次，她都拒绝了。歪嘴很上火，很纠结，很无奈。现在，有做梦娶媳妇这样的好事，歪嘴很高兴。

　　随着时光的流逝，偶尔还有狐狸哀号，断断续续，越来越少，越来越轻，慢慢就没了。

第十四章　那达慕大会

这天中午,到吃饭时间了,我拿出了干饼和水,艰难地嚼着,如老牛反刍,干得咽不下去。山蛋在我身边见我吃得难受,拉我一把说:"跟我去找好吃的。"我头都不抬,懒懒地说:"好吃的?这地方有什么好吃的?"山蛋诡秘地一笑:"好东西多了,山珍异味,城里人还吃不上呢。"我又爬沙漠又滚沙丘,折腾到现在又饿又累,肚子早已咕咕响了,听他这么说,肚子里的馋虫被勾出来了,我立刻跳起来跟他去了。我们走到西边没有羊去吃草的荒滩,拔了山韭菜和沙葱、野蒜,又到北边的沙枣树上摘了一把沙枣,然后回到大家身边。我把干饼子放在热沙上烫热了,将剥了皮的蒜,去了核的沙枣,掐去根的沙葱一起夹在饼子里,咬一口,比干饼子好吃多了。山蛋问我:"好吃不好吃?"我说:"好吃。"山蛋说:"沙漠里好东西多了,有野山枣、野瓜、羊蹄蹄,可好吃了。还有名贵药材锁阳。"那天后晌,山蛋领着我翻过一道又一道沙梁,找这些东西,只找到了野枣,小小的,比枸杞子略大,摘一个吃一个,树上刺多,一不小心,我的手扎破了。我又摘了一些装在口袋里,拿回来给他们吃。这是牧羊人的特点,有烟一起抽,有肉一起吃,有酒一起喝,哪怕是从家里带来点儿"个人财产",也不会藏匿,一定招呼大家一起享用。

虽然沙漠连绵宽广,天高云淡,整个驻地近一百亩土地,可望

第十四章 那达慕大会

着一望无垠的沙漠，没完没了的沙丘，我们几个人就如与世隔绝了一般，总有一种憋闷的感觉，想走出去活动一下。

在我们这个地方西北方六十余公里处，是阿拉善右旗，蒙古族人放牧和生活的地方，那里正举办那达慕大会。据《成吉思汗石文》记载，1206年成吉思汗征服了花剌子模，为庆祝胜利，在布哈苏齐海举行了盛大的那达慕大会。后来，每逢庆祝战功、祭旗点将、军民欢聚、盟旗聚会以及敖包祭祀等，都举办那达慕大会；它成了蒙古族文化传统的重要载体。那时候还没有旅游一说，我们几个人蠢蠢欲动。和尚不爱热闹，二愣子不谙世事，他们俩承担了牧羊任务，由王姨协助，在羊圈附近转悠两天，凑合着不要丢了羊就行。我们五人骑了牲口，拿着水囊和饼子及老羊皮袄，上路了。

一路上他们讲历史和风俗故事，蛇狼说："在马上生活，吃羊肉，喝奶子，喜喝酒，我们几个若是下辈子有来生，转生在内蒙古大草原上，就享福了。"

山蛋看着蛇狼一脸神往的样子，不禁笑了起来。

笨拙的旱獭从草丛中奔跑而过，山蛋扯开嗓子，似唱秦腔一样唱了起来，声音传得极远，在沙漠中有着无尽的悲怆力量。一撮毛和歪嘴也跟着吼起来，产生纵马奔腾的共鸣，如果拿个酒囊在马上传来传去饮着，还真有点儿蒙古族汉子的彪悍味道。

我急切地想看到现在的蒙古族人在大漠深处是怎样骑着马匹和骆驼的，听说他们能在马上吃喝睡觉，在风卷沙尘的道路上疾驰一天不休息，能跑上百公里。

走完雄浑连绵的沙漠，连接草原的中间过渡带是戈壁，地表由小石头和大沙砾组成，生长着稀疏的小草，大风可以把沙砾吹起，却无法使其成堆。戈壁滩的低洼存水处，有羊和骆驼吃草或游荡。我的血液里也升腾起粗犷的因子，想象着自己长大后当了兵，威武又神气。植物越来越多，沙柳、沙枣、杨树郁郁葱葱，最后随着沙

沙枣树开花

路的车辙印向深处延伸，到了一片广阔的绿地。晌午刚过，我们到了草原。

那些牧羊人盘桓在沙漠围起的绿洲上，大片的羊群行走在沙漠上，空中飘荡着铃声、牧笛声、鞭子声，粗犷的汉子的吆喝声。那片死气沉沉且浩瀚无边的沙漠仿佛活了起来，充满生机。

从远方传来欢快的驼铃声，牛、马、羊撒着欢儿，在那些来自沙漠的人的心里，这是一幅美丽的图画。

我骑在马上，驰骋在草原上，很羡慕牧人们随草而迁徙，逐水草而居住的生活。我想，我还是小羊倌，虽然没有草原人的血统和能力，但这样在沙漠绿洲中行走，也算是雏鸟出窝飞行前的训练吧。我显得激动和急不可耐，扬鞭催马飞跑起来，我想我会飞的。

一撮毛说："这草原上有海子和淖，水比我们那儿多，草比我们那儿茂盛，这里据说有狼、狐狸、天鹅、山鸡、野兔、沙冬青、梭梭等。"

走出沙漠和戈壁滩，进入草原，几只不知名的鸟啾啾鸣唱，好像在欢迎我们，在低空翻飞嬉戏，给我们引着路。

地换一层草，羊换一身毛，无论是一望无际的大草原还是沙漠绿洲，碧草如波，这些绿色让移动的沙丘停下了脚步，好一派"天似穹庐，笼盖四野。天苍苍，野茫茫，风吹草低见牛羊"的景象。

这里的草比我们绿洲草好多了，用手摩挲着，软软的，酥酥的，泥土的芳香混合着花草的芳香，犹如陈年老酒的醇香，深深地吸一口，从喉管甜到心扉，叫人微生醉意。我若是一只羊，肯定受用极了。

天上的白云和牧场上的羊群在草原深处和沙漠绿洲尽头交错，从印象派画风的角度去观察，分不清那是羊群在游动，还是白云在轻飘。悠扬的牧歌随风飘荡在草原上，这是草原上最好的季节。姑娘们身穿蒙古族节日盛装，顾盼生姿，忘情地在花丛中翩翩起舞，和上下翻飞的蝴蝶比着美丽。小伙子跃马扬鞭，在草原上如风一般驰骋。

第十四章 那达慕大会

大草原真好！我感到无比舒畅，很羡慕这里的牧民。牧民们身穿节日盛装，赶着牛羊，带着帐篷、美酒、奶茶，从各个地方齐聚赛马场。他们抬出寺庙的鼓、长号、铙钹、铜锣等，打着古老粗犷的节奏和音调，带着各种面具，跳起舞蹈，有点儿像唱大戏时武生上场前左右叉开步子的样子，他们甩着胳膊，吟诵着经文。一会儿，牧民也加入了，翩翩起舞，天上人间，浑然一体。

牧民们的舞蹈比宗教仪式的舞蹈要轻快活泼一些，没有面具和化妆，围着篝火，不分男女老幼，一齐欢唱，一起起舞。悠扬的马头琴声如诉如泣，《筷子舞》《盅碗舞》《鄂尔多斯婚礼》，一曲接着一曲。牧民将拿在手里，情不自禁地敲打着自己的手、肩，口里哼唱着赞美草原自然风光和游牧生活的曲调，脚上的节奏明快，急速踢踏旋转，很有活力。

山蛋、一撮毛、蛇狼三人性格开朗，人也豪爽，喜欢热闹。蛇狼过去在农村踩高跷、耍龙、舞狮、跑旱船，什么热闹事没干过，没疯过？他是村里公认的热闹人、吹牛皮人，没有他，一个集体还真不热闹。他使用激将法说："山蛋，都说你唱歌好，舞也能跳，是骡子是马，拉出来试一下。花公鸡上舞台——显显你的漂亮。"

山蛋早有上场的心思，一听这话，也是扁担窟窿插麦茬——对上眼了。他跳进队伍中，模仿着别人的动作跳起来，才走了半圈，蛇狼、一撮毛前脚不离后脚，也加入了。舞蹈动作有点儿像扭秧歌，但更粗犷豪迈，左脚向前，右手上扬，身体随着向前弯曲一下。三人尽情欢乐，真是撒了盐的油锅——热闹开了。

跳舞回来，几个人自嘲着："我们这是牵羊进照相馆——出洋相。"但他们确实很开心。

还有土默川的"二人台"，演出的节目多是描述牧民生活，表达对纯真爱情和历史的颂扬。比较流行的有《走西口》《打樱桃》《打金钱》《打秋千》《打连城》《牧牛》《水刮西包头》，大家听得没多大意思，台下乱七八糟的，人仰马嘶的声音盖过了舞台上的声音。有几个年轻人吹口哨，嘘声一片，喊着换个"热闹的"，台上就唱起《吃醋》《二姑娘得病》《要女婿》《叫大娘》等。每唱一曲，台下就高声叫"好，好，再来一个"。

我看一个老牧民，和蛇狼一样，拿着一瓶酒，对嘴饮着，眼里流着泪，嘴里跟着唱。我想他年轻时一定也有一段刻骨铭心的爱情，岁月的年轮和无情的风霜在他的脸上刻满了皱纹，但心里的伤痕可能远比脸上的皱纹深，以至于他到老仍不能忘怀。他若是有创作才能，也许会以这份爱情为蓝本，谱写出动人的作品。

歪嘴身强力壮，在我们这个小团体里是公认的摔跤能手。看着人家一个个胳膊拧着，头顶着，腿在下面绞缠着，搂腰搭背使劲，他急得心里痒痒，抓耳挠腮。他跃跃欲试地上场，找了个块头比较小的，比试一番，一搭手，人家不知用了什么方法，他被摔了个四仰八叉。他爬起来，再搭手，被那人用腿一别一钩，又弄了个嘴啃泥，悻悻地败下阵来，服了。那些小伙身体强壮，膀大腰圆，有的嘴里唱着："戴着百合花的俏丽女子，把哈达献给跳着鹰舞的摔跤手，赶着勒勒车的俏丽女子，把情歌唱给跳着狮舞的摔跤手……"有的弯着腰，似斗牛，连推带顶，盘旋转圈，力道狠猛，不停使着踢、绊、缠、挑、勾、扭、推、掰的技巧，比拼着真功夫。

赛马是最具特色、最动人心魄的节目，主要有"压走马"和"赛跑马"两种。走马是前后蹄交错前进的一种马术，具有驯马和表演的特点。赛跑马是竞速赛马，骑手多是青壮年，他们骑着无鞍马，个个腰扎彩色腰带，头缠哈达，威武勇猛。听到号令，他们飞身上马，扬鞭竞驰，如箭矢齐发，用腿拍着马腹，一手持缰，一手不停在马屁股上拍打着。马在争先恐后地飞跑，人还在上面表演着左右翻滚，或侧、坐、斜、躺、立等高难度动作，看的人欢呼雀跃，拳头攥得紧紧的，手心里捏出一把汗。正像赞词中说的："它飞过路旁，人们来不及观看，奔驰起来，四蹄一尘不染，鬃毛如同高原上的青草随风旋转……"

这也是一个盛装的节日。蒙古袍镶着红、绿、蓝色条饰，衣服是斜开肩，领口、右肩前、右腋下有纽扣，在腰上系绸缎带，与左方褡裢相称，右胯佩戴刀鞘。身着这样服装的人在马上奔驰起来，尽显飘逸之美。

欢乐的那达慕，毡包像珍珠撒满草原，人流像潮水涌动，骏马像流星追云赶月，歌声像百灵婉转悠扬，草原和沙漠绿洲沸腾了！

草木茂盛，牛羊肥壮，牧民高兴。丰收季节，草原成了天然的农贸市场和物资交换地，草原和沙漠绿洲繁荣了！

以往，牧人分散，游牧在草原深处，寥若晨星；今天，万人齐聚，蒙古包成堆，牛羊成群，各地的文工团、乌兰牧骑流动演出组、杂技团、杂耍班子、民间艺人、电影放映队也纷纷赶来，饭馆、茶摊热闹非凡。

草原上的姑娘最爱看赛马，大胆地看着英俊的小伙，赞赏着他们高超的马技，欣赏着那健硕的身躯。这是小伙子们的表演，千万个姑娘是观众，小伙子因有了姑娘动情的眼光而更有激情，姑娘们默默选着心目中的英雄和情郎。他们中不少人在赛马后牵手走向草原深处，互诉衷肠。这个时候，草原是爱的天地，情的世界，一切都生机勃勃。牲畜们也不甘落后，追逐着，戏闹着，草原激情四射地燃烧起来。

结婚的也在这期间凑热闹，草原上到处唱着婚礼歌："神马在'浩木黑'山上下驹，并不是它最高兴的时刻，只有小马驹褪掉四蹄的乳毛，在草原上奔驰才是最高兴的时刻。鸿雁在'忽洛素图'湖畔生蛋，并不是它最高兴的时刻，只有小鸿雁长出丰满的羽毛，在天上展翅飞翔才是最高兴的时刻。人类生儿育女，并不是他最高兴的时刻，只有搭起雪白的蒙古包，男婚女嫁、成家立业才是最高兴的时刻。"

婚礼、祝词、献哈达、敬美酒,洋溢着欢乐,草原和沙漠绿洲醉了。

当地人好客。外来人参加活动,不管是亲戚、朋友还是陌生人,只要送上真诚的祝福,他们都会热情招呼。我们正好赶上一场婚礼,一撮毛提议:"今天去凑婚礼的热闹,顺便蹭顿饭吃。"

蛇狼说:"两响炮升天——响(想)到一块儿了。你是缺牙齿啃西瓜——道道多,沙漠的狐狸——又馋又猾。"

一撮毛也开玩笑:"瘸和尚说法——能说不能行;哪像你,三年不漱口——一张臭嘴,舌头长刺——出口伤人,扇着扇子聊天——说风凉话,上坟不带烧纸——惹祖宗生气,上眼皮长瘤子——碍眼。走开!"说着,他带头迎上去,献上一条哈达,并将事先准备好的喜字、福字、花好月圆三张剪纸送上,"我们是远道而来的客人,幸好遇上你们的大好喜事,向你们表示祝贺!我们这位艺术家山蛋会吹喜庆的唢呐,会唱婚礼歌,让他给新人和客人表演一下。"

我觉得这是捡到的帖子——难为情,不好做客,一撮毛舌头上擦胭脂——嘴里漂亮。

通过聊天,我们大致知道,这家主人叫鲍图尔,他们祖祖辈辈在草原上过着游牧生活。

蒙古族人非常好客,主人听了非常高兴,嘴里说着"欢迎,欢迎,尊贵的客人",并弯腰低头,一手抚在胸前,一手做了个请的姿势。

我们喜出望外,我突然又觉得一撮毛是个能人,能说会道,有板有眼。他们几个人,斧大好砍树,针小能穿布——各有各的本事。

一撮毛得意地对我们挤眉弄眼,低声教着我们:"出了门,见了人,要学会投其所好。"

他接着说,"听说蒙古族婚礼的程序和汉族差不多,也是经媒妁之言,父母做主,男方到女方家提亲,女方上男方家定亲,迎娶这个环节继承了蒙古族抢亲的传统。新娘告别父母唱《离别歌》,

第十四章 那达慕大会

新娘的嫂子替新娘的母亲唱《嫁女歌》。待歌声一落，迎亲队伍中一个机灵强悍的小伙子就迅速把新娘抢出来放在马上，绕蒙古包转一圈，然后策马疾行。新娘到家时，新郎家的一个骑手拿着缠着红绸子的羊棒，跑到送亲队伍前转一圈，这时新娘家的骑手来夺羊棒，新郎家的骑手迅速将羊棒从马脖子下扔进新房，意为吉祥纳福。迎亲的众人围在新娘的毡包前，一个小伙子上前揭开新娘的毡包的一角，俊朗的伴郎唱起劝嫁歌：'啊，我唱一支加尔歌，加尔，加尔。妹妹你要仔细听，加尔，加尔。女大当嫁大喜事，祝你幸福又快乐，加尔，加尔。'人们簇拥着，场面渐渐热烈起来。新娘的毡包里也传出伴娘应对的歌声：'你是一个有教养的姑娘，到那里要孝敬公婆，一家人互助互让。过日子要勤俭，不要丢掉传统的好风尚。神人玉素甫和孜丽哈的爱情，就是你们的榜样……'歌声还没停歇，几个小伙子忽然冲进新娘的毡包，毡包里传出打闹的欢笑声。不多时，几个小伙子落荒而逃，有一个小伙子被几个伴娘扭住双臂，小伙子拼命挣扎，终究没有逃脱，只好认输，拿出早已备好的礼物。新娘唱得如泣如诉，在送别的歌声里，新娘被搀扶上马，缓缓向自己的新家走去。送亲马队浩浩荡荡，非常壮观。"

我们刚落座，正好赶上一对新人行礼。新郎的父母在新房前铺好毡垫，让新人在毡垫上握羊棒两头，朝东方三拜天地，再拜父母、客人。新郎穿长袍，脚蹬大皮靴，右侧腰间佩带银鞘钢刀，新娘的袍子，肩上有红色镶金坎肩，头上、脖子上、手上都有银饰，显得光彩夺目，妩媚端庄。据说她们不论贫富贵贱，年龄大小，都有一副全套首饰，首饰用银多，花样也多，串珠用的是珊瑚、珍珠、琉璃、琥珀、玛瑙、宝石，造型古朴典雅，虽不甚精美，但也是财富和实力的象征。今天的新娘，从她的穿戴和首饰判断，应该是来自中等家庭。

山蛋用唢呐吹了一两首喜庆的曲子，腮帮子鼓得圆圆的，满怀激情。唢呐声嘹亮、高亢,曲调欢快、喜庆、热烈。他又放开嗓子,激昂地吼了一曲《山丹丹花开红艳艳》,一下子将主人和宾客的情绪带动了起来,幸福和快乐溢满大家的心间,荡漾在大家的脸上。主人很高兴,男主人屈右膝,右手沿膝下垂,女主人双手向他献哈达,并敬上三银碗酒,拉他上座,入贵宾席。山蛋不敢,推推让让、拉拉扯扯一会儿,才回到我们身边。

一撮毛夸赞道:"山蛋,行,烧香赶走和尚——喧宾夺主,头上插辣椒——红到顶了。"

新郎新娘互拜后,礼成入洞房。

宴席开始,客人进蒙古包时,掀门帘大边,不能踩门槛。

宾客热情地寒暄问候,以年龄大小排序依次就座,上首为北面,我们这一桌蛇狼年龄最大,他坐了主位。草原上蔬菜少,宴席以肉为主,桌子上有一个热气腾腾的铜盆,里面咕嘟咕嘟煮着奶茶,四周放着奶酪、奶饼、奶皮子、炸面筋果子、炒小米、熟肉条,随意调放。用勺子将煮沸的奶茶浇入配好调料的碗里,喝起来有奶味、肉味、茶味混在一起的咸中带甜的味道。茶里的食物嚼起来酥脆可口,一口茶将舌头上的味蕾全打开了,仿佛人生的所有酸甜苦辣都在这一口奶茶中有了对应。主人献奶茶和敬酒,一律用右手接。草原上有句顺口溜:"一日无茶,饮食不香,夜不能寐;三月无茶,心虚目晕,怠惰无神。牧民饮茶,耐渴耐饥,一天精神好;马食茶渣,胜过草料,日行百里,抖擞如龙。"桌上有七成熟的羊棒骨肉,还有羊肉串、涮羊肉,每一块都超过拳头大,足有半斤以上。他们拿刀子一片一片削着吃,蛇狼他们几个见的世面多,也拿着刀子,吃得有模有样,我则嘴啃牙咬,一个骨头啃完,牙酸腮帮子疼。主客之间殷勤地劝酒。主人将酒斟在银碗或盅子里,将酒托举在哈达上,低头弯腰,酒与头齐,给所有客人连敬三巡。第一杯是感谢上苍恩赐光明,第二杯是感谢大地赋予福禄,第三杯是祝人间吉祥永存,感谢宾客的光临

第十四章 那达慕大会

和祝福。客人接酒后回礼，低头弯腰，将酒杯上举，用右手中指蘸酒，向上向下各弹一次，以示敬天谢地，随后一饮而尽，表达对主人的感谢和诚意。蛇狼和二愣子馋酒，三杯都一饮而尽。一撮毛爱喝爱耍，但酒量不大，酒风不好。山蛋已饮三碗，他俩第一杯喝干，第二、三杯各饮少许，就递还主人，一再说着感谢盛情款待和不胜酒力之类的话。我是小孩，只看热闹，也没人管我，我闷头专心啃我的骨头。这就叫鹅吃草，鸭吃谷——各人享各人的福。

一撮毛虽不善饮酒，却对酒文化有研究。他说："酒是蒙古族人表达对客人的敬重和爱戴的献品。牧人长年在外，生活单调，枯燥乏味，酒是消磨这些苦难的'忘情水'。另外，春、秋、冬三季早晚很凉，气温低至零下几十度，喝酒才能御寒。因此，酒是牧人的宝贝，家家户户都储酒，而且能喝酒，一顿喝一二斤不成问题。"

牧民喝酒、唱歌不分家。酒过三巡，有人就唱起敬酒歌来。这里有"无歌不成酒宴"之说，牧民们无论男女老少都会唱酒歌，内容是祝福劝酒。典型的有"金杯中斟满了醇香的美酒，高高地举过头顶啊，敬献给父老长辈表深情。赛拉尔白咚赛！像那青山的泉水一样清澈，似那草原的鲜花一样美丽，吉利相遇的亲朋至友啊，敬上这醇香如蜜的琼浆"。

主人唱完祝词后，端上来招待客人的大餐"烤全羊"，这是草原上的传统美味。捡一到两岁的土绵羯羊，放在土烤炉中，用当地特有的梭梭干柴燃火，经过宰、洗、烫、穿杆、上火、转动、涮各种配料等多道工序。我们几个人被这皮黄肉红、形状完整、香气四溢的全羊吸引。全羊的四条腿卧在木盘里，羊头朝着主客。主人举起银碗，向客人礼节性地敬献鲜奶，表示以最圣洁、吉祥的食品和最高礼节欢迎客人。客人们依次接过碗，敬天谢地。主人唱祝词，然后用精致的小刀在全羊四周割些肉，放入杯中，向天泼酒。整个仪式庄严隆重。我早就垂涎欲滴了，嫌这个仪式烦琐冗长，肚子里咕噜咕噜直叫唤，搞了这么长时间，还不是个吃吗！好不容易切开动手了，我急忙抓了一块吃起来，皮酥、肉鲜，味道浓香不腻，香味悠长。后来看他们像吃烤鸭一样操作，拿刀子由表及里，按皮、肉、骨的顺序逐样切片，再夹荷叶饼、小葱、面酱，包着吃，比烤鸭更香。这几个家伙也不客气，我则是尽量少说话，专注地吃，酒一口没喝。

　　叼羊比赛是在午后进行的。这是当地婚礼中最热闹最隆重的仪式。叼羊比赛选在一片开阔的草地上进行。抢亲的小伙子个个身强力壮，骑着训练有素的好马，跃跃欲试。新郎骑一匹枣红马，到一长须白发的老者面前，施礼后请求开始。老人将一把刀子交到新郎手里。不多时，新郎骑马到草地上，抛下一只宰杀的山羊。众骑手骑在马上高喊着，挥着鞭子，一挥手，顿时，百骑竞驰，蹄声隆隆。一匹灰马渐渐脱颖而出，马上骑手一个侧下身，拎起草地上的山羊，放在马背上，一路奔去。身后众骑急追。这个优势没有保持多久，一匹白马从后面上来。两匹马纠缠在一起，齐头并进。骑手侧身，你来我往，在马背上抢羊，好像空中相扑。两人的纠缠，影响了速度，众马随后赶上。几十匹马围在一起，人在马上争抢，越来越激烈、壮观、惊险、热闹。山羊几经易手，最终还是落在新郎的手上，不知是不是大家有意相让，让新郎博个好彩头。可是，先前拔得头筹的灰马和白马，还在后面急追。新郎按住山羊，俯首卧在马背上，脚下用劲，磕打马腹，屁股抬起，马鞭有节奏地在马屁股上抽着，嘴里不停地大声喊着"驾、驾"，以一步之遥领先，冲出重围，奔到老者面前，把山羊掷于老者面前。众人一片欢呼，掌声雷动。老人拿出一朵红绸子扎成的红花，戴在红马头上。

　　那天晚上，篝火在草原上燃起。参加婚礼的亲朋好友尽数围在篝火旁，喝酒吃肉，载歌载舞，通宵达旦。几个姑娘和小伙子跳起了欢快的舞蹈，篝火晚会达到了高潮。我距离篝火还有段距离，踮着脚尖往圈子中看着。

第十四章 那达慕大会

看到我对篝火晚会充满了向往,山蛋怂恿着我去和他玩:"走,跟我过去耍,去跟他们一起跳,热闹热闹。"这时主人家的人提着一壶酒和一块羊头肉走了过来,热情地邀请:"客人们,去玩会儿吧"。山蛋和一撮毛去了。我看他们烤饼,方法非常简单奇妙。他们在地上控一个坑,口如锅大,把已烧红的牛粪、驼粪填到里边,烧得坑四面发红,然后把做成的面团贴在坑边,上面用铁锅盖住,锅中也放上牛粪,火烧得旺旺的。锅与坑的周边,用泥封闭,烤一两个小时后将锅拿出来,样子好看,外表金黄,没有焦黄和颜色不均的问题,吃起来像新疆烤馕的味道,软硬适中,香咸味浓。再夹上烤羊肉,淡化了羊肉的腥腻,入口更香。再看篝火那边,几个年轻小伙子和姑娘越来越起劲,还起哄,立刻带动了一大批人,大家都放下了手中的食物,手拉着手边唱边跳,气氛无比热烈。看着蛇狼与周边的陌生人好像多年的老朋友,推杯换盏,互相敬酒,笑着,聊着,我倒是有点儿孤单,不能跳,不能。蛇狼摸着我的头感叹着,又像是自言自语:"我像是回到几十年前的这里了,也只有这里的人和酒,能安下我的身子。这种放羊生活虽不如我们平原的农耕生活安稳,但是人们敦厚、老实、善良、热情。"有人向篝火里泼去一碗酒,火苗一下子蹿了起来,将周围照得亮如白昼。

我问蛇狼:"你刚说你几十年前来过这里。"蛇狼得意地夸道:"老子以前在这里做生意,贩皮货,没少吃肉喝酒,过了几年风光日子,哪像你爷,他不听我的,老实干活,学什么文化知识,为林家大地主当账房先生,没过过好日子,后来还弄成了地主,图个啥!他啥也没得到,还害了你们这些子孙。唉,不说了,人比人活不成,我要是跟过去比,也没法活。明天若能找着我以前的朋友,还有几天好肉好酒招待哩。"

婚礼持续到太阳落山,夜色在稀稀落落的霞光中显露,接着涂上了墨。草原广阔,没有万家灯火,夜色很浓很稠。蒙古包前燃起了篝火，火苗猛烈地蹿着，照亮了夜空，场面又热闹了。

一场篝火晚会折腾到大半夜。到了凌晨，众人才散去。来参加婚礼的大部分客人都被安置到了几间大帐篷里。

这里是真正的草原，真正的牧区，他们是真正的放牧人。他们的生活方式比我们更合理，氛围更好，生活质量也更好。白天骑马飞驰在草原上，晚上就像参加重要活动一样，围着篝火或锅庄，席地而坐，闲聊抽烟。锅里煮的肉在咕嘟声中冒着热气，散发出香味。饭熟了，大家用手抓着，豪放地吃着，吃相虽然不优雅，却难掩纯真的乐趣。蛇狼和一撮毛都喝得酩酊大醉，被主人竖着大拇指夸奖"好汉、英雄、义气"。

蛇狼嘴里含糊不清地嚷嚷着："喝，喝个七七四十九天，老汉我够本了。"

美好的时光总是短暂的。一大群人喝醉了，太阳也醉了似的沉没了。我们几个人东倒西歪地出来了。

他们几个显然不甘心，三步一回头，还留恋着刚才让他们迷醉的地方，咂着嘴巴品味着酒的余香，还有肉的香味。

草原上的太阳也不甘心离开这美好的地方，在沉入茫茫的绿海的瞬间，带着晚霞光环的它突然大了许多，不甘心地跳了几下，在接地的一刻，挣扎着射出几道金光，洒下最后的光辉，就沉寂了。黑暗像水一样漫过来，淹没了天，淹没了草地。

是夜，找了个避风的地方，我们铺着老羊皮袄躺着。他们被酒烧得，赤裸着上身，还嫌热，不断地要水喝，我成了服务员。半夜蛇狼起夜，磕磕绊绊，扶着树撒尿，解手后，将皮绳绕着树与自己绑在了一起，走不开，越用力越走不开。蛇狼一生杀戮太多，做贼心虚，还以为是哪个冤魂缠上了他，嘴里叨叨着："我过去得罪过你们，和尚劝我行善积德，我再也不杀生了，你饶了我老汉吧……"结果还是没用，他急了，大喊，"有鬼了，快来救我！"

第十四章 那达慕大会

我被吵醒,听其他几人呼噜声此起彼伏,一个比一个厉害。有的呼噜声很尖,刮得人耳朵不舒服,有的呼噜声低沉浑厚,人到了草原,连打呼噜的风格都变了,有的短促,有的长长的,我都担心他憋过去。我到蛇狼跟前,怯怯地问:"鬼在哪儿,我可不敢惹他们。"

蛇狼说:"这不抱着我的腰吗,我动不了!"

我一看,笑得气都喘不过来了,说:"你把腰带系树上了。"蛇狼还迷糊着,没搞明白。我解开,他回头倒下就大声地呼噜起来,盖过其他人,要是真有狼有鬼,怕也被这震天动地的声音吓跑了。

第十五章　蛇狼遇故人

天亮了，牧歌之上，草原浩荡。青草在阳光的照耀下蓬勃、青翠，柔软得令人心疼。这里是羊的乐园，牧人的天堂。站在任何一座沙丘上，极目远望，碧空如洗，不断飞临的鹰隼发出骄傲、嘹亮的叫声，大片羊群匍匐着滚过草地，到处是欢歌笑语，草原和沙漠绿洲欢笑起来……

蛇狼向路人打听一个叫鲍布和的人。有个女人骑在一匹黑马身上，穿着淡紫色蒙古袍，赶着一大群白色绵羊走近时，蛇狼又上去问："你知道有个叫鲍布和的人在哪儿吗？"女人听不懂，用蒙古语很大声地说话，我们也听不懂。后面走过来一个老头，老头问明了情况，高兴地说"知道，知道，他是我们旗有名的贩夫，人很公道，好朋友多得很。他的毡包在旗镇西边牛马羊市场旁。市场靠近一个叫淖的地方。"淖在蒙古语中是湖的意思，他们这里海子和淖较多，初听时感到不可思议：这里还有海和湖？我还未见过海和湖呢。在去的路上，我无比激动，迫不及待，想象着那海的浩瀚壮阔，那湖的碧波荡漾。到了跟前一看，我大失所望，也就是个水泡子。蛇狼笑着说："小伙子，沙漠中的水泡子比油贵，有时能救命，比金子还珍贵。这里的人把上天给的水泡子叫海子和湖泊，这是一种感恩的称呼。换个角度，如果在大海边，一粒沙子没有，把这些沙丘送去一个，那他们一定会称为'金沙'，这就是物以稀为贵的道理，懂吗？"

第十五章 蛇狼遇故人

我们到达的时候是中午，蓝天白云倒映在水里，随风摇曳变幻。我赤脚走向湖边，金色的细沙磨着我的足心，温润的风掠过我沾满沙子的头发。在我面前静静呈现的，是明镜一样的水泊，而我背后依然是落寞的黄沙，我被它的美丽深深撼动，觉得这地方好，人好，吃得好，留在此处，此生足矣。那时候我下定决心，当一辈子放羊人。少年的心，是希望的翅膀和水晶混成的，只要有一滴水就能折射出太阳的光辉，有一点儿希望就会有远大的理想，有一线风景就会为之惊叹，有一丝温暖便会知足，有微薄的帮助就会感恩。但少年也容易受伤，心像水晶般透明，没有暗影，接受不得大风大浪，非常易碎，受伤不好医治。可是这样的心，在今后的工作生活里到处遇到利器，即使不至于破碎，也渐渐地布满擦伤的痕迹，永远失去了它的晶莹。

蛇狼领着我们找过去，还议论着他年轻时与鲍布和贩皮子的经历。正说着，有一个人骑着马沿市场走来，留着长发，身着皮袍，足穿毡袜、皮靴，手提一皮囊，对嘴喝着。这个人看上虽然年龄不小了，但不失威武。蛇狼觉得面熟，大喊一声"鲍布和"。那个人马上循声望过来，走到跟前，仔细看了一眼，大声叫道："张得福，我的老朋友！"我第一次听到这个名字，才知蛇狼的大名。他俩抓着对方的胳膊，兴奋地问长问短，我这才有时间细看，这人腰间佩烟袋、火镰、刀、牛角等许多东西。他热情地邀请我们去他家做客。客先入，主人随后进来，他老婆在炕左侧，恭敬地单足跪着迎客。鲍布和先把鼻烟双手递给我们，蛇狼和一撮毛接过去，去塞后放在鼻下。随后端上了奶茶，比我们自己制作的更丰富。细看他的蒙古包，圆圆的，里面炕占了一半空间，床被铺毡二层，被褥折叠在床头。他老婆极其消瘦，额头上两个拔过火罐的圆圈恰好对称，略微卷曲的头发有些蓬乱。他请我们就座，却没有一个可以入座的凳子。按照当地的礼节，应该坐在炕上，走近炕沿，却发现整个炕被尘土覆盖，炕的另一头，衣服被褥卷得一团又一团，炕上方的墙壁上挂着大大小小、乱七八糟的口袋、衣服、绳索,还有一把四胡。

那天晚上,特意杀了一只羯羊。他们杀羊与我们不同,在羊腰腹部划个口子,手伸进去鼓捣了些什么,羊不喊不叫,伸伸腿就死了。剥皮抽肠,不用水洗,大卸几块就扔锅里了。我随主人取水,井不深,水上漂着脏物,泛着白色,一股酸臭味,喝了一口,又咸且苦。井周围遍地白色,锅支在帐篷外,风沙吹入锅中。一会端上来一个铜盆,大伙围坐在毛毡上,边吃边喝酒。肉煮六成熟,肉块比拳头大,垒得高高的,用我们的眼光看,真可谓半生不熟,需用刀子割。鲍布和与家人,每人手持一把精致的小刀,左割右刮,游刃有余,吃肉刮筋,毫无弃物,骨上的白皮都被刮食。我们用嘴啃,使劲撕咬才能啃下一小块。一块还未吃完,我的腮帮子就酸了。蛇狼年龄大了,还掉了几颗牙,咬了两口,就没招了,向鲍布和要了一把刀子,将肉切成碎块,丢到嘴里。平时吃饭最难看的他,今天却成了我们当中吃相最好的一个。盆里的肉还没吃到一半,主妇又添了半盆,肉块又垒得高高的。

不远处的市场旁点燃了一堆篝火,青年男女围着篝火载歌载舞,不时发出阵阵欢叫,旁若无人。他们又醉了,我们和主人家的人挤在他家的大炕上睡觉。晚上,远远近近狗叫声不断。清晨,市场早早活跃起来,牲口们的叫声汇成了热闹的交响曲。

鲍布和与蛇狼叙旧,我闲着没事,在市场上看热闹。一会儿,鲍布和的孙子,看起来十三四岁,比我年龄稍大,个头却比我高出许多,带我去骑骆驼玩。他说:"骆驼有十二相,羊首、龙额、兔唇、鼠目、虎耳、蛇项、马腹、牛蹄、猴毛、鸡膺、犬股、豕肾。"我觉得好奇,担心地问:"这家伙咬人吗?"他回答:"不咬人,骆驼生气发怒时,向人脸上吐黄沫,就像粪便一样臭。阴历十一二月是骆驼的发情期,在这个时候,雄骆驼会发狂,眼睛变红,口流唾沫,遇狼都敢去咬。人若影响它,它也会咬人,其他时间骆驼不会伤害人。"我又问:"你怎么会说汉语,你爷爷也会一些汉语。"他笑着说:"我们这里老人大多不会说汉语,我爷做生意,与汉族人来往多,会说汉语,不会认汉字。我们年轻的,上学读的是汉语课本,我的汉语名字叫鲍小刚。"他牵了骆驼过来,骆驼头昂着,鼻子上系着一个木棒。他吆喝着用绳往下曳,驼就卧下,卧时前腿先跪,后腿后跪,腿骨好像与其他动物不同,是三节。我没提防,几乎从前面滚下来,吓了一跳。他看着哈哈大笑。骆驼的胃分为三室,一次性吃草三十公斤,十分钟可以喝掉六十升水,它的驼峰最多可以贮存二三十公斤脂肪,因此可以保证它在十几天不吃不喝的情况下依然存活。适应沙漠也是一种征服,我突然对骆驼产生了浓厚的兴趣。它温顺、善良、敦厚、吃苦耐劳、能适应恶劣环境,服务于人,付出多,所求少,一天只吃一顿粗食,任劳任怨地在沙漠中跋涉。坚毅融入它的血液。我在恶劣的环境中,若能像骆驼那样,就会克服困难,长大成人。

　　傍晚的海子有晚霞晕染,成了灿烂的镜子,绿树倒映在紫红的湖水中,大红大绿加上沙子的广阔的黄色,这是当地人喜欢的富贵颜色。入夜,丰富的颜色慢慢退去,海子变得深邃而模糊,我和鲍小刚也玩得精疲力尽,依依不舍地离开海子和骆驼。夜越来越深了,听见遥远的地方有风的声音,海子里的水里晃荡着水花。我在刹那间感到,那广阔的沙漠并不是荒凉的,而是快乐的,这里的人也是幸福的。快乐和幸福与环境无关,来自人的心里,来自对环境的适应,对困难的克服,对日子的珍惜,我们要好好地把握当下的一切。

　　没有不散的宴席,快乐和幸福总是短暂的。蛇狼他们几个吃了三天肉,喝了几场酒。鲍小刚暑假没事,陪我在沙漠、草原、海子摸爬滚打,玩了个尽兴。

　　第四天,我们得回去了。

第十六章　适应沙漠生活

从草原回来,我听了蛇狼的话,硬着头皮捂着鼻子喝奶茶。这是沙漠和草原生活的重要环节。奶茶是草原上的早餐,这几天我已喝了不少,适应多了,可端起我们自制的奶茶,味道差远了。第一碗腥咸,还有不熟的葡萄一样的酸气;第二碗有浓浓的奶味,身上已出汗;第三碗有甜滋滋的味道,好喝起来。蛇狼高兴地说:"这就对了,干啥要像啥。"

天气越来越热了,尤其是刚下过几滴雨的沙地,晒到中午能看见腾腾的热气往上冒。沙漠的天地如蒸笼一样,置身其中,不动都一身汗。跑来跑去赶牲口拦羊,汗就更多了。我很快就晒黑了,脸上和脖子上脱了一层皮,一片片从脸上掉下来,有时痒痒的,我干脆用手往下撕扯,撕得直疼。

沙漠的生活,注定是充满艰险的。气候严酷,往往连续几个月不下雨,一下就是暴风雨加冰雹,与恶劣的环境匹配。夏天,白天很少下雨,沙丘裸露,空气十分干燥,地面加热迅速。在烈日的炙烤下,气温骤升,气温可高达五十至六十摄氏度,整个沙漠如同火海。而一到夜晚,温度骤降,温差可以高达五十度。冬季寒冷,夏季酷热,早穿皮袄午披纱,夜晚烤火,白天汗如雨下。在这种温度剧烈变化的气候下,沙丘由于急剧地收缩和膨胀,大堆沙粒脱落下滑,就像雪崩似的从高坡上滚落。一次次摧毁、崩溃、磨炼、风吹雨蚀,使

第十六章 适应沙漠生活

沙子细腻得像面粉一样。人在这样恶劣的环境中，太渺小、太脆弱、太不堪一击了。

我脸上脱点儿皮，又算得了什么呢？

山蛋卖弄着学问，告诉我，应当对自己所处的地域的历史、人文、风俗、饮食等方面有个简单的了解。如果在那个区域住一辈子，就应有更深的了解。这个地方东靠贺兰山，西连沙漠，南面的黄河以极大的胸怀包容了黄沙，裹挟着浊浪向东奔流，北接内蒙古，人的性格也热情、大方、豪爽。黄河流经平原腹地，孕育了中原文化，教育兴旺，崇尚耕读，传承仁、义、礼、智、信。也许是黄河阻隔了外面的世界，北山挡住了外族入侵，腾格里沙漠圈住了生活，当地人封闭，自我满足，手工业不发达，羞于经商，世代满足于这种游牧生活。

在这片小绿洲，汉族人教会了当地人农耕技术。在少数民族和汉族人交汇的地方，大多是这样的沙漠绿洲和多山多水地带，人们的生存技巧就多一些，就会演绎人与自然之间的许多有趣的事情。荒漠浩无人烟，是狼、黄羊、兔子、狐狸、老鼠、蛇和天上的雄鹰的原始乐园。人们以自己的冒险精神开拓了新天地，各民族的交流推动了文明的进步。

山蛋接着说："你现在只是看了沙漠，知道点儿皮毛。沙漠的脾性、特点，你还未领教；沙尘暴、冰雹、缺水，你还未遇到，狼也未见着。以后你就知道了，有你吃不了兜着走的时候。"

其实我知道，这几个月以来，他们向我讲述了这几年的事。在沙漠小绿洲，对牧羊威胁最大的是干旱和沙尘暴，冰雹和暴风雪。我经历的这个夏天和秋天，是这几年里难得的风调雨顺的季节。草长得茂盛，是牧羊人的福气。听他们说，四年前有一次大旱，沙漠里下了很少一点儿雨，沙漠上没有绿色，绿洲的草一半没有破土，出来的也枯萎干黄，羊吃不饱。秋末，羊一个个干瘦，毛色不全，

沙枣树开花

冬草也准备不足,很难过冬。各生产队紧急动员,将稻草、糜草长途拉到这儿,铡碎配料,就这样,三分之一的羊没有熬过冬天,产羔率下降,羊的数量大减。

我听着山蛋的话,只是沉默地点点头,心里一片凌乱。

我琢磨着他对沙漠的描述和所经历的风险,凑在一棵高举籽粒的青草面前,蹲下来,看看这草是怎么在这艰苦恶劣的环境中生存下来的。看它这样挺拔,叶子这样绿,草籽这样丰盈,我心里也不害怕和担忧未来。我坐在一蓬青草上面,它们被我的身体压住,发出折断的声音,好像响在我的骨头里面。我不也和这小草一样吗?孤苦伶仃,受着欺压,比这草好不了多少。过去在家里的时候,在许多人的嘲笑声中,我痛苦过,羞愧过,甚至找个没人的地方大声地哭过。我刚到沙漠的时候,他们抽烟说笑时,我突然想家,想上学,想我未知而恐怖的未来,可是现在我没有这些情绪和想法了,我变得坚强了。

中午,经过雨洗的天空,格外高远空旷,万里无云,太阳升得老高,光线强烈,沙漠里处处热浪袭人,仿佛燃烧着熊熊火焰。人大汗淋漓,热气浴身,受着被蒸的酷刑。

我们坐在老羊皮袄搭起的帐篷下,太阳晒透了帐篷,下面的沙子也热得人不舒服,叫我们站也不是,坐也不是。走出帐篷,脚下的沙子烫人,我第一次感到沙漠的热度,没有可以躲避的地方。放眼望去,沙漠连着沙漠,沙丘套着沙丘,到处都是单调的黄色,沙丘轮廓清晰、层次分明,丘脊线平滑流畅,迎风面沙坡似水,背风面流沙如泻。天是蓝的,地是黄的,这里除了蓝黄两色,再也看不到其他色彩。沙漠广阔深邃,我置身其中,时常感觉自己也是一粒沙子。天地的大,方才使人觉出自己的小,衬托出自然的伟大。一个小孩,总是充满丰沛的幻想。

我们带的狗中了暑,趴在老羊皮袄下,舌头掉在口外,头随着

第十六章 适应沙漠生活

呼吸晃动，口水顺着它伸出的长长的舌头滴滴答答地往下掉，狗嘴下的土地湿了一大片，让人恶心。我踹它一脚，想让它滚出去，蛇狼制止了我："这鬼天气，热死人，我们光着身子嫌热，这些狗啊羊啊都是带毛的东西，好比穿了件棉衣，更热，比人难活啊！"那狗好像听明白了，感谢他的理解，又向他旁边靠了靠。几只无聊而又讨厌的苍蝇在狗的眼前晃来晃去，馋着狗的眼屎和嘴里滴下的涎水，嘤嘤嗡嗡。狗摇着头，挥之不去，狗无可奈何，只是沉重地喘息着。

除了那优哉游哉吃草的羊群，地上不见一个活物，兔子躲在蒿草下睡觉，四脚蛇钻入了沙子深处。没了这些活物，老鹰也不出来觅食了。蝗虫和花姐姐呢？仿佛和人捉迷藏似的，一个都不见了，它们穿着厚厚的盔甲，难道也怕热吗？蚊子也不出来了，它们躲到哪里去了呢？为什么太阳一落山，它们突然又出现了？唯有苍蝇，这可恶的脏东西不怕太阳，不怕热，还在嗡嗡叫着，烦人地往人身上扑。

歪嘴把头上的皮袄往上顶一顶，手搭在眉毛上瞭望着羊群，突然扯开嗓门喊："碎娃，有几只羊跑散了，你快去撵回来。" 我光着脚就跳出去，撒丫子朝草地跑去。那几只走散的羊看我手里拿着鞭子朝它们奔来，好像也明白要挨打了，竟然小跑着回到了羊群。我也学会了那几个牧羊人的口头禅，指着它们骂骂咧咧："皮紧了，再乱跑，看我不抽死你！"

我讨厌歪嘴叫我碎娃，我问山蛋："歪嘴的嘴为啥歪了，是他妈把他的嘴生歪了吗？"

山蛋听了哈哈大笑："你这个说法有趣，我怎么没想到这么个说法，有意思。你去问他，他妈怎么搞的，把他生成这个样子。"

我说："我不敢直接问他，才向你打听的嘛，不说拉倒。"我赌气地离开他。

山蛋追上来讨好地说:"碎娃,脾气还大得很哩。告诉你,简单得很,他拉骡子去犁地,低头套绳时,骡子一蹄子踢到他嘴上,嘴豁了,缝了几针就歪了。"

又过了很久,落日的余晖终于映红了西边的沙丘,远处的沙梁与晚霞一片灿烂。羊群艰难地前行,近处的羊是虚幻的白影子,与远处的金黄色沙丘和天上的火烧云形成强烈的对比。

我骑着老马绕着羊群转一个来回,这是收工的信号。马和骡子都恋恋不舍地抬起了头,慢腾腾地向我们的老羊皮袄帐篷走来。这些家伙都被训练出来了,自觉过来让我们骑上。大家收拾行李,上了马背、骡背,甩响鞭子,吆喝那些依然在吃草的羊。羊也有记性,不等人走近,就一边偷空啃几口草,一边溜达着往场地走。

出去,回来,天天如此,人习惯了,羊也习惯了。羊群稀稀拉拉,前前后后不成队形,依然是来时的顺序,那个大骚胡领头。每天到了场地,程序也是同样的,拴牲口,开圈门,提桶打水,吆喝着让牲口们喝水。这时队伍就乱了,走在前面的早就拥到水槽前,喝了水回圈,走在后面的还在磨蹭拥挤,乱哄哄的,没一点儿秩序。整个场地乱了套,牛叫、马叫、骡子叫、羊叫,等羊全部喝完水入了圈,再把大牲口牵出来饮水。

下午回来,大家忙着圈羊修栅栏,给牲口们喂水拌夜料。我人小,干不了大事,就帮着王姨做饭。今天吃刀剁荞面,刚来不久时吃过一次,羊腥汤煮着土豆丁,拌着沙葱和高台花,很好吃。我积极性很高,使劲拉着风匣,火苗子蹿得高高的,风匣太沉了,胳膊都拉酸了。水还没烧开,我就没了耐性,想干点儿别的,学着和面。王姨用葫芦瓢舀好荞面,又舀了一碗热水。我问:"平时不是用凉水和面吗?为什么今天用热水?"王姨说:"我也不知道啥道道,老辈人都这么做。"我接过碗就和开了。王姨担心地叫:"哎,还要掺凉水呢,小心烫。"可我毛手毛脚,已将水倒进半碗,伸手到

第十六章 适应沙漠生活

面盆里就揉,没想到一块荞面一下子就粘在手上,那可是滚烫的水和的,所以手马上就烫红了。我捂着手背,泪都出来了。王姨心疼地抓起我的手不住地吹着气,可无论她咋吹,我都感到火辣辣的疼。我爹告诉我,烫伤了要用冰水浸,我把手伸进水缸里,针扎似的疼了一下,接着就没了烫伤的疼痛感觉。王姨说:"你小孩家家,细皮嫩肉的,哪像我这老手呢?"我噘着嘴说:"我才不是细皮嫩肉的,你看,全是老茧。"王姨拉过我的手仔细端详,才发现我手掌上有厚厚的老茧和死皮,手指关节粗粗的,右手食指关节凸起。她眼里就有了泪水,说:"也是个苦命的孩子,你这一个手指关节是怎么回事?"我如实回答说:"去年夏天打麦时,不小心让脱粒机的皮带和齿轮卷了,皮飞肉开,露了骨头。""没到医院包扎吗?""回家后,烧了鸡毛灰敷了,不顶用,后来发炎出脓,结痂后就成这样了。"王姨听了又掉了几滴眼泪,说:"听说你爸是后爹,是不是对你不好,你都伤成这样了,他都不管?"我连忙说:"不是,我们小孩都是这样的,摔了打了,伤了痛了,都不当个事。""你长大了一定是个男子汉。"我听了这话嘿嘿地笑。

牲口们归圈后是场地最静的时候,牧羊人开始享受一天中最幸福的时刻——吃饭,仿佛劳累了一天就是为了那顿饭。

这也是我最盼望的时候,一是我的肚子总是比别人饿得早,咕咕地乱叫,我总是想着吃饭;二是闲着没事可以骑马、斗狗、玩羊,当然这时候天色也是最好的,一天的太阳都是乏味的,一个颜色,一个形状,可是到了傍晚,太阳下坠,吊着红云,晚霞的金光滚滚向天边,染红了沙丘。晚霞与沙丘连接在一起,才能够勾勒出大漠磅礴、雄浑、博大的气势。晚霞背阳的另一面,阳光不再暴戾和毒辣,沙丘阴柔,逆光望去,沙漠失却它本来的颜色,披着暗色的纱裙,还有黑色剪影,沙脊边缘与晚霞相接之处有道奇异的金边。一阵清风吹来,一天的燥热就没影了,人也就轻松了。饭后,我把圈旁走着的一只较近的小羊抓住,抱在怀里,抚摸着柔软的羊毛逗着玩,和尚又开始教导我了:"羊这种动物,很普通,也很奇特,正所谓有高山必有深谷,它们遇生死大事不吭声,遇芝麻小事却咩咩叫。它们温顺柔软却宁死不屈,它们极富感情却嫉妒心很强。你今天亲近了它,其他羊就会嫉妒、委屈、叫嚷。"果然,有几只近处的羊冲着我叫。

"你亲近爱抚了这只羊,其他羊就感到被人遗弃、疏远了。当你把你亲近的羊放回去时,其他羊就会用角顶它,冲撞它,不给它好脸。"听了这话,我想试验一下,放下这只小羊。它刚到大羊旁边,就被近处一只母羊一头撞到,小羊咩咩叫着寻妈妈去了。

"另外,羊若有病,除了口蹄疫等瘟疫,你最好别管它。若你侍候它几天,它就会依赖人的爱怜、抚摸、照顾,不好好吃草,不合群,越来越失去羊的本性,身体越来越弱,会掉队,成为狼的攻击对象。这跟家里教育小孩一个道理,被溺爱的孩子往往很弱,被过多投入精力关注的孩子往往没出息。一个好的家庭,父母对所有孩子一碗水端平,像风筝一样收放自如,引导孩子善良、感恩、互助、奉献、有担当,挖掘孩子的天赋潜力,鼓励他们做自己有兴趣的事,并为之终生奋斗不止。"和尚的话说到我的心坎里。尽管他话多,但说得在理,我开始佩服他,爱听也爱琢磨他的话的含义了。

晚上我又去看星星。朦胧的清辉洒在黄色的沙子上,星星如放出幽静的光,天地浑然一体。

这段时间,歪嘴白天哈欠连天,精神萎靡不振。他每天入睡后都做同样的梦。最先发现不对劲的是王姨,他俩早就暗通款曲。可最近一段时间,歪嘴好像没了心情,偶尔在一起,他也提不起兴趣。他面黄肌瘦,眼眶深陷,眉眼发黑,皮包骨头,放羊回来后倒头就睡。眼他的身体一天不如一天,每晚都睡不好,起来很困乏,又要牧羊、起圈、打草,眼看着撑不下去了。歪嘴感到害怕,向蛇狼悄悄吐露

第十六章 适应沙漠生活

了心事,说了每夜梦中的情景。

蛇狼听了大吃一惊,他儿子张兴当初打了拜月的狐狸,就是这个症状,差点送了命。他请了孟三神婆做法事捉狐狸精,结果张兴的儿子,也就是他的孙子,被掉下来的照明线电死了。后来他儿子张兴跟了一个在家修行的大居士,从此一个木鱼,两卷经书,念到三更,天天如此。

蛇狼是个不信邪的人。他孙子死了,老伴也走了,村子里的人都说是打死狐狸精惹的祸,他一直当耳旁风,认为这是扯淡。虽然他不信,但他还是恨狐狸。

歪嘴的遭遇,让蛇狼不禁想起了往事。他赶紧找来和尚,把歪嘴的事说了,又把他家的故事讲了,求和尚想法子解决。

和尚又问了一下打猎的过程和歪嘴梦中的细节,蛇狼不服气地说:"是我先打的,那它怎么不找我?我还想有个暖被窝的,找个乐子耍耍呢。"

和尚说:"你身上杀气重,再加上你不信鬼神,心魔不侵,那些东西近不得你的身体,连动物都惧怕你。"

蛇狼还扬扬自得地说:"怪不得羊不往我身边靠拢,我还以为几年不来生分了。和尚你说,我会下地狱吗?"

蛇狼还在沾沾自喜,得意于自己百毒不侵,山蛋就泼了他一桶冷水:"你也别得意得太早了,狐狸精采阳补阴,你老得掉牙了,还有啥可采的,再说狐狸精变个女人,就如世上女人一样,找男人肯定要找个年轻漂亮的如意郎君。你和歪嘴两个人,矬子里面拔将军,只能是歪嘴遭殃了。"大家都被山药的玩笑逗乐了。

蛇狼假情假意地问和尚:"我如何洗清罪孽,不下地狱?"

"如果你不洗心革面,继续杀生造孽,一定会自作自受。"和尚淡定地回答。

"那我该怎么做呢?我可不吃素。我蛇狼若是像你一样吃斋念佛,那就不叫蛇狼了,人人都不信这个邪,笑话死了。"蛇狼笑嘻嘻地说。

和尚耐心地劝导:"脱了旧鞋换新鞋——改邪(鞋)归正,还要有慈悲心、善良心、悲悯心。众生本是佛,在世上受了污染,因功名利禄产生贪、嗔、痴、恨。你的主要罪业是杀生,收回你的手,心要慈悲,生命是轮回的,谁也不能轻视。你杀害弱小的生灵,说不定前世它们是你的亲人呢。你叫什么,无关紧要,只要心不是狼和蛇就好。"

蛇狼也好像听了进去,有了转变:"和尚,你多给我念念经,消消我的罪孽。"

和尚继续解释着:"圣水无法洗清人的罪孽,悟心无法移植他人心田,谁的资粮靠谁的福田种。时时用慈悲、善良、智慧对一切生灵,地狱也会变成天堂,你的罪孽自会像蛇蜕皮一样剥落。"

和尚转而严厉地对歪嘴说:"你有很重的心魔,第一是淫心,想着一个女人,爱着这个女人,偷着这个女人。"他这话是有所指的。歪嘴和王姨偷情,和尚无意间窥到,这是在警告他,提醒他,让他知错就改,悬崖勒马。歪嘴听了这几句话,心跳加快,脸就红了。他佩服和尚能掐会算,怎么就知道了他的秘密。和尚接着说:"第二个是杀心,打猎害了许多生灵,杀生害命,没有怜悯心,罪孽深重。不做亏心事,不怕鬼敲门。心里有了阴影,就产生心魔。"歪嘴对这一点不太接受,心里想:我打猎十几年,从来没有害怕过啥,偏偏这次着了道。和尚看破他的心思,提高了音量:"古人说'勿以善小而不为,勿以恶小而为之',你的恶行积累到一定程度,再加上你淫心荡漾,又求不得,怕失去,爱欲炽,心魔自然发作,影响身体状态。还不警醒,更待何日?"

歪嘴想活命,看和尚造化不浅,能知他的过去,看透他的心思,倒也信服,就请他禳解。

第十六章 适应沙漠生活

　　和尚的方法很简单，心病心治。他在歪嘴身边念了好长时间的经，又教歪嘴念经。歪嘴和蛇狼一样，说他不戒酒，不戒肉，不戒色，不戒打猎，除了这四样，别的什么都可以。

　　和尚说："你罪孽深重，尘缘未了，时机未到，也不是出家修行的料。以后多念《波若波罗蜜多心经》，每天十遍，邪灵恶魔不侵，近不得你身。"

　　歪嘴不识字，脑子又笨，多亏和尚耐心，一句一句教他念，念了很长时间。天太黑，他们弄得我心里有点儿发慌，我就把灯点上了，招来一片骂声："败家啊！点什么灯？灯烧的是油，又不是水。刺得人眼睛也不舒服呀！"接着就有人吹灭了灯，瞬间黑暗就又包围了我们。

　　这群人到了晚上就这个样子，黑着说话，黑着抽烟。我和山蛋想看书也不行，秀才遇见兵——有理说不清，可苦了山蛋和我。

第十七章　同是天涯沦落人

我来了一段时间，感觉无聊，越来越无聊。

一个牧羊人在沙漠，尤其是对我这样一个小孩来讲，被发配到这空旷寂静的沙漠里，远离父母家人和小朋友，与羊为伴，看着沙子、树、草，没有学校，没有同学，没有学习，没有孩子间的游戏玩耍，长时间脱离正常的生活，孤独占据了整个心灵。随着时间的累积，我感觉到一种浓重的幽闭气息包围了我。我还是个小孩，心智上还很不成熟，排遣空虚和无聊的能力还不够。我每天能做的就是混入他们当中，缠着他们讲故事。

放羊间隙，我坐在沙丘上，头上顶着老羊皮袄，夜晚回到地窝子，围着篝火，他们的故事会通过他们的原生态表达方式、诙谐的歇后语，叮叮当当地流泻出来。我就通过这种方式了解着沙漠，适应着沙漠。我不禁对沙漠的广阔、深邃、无穷变化、美丽美景由衷地赞叹。

他们几个人的长相差异很大，性格不同，牧羊的方式也各不相同，八仙过海，各显神通。和尚大部分时间坐着诵经，不太吆喝和驱赶羊，任其自由觅食，若有过分调皮离群的羊，他会走过去将他赶回群。我想，当他的羊，肯定自由轻松，不受苦。二愣子的方法是"抛溜子"，他用两根羊毛绳子，一边套手腕上，另一边拉在手中，收放自如，绳底有个装石头的皮垫。腕为圆心，绳为半径，他像投掷铁饼一样，绳在空中越转越快，绳一松，石头急速飞出去，

第十七章 同是天涯沦落人

比手扔远得多,准头也好,将离群的羊惊吓得归队。山蛋的特长是将手放在嘴唇上,吹极响的口哨,他那群羊似乎受了他的训练,能听他的口哨声行动,倒也省事。歪嘴会用猎枪,却不能用它来打羊。他拿个有木柄小铲,锹头放上小石头,利用杠杆原理将石头抛出去,方便快捷,却没有"抛溜子"扔得远和准。蛇狼和一撮毛除了斗嘴的功夫,倒是没啥特长。我出于好奇和爱玩的心理,将他们所有的功夫和"独门暗器"挨个学了一遍,就是不得要领,一个也学不会,应了一句话:要想无所不知,到头来会一无所知。

我觉得山蛋学问最深,有文化,表达能力强。有啥事不清楚,我老爱问他,这天,我又向他提出一个问题:"怎么区分你们各个队的羊,我看它们都长一个样。"

"那不太简单了?你看那羊耳朵上涂着不同的颜色,一队红,二队绿,三队黑,四队蓝,五队紫,六队黄,一目了然,要动脑子,勤观察思考,这个问题既简单又愚蠢。"是啊,这两天晃在我眼前的就是不同的颜色,这么简单,我怎么没想到呢?我拍着自己的脑袋问着自己。

我打趣说:"山蛋,你学问这么好,什么都知道,是不是上过大学?"蛇狼抢着说:"大学认识他,他不认识大学。"山蛋也自嘲道:"等我儿子、孙子出来了,看他们能不能替我上个大学。"

山蛋记性好,上学期间,他借了不少古书看。他不但看过四大名著,还看过《三侠五义》《济公传》《薛仁贵征东》等,都能讲出个大概。牧羊闲来无事,他凭着好记性,给我们搬弄一番,倒也新奇,讲得对错,我们也无从知晓,打发心慌,挨挨日子,一天天就这么过去了。

他也唱歌,我觉得比一撮毛和蛇狼唱得好,今天唱《怨郎歌》,接着再唱《骂媒歌》:"媒婆,媒婆!牙齿两边磨,又说男家田庄广,又说女子赛嫦娥,臭说香,死说活,爹娘、公婆晕脑壳!媒婆,媒婆！吃了好多老鸡婆，初一吃了初二死，初三埋在大路坡，牛一脚，马一脚，踩出肠子狗来拖……"这些歌既有山歌的朴素、风趣，又有民间小调的通俗，唱起来既有秦腔的苍劲，又有信天游的高昂，极能宣泄情绪，欢乐处喜极而泣，悲戚处，如泣如诉，亢奋处回肠荡气，洋溢着一种浓郁的泥土气息。

二愣子喜欢牲口，好像天生喜欢接近它们，没事时，他总是依偎在它们身边，给它们梳毛，一遍又一遍，那么仔细、认真，或者抱个羊羔抚摸着，自言自语，充满了爱。他却不喜欢与人交流。

一撮毛曾有悲伤的过去，他原是个粮站职工，守着个大粮仓，精米白面，过着优裕的生活，可他饱暖思淫欲，犯了那个时候最忌讳的错误，和别人的女人有了不正当关系，在巴掌大的地方犯了天大的错误，被人家老公当场捉住，被开除后遣返原籍。俗话说，树活皮，人活脸，一撮毛的脸上被贴上各种不好看的标签，遭人唾弃、谩骂，他走到哪儿，都有人在背后指指点点、说三道四，他无法见人和生活，只好逃得远远的，离开人群，来到羊群。牧羊是他最好的归宿。他借酒浇愁，经常喝得半醉半醒，给大家讲故事，也尽是些"酒话"。什么青梅煮酒论英雄，关公温酒斩华雄啦；武松醉卧景阳冈，碰上了白额大虫啦；吴用智取生辰纲是在酒里放了蒙汗药啦；宋江喝醉了酒在浔阳楼题反诗啦，等等。古代的英雄传奇，大都离不开一个"酒"字，也代表了他的人生，他活成了"醉"。

他老是爱唱："光棍朋友们留神听，晚上你要睡不着就动脑筋，有了钱不要贪婪那别的女人，尘世上的那赖女人，爱钱她不爱你的人……叫一声光棍听仔细，手摸着胸膛好好考虑，那种女人没有好义气，你就给她花上钱，受上一份窝囊气……"

后来了解，这里的人，每个人都有自己的苦难和辛酸的过去。山蛋是老三届高中生，学习挺好，本来指望考大学，却遇上"文革"，只能回家务农；上学时与同村一个美丽的姑娘两情相悦，可女方家

第十七章 同是天涯沦落人

长嫌他家穷,硬是把姑娘与邻村一家人换了亲,山蛋悲痛欲绝,万念俱灰,一气之下,自己要求来放羊。

蛇狼脱得精光,头顶鞭杆撑起的老羊皮袄,身子窝在热沙里,烫得一把老骨头痒酥酥的,如猪一般享受地哼哼着,正在逮虱子。这是他除了吹牛以外唯一一个嗜好。他身上的衣服就那一件,从不换洗,补丁摞补丁,缝隙多,折褶多,邋邋肮脏,存的虱子真多,一窝一窝的。山蛋开玩笑说:"蛇狼的身子是虱子的温床,血是虱子的口粮,衣服是虱子的妇产科和避难所,他们大炕上的虱子一半是蛇狼身上来的。"蛇狼听了嘿嘿一笑,打趣说:"这些虱子简直成了精,会长上翅膀飞,到处都是,捉了一批又一批,不知又从哪儿冒出来。"虱子是饿不死的,饿得只剩下一层雪亮的白皮,但一有人的体温来温暖它,它马上就苏醒过来,而且会以十倍的疯狂,以饥不择食的吃相,先饱餐一顿人血。蛇狼眼睛不好,只是象征性地看着,他不是在用眼睛瞅,而是在用指头摸着掐。所以两个指头一捏,总能摸索出一两个,抓住后,两个大拇指的指甲盖一挤,"啪"的一声,虱子被挤扁爆裂,指甲盖上留下一摊污血和脏兮兮的虱身,他往沙子上一抹。还有些虱子吃得过饱,他挤的时候声音清脆,如果脸凑得太近,会有血溅到脸上来的。蛇狼挤虱子,挤到高兴的时候,不时捉住一个,填到自己嘴里,"嘎嘣"一声咬出响。

和尚不捉虱子,我问:"大家都捉,你怎么不捉呀"?他说:"即使是一只毫不起眼的小蚂蚁,在佛家眼中也是一条生命,与我们人类的生命是一样的,本质上并没有什么区别,也应该享有生命的权利和尊严,虱子也是条小命。"

"蛇狼"本是绰号,蛇狼姓甚名谁,在草原上遇到鲍布和之前,我全然不知。从我记事起,他就是个老头,瘦脸三角眼,小眼睛精光四射,一年四季头戴狼皮帽子,两边的帽耳朵一边朝上翻着,一边朝下耷拉着。大家都叫他"蛇狼",不称呼大名,他也乐呵呵地接受,

沙枣树开花

这个称号是他自己吹牛吹出来的。

我今天打破砂锅问到底，非要知道他这个绰号的来历。

被我缠得烦了，蛇狼叹了口气，拿出烟锅烟袋，将烟锅伸进烟袋，用手捻着搓着装了一锅烟，点着猛吸几口，闭着眼回忆着。我们看着他的表情，焦急地等待着。蛇狼猛吐一口气，开口讲了一个很长的故事。那是几年前的事了。家里没炭，缺柴烧，他和儿子张兴套着牲口，赶着车，到离北山一百多公里的黄沙窝子戈壁滩去打干柴。那儿的柴火耐烧。第一天打了少半车，晚上他们吃了干粮，累得精疲力竭，倒头就睡着了，听到狐狸的叫声，也没放在心上，忘了扎袋子，所有干粮竟然被那该死的骡子吃了个精光。第二天打了一上午柴，他们又累又饿，下午头昏体乏，就在这时，一条蛇从柴棵子里蹿了出来，一边后退，一边盯着他。他当时不知哪儿来的一股勇气，追上去用斧头连砍带打，蛇在地上扭动了几下就死了。他们打柴带着斧头和镰刀，用镰刀剥皮开肚，取掉肠子，用棍子串了，像现在的烤羊肉串一样，架在火上，抹点盐，闭着眼睛吃了。说到这里，蛇狼停顿了一下，说自己早年打过狼，喜欢把打蛇打狼这两件事当作自己的本事跟别人吹牛，当故事讲，说得多了，听的人多了，大家就给他起了个绰号"蛇狼"，叫习惯了，反而把他的大名丢了。

想着自己年轻时的荒唐事儿，蛇狼嘴角泛起了笑容。

他们是因为不同的际遇来这里牧羊的，有被迫，有无奈，有自愿，各有各的故事，但是到了这里，都是一个活法。我被发配到这里，与他们又不同，我有受伤的心，不平的情，破损的自尊，不成熟的身体。刚来时，我担惊受怕，惶恐不安，如一只笼中的鸟，虽有个遮风避雨的窝，远离了被猎食的危险，但总是受着牢笼的控制，有一种被束缚的焦躁，还有无尽的空虚寂寞，想飞出去。时间长了，融入了这个集体，我时常有一种逃跑与自我放逐的快感，想在此走完一生，将自己交给沙漠。那也是自由的、无拘无束的。

第十七章 同是天涯沦落人

多少个日子，躺在老羊袄搭起的帐篷下，边讲闲话边打瞌睡是我们唯一可做的事情，这些没文化的人，没看过多少书，脑子里没有多少知识和故事，陈芝麻烂谷子，总有说完的时候；没说的了，除了抽烟就是干躺着。除了二愣子，其他人反正躺下也睡不着，睡不着就寻思乱七八糟的事情。我渴望读书，中年人想女人，老的想"死"是怎么回事，想他家的事，也想别人的事。想着想着，不知谁冒出一句："人这一辈子究竟为了什么？"和尚讲了一大堆道理，大家好像都没听明白，没想明白人这一辈子究竟为了什么。从娘胎一出来到咿呀学语，从蹒跚学步到活蹦乱跳，盖房，娶妻，生子，孩子长大了，再盖房……循环往复，好像就为了传宗接代。说到这些，大家感慨万千，觉得人这一辈子其实没什么意思，没什么意思却都不想死，都想活着，活着又有什么意思？

和尚如唐僧一样唠叨，劝人行善，看破，放下，自在。他说："心不静，气必不和；气不和，生活就会一团糟。过生活，过的是一股心气儿。心情不好，做任何事都无法安心。要让心宁静，让心情平和。人在面对苦痛的时候，都是在回避它，和它斗争，而不是用柔和的、平静的、坦然的、坦荡的心去接受它、消融它。我们只要接受这苦痛，让心安定下来，用柔软心、消融心、感恩心、恭敬心、欢喜心、至诚心、甘愿心、老实心、接受一切的心，一步一个脚印，一句佛号，声声相续，就会脱离苦海。"

和尚的话，云里雾里，太啰唆，我们都听不懂，可我觉得他有学问，说什么都一套一套的。他对蛇狼说的这番话，不知让蛇狼作何感想。我心里倒是有一点儿触动，心里的那块伤疤好像有松动，冰冷消解了一点儿。

唉！谁能说明白呢？到底谁能将人生看透彻呢？

我想学习了，晚上需要点灯，我和山蛋商量离开他们到值班房去。这一次，大家都很支持，这样既不影响他们，又省着他们值班。

沙枣树开花

我和山蛋搬到羊圈旁的值班室,可以点灯熬油了,不用黑灯瞎火地熬夜了。

我搬出去后,王姨一个人住在带灶厨的地窝子里。

第十八章　祭奠迷眼子

"明天是迷眼子'七七'，你准备一下，我明天早点儿回来，为他超度。"和尚平静地对王姨说，她答应着，投去感谢的目光。

第二天，我就惦记着和尚的话，想和他一起回去祭奠迷眼子，看看热闹。

中午，万里晴空挂着一枚火红的太阳，毒辣的阳光无遮拦地直射在沙漠里，热得透彻。热浪在沙丘上翻滚着，让人一动一身汗，他们几个窝在老羊皮帐篷下，说着鬼话，擦着汗，一个个无精打采。甭说是人了，羊都热得无精打采的，一只只慢腾腾、懒洋洋的。天上连一只鸟都看不见。我无心听他们胡扯，要骑马去。蛇狼说："你这娃呀，天这么热，别折腾马了。"我才不管这些呢，我就要骑马，特别好玩。没想到，马身上却挺凉快。它与人一样，皮肤能调节温度。这马虽长一身毛，却冬天温暖，夏天凉爽。我跑到离羊群近的地方，把鞭子甩了几下，惊得吃草的羊往一起挤，不远处的大牲口也抬头愣愣地望着我，停止了吃草。我觉得好玩，又甩了几鞭子，一撮毛急得大声冲我喊："你娃闲得没事干，乱打鞭子干啥，惊了羊，跑了牲口，我揪烂你的耳朵！"我放下举起的鞭子，看着急了的一撮毛，嘟着嘴，拉着脸，皱着眉，瞪着眼，十分狰狞恐怖。马跑了一会儿，张着嘴，哈着热气，滴着涎水，看着挺恶心，我突然没了兴趣。

日头还没有偏西，和尚要提前走，给迷眼子超度。我想看热闹，

沙枣树开花

嚷嚷着要去,和尚没有拒绝。他骑在马上抱着我,我在前面拿着鞭子,催马跑快点儿,马看着鞭梢晃动,一惊一乍的。和尚说:"不要急!马无论怎么走,只要走着,都会到的。人也一样,无论天多长,地多久,天多热多冷,路多长多短,都会走过一生的。"

迷眼子埋葬在绿洲向西的沙漠边缘。我快到坟墓前,忽然想到村里"闹鬼"的事,吓得踌躇不前,和尚拿出一根火柴,让我吹灭,然后问:"火到哪里去了?"

我犹豫着说:"不知道。"

他说:"人死如灯灭。人有生,必有死。人的生命如一盏灯,烧到最后总要燃尽的,像刚才这火柴,火灭了就没了。只要活着行善积德,慈悲为怀,死就是最圆满的结局。像迷眼子这么善良的人,脱离苦海,会有好去处的,你不怕了吧?"他又叹息一声,补充道,"所有的人,终究不知道会消失在哪一天,这就是人生。"

我点头,实际上心里害怕,紧紧抓着他的衣服的手出了汗。

和尚在坟前诵了经,然后说:"迷眼子,人生苦海,如烟如云,人生一世,如白驹过隙,匆匆忙忙来,匆匆忙忙去,握着手生,空着手去。你为人善良,一生劳苦,没有什么功名利禄,没有什么可牵挂和羁绊的。你不要担心你的婆娘,各有各的命,各过各的日子。你想想,那些有权有钱有势的人,他们走的时候,和你一样,空着手,带不走活着时积聚的金山银海。那些身外之物像天上的流云,聚集起来可以遮盖太阳的光芒,蒙蔽他的心,但说散就散了,越是活着时得势的人,死得越不甘心,眷恋着这一切,放不下这一切,死不瞑目。你比他们好多了,你没有这些,心无挂碍,心无牵念,心无留恋,你死得安心安神。好好去吧,生时一人单独来,死时一人孤独去。你解脱了,脱离了红尘,少了求不得之苦,这是一件喜乐的事情。来生不一定有权钱财色,一定多一些悲悯心、善良心、感恩心……"他絮絮叨叨讲了很多。他说完后,王姨在坟前哭出声来,

第十八章 祭奠迷眼子

有一团一团小旋风在她身边转悠。后来,和尚看着那远去的旋风嘴角露出了笑。

我问和尚:"这就超度了?度到哪儿去了?"

他说:"我来时给你划了根火柴的事,你忘了吗?人死如灯灭。"

我还是没听明白,既然灭了,就是没了,为何还要超度,超度什么呢?从字面理解,超就是超越,总得有个境界嘛;度就是过渡,总得有个桥梁和程序嘛。我的小脑袋快想破了,也想不明白。

王姨还在哭着,和尚劝她不要哭,不要影响他上路。

和尚说:"你来这里有三年了,春天草发芽了,夏天院子里的沙枣树结果了,秋天树叶一次次黄了,冬天雪覆人间,这是从绚烂归于平静,是涅槃。细细想来,都有定数,有趣着呢。啥都逃不出生死这个造化,啥都是虚幻的。想想我爹,辛苦了一辈子,努力了一辈子,节俭了一辈子,对人友善了一辈子,落个好名声,却早早地横死了。陈大,打人、坑人、害人,落了坏名声,但到现在还活得好好的。将来谁知道又是咋样呢……没意思得很。"我心头涌上一股冤屈感,我的遭遇不正是这样吗,却想不明白为什么。我一脸愁苦相。

和尚看着我的样子,听着王姨的哭泣声,感叹着:"人生如行云、流水、闪电、风一样短暂,任何人都无法逃脱。在死亡面前,人人平等,黄泉路上无大小,无贵贱。这是彻底的公平。只要活着的时候,把众生视为父母,无私无我,全身心为众生服务,行善利他,就会有好的出路。再说了,过若干年,我们都将离去,对这个世界来说,我们彻底变成了虚无。我们奋斗终生,带不走一草一木。我们执着终身,带不走一分虚荣。"

看他这样神神道道的,我就疑惑地问:"他们为什么叫你和尚?你念的什么经?"

他从脖子上取下念珠,在手里一节一节地拨着,说:"叫什么不重要,关键是心性,心性是什么就是什么。"

我不太理解地看着他,他解释说:"我皈依佛门,在这荒无人烟的地方,无家,无亲人,信佛念经修行,如同和尚,大家叫我和尚对着呢,我喜欢这个叫法。"和尚看了看我,缓缓地说,"你还小,不懂这些,等你长大了,慢慢会懂的。"

他这话说对了。以后的岁月里,我妈信佛念经,歪嘴成了和尚的徒弟。我就开始思考和琢磨:牧羊人长年累月在沙漠上,需要穿过无数沙丘,踏过空寂的戈壁,身上背着重重的水囊和行李,晚上点燃篝火取暖和防止野兽入侵,辨识方向,搜寻相隔很远的水源,夜以继日无休无止地忙碌,从内心到身体感受着磨难,灵魂在广阔空寂的无声世界中呐喊、叩拜、祈求。他们迫切需要宗教,需要信仰,来救赎自己。生存就是意义,就是希望,就是目的。

我妈信佛也不是偶然的。家庭困难,生活艰辛,老大、老二都老大不小了,娶不上媳妇,五个孩子都面临着辍学,只能上到初中,没有任何前途。她承受着多方面的煎熬和压力,求天天不应,求地地不灵,没有人能帮助她,她只能祈求佛祖和菩萨的保佑,将希望寄托在来生,希望从这些苦难中解脱出来。她从中找到了慰藉。

歪嘴学了一周《波若波罗蜜多心经》,也念了一周的经,快念熟了,晚上的美梦渐渐消失了。

第十九章 初遇沙尘暴

这天回来,一撮毛站在外面,看着天象,说:"昨晚有浅浅的月晕,今天日头四周有淡淡的光晕,很可能有大风。"

大家应和着:"是呀,把栅栏检查一遍,扎牢点儿,羊圈好,屋外的东西都收到屋子里。"一边说,一边忙着检查、补栅栏、数羊、闩门,收拾东西,吃饭也晚了一会儿。

为了安全,将马、骡子、牛、羊一并圈在有一堵土墙的圈里,好挡风沙。这些牲口被圈在一起,还有些不习惯。羊看着高大的马、牛、骡子,吓得靠在一起"咩咩"地叫着。两匹马不屑于与羊为伍,高昂着头"咴咴"地叫,桀骜不驯,把脑袋伸出墙外,想跳出去,并用蹄子刨着土,扬起一阵阵带着羊粪味的尘土。两匹骡子是被阉过的,对动物界的争斗毫无兴趣。只有拉我来的那头老牛,像个洞察世事的哲学家,超然物外,对身边的马、骡、羊没有兴趣,连正眼都不瞧一下,安静地站着,嘴里有节奏地反刍着,不时滴下白色的沫子。把这些牲口圈在一起,场面有些热闹,我们稀罕地围着栅栏往圈里看热闹。一撮毛和蛇狼把那些栅栏又检查了一遍。

我问山蛋:"这羊是不是也和老鼠那些小动物一样,有预感地震、洪水等自然灾害的能力。你看这些羊今天和往常不一样,骚动不安,是不是它们预感到大风要来了?"

山蛋咽口唾沫,润润发干的嗓子,解释道:"你说的那些事,我不知道，羊今天不安分，是因为羊圈里拴了牛、马、骡。有了不速之客，羊感到陌生、害怕，所以不安分。羊有个致命的弱点，在遇到危险或生大病时，闭嘴不叫，任由野兽咬死或者让人杀死。羊群若是出现骚乱和大声叫嚷，恰恰是没有多大的事情，都是些羊家族内部鸡毛蒜皮的事。羊还有个穷毛病，宁可渴死也不会去喝它们不喜欢或是不好喝的水。"二愣子趁山蛋思考的时间，接着话茬说："羊群也是个固定的小社会，有自己的家庭单元，甚至小圈子。羊群中若混入外来者，有一只羊觉察出队伍中的异常气味和氛围，就把其他伙伴都召集过来进行盘问，把外来者围在中间，大声叫嚷，表示不满，用头顶，驱赶入侵者。牧羊人要进行干涉，使羊熟悉了它的气息，才能接纳它。羊群中出现蛇或其他小动物，羊也会围着抗议和驱赶。"

和尚接过话题，逐一给我讲马、牛、骡、羊的特性，这些牧羊老把式，讲着各自的经验，很形象，也很好理解。

和尚讲完了，又嘱咐我："以后你要善待这些牲畜，要有善心，不要欺侮弱小的动物。"

我先是点头，接着拍着胸脯打包票说没问题。

为了防止羊被马踢伤，被牛顶伤，被骡子咬伤，和尚又喊歪嘴和二愣子去把大牲口的缰绳拴上。

一阵风刮过，天上散落的白云在聚集，浓了，厚了，就成了乌云，不再那样舒展、淡然，逐渐骚动、翻滚起来，风大了起来。铺天盖地的黄风来了。

王姨怕风迷了大家的眼睛，大声招呼道："快回屋吧。"我听着声就往值班房跑，蛇狼也过来一起值班。他们几个人还是那样慢悠悠走过，进了屋，我赶紧把门关严了，风"呼呼"地顺着门缝往里灌。我靠着门，从门缝里往外看，风的颜色逐渐变黄，看不清远处了。干打垒一半沉入地下，墙壁厚厚的，到了半夜，我还是被屋

第十九章 初遇沙尘暴

外的吼叫声惊醒。不知从哪儿进来的沙子，我觉得自己嘴里涩涩的，满嘴的土腥味儿，呼吸不顺畅，这才发现老羊皮袄上已落了一层厚厚的沙子，压得人憋闷。风声如狼嚎马嘶，被风刮起的小碎石子和杂物砸在矮墙和薄屋顶上，"啪啪啪啪"响个没完没了……如鞭炮掉在火盆里——炸开了。我才明白干打垒没有玻璃窗和糊纸的缘故，这箭矢一样的石子将墙皮打得碎裂，那玻璃窗和纸还不一碰就碎、一捅就破啊！矮小的屋子被黑暗笼罩，比黑夜还要黑和沉的风沙从四面奔涌而来，这小屋子承受得住吗？我想起前几天山蛋说以前沙尘暴卷掉屋顶茅草的事。看这情形，我满怀惊悸，真担心屋顶被揭走，我也会被吸到天上去，也害怕外面的野兽突然闯进来，害怕自己弱小的身躯难以抵挡这一切。我好像一直在惊恐中睁大眼睛，支棱着耳朵，透过门缝看黄黑色交织的混沌世界。我似乎听见众多马蹄的声音，众多神仙和妖精追逐击打的声音。接着是擂鼓的巨大声响。风裹着沙子、碎石，如锋利的刀子，在空中凝结，展开凌厉的攻势，撕开了沙漠及周围的一切。我从来没见到过这么大的战场和如此残酷的杀戮，它让我战栗。

但蛇狼睡得深沉，呼噜声被狂风压了下去。他任何时候都不惊不惧，说大话，吹大牛，坦然面对一切，活着就今朝有酒今朝醉。

大漠上，浪头是那样高，连天接地，处处寂寥，万物战战兢兢。沙尘暴才是对动物和牧羊人最严峻的考验。它来时，漫天飞沙，狂风劲舞，排山倒海，天地混沌，欲将所有的沙子倒腾过来，将植物彻底地掩埋。我在想，风暴来时，人可以躲在房间，那些无家可归的生灵，或来不及躲藏到洞穴的动物，被风暴席卷，被飞沙走石打击，多危险，多可怜，能活下来吗？ 在大自然面前，人人疲惫地低着头，人人对天祈祷许愿，沙丘上所有的动植物都必须低着头，只能在心里祈祷，化险为夷。可是，这是为什么呢？谁造成的呢？当然，这些天真又幼稚的心思，都是一个孩子在恐惧下的胡思乱想。

沙枣树开花

清晨,风比夜间小了好多,但还在呼呼地刮着。昨夜扬起的沙子还没有尘埃落定,天空还是昏沉沉的,太阳像快没有油的汽灯,惨淡的黄色光线被厚厚的雾气裹着,失去了光芒,人呼吸也不畅快。羊群骚动,"咩咩"声不断。羊和人一样,也是害怕大自然的咆哮。不管怎么说,少了夜的黑暗恐惧,多了活人在一起的生气,我心里安慰多了,转而生起好奇心,想看看外面的世界到底是个什么样子。门一开,一股疾风带着黄沙好像在门外等了很久,突然钻了进来。蛇狼喝一声:"你娃放风干啥?"我赶紧把门顶上。

在厨房吃饭时,大家聚在一起,我还未从惊恐中平息下来,向他们描述着夜里的恐惧。他们见怪不怪,也没有心思听我絮絮叨叨,抽着烟,眯缝着眼睛,空洞地望着远方。我只好闭嘴,也看了过去。沙漠沐浴在惨淡的阳光和灰蒙蒙的尘埃里,显得陈旧而无生机,四周是一望无际的黄沙,沙坡不知经过多少次风暴冲击,已改变了走向和形状。沙沟深而宽,沙梁更加耸立,沙丘上丛生的荆棘杂草,在厚厚沙尘的覆盖下,形成了线条粗犷的轮廓。一些红柳的枝茎孤零零地支棱在沙面上,半截掩埋,半截外露,在风中瑟瑟发抖。几只麻雀在枯蒿草的枝茎间嬉戏,悠闲地上下扑腾着。沙漠蜥蜴又快速地爬在沙梁上,留下一串痕迹。越小的动物,越有克服困难的能力、生存的毅力。

在沙尘暴的肆虐中,人和动物所能做的,只有顺从。

我问山蛋:"为啥沙漠里的风比我们家那里大?为什么沙子能上天?"山蛋搔搔头皮,对这个问题似乎也不知道答案,但他不认输,胡扯着给我解释:"风大是因为沙漠大,比我们家那疙瘩大得多。沙子上天是因为沙丘高,离天太近。"我明显感觉他是在胡说呢,于是我不服气地反问:"沙漠有多大?"这可难不倒他,他兴奋地用两只手比画着说:"我们放羊的这片小绿洲就在腾格里沙漠和巴丹吉林沙漠接合处,这两个沙漠是连在一起的。一个腾格里沙

第十九章 初遇沙尘暴

漠就横跨甘肃、内蒙古、宁夏。你问沙漠有多高,你知道世界上最高的山吗?"我不假思索地说:"珠穆朗玛峰。"他拍拍我的头,赞赏地说:"这几年学没有白上,你说对了。世界上最高的'沙山'就是巴丹吉林沙漠,因此巴丹吉林沙漠堪称'世界沙漠中的珠穆朗玛峰'。"说完这些,他自负地抚摸着下巴,其实他的山羊胡子还是稀疏而短小的茬茬,没有胡须可捋。他这个动作是自我欣赏的表现。我已经佩服他了,在这个小群体里,他堪称教授了,什么都懂。看我投去崇敬和羡慕的目光,他脸上有了光彩,又开始卖弄:"巴丹吉林沙漠以其高陡、险峻著称于世。腾格里沙漠是沙丘流动速度很快、周边人口密度很大的沙漠,同时是中国最美的五大沙漠之一,被称为'世界沙漠之祖',浩瀚、博大、奇特、神秘。"

自然充满了无与伦比的神奇魅力,也只有面对不可征服的自然,人才会低下头,由衷地感慨:"啊,在天面前,在地面前,在沙漠里面,原来我们不过是沧海一粟罢了。"

这场沙尘暴过后,出了门,我们惊讶地发现,王姨精心培育的胡杨树几乎都被风刮倒了,有的甚至被连根拔起,吹到了别处。而和尚在南边栽的胡杨,像一排刚刚被检阅过的新兵,精神抖擞地站立在大漠里,一点儿问题也没有。王姨百思不得其解,甚至有些委屈。我们也感到诧异,问和尚:"树栽好,看你就浇了一次水,后来也没见你给它们续水,怎么你的胡杨却一棵也没被大风刮倒呢?"我想起刚来时,王姨叫我给树浇水,和尚就劝我,不要人为地改变自然,不要给南边的胡杨浇水,我把这事当场跟大家说了。大家齐声问和尚:"莫非你道行深,给树施了什么法术?"听了这话,王姨不依不饶地追着和尚问:"和尚,你太偏心了!我起早贪黑地小心护理它们,结果一场大风,大多没了,你只给自己栽的树施法术,这又不是你家的,何苦呢,太不公平了。"和尚双手合十,又念了一句"阿弥陀佛",憨厚地笑笑说:"在沙漠中种树不比别处,这里常年缺水,条件非常恶劣。我把这些胡杨栽活后,就不理它们,逼着它们把自己的根深深地扎入泥土中,扎进地下的泉源里,用自己的根系来寻找生命的养分。因为它们的根都扎得很深,所以再大的风都刮不倒它们。"大家听了这一番话,恍然大悟,若有所思地频频点头。

我还是云里雾里,和尚看在眼里,对我说"你明白这个事情的道理吗?"

我朦朦胧胧,如实回答:"不明白。"

蛇狼手捋着下巴上的山羊胡子,意味深长地说"你还小,慢慢会明白,长大了,就知道了。"

和尚说:"当日子不如意,困苦来的时候,要像那沙漠中的胡杨一样。人生在不同的家庭,命不一样,吃不一样的饭,到哪里说哪里的话,做哪里的事,各有各的命,各享各的福。你要学那胡杨,学校管不管你无所谓,队上对你好不好也不用管,风吹着就长了,雨淋着就大了,你自己身板子会变硬,心变大,变得更能吃苦,将来福报就更多。"

我若有所悟。沙尘暴后的风带着细腻的尘,山蛋没话找话地说:"这风迷糊人。"歪嘴应了一句:"大风过后,没完没了地刮小风。"王姨捋了一下头发,说:"刮得天灰蒙蒙的,身上没个清爽的地方。"说完扑打着衣服。

风大不能放羊,在家闲着,就得搞点儿乐子。羊惧怕沙尘暴,挤在一起,踩踏捂死了一只乏羊。乏羊缺肥肉和油水,不适宜炒菜和清炖,歪嘴提议做烤羊肉串和烤馕坑肉。我去沙枣林里割了一捆红柳。歪嘴已用木柴和牛粪拢了一堆柴火。王姨切好了肉片。大家一起动手,用红柳木穿肉,围着火堆,一人拿一把在红红的火上烤,撒点儿盐和孜然,木的清香都成了调料。火焰熊熊,香味四溢,墙皮似乎都被香得酥掉了。香气诱惑得我不等熟了就咬了一口。土灶炉面上还烤着馍馍片,颜色金黄灿烂,还泛着诱人的淡红,夹上烤

第十九章 初遇沙尘暴

羊肉串和沙葱、野蒜、野葱,肉筋的柔韧,馍片的干脆,混合着野菜的清香,让味蕾全打开了。

俗话说:"端起碗来吃肉,放下碗来骂娘。"我可没有,我端起碗来真心感谢牧羊生活好,这是我来后第三次吃肉了,在家里这是不可能的,真心感谢有肉吃的日子。

隔天清晨,金黄色的沙丘上有点儿薄尘,草木上像刷了极轻极淡的白灰色颜料,远处的沙丘那样不清晰,像是没睡醒的样子。此刻出门,看外面的世界似乎没有任何生命的迹象,没有动物,没有脚印。此刻的大漠,宁静、安详、包容、宽厚。

我分明感到这宁静和安详已注入我的身心,自己也得宽厚了。

风暴肆虐后,我们的羊又出圈了,驼铃声再一次飘荡在沙漠里。一路上,铃声穿透了孤寂,沙漠中的人和动物傲视死亡,将沙子踩在脚下。万千小生灵也从沙尘里爬起来,抖掉身上厚厚的沙,继续前行。

沙尘暴一点儿也挡不住太阳的光线,它只能蒙蔽一时,不能遮挡一世。尘埃落定,光线日趋明亮。天又热了半个月,沙漠被太阳烤得干干的,沙尘暴又把沙尘带到空中,空气中有焦糊的味道,大家就盼着下雨,雨再不来,草都枯萎了,羊没的吃了。

这些沙漠里的生命,渴望更多的水,渴望水带来绿洲,渴望滋润,于是只好不断在沙漠中找寻水源。

说雨,盼雨,求雨,祈雨,雨还真来了。先是薄薄的云聚拢,遮挡了日头,地上有了阴影,云层渐渐厚了,颜色浓了,毒辣辣的日头便隐没了,零星的雨开始滴答了,落在沙丘上。他们几个抑制不住心头的喜悦,看着天说:"终于下雨了,又能长新草了。"在牧人看来,雨是草的命,草是羊的命,羊是人的命。

雷声催着闪电,天地在唱大戏,就在大家高兴的时候,雨停了,云开日出。强烈的阳光炙烤着沙漠,少得可怜的雨水渗入沙丘表面,可怜的那么一点儿水,还被太阳热烈的舌头舔去多半。蛇狼用手抓了把沙子,叹口气说:"沙子湿了一指头,下面还是干的。"

和尚说:"下雨比不下雨强,有一点儿比没有强,这几天羊能吃饱了。"

一撮毛和歪嘴齐声对和尚说:"你这不是说了跟没说一样吗?"

"你们知道这样一句话吗,人不得全,瓜不得圆。说的是世上没有十全十美的事,人不可能得到所有,不可能事事顺心,就像不可能所有的瓜都是圆的。沙漠中的一缕雨丝是好的,梅雨季的一个晴天是好的。时时处处要有一颗感恩的心。"

"感恩个屁!我们在这里人不人,鬼不鬼,抱怨抱怨还不行吗?"一撮毛愤愤地说。

和尚指着那些干旱的植物说:"它们在沙漠里没有水喝,坚强不屈,忍耐地活着,渴望着雨水。虽然雨小,可总是有了生机,你看那叶子一下子立起来了,披上最绚丽的嫁衣,打扮成最好看的样子,活出最滋润的自己。它们的命是那样贱,环境是那样艰苦,等秋深了,还把自己染成金黄色,满树的金叶子宣示自己成功的一生。冬天来了,北风再三催促,凋零的树叶才肯驾风而去,金黄的叶片像一只只彩蝶,在空中飞舞盘旋,跳着舞走了,走得多么美丽而伟大。人不宜好,狗不宜饱。万事有其规律,万物有其发展,适度才能让一切处于健康舒服的状态。人也一样,不能老是抱怨,你不能左右环境和天气,但你可以改变心情。只要心里有阳光,不管你面对多么恶劣的条件,都会像小草那样得到点儿恩惠就开心活泼了。"

山蛋接过来说:"生得好是你命好,生得不好也别怪爹妈穷,正所谓儿不嫌母丑。但这沙漠里的黄蒿、沙蒿、梭梭草确实很神奇,比人厉害,比人有能耐。据说这些草籽在沙漠里被炙烤得干枯几年的情况下,有的种子只要放在水里和雨浇湿的泥沙中,几秒钟就会发芽开花,只要下一点点雨,它们就会在上苍的恩赐下,一夜之间

第十九章 初遇沙尘暴

变绿,真是世界上生命力最强,复活和新生最快的植物。它们耐高温、御严寒和抗干旱的能力也比我们人强得多。人要有这本事,啥罪都能受了。"

"是啊!沙漠上的植物、生物,都是生命的奇迹,反而比平原上不经风沙的植物生命力强,活得久。咱们村里哪棵树有这胡杨年岁大?这就是命,在这里受苦了,会在别的地方得到补偿,吃不了亏。"和尚从吃亏不是亏,福祸相依的角度讲了一番大道理。对一个修行悟道的人来说,生活中处处有灵感,事事有因果,点点滴滴都蕴含着道理。

他们老是说天气,热啊、冷啊、风啊、雨啊、冰雹啊、沙尘暴啊……这是牧羊人的口头禅。牧羊就是靠天吃饭,看老天爷的脸色。牧羊人早上起来后、晚上睡觉前都要看天象,判断明天或后面几天有没有暴雨、冰雹或沙尘暴,天气是否适合放羊,防止极端天气给羊带来损害。

人们盼雨,但是雨也不能太大。雷阵雨,我没有经历过,但是听他们说去年八月份,天气走极端,万里无云时,蓝色幽深的天空,又高又阔,当漆黑、沉沉的乌云从四周奔涌而来时,好像天地融为一体。那雷鸣,似万马奔腾,大地震颤;那闪电,犁开大地,带领雷霆,在沙漠上如炸弹爆炸。那是他们这几年听到的最大的声音。那声音从厚厚的云层中,大漠地下深处,撕裂空气,如暴怒的神灵一样,在羊群中滚过。这种爆炸声和闪电,对羊群来说是无数把锋利的刀子,从空中扎下,让羊群惊恐、颤抖、四散奔逃。那次死了两只羊,他们至今对那个恐怖的场景记忆犹新。

沙漠是世界上阳光最多的地方,却是雨水最少的地方。老天是公平的,这个多了,那个就会少了。它们的生命在等待,等待一场甘霖,等待一次转瞬即逝的盛开。没有抱怨,没有放弃,没有哭诉和哀怨,它们只需一滴滴雨,就会完成发芽、开花和结果,修成正果。

沙枣树开花

我现在已适应了环境,适应了新的人生,能接受多面的自己——时而复杂,时而简单,时而快乐,时而悲伤,时而满足,时而孤单,时而倔强,时而脆弱……

第二十章　羊的世界

清晨，雨后天气清爽，草色也清新。打开栅栏门，羊蜂拥而出，在拥挤中乱了秩序。出了圈，在场地和道路上，一些羊前后跑着，寻找着自己的位置，不一会儿，羊群安静了下来。

今天羊要去的位置与昨天不同，向东挪了一公里，换了个地方。我疑惑地问："这个地方很封闭，四周是沙丘，中间这么一块洼地，把羊放开了，愿去哪里就去哪里，想到哪里吃就到哪里吃，不是对羊更好吗？"

山蛋回答："这叫轮牧。草场也要休息，不能让羊把草啃光，连根拔了。过上半个月，再过去，一片一片轮着放。"

一撮毛教导着我，讲了一番道理：人在不同的地方享不同的福，羊也一样，羊吃草的地方可分为草原、沙漠、戈壁、荒原。草原羊享福，水草丰美，衣食无忧。我们这沙漠小绿洲，牧民看不上，让给平原上的人放个小羊群。这里的草，贫乏稀疏，也不是啥好草，沙蒿、桦秧子、梭梭柴、捌枣柴，都很粗糙。沙漠里的羊犹如贫困地区的山里人，吃着粗茶淡饭，经历暴风骤雨，能活着就不错了。

我不得不承认，他讲得很有道理，还让我想通了一些事，明白了乐天知命的道理。

说到这里，山蛋又给我讲了些牧羊知识。牧羊人要学会依据二十四节气的时令来放羊，判定出牧的时间和方向，甚至是要会从羊群的鼻息中闻到那一抹对绿意的骚动企盼。太早了,羊活动量大,吃不上草增膘;太晚了,会影响羊的繁殖和小羊羔的成活。要观察降雨量及气温来保护草场,要观天象,及早预知极端天气,保护羊。

我说:"种地不也是这样吗?"

他笑一笑,又正儿八经地说:"干啥都是一样的,将天时、地利、人和把握好,运用好,成功的概率就大一些。"

我发现一个有趣的现象,羊群也是个小社会,动物也有秩序,牛有牛头,马有马头,羊有羊头。出门在外,羊群看似乱哄哄的,其实有羊头领着,羊头认路、领路,知道哪里有好草,只要管好了头领,放牧就很少操心。与人一样,选好一个头,带好一大片。

我这几天一直在观察,注意到一个规律,这群羊出圈和归来时,总是耳朵染着黑漆颜色的那个骚胡走在最前面,显得神圣不可侵犯,没有一个羊敢超过它,碰撞它,更不敢挑战它。每个小羊都"咩咩"地叫着,紧跟着生它的母羊,不错开半步。其他羊也是一小群一小群的,都有自己的群的小头目。我把这一发现告诉山蛋。我认为山蛋是最有学问的,懂得最多,也能说得清楚。山蛋高兴地说:"能看出这一点,说明你眼力不错。你再看看我们骑的大牲口有什么不同。"

"我没看出啥名堂。"我挠着脑袋,如实回答。

"你看,只要走在路上,总是那匹老马走在第一位,另一匹马走在老马后头,接着是大骡子、二骡子、老牛。除非人骑在上面使唤它走别的地方,否则这五个牲口一直按这个顺序走。"正说着,那匹二骡子脚步快了一点儿,头部超过了大骡子,那大骡子打着响鼻,一扭头碰在二骡子头上,二骡子只好停一步,老实地跟在它身后走。看到这里,山蛋说:"这是这几年来,按照马、骡、牛的类别区分,再根据牙口、身躯大小、来这里的时间长短,自然形成的顺序。一旦习惯了这个顺序,哪个牲口乱了阵脚,就是捣蛋,前面

第二十章 羊的世界

那个就会踢踏撕咬,不让位置。"

说到这里,和尚接着解释说:"一个羊群中的每一只羊都会有自己的特点、本性与能力,但在羊群这个特定的群体中,这些特性往往会被随大流的方式取代。羊与人一样有自己的秩序,羊的位置通常是固定的,骚胡在前领头,其他羊有在中间位置的,也有在最后跟随的,还有在两边护着的。要是羊被冲击,或者突然被紧急聚集,不同的羊群合并,它们就会不断地兜圈子,直到找到各自的位置。羊群也有轮流休息、轮流放哨的分工。"

我听了这么多,不禁感叹。

早上刚来时,天气有点儿凉,羊也喜欢温暖,它们向有光线的地方走,向温暖的地方聚,如一群老头老妪在南墙根下晒太阳。中午火球似的太阳散发出源源不断的热量,在离地窝子不远的沙丘背后,有一片稀稀落落的红柳树林,树荫下聚集着百十来只羊。羊会找阴凉处,小羊羔将头掩在妈妈的肚皮底下乘凉。太阳慢慢偏西了,但离落下还有一段时间,大部分羊吃饱了,这是自由活动时间,羊会寻找自己熟悉的同伴,聚在一起,大羊安静,小羊嬉闹。

这时候你仔细观察,羊与人一样,年龄大的羊如上了年纪的老人一样,静静地卧着,眼睛似睁又闭,懒洋洋,一动不动,无视周围的一切,像个哲人不为尘世所扰;半大的羊如中年人,精力旺盛,上有老,下有小,大口倒嚼,显示着好牙口,照顾着儿女,不时动着头颅,警惕地看着四周;小羊与小孩习性一样,撒欢、蹦跳、尥蹶子,一刻不停地闹着;最不安分的是那些所谓半大的羯羊,就是一两岁还未阉的小骚胡,体格看上去已经和成年羊差不多,但年龄尚小,身体和智力都还没发育成熟的"少年羊"。它们刚刚长出鬣毛,头顶上长着弹弓样分叉的角,一会儿撒欢,一会儿顶角打斗,在母羊背上乱爬,招来大骚胡的敌视,被一角顶倒在地翻滚,如调皮捣蛋的二愣子后生,扰乱了羊群的秩序。有一只在打架斗殴,被抠瞎

沙枣树开花

了左眼,还在不安分地争斗着。燥热的风渐渐有了点儿凉意,暮归的鸟群呱呱叫着,向绿洲东边的沙枣树飞去。羊就条件反射,头朝向回家的方向,"咩咩"地朝牧羊人叫着,呼唤着回去。

羊群是严格的雄性统治的社会,骚胡体形明显比母羊大,头部的长角、长长的胡须将它们衬托得愈发威武勇猛,走在羊群的前头,像个披着铠甲的将军。羊群极讲究尊卑次序。骚胡的领先地位不可动摇,有哪只羊胆敢越权、越雷池一步,那就是对头领的挑战,要招来头羊的惩罚。除非它有足够大的身躯和更高大的羊角,以及相应的胆量,否则就要挨老大的一顿暴揍,甚至丢掉性命。进食时都必须让掌权的骚胡享有优先权,然后才轮到母羊和小羊吃。这不水槽边又出情况了,我从井口提水倒进木槽,那几只小骚胡一面打斗着,一面咩咩叫着,一面横冲直撞而来,其他羊见状纷纷从它们身边退开。这几只不懂规矩的羯羊,大概实在是太渴了,不顾一切地将嘴拱进水槽里,领头的大骚胡看见后愤怒了,气冲冲地举着高大的羊角威风凛凛地跑来,蓄足劲恶狠狠地顶过去。那只离它最近的可怜的羊滚出老远,好半天才发出一声哀叫,这就是越位的代价。对骚胡来说,任何与之争食的行为,都是一种不可原谅的忤逆行为。那些母羊,无论多饿多渴,都逆来顺受,温柔和善地静静等待。只有那未阉割的半大二愣子羊,青春骚动,浑身像爬满了蚂蚁似的难受,除了难以忍受饥饿外,还有一种愤愤不平的感觉:它们也是雄性,而且是嘴上开始长胡子,为什么不能像骚胡那样享受雄性可以享受的种种特权呢?它们年轻幼稚,老觉得自己已经长大了,是真正的大公羊了。

动物都有"清窝"的习性,就是当儿女长大后,能独立生活了,父母便在某一天突然同时发难,将儿女强行从自己的窝里清出去,以便腾出位置,腾出精力,腾出有限的食物资源,养育下一窝后代。被"清窝"的儿女,到广阔世界寻觅自己的领地,寻觅中意的配偶,

第二十章 羊的世界

建立自己的家庭。羊群社会的"驱雄",也是在儿女长大后进行。所不同的是,只清除长大的公羊,而不清除长大的母羊。也就是说,骚胡将半大的公羊统统驱赶出羊群,而把所有母羊永远留在羊群。

羊是由人管理的家畜,这种优胜劣汰和驱逐是通过人来完成的。每年春季前母羊下羔后,在羊长到近四十天时,会宰杀多余的小公羊,留下优质的九道圈二毛子皮。小羊羔肉质鲜嫩,爆炒羊羔肉是一道名菜,皮子和肉的收入加起来,能顶一个半大的羊的价钱。若羊长大后,公羊的比例还高,雄性过剩引发争斗,牧羊人会留下同类中体格大的优秀种羊,把相对弱和劣的阉了,养成肉羊,长大后宰杀卖肉。在羊的"社会"里,母羊承担生儿育女的责任,劳苦功高,能多活几年;公羊这些"公子哥"们,悠手好闲,无所事事。但也不要羡慕它们,它们大多短命,活不过四十天,剩余的也是当公公的命,而且是养一身好肉即死的短命公公。剩下几只骚胡,那是烧高香了,侥幸多次逃过了高悬在头上的刀口。

羊也有"朋友圈",羯羊虽然被阉割了,但回圈后,也会和自己喜欢的母羊待在一起,挨挨挤挤,耳鬓厮磨,打发时间。一只母羊繁衍的后代,也会形成一个小团体,聚在一起。小羊羔会聚在一起,蹦蹦跳跳,玩玩耍耍。唯独骚胡,如一个槽里的叫驴,一个见不得一个,打斗,驱逐,拼个你死我活。

羊群中也有弱势群体。失去母亲的小羊羔,体弱多病的,身体受伤的,来自外部、不被群体接纳的羊,我们的羊群里就有这么七只。它们体格小、瘦弱、毛发不光亮,总是很拘束地在羊群中行走或站立,一般落在后面,不敢接近骚胡、大羯羊和美丽的母羊,一副谨小慎微的猥琐模样,唯恐稍有不慎就站错了队,跨越了位置,惹其他羊发怒,招来一顿揍。在集体生活中,它们走路靠边站,吃别的羊吃剩的草料或啃过的草。冬季,等别的羊吃过之后,它才敢走过去贴近食槽,眼睛警惕地看着四周,贼眉鼠眼,吃的动作也非常腼腆,大姑娘似的，或者偷偷抢上几口。早晨饮水的时候，它也知道先来后到、先大到小的礼数和秩序，羊群全部喝饱离开后，它才挤挤巴巴喝点儿剩的。晚上归圈休息，脏、乱、差和遭风雨的地方，是它们的栖息地。

　　蛇狼对我说："人牧羊，羊也在放人，这是相互的。羊也有自己的生存法则。自然界好多浅显易见的道理，在启发人。羊也会让人明白世界上的一些道理。"羊一撒出去，就心无旁骛，专心吃草；羊最会走路，别看它智商低，可它选的路都是最理想、安稳的路，比人选的好。羊也有责任和爱心，骚胡带队护群，抵御外来侵害；母羊有舐犊之情，小羊有跪乳之恩。羔羊似乎懂得母亲的艰辛不易，所以吃奶时是跪着的。过去有一种"送羊劝孝"的风俗，也是羊影响古人品行和民风的最直接反映。史料记载，"送羊劝孝"一般在每年阴历六七月间进行，外祖父、舅舅要给外孙、外甥送只羊。传说中，有一个小孩不孝敬爹娘，放牧的舅舅便将外甥领到羊群边。外甥看到羔羊跪在母羊面前吃奶，一下子明白了舅舅的用意：羔羊尚知孝敬母亲，何况人呢？舅舅于是送给他一只羊羔，让他抱回家。羔羊跪乳被人们赋予了"至孝"和"知礼"的意义。从反面讲，属羊的命不济，羊眼里常含着泪蛋子，因为羊只有一个胃，地大草广，遍地好草，吃了这儿，顾不了那儿，吃了上面，顾不了下面。山外有山，草外有草，羊拿遍地的草没办法，正像狼要吃天，无法下爪，很无奈。人生也是这样，这山望着那山高。蛇狼跟我说："年轻时，你爷和我一样，都是穷苦人，给人家打长工、跑腿。你爷不认自己的苦命，爱学习，用半辈子熬了个账房先生。早些年，别人低价甩地，他用半生积蓄买了几亩地，结果后来就被划成了地主，害了自己，害了一家人。"

第二十一章　畜牧打草

九月，银川平原上一片金黄，硕果累累。我的家乡塞上江南的中卫水浇地，把"天下黄河富宁夏"表现得实实在在，庄稼已陆续成熟了。稻田金黄，高粱在同一刻变成了红色，红得像彩霞，像耀眼的旗帜，苞谷上黄下绿，地里的青豆成熟了，萝卜长大了，白菜也不小了。

我们牧羊的绿洲在沙漠里，气候比平原更"丰富"，催生着植物颜色的纷繁变化。连绵的黄褐色沙丘上，沙枣金黄，带动着胡杨叶子也黄了。红柳的紫皮中掩映着红红的野枸杞。成片的野生芦苇举着狗尾巴似的头，丝丝缕缕的白发随风摇曳。芨芨草变青了，青中带着枯萎的黄白色。这一片好像上帝的调色板，大自然的手笔令人惊叹。

这个时节，我们牧人是最繁忙的，起早贪黑，牧羊、打草，让羊吃得饱饱的，让预备过冬的草垒得高高的。

刚来时，我看见牛羊粪就捂鼻子，闻到那气味就恶心得想呕，慢慢就适应了。在羊群里或者放牧的路上，不时有羊拉粪蛋蛋，我跟在羊屁股后面，也不觉得味道那么恶心了。我觉得自己身上也有了羊毛气味，修炼成真正的好牧羊人了。可是这几天，除了羊粪的臭味外，又多了一种浓重的骚味，原来这期间，几个骚胡荷尔蒙分泌过剩，空气中弥漫着浓浓的骚味，怪不得叫"骚胡"。

沙枣树开花

  接下来的几周，我跟他们学习打草、铡草、清圈。我觉得这活儿没有放羊好玩，跟我在学校放假后参加集体生产劳动差不多，出力流汗，重复机械，没啥趣味，但也有不同。

  我不出去牧羊了，在院子等着和他们去割草。往东方看，天边开始红了，初秋的晨阳也透着成熟的味道，先是一抹浅橘红，像黄土高原的少女脸蛋上特有的红润。渐渐地，天空的边缘把云彩染出了一抹玫瑰色，接着，巨大的太阳带着金黄色的皇冠冒出了地面，天和沙漠相映生辉，大漠醒了，万物活了。

  晨雾渐渐散了，蚂蚱羽翅上的露水早已被太阳晒干，身子又恢复了夏日的轻盈，稍听到些响动，就展开翅膀朝远处飞去。我们开始劳动了。打草就是割草，生产队收麦割稻用短把镰刀，人要弯腰，一手抓禾苗，一手挥镰，齐根刷过去，割得一棵不剩，整整齐齐。我也用它割田埂地畔的草。牧羊人打草用的是长达一米多的长把镰刀。人站着挥镰扫割，动作像打，怪不得叫打草，动作粗野，速度快，效率高，但割过的地像被牲口啃过糟蹋过的一样，有的倒了，有的立着，草根参差不齐。今年雨水充裕，沙漠绿洲上的青草虽不茂密，但长得高，面积大。我挥舞镰刀，像拿着大扫帚扫地一样，身后一溜青草匍匐在地。沙坡滩、戈壁地，东一坨、西一块散布着芨芨、梭梭草，荆棘丛生，灯笼草、马莲花、狗尾巴草迎风晃动。草中夹杂着蒲公英、马兰和一些不知名的花。刚开始割草，我挥个长把镰刀，觉得好玩，比赛似的奋力划拉，往地前头赶。真的走到了前头，我看着横七竖八打倒的一片草，很有成就感。可我毕竟还是个娃娃，割着割着就没耐性了。看镰刀割过的断口处流出绿色或白色的汁，透着淡淡的青草味，我张着嘴，捕捉空气中的花粉的清香。听蜜蜂嗡嗡叫着，我又寻觅它们。蝴蝶飞来飞去，知了蹦蹦跳跳地叫着，还有些蚱蜢被惊得跳起一人多高，老鼠和沙漠蜥蜴拼命地奔逃。我就逮一些不知名的鸟雀玩。这样，我的速度就慢了下来。这种挥镰

第二十一章 畜牧打草

打草，劳动强度很大，不一会儿，我就汗流浃背了，胳膊酸疼，手心磨出血泡，拿着镰刀扑腾扑腾地乱划拉，把草割得乱七八糟。再坚持一会儿，胳膊、腿疼不说，腰和屁股都扭得都疼，可是没办法。看看他们几个，小半天就割了好大一片，镰刀所过之处，草茬口平整，割得干净利落，半根草都找不到。尤其是二愣子，脑子缺根筋，却一身蛮牛力气，干活是把好手，镰刀在他手里就好像称手的兵器。他勇往直前，冲锋陷阵，不费吹灰之力，秋风扫落叶似的将草放倒，不到一袋烟工夫就蹽到头了，又回过头割了回来。王姨跟在歪嘴身后，歪嘴故意割得宽宽的，把她的一半草割了，每次擦汗的时候都会回头瞅瞅她，离得近了就悄声说："你歇着点儿，别累着了，我帮衬着你。"我有心无力，拉一下镰刀停一下，停一下，拉一下。歪嘴对我撒气："你磨蹭啥呀，给谁磨洋工呢？"和尚说："他毕竟是个孩子嘛！"

我看歪嘴嘴里不停地嚼着东西，就绕到他身边看他偷吃什么，却见他手里拿着白白的草根，便问他："你吃什么呢？"歪嘴故意把那草放到嘴里，猛咬几口，做出很好吃的样子，我捂着嘴巴惊奇地道："你吃草啊！"歪嘴不吱声，故技重演，随地拔了几根山韭菜，剥干净塞到了嘴里，如牲口吃草似的吃了。王姨看他逗我，开玩笑说："别跟他学，他属牲口的，爱吃草。"歪嘴讥讽地回敬道："我俩一模一样，都是牲口。"这话说得王姨脸红了。她拉我一把说："别跟那个愣货学坏了，姨给你找好吃的。"走了几步，看见前面一棵草，叶子肥厚，她说这是一根面面杆儿，用铲子三下五除二挖了出来，把泥扒拉干净，递给我，说："这是白面的，比莜面的好吃。""草还分莜面白面的？"我疑惑地问王姨。她拿着枝叶给我耐心解释："白面的叶子大，莜面的叶子小，白面的发白，莜面的发黑。"说着，她又找到一根莜面的，就指给我看，我才分清楚它们的"长相"。王姨把剥干净的根折成两截，一截给我，说："你先尝一口。"说完她先把另外一截送到嘴里嚼了起来。我一边从她手里接过那一截面杆，一边问她，"真能吃？"我放到鼻子下闻了闻，又伸出舌头舔了舔。歪嘴看着说："吃不死你，那是好东西。"我这才小心翼翼地咬了一小口，在嘴里呕摸了半天才说："有点儿甜。"说完放心大胆地把面面杆儿嚼着吃了。也许是肚子饿了，我吃了还想吃。确实是饿了，割了一晌午的草，早上我吃了半块饼子，喝了两碗奶茶，早消化完了，肚子咕噜咕噜叫个不停。我提着镰刀，拿着铲子，弯着腰在草丛中找面面杆儿，很快又找到一根面面杆儿，是白面的。我迅速地挖了起来，把泥扒拉干净，剥了皮，又香喷喷地吃了起来。

　　草丛中还绽放着一些不知名的花，花朵碎碎的，密密地挤成一团。我见着花就采下来在鼻子下嗅着，闻得多了，发现白花都很香，浅颜色的花味重，越是颜色艳丽的花越是缺乏芬芳。我问和尚这是什么原因。和尚听了饶有兴趣，也采了不同颜色的花闻着，结果是一样的。他惊奇地说："道教说大道至简，佛教说一切皆空，就是这个道理。天空一般了无褶皱，行云一般长生不老，自然界的道理是相通的。人也是一样，越朴素单纯的人，越有品位，日子越过得简单美好。"

　　我躺在草堆上琢磨着和尚的活，想想，人活着真不简单，我就是想和同龄孩子一起上学，不索求什么，也不招惹谁，更不给别人添麻烦，这简单吧？可我爷的地主成分导致我上不了学。我爷天天嘟囔着早点儿死，这也简单吧？可他受尽欺凌，为什么死不了呢？明知以后还要受罪，但他还是痛苦地活着，他活一辈子到底是为什么？

　　割草很辛苦，割起来很费力，两袋烟的工夫，刀头就钝了，要打磨。遇到干死的沙蒿和红柳根，能把刀口弄豁了。土质是碱沙土，再加上刚刚经过一段连雨天，软硬交替，凹凸不平，下脚也要小心谨慎。毒辣辣的日头照在我们的光脊梁上，汗涔涔的，王姨不能脱

第二十一章 畜牧打草

衣服，头上还包着围中，更是热得难受，可她一点儿也不落后，只比二愣子和歪嘴落后十来米。

我胳膊酸得拿不住镰刀，躺在草堆上休息一会儿，嘴里叼着一根根面杆儿，咂摸着草茎甜丝丝的味道。我看王姨捆草的时候，每抓起一把草都用力抖几下，我感到好奇，过去问："抖啥呢？有土吗？"她听了抿嘴笑着说："没啥，把草里的好虫子抖到地里，好歹它们也是生命。"和尚听了赞赏地扭过头夸奖道："爱惜纱蛾飞罩灯，扫地恐伤蝼蚁命，好一个慈悲为怀，阿弥陀佛！"

中午吃饭的间隙，二愣子和歪嘴趴在草丛里到处翻，捉了好几只蛐蛐，装在草编的笼子里，玩斗蛐蛐。歪嘴对二愣子说："你说，我们一年有三个月听见蛐蛐叫，人要是活到六七十岁，这一二十年都在听蛐蛐叫，都在与蛐蛐过，比我爹妈在一起待的时间还长，人若与蛐蛐过，多简单好玩。听上一二十年蛐蛐叫，一辈子就过去了。见过蛐蛐的，又没有几个人。见没见过，它都在那里，照样叫。人活在世上有那么多事情，又是为了什么呢？"

二愣子在这些人里面，是个没有心计，没有本事，没有特色的愣头。他一边捉，一边在心里算账，算不清楚。

山蛋讽刺着歪嘴："你个傻瓜，人怎么能和虫比呢？不知道你脑袋里胡思乱想些什么。嘴里又胡扯什么呢？"

二愣子望着山蛋认真地说："歪嘴一点儿也不傻，你就不晓得！动物跟人是相反的，但其实也一样。人是女人漂亮，动物是公的漂亮，雄鸡比母鸡漂亮，蛐蛐也是，公的会叫，母的不会叫。夜里叫的都是公蛐蛐，它在喊母蛐蛐。你留心地里每一只虫子，哪怕是蚂蚁、蜘蛛，它们也分公母，有家室，养儿女。它们一生一世，日晒雨淋。好辛苦，不是跟人一模一样吗？"

和尚投过去赞赏的一瞥，说："二愣子是大智若愚，是个明白人，虫老一日，人老一年。草活一秋，雁过留声，人过留名，人一世，虫一生，都是一回事。日晒雨淋，生儿育女，老了病了，闭眼去了，都归到土里，化作一样的污泥。"

我也跟着去捉蛐蛐，一不小心，带刺的乞乞牙划破了我的手，我疼得"呀"地叫了一声，和尚和王姨过来看我，我一把扯起那把草，叶看上去矮矮的、孤孤的、散散的，叶边有一些小刺刺儿，像小锯条的齿。我骂道："什么破草，还带刺！"我把它扔在地上，用脚使劲地踩。和尚说："天生万物，各有各的用处。这锯齿刺使鲁班受到启发，发明了锯。玫瑰好看，一枝尖刺；樱桃好吃，树难栽；花椒在山里生长，苞壳可做调料，调出好味，籽可以榨油，满身是宝，却生着怪脾气，满身芒刺，人一采摘，扎得手上斑斑点点。它教人明白，得到好处，你一定得付出代价；使人懂得，你轻易给人好处，往往不被珍惜，给人恩惠，要慢些出手。这芒刺，是它的价值和尊严。"

这几天主要打些冰草、干草、沙葱、毛柴棵子，这些都是有味道的草，羊吃了有嚼头，还可以倒磨。沙漠干燥高温，太阳光强，晒干也快，头天割，隔天收，用牛车拉回来。

第二天起床一挪身，我才感觉到浑身上下酸痛，每天都咬牙坚持着去割草，一天下来，两个胳膊就像被卸了似的疼得抬不起来，回到地窝子，往炕上一躺就不想起来了。虽然饥肠辘辘，却懒得起来吃饭，动都不想动了，脑袋往炕上一跌就睡过去了。我体验到了劳动的艰辛。有时候我想人要是躺下再也不会醒来就好了，可每天早上都必须得醒来，身上再疼都得挣扎着起来，然后去放羊打草，回来清圈垫土，打水饮羊。想着这些活计，我就开始犯愁，可是愁也没用，我得听从安排。磨道上的驴，上了套，蒙上眼，就得不停地转圈。

割草和放牧轮流进行，我割了几天草，又去放羊了。前几天下过一场小雨，草得到雨露的滋润，往上蹿了一截子，绿油油的，所以牲口们低头猛啃，也不乱跑，很省事。我们闲坐在沙滩上，牲口

第二十一章 畜牧打草

们都在悠闲地吃草。打草和放羊比起来，我切身感觉到还是放羊清闲。尤其是这几天野好，牲口们是不会乱跑的，就怕干旱炎热，草不长还枯萎，到处光秃秃的，没有好草，吃不到嫩草的牲口们才会东一头、西一头乱跑，寻找长得高的草尖尖。羊更不用说了，草一露头，它就会一头扎进去。

每隔三天把割倒晒干的草拉回驻地，捆扎整齐地码在羊圈南侧的草料场里，等着全部割倒打垛干透了，一起翻晒，并均匀地拌上盐。为了防止地下水上升反潮和下雨淋湿致使草料发霉，在草料场地面，把草皮一铲，上面撒上一层碱土，再垫上一层沙土，赶着牲口套着碌碡一碾就是一个防潮湿的干台子。上面盖上用芨芨草编织的帘子，细密而又厚实，水落在上面，顺着草帘滑到外面。打草的季节也是牲口上膘的季节，乱七八糟的事情很多，人人都很忙碌，王姨除了做饭，也出来打草和忙羊圈的活计。

一撮毛看歪嘴老是在王姨身边转悠，眼睛盯得紧紧的。他想试探歪嘴的心思，故意说："听人说，有人给瘸腿婆介绍男人，这鸭子捂不熟了，怕是早晚要飞走，在别的芦苇荡坐窝了。"

歪嘴一听急了："你听谁说的？介绍的谁？啥时候的事？我咋一点儿都不知道？你说她会不会真的要走？"他一连问了五个问题，心里想，若是那样，他岂不是吹鼓手打离婚——彻底吹了，没戏了。

"天要下雨，娘要嫁人，谁管得了？别人的事，我也懒得听那么细，问那么多，再说那婆娘虽腿脚不好，可额头上长眼睛——眼界高。"一撮毛故意造谣，无事生非，编造了一个有人要给王姨介绍男人的故事。

歪嘴与王姨来往三年了，总觉得缺点儿什么，缺什么呢？他一直想不明白，悟不透。今天一撮毛一语点醒梦中人，缺的是保证。一个男人和一个女人，结婚组成家庭才是保证，一开始，迷眼子活着的时候，他是偷奸；迷眼子死了，这女人成了寡妇，寡妇门前是非多，盯着她的人不止他一个，他俩虽然好上了，但毕竟是偷偷摸摸的，没有婚姻的保证和人们的认可。说到婚姻，他真想娶她，可是这么长时间了，这个女人与他若即若离，从来没有答应过他什么。想到这里，他看不到未来。听说有人给这女人说媒，到手的鸭子要飞了，他联想到她这么多天没有回来，也没音信，心里怅然若失，瞬间仿佛筋被抽走了，骨头被踢了，心里空落的，天都要塌了。他脑子里一片空白，突然感到很茫然，不知道眼前发生的事情究竟是真实的，还是一场梦。

歪嘴站了起来，用脚踢沙子，踢石子，石子溅到羊群里，羊叫了起来。歪嘴又朝近处的羊踢几脚，嘴里恶狠狠地骂着："天生的挨刀货、贱货、骚货，看老子不收拾你！"

和尚招呼歪嘴到跟前："你踩着蛤蟆硬往死里踏——气还真不小呢，不要像抽风的羊——老走歪道。"

歪嘴沉浸在自己的伤心和生气中，别人说的话，他这时根本听不到，突然又仰天大吼："穷啊，老天，我为什么这么穷？"

和尚语重心长地开导他："什么是穷？不懂满足就是穷。心贪了，不知足，永远是财穷、身穷、智慧穷、心量穷、福报穷、担当穷。你看那为富不仁的人，除了钱，什么都失去了，愁、怕、忧虑、烦躁、失眠、病多，来生还债。欠谁的、占谁的、剥削的、巧取豪夺的、费尽心机得来的，都得还。而你赤条条来，无忧无虑、无牵无挂、无病无灾，吃得香、睡得香，多好，为什么抱怨老天呢？"

一撮毛故意唱着："吃完喝完还不算，眼看阳坡落西山，两个家伙款款把身安，你看人家拦住窗窗，拦住窗窗，顶住门，一对枕头一对仰，两人睡觉打筒筒，唱到这儿有点儿荤……"

歪嘴伤心地说："婚后的媒人，秋后的雨——没人理我。"他抬头看天，夏末的夜，空阔、漆黑、深邃，还有无边无际的寂寥。

第二十二章 骚动

日子平淡，过得也很快，我们几个牧羊人还是一如既往地生活着。夏天快过去了，天就起了风，刮的是西北风，浩浩荡荡地吹得沙子漫天弥漫，沙子在风中呜咽。沙漠的天变成个娃娃脸，一会儿阴，一会儿晴，一阵风，一阵雨，一场暖，一场冷。沙漠上的一切都风吹日晒，饱经沧桑，成熟了起来。

秋草黄，大雁飞，我们正忙着拦羊追秋膘，打草屯粮。

羊吃了几个月的青草，个个膘肥体壮，已进入发情期。羊圈、牧羊小道、草场都不安宁了，骚胡打斗频繁，越来越狠，骚胡忙着爬背，一撮毛看得眼睛都直了。

骚胡刚从一只母羊的背上下来，一袋烟的工夫后，又去追另外一只母羊了，满羊群跑，一边追一边叫，还不住地仰起头翻卷着上嘴唇闻来闻去。

一撮毛跟蛇狼说："当年老子把不住自己，在巴掌大的地方犯了天大的错误，毁了一辈子，被发配到这里，悔呀！可是话又说回来，老子也是个尝过不同滋味的人，这辈子也值了！"说完哑巴着嘴，好像吃了蜜一样，露出得意之色。

歪嘴听着他说这些，又勾起了那段夜梦的回忆，心里痒痒的，眼睛呆呆的。他忽然又很想瘸腿婆，黑辫子，毛茸茸的眼睛，厚嘴巴……今天久违的冲动又来了，一股热流涌遍全身，他索性闭起眼

沙枣树开花

睛,重温过去那令他心动的过程。这时一只大骚胡不知疲倦地又发起了新的冲锋,强壮、勇猛,后脚蹬着,前腿腾空,在空中划出一个优美的弧度。歪嘴低吼一声:"人还不如个羊哩。"他觉得心里空荡荡的,一种没着没落的空虚感又让他落了几滴泪。

今天四只雄羊争斗,几个牧羊人边看它们打架,边说荤话。

我觉得没趣,迎着夕阳,走过戈壁,到沙子上玩。沙子还温热,躺在上面如睡在家里的热炕上,每个毛孔和关节都舒坦。手里撒着沙子,从腿上漫下来,似羽毛轻拂,也是怪奇妙的感觉。夕阳下的连绵沙丘是无与伦比的美景,西边的半边天是红的,晚霞照在沙丘上,沙丘和晚霞一样映出火热的颜色,光与影流淌在沙丘上,柔柔的金黄覆盖了沙漠,天地一个颜色,灿烂极了。眼睛望着天空,上面灰暗,云时隐时出,在走着。看久了,发现不是云在走,而是沙在走,头就晕眩,如在大海里行舟。望西边,地平线上,夕阳如火,从沙丘上慢慢隐去,有极好看的沙梁脊背剪影。一棵树,伸着黑色的朦胧枝丫,接着,一蓬沙蒿卧在沙梁上,天就黑了。那黑很突然,刚才还天圆地广的,突然都不见了,一切都模糊了,没有了光,只有黑夜笼罩,没有了天,没有了地,一切都在黑暗中混沌着,糊涂着。不一会儿,天上星星眨着眼,远处的篝火也闪动着,连成一片,不辨东南西北,上下左右,这时我的思维也静止了,如沙一样,尘埃落定,我只是大自然的一个分子。

晚上,羊回到圈里,羊群还骚动着,不像前段日子那么安稳,我看还是那几只骚胡在羊群里捣乱。我对山蛋和歪嘴说:"把骚胡赶出去,或者拴住,不让它捣乱。"他们齐声说:"拴住了,谁种羊啊?"我不明白地问:"羊是母羊生出来的,又不是骚胡种下来的。"歪嘴坏坏地笑着说:"没有你爹,光有你妈,能生出你吗?一边待着去,别耽搁我们看热闹。"

第二十二章 骚动

我莫名其妙，到沙滩边玩去了。

隔天，轮到歪嘴和我在草房里铡草，我不太熟练，王姨帮忙。她聚拢一把草，捏紧往铡口里压草，歪嘴双手握住铡刀把儿，猛地向下一摁，随着铡刀切过，"咔嚓"一声，草屑散落在铡刀旁。我接过来，压了一袋烟的工夫，双臂酸疼无力，手心磨出了血泡。歪嘴又接过去，动作轻快，"咔嚓"声如音乐一样有节奏地流淌出来。他的歪嘴一咧一咧的，黑黝黝的脸上蒙上草扬上来的灰，也顾不得擦一把，汗涔涔的臂膀鼓起一棱一棱的肌肉，随着铡刀的一起一落蹿跳不已。我又试着抓草往刀口里送，他俩一再交代，要防止手伸进去。我抓草的手离铡草方远一点儿，送草就慢一点儿，草铡得也乱七八糟，歪嘴按铡刀也小心翼翼，速度不到他们的一半。单调的"咔嚓"声令人烦闷，我干了一会儿就没了兴趣。歪嘴一个劲地劝我："你出去玩吧，我和你王姨铡草，这一堆还多着呢，不能耽误了活计。"我如获特赦一样活蹦乱跳地出去玩了。我躺在沙丘坡下，伸手在地上扯过一根青草，抽出嫩茎，放在嘴里一咬，嘴里漫过一股淡淡的青草的清香。

我注意到动物在早晨和下午都爱晒太阳，狗爱坐在门前面晒太阳，伸着舌头，头微微晃荡。老鼠和猫也爱前腿垫着头，后腿叉开，趴着晒太阳，牛和羊吃饱后在阳坡上斜躺下，大部分身体对着太阳，暖洋洋地反刍倒嚼。它们和我一样会享受阳光的明媚和温暖，慵懒而舒坦。蚂蚁排成一长队，在戈壁上急急忙忙，有前去的，有回来的，有的举着比身子还大的草籽，针尖那么小的黑点儿，半天也爬不到一米，不知为了什么，又在忙乎什么。天快凉了，它们在哪里躲过严寒，我在琢磨。蚂蚁如此微小，如果你向蚂蚁使劲吹一口气，对它来说，无异于人类遭遇龙卷风的袭击，它会被吹得没了踪影。就是如此弱小的蚂蚁，却有好的品质——团结与互助。也许，正是由于天生体形小、力量弱，独自活在这个险象环生、处处暗藏杀机的世界十分艰难，很容易被其他动物踩死或吃掉，它们便最懂得团结互助的意义，从而总是喜欢组成大大小小的团队，或共同觅食，或并肩抗敌，使自己的种群得以繁衍。曾经数量庞大、身强力壮的恐龙都灭绝了，而小小的蚂蚁却能够存活下来，可见它们有多么顽强的生命力。如果究其生命链条何以不会断裂的秘诀，答案就是"团结"二字。我曾多次在郊外的农田边观察一群群蚂蚁的活动，它们在所居洞穴附近的草丛里来来往往地奔走，就像城里人一样忙碌，从早到晚穿梭于水泥的缝隙间。看着看着，我对这些蚂蚁心怀敬意，因为它们中不管谁发现了食物，大家都会迅速聚成一团，齐心协力将食物搬进蚁穴，而不会为独占食物而拼个你死我活。当面对雨水或水渍时，哪怕只有一指头宽，对蚂蚁来说，就像人面对一条水流湍急的河。人要过河都非常艰难，何况小小的蚂蚁。但是，聪明的蚂蚁们通过"抱团"的方式，形成越聚越多的"蚁球"，像气球一样飘了过去。

后边落单的几只小蚂蚁显得没有头绪，惊慌地乱转，碰到同样惊慌的小蚂蚁，它们用头上的触须相互接触摩擦，类似人的握手、拥抱和问候。遇到刮风下雨的天气，一旦脱离群体，小蚂蚁就有死亡的危险。它们唯一能做的事情是打量同类，再打量自己。它们再渺小，也算拥有了生命。生命，有它的本性。本性之一是聚集，本性之二是延续。连智能远远高于蚂蚁的人类都是如此。我想到自己失学那会儿，心灰意冷，从学生群体中被踢了出去，就像这落单的蚂蚁，特别需要一个群体，需要众人的安慰，可是同学嘲笑我，更多的人向我翻白眼。有一次，我与最好的小伙伴在路上相遇了，我们互相望着，我眼里噙着泪水，他眼里满是疑惑，我多么希望停下来说句话，可我们就这样对望着走开了。我一直回头看着他的背影，走出好一段路，我突然哇的一声哭了，我后悔了，我们毕竟是最好的伙伴和同学，怎么没有问候一声，将来还能一起玩吗……

第二十二章 骚动

一晃大半天过去了，我又回去准备铡草，到了门口，突然听到里面传来奇怪的声音，我好奇地往里边一看，见歪嘴和王姨正陷在草堆里打架，我大声喊："哎,你们咋了？"他俩被我的喊声吓了一跳，突然停止了打架，也没有了声音，王姨一把拉下上面的草，盖住了身子。歪嘴对我喊："碎娃，草快铡完了，你出去玩吧。"我当然不想干活，想出去玩，听了这话，我又回去继续晒太阳。我找到一棵沙枣树，沙枣快熟了，青绿中泛着浅黄，吃着很涩，如嚼沙子似的。有几个沙枣已经生虫子了，皮上露着小黑点，这是小虫子钻进去的遗迹，外面还有几个小虫子在沙枣上面蠕动着。我突发奇想，觉得还是小虫子好，可以无忧无虑地生活，没人管，有沙枣吃，还可以爬树，到沙滩上晒太阳，早晨吸食露水，吃饱喝足，藏在树叶上睡大觉。它们不像我，戴着个"地主崽子"的帽子，受人歧视和压迫，没有学校可以上学，没有小朋友可以玩耍，没有钱买帽子、手套和棉鞋，一年吃不上几顿肉……有许多不如意，如果像和尚说的那样有来生，我再也不做地主的后人了，还不如变成一只虫子呢，小小的，谁都看不见，多自由，多好玩。

过了好一会儿，正在草棚外觅食的几只麻雀受到惊吓，"呼"的一声跃上了东边的柴火垛上。王姨从草棚出来，理着乱糟糟的头发，拍着身上的柴草，喊我回去铡草，她要去做饭了。我进了棚子，歪嘴坐在铡刀上微微喘气，面色红彤彤的，带着满足的微笑。我看草还是先前铡的那么一堆，并没有增加多少。

原来是歪嘴的病好了，晚上他也没有不正经的梦了，又回到了尘世，他和王姨又好了。更重要的是，前两天一撮毛向他透露消息，说有人给王姨介绍对象，这还了得，到手的鸭子怎么能让它飞了？不行，得抓紧行动，他牢牢地抓住这根稻草。王姨是他的女人，他的心，他的魂。前段时间，与其说是狐狸精缠上了他，倒不如说是他迷恋上了狐狸精，不能自拔，于是他忽视了王姨，疏远了她，没有找她，等于抛弃了她。现在狐狸精走了，竹篮打水一场空，那是个不切实际的梦，是个噩梦，差点儿要了他的命。梦醒了，他才想到王姨对他是多么重要，于是他又发起新一轮进攻。经他死缠烂打，王姨也想通了，今后怎么活呀？委身于歪嘴也许是最好的归宿。

　　羊和人一样，也有春困秋乏冬难过的特点。人是一年之计在于春，羊是一年之计在于秋。秋草营养丰富，水分少，草籽饱满，要抓住这个好季节让羊多吃些，吃好些，多积些脂肪，这叫追膘。没有好膘，羊就过不了隆冬，母羊就很难正常地生儿育女，即使侥幸熬过了冬天，也过不了春乏关。羊的膘不太直观，看骆驼就很明显，那驼峰，没膘时软塌塌地吊着；走路时，它们腿脚无力，一晃三抖，像卸了磨的驴，更像二八月的汉子，总是没精打采的。这时，别说驮东西，就那身骨架，它都难以支撑了。好不容易熬过冬天，春来了，草芽儿也发了，水也清了，它们把那嫩草嚼成绿汁，把那硬柴咬成草屑，吸了营养，变成膘，好生吃个肚儿圆吧。那峰，渐渐变了，变得挺了。秋天，它们开始忙乎传宗接代的事。

第二十三章　雨天采蘑菇

初秋，沙漠上空的云好像接受了沙的洗礼，那云是水汽经过沙子过滤而蒸腾上来的，干净纯洁，白得耀眼，软得如絮，高不可测。上午还晴空万里，下午就阴云密布，乌云变得很沉很重很浓，笼罩在沙丘上。人们一定会把它们看成沙丘的黑色大斗篷，沙丘有多大，阴云就比它更大。雨泼下来，阴郁的沙丘被水搅得不安，到处冒着泡泡。有时，这雨中夹杂着冰雹，来得没有任何征兆，也没有雷声，只看到鸡蛋大小的冰雹倾泻而下。树叶掉了，草断了，羊被打得"咩咩"乱叫，牧羊人头顶老羊皮袄，在羊群里巡视，拉起被大雨冲倒或者冰雹砸到的乏弱羊和小羊羔，以免它们在沙子里溺水或沙子进它们的鼻腔。

雨还在下着，沙漠则静卧着，一点儿也不会受到惊扰，雨水落在它身上连个影儿都没有。我望着蜿蜒的沙丘，它们痛饮着天降的甘露，仿佛在养精蓄锐。

雨连着下了两天，时大时小，淅淅沥沥，淋得人心情也湿漉漉的，很不清爽。我到隔壁找山蛋和歪嘴玩，两人都不在，和尚手持念珠，闭着眼，轻声念经，声音很低，就这样，一撮毛和蛇狼还嫌烦。他俩一锅接一锅地抽烟，屋子里冒着烟，熏得和尚难受，可是和尚忍着不说什么。我纳闷地问："下雨天他俩跑哪儿玩去了？"一撮毛懒得理我，蛇狼慈眉善目地说："到沙枣林子捡蘑菇去了，你也去

沙枣树开花

捡着玩,记得把你的羊皮袄披上遮雨。"我听了立即来了兴趣:"你也走吗?我们一起去,多捡些蘑菇好吃。"蛇狼不紧不慢地说:"爷老了,懒得动了,外边湿漉漉的,你去吧。"我跑到外边,天灰蒙蒙的,雨像雾一样,细碎轻柔,飘在身上,落在脸上,怪舒服的。我也顾不上披老羊皮袄,直奔沙枣林,场院的盐碱地坑坑洼洼,低洼的地方统统积满了水,我麻雀般跳着走,避开坑。

远远地,在细细的雨雾中,我看到他俩的身影,像两只羊在动。他俩头顶着老羊皮袄在沙枣树下的茇茇草丛里晃动,我边往前赶边大声喊:"山蛋,歪嘴,大坏蛋,出来玩也不叫我。"他俩回头看见我,喊道:"回去披上皮袄,小心雨淋湿了感冒。"我才不管呢,加快脚步来到他俩跟前。山蛋关心地问:"下雨天,你不在屋待着,跑这里来受罪。"歪嘴接着说:"来了也好,多捡些蘑菇,晒干了慢慢吃。"我顾不上揣摩他俩的话,只关心蘑菇是怎么生出来的,长在哪里。我在家吃过蘑菇,却不知蘑菇怎么长的,急忙拿起歪嘴手里的两串蘑菇看个究竟,肥嘟嘟,肉乎乎,带个盖头,像个小雨伞,再看筐里,已有半筐了。"哇,你从哪儿找到的,采了这么多。"我惊奇而又急迫地问。山蛋说:"蘑菇长在胡杨树和沙枣树的根和断茬上,阴雨天就冒了出来,你跟着我找。"说着,他头一低,拿着棍子扒拉开树根的草丛寻找,我跟在他身后,像个探雷的,仔细搜索。他还没发现,我却先看见了一簇蘑菇,激动地冲他俩喊:"蘑菇!蘑菇!"他俩过来,低头一看笑了:"狗尿苔。"歪嘴又补充一句:"碎娃,眼睛倒是比我们尖。"我不懂他俩的意思,就问:"这不是蘑菇吗?我看比你们捡的那些还好。""是蘑菇,是不能吃的蘑菇。"山蛋耐心地对我说。"咋了,肥嘟嘟的,咋不能吃?"我一脸茫然。歪嘴解释说:"有两类蘑菇不能吃,有毒的和狗尿苔,狗尿苔是狗尿后长出来的,恶心死了。"我似乎明白了,又似乎没懂,不知道这些东西长得一个样,怎么又不一样?山蛋说:"这世上的

第二十三章 雨天采蘑菇

东西很怪,有些是中看不中用,如羊粪蛋蛋表面光,绣花枕头一包草;有些是诱惑人却害人,如鸦片花开得美,果子却有毒,玫瑰花漂亮,枝上却带刺,有些女人长得美,心却比蛇蝎还毒。蘑菇也是这样,长得肥而大,虽然好看,但大多数不能吃。"我急切地想了解筐里那些干瘦的小蘑菇和地里的肥白的大蘑菇的区别,他俩却说不清道道,不像老师教我们识别植物时讲得那么清楚。山蛋又领我找到一个蘑菇,这个蘑菇在沙枣树根上孤零零地立着,上面还有浅褐色的纹路,他指给我说:"这个就是能吃的。"我一把抓了过去,结果撕了个稀巴烂。山蛋埋怨我:"你急啥,笨手笨脚的,用铲子从根上铲,或用手抓住根拔。"我吐了一下舌头,虚心地接受批评教育。按照他俩的指导,我很快就学会识别他们采的那一类蘑菇,不知不觉采了一下午,筐快装满了。直起腰来,才发现浑身湿透了,我用手将头发和脸上的雨水抹下来。这才注意到雨虽然不大,却一直下着,天阴沉沉的,风忽大忽小,一会儿东,一会儿西,我感到冷飕飕的,不自觉地打了个寒战。我冻得说话都不利索了,哆哆嗦嗦地道:"好冷,快回吧。"

当天我就感冒了,发着高烧,王姨埋怨山蛋和歪嘴:"你们两个大人,也不知道照顾孩子,光知道自己披上老羊皮袄,就不看这娃穿着单衣。"歪嘴辩解道:"我们让他回去披皮袄,他不听啊。"王姨摸着我的额头说:"越来越烫了,父母不在身边,又没个医院,也没有药,这咋办呢?"她往炕洞里填牛粪、柴火烧火。由于连着几天下雨,柴火和牛粪都潮了,点了半天点不着,屋子里烟熏火燎的,我剧烈地咳嗽。她就扯着嗓子喊:"歪嘴!歪嘴!去料场掏个洞,从里边抓点儿干柴来。"歪嘴也冷得瑟瑟发抖,听王姨呼唤他,只好硬着头皮又出了门,不一会儿抱了一捆干柴进来,这才点燃了。一会儿,炕面热乎了,我就不冷了,他又给我加了被子,让我出汗。这时,蛇狼和一撮毛、和尚也来看我。我迷迷糊糊地昏睡着,就听和尚在念经，一撮毛用双手搓着我的额头，拿出一根缝衣服的针，往上面吐了些唾沫，在我的额头上针刺放血。王姨说："看这血都是黑的……"我就什么都不知道了。

那是我到这里后睡得最沉的一夜，虽然开始时头疼不舒服，但疼着疼着就睡着了，连个梦都没做。第二天中午，我从昏睡中醒来，浑身乏力，烧已退了。

王姨用炼好的羊油和蘑菇熬汤，配上沙葱、野葱、野蒜，喝着很鲜香，我连着喝了三碗，又出了点儿汗。感冒总算用土办法治好了，我还是有点儿乏力，穿着老羊皮袄去放羊。天气变化多端，阴晴不定，云层翻滚着，在东边沙漠的远处看到曙光，以为天要晴了，可西边的乌云又浓了，雨也断断续续，下得有气无力。沙漠完全笼罩在那灰蒙蒙的雾气里，沙子湿漉漉的，颜色变成了杂色。绿洲的树和草彻底被洗涤干净了，叶子突然长大了，变得更绿了。驻地却泥泞了，羊圈里粪蛋、尿水和雨水混合在一起，非常泥泞，臭气变浓了，羊都没个白净样儿了，身上滚着泥。盐碱路凹凸不平，积着水，人走在上面扑哧扑哧溅水。雨天牲口们整天在草滩里滚着吃草，吃的都是带水的青草，不需要饮了，屙的都是稀屎，到处都脏兮兮的。蛇狼遇到阴雨天就腰疼，在房里抽闷烟，我代替他放羊，披着老羊皮袄，怕打湿了裤腿子，裤脚挽得高高的，不停地到羊群看动静。这样的放羊生活，既无聊又受罪。

歪嘴嘟囔着说："这鬼天气，天漏了，把地淋塌了。"说着，他去湿泥里把卧着的羊赶出来，怕羊得病或被淹死。山蛋骑马去追跑散的几只羊，临走时嘱咐我把老羊皮袄搭的帐篷下的湿沙子铲掉，瓮声瓮气地埋怨着："人没个坐的地方，屁股都被沙子弄湿了。"大家都忙得焦头烂额，我不耐烦地道："知道了，知道了，你看看，我都挖了两锹深了，还没见到干沙子。" 好不容易熬到了时间，赶羊群回来，和尚、一撮毛和蛇狼把羊圈里的稀泥烂水清理了一大半。

第二十三章 雨天采蘑菇

雨还在扯着细细的丝线飘着,我把羊往圈里赶。"羊够不够?"山蛋问歪嘴。"够了。"歪嘴冻得瑟瑟发抖,嘴唇哆嗦着,含糊不清地应着。羊入了圈,顶着麻袋的王姨出来招呼道:"吃饭了,喝热汤面条了。"和尚和一撮毛看着天忧愁地说:"雨还未停,夜里得多注意,不时来看看动静。羊拥挤在一起,容易跌倒后被踩踏。要隔两个时辰检查一遍,把跌倒和被踩翻的羊拉起来。"

雨天在屋里待着,和尚在念经,那浑厚的中音,伴着木鱼的嗒嗒声,一下下敲击我的心。我忍不住好奇,多次问和尚:"你念的什么,念经有什么意义?"和尚笑而不语,只顾低头念经。我问得多了,他放下手中的木鱼,合上经书,与我长谈了一次。牧羊人长年累月行走在沙漠上,夜以继日无休无止地忙碌劳作,经历着身心的磨难,希望有个转变,不在这一世,就在来世,希望解脱,渴望救赎。

我还是没有听明白,反问道:"我妈不在沙漠里,在家里,为什么也信佛念佛?"

"你问我多次,我没有回答你,我也在思考,觉得有些还说不清楚。人世间确有一些说不清、道不明的事理,我也感到困惑不解,每个人都要回答人为什么活着的问题,都要叩问灵魂,还有人生意义的问题。人受苦了想轻松,人心累了也想解脱,人遇到自己解决不了的问题就想求助于外界,等等,很多人便寄托于信仰。对虔诚的善男信女说来,他们念经并没有思考为什么,而是出于内心和情感的需要。既然那么多人信,信则有,不信则无。我只能跟你说,为啥信,只可意会,难以言传。"

看来和尚也说不清楚,只能意会了。

第二十四章　一撮毛祸害人

雨后，空气清新湿润，地上还湿漉漉的。沙枣树林里，草木如秋天的蚂蚱，虽然蹦跶不了几天了，但还在做最后的挣扎，给草籽提供养分，让它变得更饱满。

雨后的沙漠静静的，湿湿的，绿绿的，不孤独，不干燥，不生硬。每个沙丘都净了，每道沙岭都空了，每个沙谷都清爽了。

已枯萎的杂草还未被狂风卷走，从根部又冒出新的绿芽，绿芽努力钻破柔软的沙盖头，一出来就闪着绿油油的光泽，绿洲上冒出一些新的绿色。

植物有了新的花样，就好比人的餐桌上多了不同的菜肴。草上还滚动着露珠，如甘露一样甜美，是羊的美酒。

这是上天恩赐给羊群的美味，浓郁的芬芳随风飘向沙漠四周，溢到很远很深的地方，人都能闻到青草的清香和秋果的甜美。牲口昂着头，鼻翼扇动，打着响亮的喷嚏。尤其是那不安分的骚胡，按捺不住美味佳肴的召唤，用大大的羊角顶着圈门，迫不及待地要出去。我去打开栏栅门，头羊昂首奔出圈，也顾不上后面的妻妾和子孙，率先奔向绿洲。羊群哗啦啦地涌到草地上，捕捉和扫荡草丛缝隙里长出的新草，寻觅着草尖上的果实。羊的欢叫声，一浪高过一浪。骚胡寻衅滋事，母羊驻足，寻找着自己的如意郎君，草上还残留着雨水，管饱又解渴，这是羊的节日。羊群尽情地啃食，享用着大餐。

第二十四章 一撮毛祸害人

骚胡斗殴，小羊撒欢，母羊含情脉脉。它们的蹄子陷进潮湿松软的沙中，走路像翩翩起舞。

我因感冒未痊愈，没有出去放羊，在基地陪着王姨铡草、清扫羊圈和做饭。

这一段时间有些草有了籽，又刚下过雨，正是草肥的时候，是羊上膘的时候。在外边放羊的时间要长一些，放羊的人也更辛苦一些，王姨做好饭，要给他们送过去吃。饭好了，王姨左手提一罐稀饭，右手挎着个篮子，里边装个馒头。我提着一罐清水，跟在她后边。我们一前一后，走出门。在这个鸟不拉屎的院子困了好几天，我很怀念在外放羊的日子，今天出了门，好像鸟儿飞出了笼子，觉得精神多了。雨后的道上，盐碱结成薄薄的壳，踩在上面，破裂的路面发出嘎嘎的爆裂声，还有点儿弹性。我故意使劲踩着地面，非常惬意，有点飘飘然之感。王姨看着我笑眯眯的，同样笑眯眯的太阳照在身上暖融融的。蓝蓝的天空飘着白云，显得格外高远。沙丘被水洗了一样，干净明亮。地上的杂草比平日密了些，间杂着些许红的、黄的、白的、紫的花朵，充满生机。

温差变大了，下雨带着冰雹，还下了霜，早晚植物上刷上一层"白漆"。

中午秋老虎要吃人，早晚寒气袭人，真可谓"早穿棉袄午穿纱，晚上抱着火炉吃西瓜"。

树叶出现黄色的边缘，一叶知秋。草依附在干黄的枝条上，蜷缩着，不再张扬。

一撮毛人到中年，与老婆离了婚，他又是个大色鬼，过去在作风问题上栽过跟头，毁了自己的一生，但狗改不了吃屎的毛病，他一直惦记着王姨，但也没找到可钻的空子。迷眼子死后，他一度有了妄想症，想与王姨成了好事，就经常创造接近她的机会，故意说荤话，唱黄调，挤眉弄眼地试探，可王姨一点儿也不上心。这期间，蛇狼和我来到了这里，影响了他的计划和进程，他也不敢霸王硬上弓。参加那达慕大会回来后，几天的好肉好酒让一撮毛体能旺盛，和发情的羊一样。一撮毛现在能做的，只是偷窥，于是他无意中发现了歪嘴王姨的丑事，他极不舒服，好像歪嘴掏了他的心，王姨打了他的脸。这几年来，他一直惦记着这婆娘，歪嘴的行为无疑是对他的挑战。他咬着牙，腮边鼓起一棱棱狠肉，气愤极了。他想找歪嘴算账，抬脚就要踹歪嘴的门，却又心里打鼓，仔细想，又不是他的婆娘，他也是名不正，言不顺。再说了，那歪嘴是猎人，逼急了，兔子还咬人呢，那猎枪也不是吃素的。但他又不甘心就此罢休，眉头一皱，计上心来，他要抓着这俩人偷情的把柄，让那婆娘乖乖地上他的床。想到这里，他不轻不重地敲了三下门。寂静的晚上，这敲门声对一对偷情的男女来说，不亚于打了三声响雷。女人刚要问是谁，歪嘴赶忙捂住她的嘴，身子也触电般从她身上滚下来。一撮毛悄悄地回房，静静地躺下。不一会儿，歪嘴也像悄悄地摸索着回来了，静静地躺下，可心像打雷一样，响个不停，竖起耳朵听动静，猜测着是谁发现了他们的奸情。他装作睡得很熟，实际上内心激烈活动，一晚上没睡着。一撮毛也感到一股凉气从脚心涌起，心里凉飕飕的，他惦记了好久的女人，被歪嘴捷足先登，他的讨好、献媚全废了，竹篮打水一场空。他回忆起过去，为个女人，不，准确地说，为了偷情，他这一辈子完了，现在被发配到这鸟不拉屎的沙漠，又失去一个女人，输给一个他瞧不起的歪嘴，钝痛在他体内漫溢开来。忆苦更苦，他失望、颓废、沮丧，浑身没有了力量。

第二天，歪嘴和王姨神色尴尬，不敢看别人的眼神，呆愣而机械地干着手里的活计。他们知道，已经有人窥破了他们之间的秘密。

一撮毛阴险狡诈，看着歪嘴说："你的病是不是又犯了？昨晚狐狸精又入了你的被窝？"歪嘴听了这话吓了一跳，心里惴惴不安。

同时，一撮毛一直寻找单独与王姨接触的机会。

第二十四章 一撮毛祸害人

一撮毛是个老流氓，对女人很有研究。他依经验判断，王姨是个漂亮女人，美人胚子，当年一定风光过，被许多人追过捧过，眼界肯定很高，一般人不在她眼里，若不是因作风问题，被婆家人打断了腿，就不会被她爹妈远远地打发到这个地方来。虽然大家都觉得她和迷眼子过得还不赖，好像有点儿感情，迷眼子死了，她哭天抢地，但一撮毛心里清楚得很，这女人过去是个凤凰，现在落难了，但永远不会是个落汤鸡，她虽然委身于迷眼子，但永远不会真心喜欢迷眼子。她和迷眼子过日子，不过是被逼无奈，是媒人把她许配给迷眼子的，不是她自找的。也就是说，当初她家里人急着把她抛出去，离家越远越好，越没人知道越好，那时媒人把红线牵到谁手里都行，就像自由市场上卖牲口一样。现在迷眼子死了，这女人失去了生活的依靠，但她不会喜欢这里的粗人，跟放羊的人过日子，不会看上他一撮毛，也不会看上歪嘴。可是他得不到，别人也休想得到。他没有得到，歪嘴得到了，他心里酸得不得了。想到这里，他哼了句"雪美人往怀里抱——露水夫妻难长久，云雾里的爱情——迟早要散"。

这天轮到他到羊圈起粪清理场子。他干了一会儿活儿，过来帮着女人做饭，女人撅着屁股一铲一铲地往灶膛里填干柴、牛粪。一撮毛将硬柴折断，在嘎嘣声中，有一搭没一搭地说："你来这里几年了，过得怎样？"女人一边填柴一边说："有啥光景，就像掉到灶膛里的柴，水深火热。""唉，能不能说点好听的？"一撮毛从女人手中抢过柴，"我填柴，你去和面。"说着，他猛地填了几个柴梆子，烟冒了出来。"一撮毛，你少填点儿，填多了不行啊。"一撮毛非要替女人烧火，不让烧都不行。"一撮毛，你走开，干你的活儿去。"她拉着一撮毛的胳膊，让他起来。一撮毛说："你这人，狗咬吕洞宾——不识好人心。"他坐下来，"呱嗒呱嗒"地拉着风匣，"我想吃俩鸡蛋，补补肾。"女人嘿嘿地笑着说："你就是个牲口。"

一撮毛说："我就是个牲口，让你尝尝牲口的厉害。"他一把从后面抱住女人，乱摸乱啃。女人拼尽全身的力气挣扎，一撮毛恶狠狠地说："你以前偷人被夫家打折了腿，前天晚上又和歪嘴半夜里偷情，我亲眼所见，婊子门前立牌坊，装什么正经！老子哪一点不比歪嘴强？"

女人一听这话，脑袋嗡的一声，身体像被抽了筋似的软塌下去，眼看着外面愈来愈小，黑了下去，她失去了知觉，一撮毛趁机霸王硬上弓。

女人醒来后，知道她被一撮毛糟蹋了，她牙齿咬着嘴唇，有一缕血在嘴角慢慢地渗出来，她大哭起来，一撮毛看着她威胁说："咱们各玩各的，各自舒坦。不准告诉歪嘴，伺候好老子，什么都好说；惹恼了爷，谁也别过好日子。"她头朝墙上狠狠地撞着，哭声凄惨，那声音沉闷得如沙漠里受伤的野兽，绝望的哭声在回荡。

外边不知何时下起了雨，天也在掉泪。雨落在沙子上，毫无声息，驻地浅浅的沙面上汇集了一摊暗黄色的污水。

一撮毛一边系裤带，一边舔着嘴唇说："这是第一次，还没有结束，只要咱们都活着，这事就不算完。你是我的，永远都是，你别想从我身边离开。"

阴沉沉的天空上黑云堆积得越来越浓，女人掉入了无底洞，陷入了无边的黑暗中。她哭了一夜，枕头湿了。窗外晨曦初现，隐隐有稀薄的光透过乌云照下来。她又哭了一阵，如困兽绝望地低吟。她怕惊动了大家，把头蒙在被子里，一个人吞噬着苦果。她宁愿停留在黑暗中，宁愿与大家隔绝。

她绝望了，这里不是她待的地方，三十六计走为上，这是她唯一的出路了。

这两天，我看王姨老是呆坐着发愣，沉默着想心事，目光空洞。该做饭了，我突然闻到了干锅的味道。和尚鼻子也灵，嗅到了难闻的焦糊味，低头一看，灶台上冒着淡淡的烟，急忙揭锅盖："不填水就烧火啊！你发啥呆呀！"我扭过头看锅底黑中有红。我慌忙舀了一瓢水，要往锅里倒，和尚急忙拦住我："不能倒水，那样会炸锅，没了吃饭的家伙啊。"王姨已弯下腰，把灶膛里的牛粪和干柴往出扒拉，火星四溅，蓝烟四散，房间里一股热浪升腾起来，伴着灰扑扑的烟尘，呛得我们直咳嗽。王姨已呛出眼泪。和尚把我准备往锅里浇的那瓢水浇到了红红的柴火上，烧着的柴火遇到了水，"腾"一声响了，水瞬间就蒸发了，牛粪面子和烟灰飘了上来，散落在我们的头上和脸上。王姨拿头巾拍打着。和尚说："你看看你，魂丢了似的。"锅凉的时候，屋里的烟也走的走，飞的飞，落的落，慢慢清静了。王姨涮了锅，往锅里倒了两瓢水，又开始烧水做饭。

饭是平常吃的菜拌疙瘩汤，里面熬糊了土豆和萝卜丁，用少许水将面浇成豆子大小的面疙瘩，下到沸腾的水里，快熟时拌上剁碎的沙葱、野葱、野蒜，熄火后浇上一勺热羊油，再用一勺醋调一下，吃起来非常爽口，几乎不用咀嚼就喝下去了，也好消化。平时大家都爱吃，但今天的饭一下口，几个人异口同声："苦啊！"山蛋首先发难："这两天饭是咋做的，不是酸就是辣，今天还这么苦。"蛇狼也跟着说："我老汉口苦了，又吃上黄连了。"我也觉得苦，可我不敢说。一撮毛把碗重重地往灶台上一放，扭头出了门。

唯有和尚低着头，没事似的，和往常一样，连着喝了三碗。等大家都吃完饭，出门抽烟闲聊之际，和尚又进了屋，对正在洗锅抹碗的王姨说："你最近有心事，情绪不好。人做事要用心，一心一意才能做出好东西，带着怨恨心做出的饭含着苦，带着辛酸心做出的饭是酸的，带着悲伤心做出的饭肯定辛辣。"王姨听到这里，伤心地哭了，双肩上下耸动着。

和尚的这些话有些奇怪，我带着好奇心记了很久，也没有找到什么科学依据来证明，直到成人后，我才明白一些。喜欢一个人快乐，

沙枣树开花

爱一个人甜蜜，恨一个人苦，渴望一件事心焦，欲望很多就会心烦意乱，等待的过程焦躁，得不到又苦……人产生很多情绪，与心有关。心情好了，诸事顺遂，吃啥啥香，睡觉也好，看山是山，看水是水；心情不好了，天地都灰蒙蒙的，所有事都不清爽，出门不顺利，见人没好脸，办事不利索。我渐渐理解了，和尚说的话不无道理。

这几天干打雷，雷声撕裂的轰隆声划过沙漠，厚重沉闷，却不下雨。白天在雷声中积蓄的厚重的云，被太阳扒拉开，烧成白色，夜晚冷却后又变成了一片片残红，直到融化成浅灰，沙漠也变得灰扑扑的，无精打采。

王姨已经考虑好了，决定离开这个让她伤心的狼窝。

第二十五章　王姨回了沙坡头

第二天饭后，大家刚放下饭碗，蹲在门口看羊配对。一撮毛感叹，连羊都能妻妾成群，自己怎么不如一只羊活得自由快活呢？

王姨突然说：“我男人死了，七七也祭奠了。我也该回家看看父母乡亲了，也要到迷眼子家去说一声，顺便在百日忌日烧个香。几年没出这个沙窝子，连话都不会说了，还要买些女人的日用品。”王姨在锅灶前一边说着，一边洗锅抹碗。几个臭男人坐在屋檐下的阴凉处，抽烟、拿草帽扇风。一撮毛听了，瞅着她的背影发呆，他有一种预感，她要逃避他，要出走了。他没想到她会有这么刚烈的性子，从心里叹口气，到手的鸭子又飞了。

和尚说：“生死事大，人伦常情，应回去看看。至于上坟烧纸上香，倒没必要，你也亲眼看着他那股风吹走了，多行些善事即可。人生有八苦——生、老、病、死、爱别离、怨长久、求不得、放不下，你现在有四项。忘记并不等于从未存在，一切自在来源于选择，而不是刻意。不如放手，放下的越多，越觉得拥有的更多。佛曰，命由心造，相由心生。世界万物皆是化相，心不动，万物皆不动；心不变，万物皆不变。你应当好好领悟这几句话。至于今后，切记佛说的，坐亦禅，行亦禅，一花一世界，一叶一如来，春来花自青，秋至叶飘零，无穷般若心自在，语默动静体自然。”

蛇狼开玩笑说：“是不是嫌弃我老汉？我来了，你走了，我就是开开玩笑,过把嘴瘾。十八年老了我王宝钏,人一老就没戏了,好戏留给你们年轻人耍去。"

"看你个贼蛇狼,恶狼生个贼狐狸——不是好种。你们这些男人,恶狼和疯狗做伴——脾气相投,臭味相同。你那臭嘴啥时候饶过人,我出去给你领个讨饭的婆婆,你来养着。"王姨嘴上也狠着呢。

蛇狼嘴快地接上:"你呀,黄鼠狼骂狐狸——都不是好东西。蜂儿没嘴——屁股伤人,我们俩是凤有凤巢,鸟有鸟窝——各不相干。"

一撮毛红着脸,低着头,不敢正视王姨。平时他怪话最多,最喜欢与那女人打情卖俏,今天却徐庶进曹营——一言不发。她不知道这女人葫芦里卖的什么药。前几天,他刚霸王硬上弓,她这就要回家去,到底去干啥?为了什么?他自个儿在心里琢磨着。

歪嘴并不知道她走的真实原因,一撮毛却明白她的病在哪里,心思是什么。这女人说要回去看看,其实是个借口。从她那天撕心裂肺的哭声,绝望的表情,他就知道这婆娘是肉包子打狗——有去无回了。

歪嘴沉着脸,眼睛空洞失望地望着远处,偶尔斜眼阴阴地看着女人,这也难怪他情绪和表情异常。

第二天上午,我和歪嘴及王姨要回队了,要套车拉回一些东西,少不了那头牛出力。歪嘴又相中了那匹健壮的骡子,牲口们刚出圈不久,还在若无其事地吃草。歪嘴去拉牛,那牛温顺地跟着过来,就乖乖地上了缰绳,套在车辕里。拉骡子时,那畜生精明得很,知道要拉车受苦,到处乱跑躲着。歪嘴骑着那匹老马追它,绕了好几个圈子,把骡子追得满嘴吐白沫,才放慢步子。歪嘴牵着它回来。牛驾车,骡子在前面牵引着,晃晃悠悠地上路了,车上装载着麦垛一样的羊毛、羊皮等货物,车后一条绳牵着骡子,歪嘴与王姨一开始还别别扭扭的,不一会儿,不知中了什么邪,施了什么魔法,两

第二十五章 王姨回了沙坡头

人又好了,又说又笑,走路挨得近近的,不时碰在一起,脸上泛着红晕。

一会儿要过沙漠,骡子加上了绳套,由被后面牵着走,变成了在前面牵拉车子,在车辕两侧,各加一条绳子,歪嘴和瘸腿婆将绳勒在背上,如纤夫拉船,弓着腰背,脚蹬着柔软的沙子,陷进去,拔出来,一步一个深坑,流沙又迅速地填平,绳子深深地隐入肩膀,我拿鞭子吆喝并拉着骡子,艰难地前行,不到半个时辰,人汗流浃背,骡牛喘着粗气,只有我还处在驾驭领头的兴奋中,不知疲倦地浪着。休息一会,继续前行,停停走走,十公里的沙路走了大半天,太阳偏西时出了沙漠,路上也没有人烟,独独地行着。

歪嘴说:"我和你王姨拉车累了,上车休息一会儿,你赶车沿着车辙一直往前走,不要回头,好好赶车。"我爽快地答应着,赶车好玩,也显能耐,我巴不得干这事。

他俩上车把羊毛往四周扒拉,挖了坑,坐在里边,倒是个柔软的落身点。我能看见他俩肩膀以上的身体。不一会儿,看他俩挤作一团,男的抱着女的,女的搂着男的,像羊圈里的羊一样抱着团取暖,默默地随着车晃动着。一会儿隐约听见王姨说:"不,不行,那娃子能看到。"歪嘴含糊应着:"看不见的,那碎娃小着呢,啥都不懂,怕啥。"我听着怪怪的,歪嘴一边说着,一边把王姨按倒在羊毛坑里,车上的草也跟着摇晃起来,我觉得怪怪的。

太阳落在沙丘顶时,我们到了沙坡头。王姨指着黄河对岸东边的山说:"看那两个小山,是不是很像两头靠在一起的狮子?"我顺着她手指的方向,粗看不出什么名堂,再仔细端详,有那么一点儿轮廓。她接着说:"我们这儿世世代代有个传说,很早很早以前,这里守着黄河,地里连着沙漠却干旱,有个木匠领着村人建了两架水车引水灌田,惹恼了河怪。河怪施展法术,兴风作浪,使河水泛滥,糟践老百姓,祸害田地。老百姓焚香祈祷,原始天尊知道后,便派它的一头坐骑雄狮来此降伏河怪。但河怪非常狡猾，雄师一来，它就逃跑；雄师一走，它就继续作恶。不得已，雄师便化作石狮守在这里。原始天尊还有一头雌狮，和雄师是一对，见雄师长久不归，便下凡与雄师一起守望黄河，护佑当地平安。这里的老百姓，奉年过节还祭祀狮子山，祈祷平安。"

瘸王姨说她家在沙坡头，她嫁给迷眼子三年了，只在春节回过一次家，今天顺便回家，到她家住宿吃饭。进了村，正赶上秋收，打稻场上堆满了大大小小的稻禾、高粱、玉米秸垛，鲜味吸引着牲口加快了脚步。

到了一截矮墙砌的小院里，一位头发花白的老大娘裹着围巾，正剥玉米，见了我们，向屋里喊着："他爹，丫头回来了！"屋里传出呵斥声："丢人败兴的货，死在外边才好，还有脸回来！"从屋里出来一个佝偻着腰的老汉，他见到我和歪嘴，一脸怒相马上转换成热情的样子，招呼我们进屋。老大娘舀了三大碗水端到炕桌上，我渴极了，端起来就喝，水甘甜解馋，比我们那地窝子的水好喝。老汉给歪嘴递烟袋，歪嘴说他不抽，老汉又放下烟锅，抓过烟丝，从口袋里掏出废纸，对叠裁下一块，捻进烟丝，卷了个纸喇叭烟筒抽。我卸了牲口身上的绳套，放好车子，骡子在前，牛在后，它们连口水都没顾上喝就撒腿跑到门口的草滩。其实俩牲口远远地看见羊在那里低头吃草，又嗅到了青草的清香，饥肠辘辘，早就急了。回到屋，老大娘端来了一筐鲜枣和梨。这梨长得奇怪，瘦长的梨身还带个长把，我盯着细看，王姨给我介绍："这梨叫长把梨，全靠这里日照充足，昼夜温差又比较大，才有好味道，在古代曾经是朝廷贡品。"我拿着咬了一口，很脆，酸甜的汁水溢出了嘴。

晚上睡觉前，歪嘴说："你去把牲口们都赶回院子吧。这地方咱们不熟悉，要是牲口们跑了咋办？"我拿了鞭子过去，要把老牛和骡子牵到院子里。这俩牲口也许是走了大半天路又累又饿，我使

第二十五章 王姨回了沙坡头

劲拉绳套,它们仍低头吃草,我恼了,打了它们几鞭子,也没有赶动他们。王姨的爹抽着烟说:"牲口们在沙漠里吃芨芨草那些硬草,好不容易到沙漠外的地里吃到了可口的嫩青草,你喊破喉咙,它们也不会听话走开的。"说着他拿把镰刀,割了一捆草,抱回院子,又割一把稗草伸到牛嘴下,吆喝着。那俩牲口惦记着他手里的好草,伸长脖子撑着吃着,乖乖地来到院子。

晚上,虽然天空中繁星点点,但是我没能看到银河,大抵是月光太亮,让星星害羞的缘故吧。我只好一直漫步等待着。坡下的黄河并不汹涌,大自然总是在制造一种力量的同时,再造驯服这种力量的力量。谁能想到奔腾咆哮的腾格里沙漠,黄沙漫天,浩瀚无垠,可偏偏就在黄河面前止步不前呢,连沙子也格外纤巧、温柔。沙坡头,头枕黄河,栖河而卧,与婀娜蜿蜒的黄河、横亘南岸的祁连山余脉香山三位一体。

睡觉前,王姨来给我们扫炕铺被子,跪在炕上。歪嘴趁我不注意,伸手摸她的屁股,王她反手打了他一笤帚疙瘩。

第二天,歪嘴赖着不走,说沙坡头有许多好玩的,经常来去,倒没有过一眼。王姨说,不走也行,留下来出点儿力,帮她爸把河对岸的收成运回家。

老汉接过话茬,埋怨女儿道:"怎么能让客人干活?这穷地方,沙子遍地,河水又挡路,是个鸟不拉屎的地方,人人都往出跑,姑娘嫁外头,小伙子找不上婆姨,光棍多,没啥好玩的。"

歪嘴说:"闲着没事,那羊皮筏子也没坐过,说这里还有个鸣沙山也没去过,走走,干点儿活儿,身上舒坦。"

老汉说:"我就在黄河撑羊皮筏子度日,养家糊口,那随我走。"

走到沙坡下的黄河岸边,黄河水流湍急,有几只羊皮筏子荡出一圈一圈涟漪。河面宽阔、舒缓,河水浊黄,倒映在水中的太阳随水波的荡漾变成一团红黄色线团。我看见一只羊皮筏子向河中心划去,越来越小。老汉介绍说黄河从甘肃黑山峡进入宁夏平原,流经我们沙坡头地区,转了一个像马蹄形的大弯,形成了一个神奇的"黄河太极图",我们顺老汉手指的方向看,确实是个大转弯。

老汉领我们到河边,上了他的羊皮筏子。他说这东西是古人遗留下来的,据说最早是匈奴人发明的。黄河上游水流湍急,有很多暗礁,一般的木筏如果躲闪不及,很可能船毁人亡,而羊皮筏子的特点是吃水浅,浮力大,能躲避暗礁和浅滩。羊皮筏子是由十四张完整的羊皮按照五四五阵型排列出来的。它的制作方法非常独特,将山羊宰割后,从臀部开刀,将一张完整羊皮扒下来焐好,将羊皮脱毛后,吹气使皮胎膨胀,再灌入少量清油、食盐和水,然后把皮胎的头尾和四肢扎紧,经过晾晒的皮胎颜色黄褐透明,看上去像个鼓鼓的圆筒,吊在屋檐下晾晒。多次浸水、多次晾晒后,等皮胎通体发黄透明,变得密闭柔软,可以防裂、防腐、防水,即可扎筏使用了。这家伙可以坐七八个人,运一车收成,美得很。

我们三人坐在空船上,老汉用浆划着,随浪上下颠簸,有坐人抬轿的感觉。四周是浊涛黄浪,有水花跃上来打湿我的衣服,我有点儿害怕,死死地抓着筏子的木条。老汉看着笑了笑。到了河中央,老汉指着一条两公里长的堤坝,说那叫"白马拉缰"。古时候河心筑堤坝,利用黄河的太极大拐弯,河水在这里形成北高南低、北缓南急的局面,引了一条渠,灌溉下游的农田,被称为宁夏都江堰,实现了引黄灌溉,开创了"天下黄河富宁夏"的历史,有了"塞上江南"。

歪嘴咂着嘴,感叹地说:"我们的水浇地是这么来的呀,不说不知道,不看不明白。"

到了对岸,滩地上的高粱和玉米装了满满一筏子,往回运。他俩上船后,我不敢上去。老汉劝我:"娃子,别怕,筏子装得越重就越稳。"我战战兢兢地爬到上面,不敢往水上看。他俩站在货侧,

第二十五章 王姨回了沙坡头

在筏子边上划着。我的担心和害怕是多余的，如老汉所说，比空船稳当多了。我们来回跑了三趟，回老汉家吃饭。下午，王姨领我们去鸣沙山滑沙，提了两个木板，出门向西，没多远就到了。

王姨说："我们这里老讲，在沙子淹没桂王城之前，城门楼上挂着个神钟，每当遇到危难时，总会鸣响不止，随后百姓出外逃难。但当时很多百姓喝得烂醉，没有预见危险，当沙子淹没桂王城时，包括这口神钟，也被埋在沙子底下。随后，每当有人经过这个沙山时，沙坡总会发出钟的鸣响，好像在呼唤，让人们救救沙子底下的人。"

前几天下过雨，沙丘干干净净，黄褐色中反射着太阳的金光，沙枣树和蒿草一片绿色，蔚蓝的天空上飘着白云，下面的黄河浊浪翻滚，奔涌而下。沙丘下，黄河岸边的马兰花开得正艳，我们三人在沙滩上走着看景色。我扬沙子，王姨摘马兰花，手里已抓了一大把马兰花。歪嘴的目光追随着王姨。我们爬上沙丘，将木板铺好。我坐在上面，歪嘴从后面蹬一脚，木板就缓缓向下，接着越来越快，风从耳边掠过，木板下面发出浑厚的鸣音，随着速度的加快，声音越发明显。再次爬上去，王姨说她小时候玩多了，现在没兴趣了。歪嘴滑了一次，就和王姨隐在沙坡后面，她没有拒绝，那么听话，就像歪嘴放牲口时骑过的那匹马。让它往东，它就往东；让它往西，它就往西；让它走，它就走；让它停，它就停。她始终听话地配合着他的一双手扭动着身子，直到一团火开始熊熊地燃烧，对她而言，这大概是最后的温存。她心里知道，他们不能在一起。她的额头贴着他的胸口摩擦着，汲取最后的痴迷。歪嘴不知道这是最后的晚餐，还以为她死了丈夫，没了拖累，一心一意跟他，爱怜地搂紧了她。他们久久不愿分开。

生活中有很多转瞬即逝，像在车站的告别，刚刚还拥抱，转眼已各自天涯。很多时候，你不懂，我也不懂。就这样，说着说着就变了，听着听着就倦了，看着看着就厌了，跟着跟着就不见了，走着走着就散了，爱着爱着就淡了，想着想着就算了。

  我觉得滑沙好玩，乐此不疲，吃力地爬上来，不到一分钟就滑下去，玩的次数都记不清了，直到他俩喊我回去吃晚饭，我才恋恋不舍地随着走了。

第二十六章　家里不省心

第三天，我们将牛放在王姨家里喂养，车子套上了骡子，王姨留下休息，我和歪嘴赶着骡车。路平整，大半天时间就到村里了，他去交割，我径直回了家。父母见我回来很高兴，母亲看我晒黑了，掉了些眼泪。吃饭时，把这段时间的情况说了，我说他们人好，对我好，在那边吃的肉比家里多，我也喜欢放羊，父母悬着的心才放了下来。

家里还是清汤寡水的面条，我端起来咕噜咕噜如喝水一样，一碗汤面转眼间没了。我妈说："慢慢吃，别噎着。"俗话说，半大小子吃死老子，我一连吃了三大碗，还意犹未尽。一是到沙漠后随着那几个牧羊人胡吃乱喝，把胃撑大了；二是吃惯了母亲做的饭，尽管是缺油少料的汤面条，也吃得舒服。姑妈看我这样能吃，摸着我的头说："这么能吃，你爹妈快养不起你了。"父亲笑着说："能吃好，快点儿长大，成为一个壮小伙子，又能干活，又不怕人欺侮。"

我妈正在洗锅刷碗，五姨掀门帘进来，看她神情沮丧，就知道没啥好事。她放下一个包裹，说："说女方家商量后，担心地主成分会连累她娃受气，要退婚。"说着打开包裹，拿出三百元彩礼，还有订婚时给女方做的一身衣服。我妈当时眼泪就掉下来了，哽咽着说："这不是坑人吗？衣服都是按她身材量的，她又矮又胖，我一针一线缝的，你看这裤裆里落着红，穿过了又退回来，哪有这埋汰人、欺侮人的？"

我哥郭二当时就耷拉脑袋了，所以我看不见他痛苦的脸。五姨跟着唉声叹气，陪着落泪。

我哥已三十岁了，说了四次亲都没成，至今还光棍一条，原因都是女方嫌弃我家的成分，苦日子就这么落到每个人头上。

我爷爷坐在南墙根下，拄着拐杖，逢人就拉着手说："我这老不死的，咋还不死，我怎么就是个地主呢？多好的娃，生在我这个家里，连个媳妇都找不上，我哪还有脸活着？你们好歹给娃找个人，不然我死都不瞑目啊！"

晚上碰到陈大的大儿子陈文忠，他从小和我一起光屁股玩，几乎天天在一起。他比我大一岁，我们同班。我急步走过去叫了声"文忠"，他听到后没有吱声，而是紧张地向四周看了看，好像怕被人发现似的。我以为几天不见，他就忘了我，提醒他："文忠，几个月不见就忘了我。"他看没有别人，对我翻了个白眼说："谁是你同学？我们不是一路人，少跟我来往，套近乎。"我听着这话，吃惊得嘴都张开了。我拿自己的热脸去碰人家的冷屁股，自讨没趣，让人笑话。过去，他学习不好，我嫌弃他，他缠着我，经常抄我的作业，从学生角度看，他和我之间是有差距的，大家歧视他。他爹爱钻牛角尖，他妈爱占小便宜，他奶爱说是非，村子里的人不太爱和他们家来往。现在他上了学，好像身价一下子变了，嫌弃我，不理我了。过去的他在村民和学校老师眼里是个笨蛋，不好好学习，不好好放牧，不好好劳动，是个没出息的人，可他有个好爹，根红苗正，当上了学校的贫下中农代表，他不费脑袋，不费力气，继承了老子的光荣出身，顺理成章地上了初一。如今的文忠从我俩境遇的差别中突然明白了一些事，就对我有了仇，有了恨，明目张胆地歧视我，排挤我，给我的心灵造成很大的创伤。

我也突然明白了，我爷的成分不仅影响我上学，还影响我与别

第二十六章 家里不省心

人交往。我含着泪低头匆匆回家。

不了的昨日，忙不完的今天，想不到的明日，家里的事一点儿也不省心。

我突然明白，远离这个生我养我的村庄，到很远的沙漠去放羊，是我最好的归宿。我刚回到家，又急着想离开。我直接去找歪嘴，说不想在家里待了。歪嘴心里装着王姨，放心不下，也急着要回。我俩一拍即合，他让我回去收拾一下，顺便到蛇狼家看看他家是否需要带什么东西。他立刻到一撮毛、蛇狼、和尚、山蛋、二愣子家，看有什么东西或信，要往沙漠里带。我到蛇狼家，其实他已没有家，去的是他儿子家，说家里什么都好，没啥带的，不用担心。

我回到家时，母亲已做好饭等候许久了。我说明天我要回沙漠了，说完我的眼泪就溢出来了。母亲伸出手，想把我揽进怀中擦泪。我瑟缩一下，哽咽着说了遇见陈文忠的事，吐出了委屈，心里稍好受一些。我的泪水止住了，母亲的泪水却浸湿了皱纹密集的眼角，她终于忍不住失声痛哭。我想劝慰她，但一想到陈文忠那种轻蔑的模样，涌到喉头的话又咽回肚子里。但母亲的啜泣声让我如鲠在喉。

第二天，我带上秋冬的衣服，歪嘴已赶车过来。我上车时，母亲擦着红红的双眼对歪嘴说："娃娃就托付给你们了。"正要离开，我父亲又追出来，说张屠夫的老二，那个三呆子从初一退学了，去把他的课本要来，放羊闲着时看看。我本来不想要，自从学校不要我那天起，我就反感这东西了，可和尚曾说，他和我情况一样，也是小学毕业后不让上了，他借上一届同学的书，自学完初中和高中课程，还看了不少文学类的书，钻研佛法，我也觉得他挺有学问的。我问："爹，他咋不上学了？"父亲告诉我："鸡窝贼不学好，放着好好的学不上，念不下去了，他爹妈打了多次也没用，回来接了你的鞭子和羊，放羊去了。"

我知道他不是读书的料，平时学习成绩很差，考试总是零分，可仗着他爹成分好，上了初中，我挺羡慕他的。可他现在又不念书了，真是可惜了。

　　他家在村后住，离我家有一里路。我们三人坐上牛车，顺便绕了一段路，来到张屠夫家。三呆子见了我，兴奋地说："看你也不念书了多好，我爹妈非要让我去上学，头痛死了。"我们俩聊了起来，我问他学校和同学的情况，他却心不在焉，懒得多说一句，对我放羊的事倒很上心，问沙漠有多大，骑马放羊好玩不，能吃上羊肉不。他对我不上学去放羊很羡慕，巴不得与我一起去放羊。说着不满地瞪他爹一眼，对他爹说："你跟队长说说，我也去给队上放羊。"张屠夫没好气地说："你个瓜子，从小就不是个好货，我张家祖先的脸都让你丢尽了。"三呆子对读书没有一点儿心思，只想骑马放羊养狗，无拘无束地玩，听他爹妈整天嚷嚷着上学，他很烦。他从小就不明白读书有什么好，有什么用，看他爹当着我们的面骂他，就顶撞道："上学有什么好的，有牛吗，有马吗，有庄稼吗，能杀猪吗？你咋不去念书啊？"张屠夫抄起顶门棍说："你个瓜子，除了耍，你还知道啥！"我父亲看不下去，连忙拦住他，说："他俩急着赶路，三呆子不念书了，那课本留着没用，给我儿子看看。"三呆子听了，飞也似的跑到耳房拿来了书。我接过来一看，已撕掉了好几页，张屠夫解释道："看着没用，我裁成条条卷着抽烟了，已抽掉几张了。"

　　我在想，我前段时间想上学却失学了，他能上学却又想当我这样的放羊娃。人啊！真是身在福中不知福，这山望着那山高。

　　歪嘴一路上心急火燎，鞭子打得啪啪响，车上拉了些粮食和那几个人家里捎的生活用品，他猛然吆喝了几声牲口，鞭子在空中"啪啪"地甩得格外响亮，骡子被催得一路小跑。我翻着那书，心里想，这世上的事，怎么总不遂人愿？

　　三呆子的话在我耳边回响，我也开始琢磨着上学好还是放羊好，

第二十六章　家里不省心

却没个主见。

　　一天的路，大半天就到沙坡头了。他心急，又吆喝起来，骡子小跑了大半天，疲乏到了极点，所以无论他咋甩鞭子和大声吆喝，骡子都是那副德行，不紧不慢地走着，牵引绳松垮垮的，都耷拉到胯骨上晃荡了。到家了，出人意料的是王姨不在家，她妈说她到亲戚家去了，隔几天回来。歪嘴大失所望，无精打采地牵牛赶骡子，拉着我俩当晚回到驻地。

第二十七章　思念家乡

一撮毛的家里人给他带了一床棉被。山蛋家捎来了两本书。二愣子家捎来了一件原羊毛织的粗线毛衣，二愣子接过来后，"哇"一声哭了，叫着"妈"，说想妈了。二愣子是个没心没肺的人，一人吃饱，全家不饿，平时无牵无挂，想不到亲人，也不思念亲人，这时拿到家里带来的毛衣，突然就想起了妈妈，如小孩一样，亲亲地喊着妈，眼泪都下来了。那是很自然的真情流露。

其他人家里没带来什么东西，还指望着他们从这里给家里拿东西呢。

当夜，大家问歪嘴家里的情况，村子里有什么事。

歪嘴陷在爱河里，好像沐浴在春风里，最近心情特别好。回家那两天，他走在乡村的小路上，村子里的人在他面前不显得高贵，驴在他眼里不显得低贱，因为他眼里看到的都是泥腿子，土里刨食，各活各的，各吃各的。人在地里用锄头刨着，鸡在荒滩里用爪子刨着寻虫吃，麻雀在柴火堆里刨着那未收干净的果实，虫子呢，在土里钻着，吸着露水，无忧无虑地过完一秋。驴子有困苦，却不知生活的艰辛，世界的险要，只要拉好自己的车，转好自己的磨，可随地打滚、大小便，当着众人的面调情，在地里悠闲。一日几捆草，几把粗糙的豆饼，它由人打发着，活得比人自在，无所事事，脑子里也清净。悠悠岁月，人过光景，动物过时日。大可不必因为你是

第二十七章 思念家乡

人就趾高气扬,是马牛就垂头丧气,如村头村尾长的树和开的花,一年一年长,一秋一秋落叶,一春一春花开,一冬一冬花落,明年又开花,不以人的意志为转移,不管你高兴不高兴,都是一番光景。

歪嘴富有感情地描述着回家的所见所闻和感受。他在沙漠待久了,回到家看到一切都新鲜,感觉一切都好。但他的认知总是停留在植物和动物上,这与他牧羊人的身份,每天所接触的狭窄的圈子有关。

他的这些话也容易引起大家的共鸣。歪嘴插话说:"动物也有自己的感情,都说猪和狗是一世仇,天生的冤家,可养在一个家里,却在一个棚打盹,一个盆里吃食,相依为命,不离不弃。它们也尊老爱幼,出门在外,有头有尾,秩序井然。小的撒欢,大毛驴放屁自失惊,没大没小。"这话让山蛋想起了一件事,不等歪嘴说完,他就抢着说:"真是这样,我们村的野狗,你扔它一条没肉的骨头,它会跟你摇一辈子尾巴,讨好你;你呵斥它,打了它,它会一直盯着你,咆哮狂吠来泄愤;若偷偷咬了谁一口,它会一直怯怯地躲着那个倒霉的人。"

歪嘴突然想起一件重要的事:"村东二队的疯老婆子死了。死前两天,村里的狗整夜叫,连片叫,叫声像哭。有人就说村里要死人了,疯老婆子就死了。"天下事莫大于生死。而生和死,只在呼吸之间,这口气出去了,进不来,人就到另一世了。

蛇狼叹息道:"死了也好,解脱了。早年这女人好着呢,遇上鸡窝贼汉子,赌博输光了钱,好吃懒做打老婆,二女儿小时候跌到水渠里淹死了。打击太多,她承受不了就疯了,到处乱跑、乱说、乱拿、乱吃……人称疯婆子。从那以后,汉子倒是有记性,变好了,不赌了,爱家了,对媳妇也好了,疯婆子病轻了好多,不乱跑了。这才过了二十年安稳日子,可惜人走了,人生来就是受苦的命,没啥办法。"

和尚说:"想开了,一辈子也快得很,眼一闭,没了,也就解脱了。一切皆源于心,自己安心,即净心。"

沙枣树开花

"我就搞不清楚,每次村里死人前几天,村里的狗就狂叫,树上的猫头鹰也多了,还乱叫。村里上了年纪的老太太,张着没牙的嘴,说着玄虚的事,谁要走了,谁要出事了,后来还真应验了。"歪嘴继续着前面的话题,提出疑问。

蛇狼说:"公鸡司晨,母鸡下蛋,好狗看门,人养了狗,狗看主人去世了,与人一样,也哭号。"

说到这里,山蛋气哼哼地替狗抱打不平:"狗对人这么忠诚,把爱奉献给主人,即使死了,还要为人们奉献自己的皮和肉,这一辈子来到主人家图个啥?我搞不明白。牛、马、驴、骡给人跑腿拉车犁地,与狗一样,吃了多少苦,出了多少力,人对它们也不好,凭什么呀?"

和尚派上用场了,他解释说:"凡事都前有因,后有果,有报恩,有报仇,想必牲口与人一样,也有自己的世界,只是人不理解而已。我们也没有弄明白它们叽叽喳喳,鸡鸣狗吠,在交流着什么。还有圈里那哼哼唧唧的脏猪,竖着耳朵,听着夜里的动静,这些家伙都是夜猫子,似睡不睡,支棱着大耳朵,专爱听,只是嘴不灵,你家啥事它不清楚?怪不得宰猪杀羊,狗会提前上蹿下跳,坐立不安,眼中有泪。村里的老人到了岁数,上路前,村里的狗会几个晚上不安分地叫,难舍难分。"我听得脊背发凉,头皮发紧。

蛇狼说:"我他妈的一辈子走南闯北,什么没见过,从来不信有神鬼一说,庄子上那个凶宅够邪乎的吧,都说闹鬼,死过人,村里人大白天都不敢路过,我去睡了一晚上,连个猫狗的叫声都没听见,更别说见个鬼影了。"

歪嘴说:"这事我知道,当时打赌的时候,我也在。"

我也听说过这事,村中有个凶宅,传言里面有鬼,有人与蛇狼打赌,他若敢进去待一晚上,就给他三元钱。蛇狼与打赌的人较真,请三五个凑热闹的人见证,然后从家里抱着铺盖卷,大摇大摆地推门而入。打赌的人回家说起此事,被家人大骂一通:"输三块钱不

第二十七章 思念家乡

是什么大事,若蛇狼有个三长两短,吃官司你能兜着?"打赌的人被说得心里七上八下,也犯嘀咕,干脆把几个见证人叫上,去看个究竟。他不敢进门,隔着一段距离,喊:"蛇狼,你好吗?"蛇狼回答道:"我正与鬼聊天呢。"吓得这几个人落荒而逃。好不容易熬到天亮,大家怀着忐忑不安的心情,又来了,声音发颤地喊蛇狼。蛇狼应声而出,气定神闲地拍着手说:"我把鬼按住捶了一顿,打跑了才出来,好累,要补一补。"他抢过那三块钱,上街割了二斤猪肉,打了几斤散酒,大吃大喝,然后逢人便讲自己的英雄行为。他见了张三说鬼是个身穿长袍的古人,见了李四说鬼是个吊死鬼,一天一个说法,随口乱说,说得久了,大家听腻了,也就不信了。

山丹赞同地附和着:"后来,真相大白,是陈二学周扒皮'半夜鸡叫',穿长衫,戴高帽,嘴里叼个红布条,半夜不睡觉,装神弄鬼,游荡在村里,蹲墙根听房,隔着窗户偷看小媳妇,顺手牵羊,小偷小摸,搅得一个村子不得安宁。都是人干的,哪里有鬼啊!"

和尚说:"鬼神之事,全是心魔作怪,心里有鬼就有鬼,心里无鬼就无鬼。"

蛇狼打断和尚的话:"这话中听,我也觉得是这个理,但我从未见过什么妖魔鬼怪。"

我不服气地纠正:"你胡说,你在路上还给我讲二鬼抬轿,你坐过郑阴阳念咒驱鬼的轿子呢。"

"我是哄你个娃娃开心呢,你还当真了。"蛇狼笑出了声。

我在想,人和牲畜同在一个屋檐下,看着一个月亮,晒着一个太阳,喝着同一口井水,吃着不一样的食物,过着白天、黑夜交替的生活,但狗眼看人低,人看狗低贱,马嫌人太慢,人嫌马无脑,驴怨人偷懒,人骂驴太笨,怎么就沟通不了呢?人在一起,说话太多,是非太多,也不和谐,还不如它们合群,当然一个槽里不要拴两头叫驴,人何尝能被拴在一起呢?

第二十八章　打猎

　　王姨走了一周了，这几个男人的做饭手艺一个比一个差，饭食粗糙，全是素食，夹生焦煳。我们蹲在门口，端着粗瓷老碗，无滋无味地吃饭。

　　只有歪嘴和我们不同，心里甜滋滋的。前几天他陪着王姨回了趟家，得到了慰藉，有时候想着一路上的那些事就脸红，莫名地悸动，忍不住笑，歪着的嘴咧到了耳根上。

　　西沉的太阳还没有完全落下去，余晖里的灰尘雾蒙蒙的，仿佛把整个场地都笼罩在它的世界里。黄草丛中的前腿短、后腿长的跳兔子，蹦着高凑热闹似的蹿来蹿去。跟着一起凑热闹的还有黄鼠狼，它卷着好看的大尾巴，蹿过来，蹿过去。

　　一撮毛看着这些动物就想到吃肉，怂恿歪嘴去打猎，大家也说搞点儿野味解解馋。山蛋说："最好打只狼，既解馋，又解恨，为迷眼子报仇。"

　　人逢喜事精神爽，歪嘴满口答应着："打只狼，我还没那本事，我盘算着兔子正多，也有黄羊，该慰劳一下我那把好枪了，不能让它闲着生锈。"

　　我听说过打猎，还没见过，嚷嚷着要去。一撮毛恶声恶气地说："你个碎娃，是放羊来了，还是耍来了？一共六个人，你们俩走了，剩四个人，两班怎么倒得过来？草正肥，不能错过打草的好时节。"

第二十八章 打猎

我还是怕他，立马噤声，不自觉地往后挪了挪。蛇狼笑着说："谁不是从小孩子长大的，娃娃都爱凑热闹，明天去吧。"

我们牵了骡子，准备了三四天的干粮和水，奔向沙漠深处。进了沙漠，爬过一个又一个山丘，歪嘴不时低头看沙梁上的踪迹。看到动物粪便，他捡起来捏碎，凑在鼻子上闻一闻。走了一个时辰，我就累得气喘吁吁，要求休息一会儿。歪嘴停下来，说："你这个样子还打猎，干脆让猎物把你吃了。真正的好猎人，十天八天不回家，一次追踪跑几十公里是常有的事。我们走这点儿路，肯定没有大猎物，抓紧走，不然中午天太热，动物也不会出来的。"

四周静静的，连只鸟都不见，晨曦柔柔的，洒在沙丘上。沙丘朝阳的一面呈淡淡的橙红色，背阴的一面暗影闪烁。沙丘的立体感很强，光线斜射在沙漠上，侧光使连绵起伏的沙丘参差有致，波浪式的纹路一棱一棱的，线条流畅，看起来壮美绚丽。俯下身来，可以看到沙粒均匀细小，柔和干净，难怪二愣子教我"沙浴"，油腻的衣服也可以在沙中自净。

走了大半天，太阳偏西时，我看见沙梁上偶尔跑过一只沙漠蜥蜴，除此之外连只老鼠也没见到。我说："野兔在哪儿？"在这样广阔干净的沙漠里找个猎物，真是大海捞针。

"沙蒿草窝子里呀，你往远处看天上那黑点儿，应该是老鹰在盘旋，那下边肯定有兔子。"我才注意到，天格外蓝。沙漠不刮风时，黄沙静静地卧着，很纯净，映衬得天更蓝，蓝得深邃，蓝得纯洁，蓝得空灵，蓝得让人敬畏。那个黑点儿与蓝天反差强烈，我们加快脚步往那里赶。

老鹰在天上盘旋，沙丘上有一簇簇沙蒿和杂草，沙梁上有浅浅的蹄印。歪嘴让我跟在他身后，不要影响他的视线和打枪，他端着枪说："这里肯定有个兔窝。""真的？太好了！"我来劲了，睁大眼睛搜寻着四周。

"知道吗，俗话说得好，兔子不吃窝边草，这一块蹄印多，前边的草有被咬的痕迹，这是兔子离窝吃的，可我们脚下的草好好的，兔子就在这一块。它的毛色与沙蒿一样，不容易被看出，藏得很有耐心。你从它身边过，它都不会动。兔子前腿短，后腿长，一般会往沙丘上跑，不会朝下坡路跑，往沙坡上瞅着。"

我紧张地观察着，歪嘴用枪在草丛里拨弄。我问："沙漠草丛里会不会有蛇？我总觉得蛇是最可怕的，一想就让人身上起鸡皮疙瘩，毛骨悚然。"

歪嘴说："沙漠里什么都会有，狼、狐狸、蛇、黄羊、野骆驼、野驴，但不一定能碰上。你记住，这些东西都怕人。"他折断一枝指头粗的红柳给我，让我用来防身。

我又说："村里人都说二道湖的芦苇里有蛇，十多年前咬了割草的谢秃子，他中毒身亡，再没有人敢去那里了。我一个多月前还去那里放过羊，老觉得那里阴阴的，挺害怕，离得远远的。"

歪嘴回答说："有这么回事，那时我十九岁，在村里劳动，谢秃子的腿被咬了，肿胀得直发亮。后来村里人就特别怕蛇，除了小伙子拿镰刀和棒去找蛇除害外，女人和娃娃都不敢去，那片芦苇越来越茂密。"

我拿棍子拨弄草，突然发现一窝鸟蛋，歪嘴过来看了一眼说："拾起来装口袋里，吃饭时烧着吃。"我一一捡起来，有七个。

歪嘴生火烤鸟蛋和饼子，我累得仰面躺着看天上的云，看久了，它们好像与沙丘重合了。歪嘴接着吹牛："别人不敢去，我敢去。我是猎人，身上有杀气，百毒不侵，狼见了我都让着。那几年，我每年都去割些芦苇，回来晾干，编织苇席。"正说着，一个灰色的影子猛地跳出，一瞬间已奔出七八米远，沿沙坡往上蹿去。我正担心它跑没影了，只听"砰"一声响，也没看到子弹，那兔子一个跟头栽倒了。歪嘴让我去拿兔子，说："一窝至少两个，应当还有。"

第二十八章 打猎

他往枪里装弹药，那是散弹沙枪，装填慢，打出去是扇形一片，命中率高。我捡起那只兔子，它身上流着血，腿脚还抽搐着。正在这时，另一只兔子飞快地从草丛里朝我奔来，一看有人，拐个弯又向别处跑去。它转身的瞬间，枪响了，它往前一栽，倒地了。我吓了一跳，说："歪嘴，你朝这儿开枪，也不怕伤着我！"

歪嘴嘻嘻哈哈地说："胆小鬼，我心里有数，离你那儿还有五六米远呢。"他又说，"这是一对夫妻兔，找一找，应该还有兔娃子。"在离那儿四五米的草丛里，果然有四只小白兔，它们藏在里面瑟瑟发抖。歪嘴说："逮一只玩去，剩下的，等它们长大了再说。"奇怪，大兔子是灰的，兔娃子却是白的。我抓起一只，其他三只立刻跑了，但速度跟大兔子比，差远了。它睁着红色的眼睛，恐惧地看着我，黑眼珠子滴溜溜地转着，挣扎着想跑。歪嘴让我把它的小腿捆了，装在死兔子的褡裢袋里。

暮色渐渐地深沉了。歪嘴把兔子收拾干净，用红柳树枝从中间穿过去，把肉质肥美的野兔架在火堆上面烧烤，火苗吞吐着亮光。明暗不定的火光，映照出歪嘴的脸，让人觉得他没有那么难看了。架在火堆上面的野兔被烤得发出"嗞嗞"的响声，肉的香气四处飘溢，我在一旁流着口水帮忙翻着烤肉。不需要再加任何佐料，如此新鲜的兔肉，撒点儿盐花，主食还是来时带的大饼子，又采摘了一些沙葱、野蒜、刺老芽、蕨菜，味道很美。他叹息着："可惜没有酒。"

他习惯了这种风餐露宿的生活。夜来了，气温骤降。九月底的天气，吃完饭就得穿老羊皮袄。

刚才打兔子，又追又跑，出了一身汗。太阳刚下山，气温骤降，汗水就似冰水贴在身上，又过一会儿，我冷得浑身起鸡皮疙瘩，赶紧穿上老羊皮袄。沙漠温差极大，中午热死人，晚上冻死人，在这里"早穿棉，午穿纱，围着火炉吃西瓜"并不是传说，而是现实生活画面。

找个背风的地方休息。歪嘴叫我捡了一堆柴火。我不管抱了一堆拿过来。

歪嘴捡干的柴点了火,将湿柴煨在四周烘烤着,火光在漆黑的夜里很明亮,驱赶着寒气,火苗烧掉了寂寞。

我把老羊皮袄脱了,才发现内衣被汗打透了。想一想也是,天虽然冷,但外面捂着带毛的皮袄,在沙漠里艰难跋涉这么长时间,怎么能不出汗。歪嘴说:"把内衣脱了烤干。"他用柴火棍在火堆旁搭了个支架,从上到下脱了个精光,又穿上老羊皮袄,把内衣内裤搭在木架上。我也跟着这么做了。

吃了饭,他又用木棍把火堆往旁边挪了两米多远,把刚才着火的地方用沙子抹平,铺上羊毛毡子,然后舒服地躺下来抽烟。我躺在上面,感觉比热炕还舒服。

我俩依偎在火边御寒,聊着天,说着村里的陈年旧事。

沙漠静静的,掉下一根针都能听到,我能听到自己心脏跳动的声音。天上的星星一颗颗跳了出来,歪嘴教我通过北斗星辨认方向。一会儿,他又问我:"你觉得你王姨好不好?"

我说:"好呀。"

他友好地搂了我一下,又问怎么个好法,我说:"长得好看,像李铁梅,对人也好,剃头掏耳朵——里外收拾得干净。"

他高兴地笑着,眼睛望着天上的星星,头枕着胳膊想心事。

他开始和女人好的那段时间,女人是迷眼子的老婆,他是地下工作者,她给了他不一样的感觉,既刺激又害怕,既期盼又担忧,他生怕迷眼子知道了,打断他的腿。迷眼子是他的好朋友,按理说"朋友妻不可欺",他是不能有非分之想的,可他也说不清楚是什么时候喜欢上这女人的,反正就是喜欢。尽管他已经知道她嫁过人,犯过错误被休了,还被打断了腿,现在又是迷眼子的婆娘,可还是喜欢她。尤其是迷眼子死后,他觉得自己有了希望,她已经和他好上了,还能跟谁,只能是他的了。他幻想着娶了她做老婆,天天在一起,

第二十八章 打猎

这样的日子太美了。

他扯着嗓子像驴吼一样难听地唱着:"半夜里想起干妹妹,狼吃了哥哥也不后悔。半夜想你点不着灯,后半夜想你翻不转身。墙头上跑马还嫌低,面对面站着还想你。三十里名山二十里水,五十里路上看一回你。上河里的鸭子下河里的鹅,一对对毛眼眼照哥哥。泪蛋蛋本是心头的油,谁不伤心谁不流。白格生生的脸脸太阳晒,苗格条条的手手拔苦菜。山丹丹花儿背洼上开,你有什么心事慢慢来。东山的糜子西山的谷,小妹妹想你由不得哭。山羊绵羊一搭里走,妹妹的心事我知道……"悲怆,呜咽,听得人心里堵堵的。

我问他:"为什么不结婚?"

他听了仰天哈哈大笑:"为什么,我也想问老天,为什么?你以为我不想结吗?我想结,可是没人愿意嫁给我,为什么呀?"

他哭起来,尽管很压抑,那声音还是不争气地从腹腔往喉咙上窜,丝丝缕缕的声音让人心里发毛。他还嘟囔着:"老天不公啊,和尚不想老婆,还给他个老婆,闲着当摆设。我想老婆,却连个毛也没有,这是啥世道?"

我又问他:"和尚为啥当和尚,不要老婆?"

他听了才破涕为笑,讲了和尚的事情,"和尚原名叫张忠华,他爷爷张善人是张庄出名的能人,上县城,走银川,听说还去过青海、新疆和西藏,做皮货生意,发了财。那时他是村子里唯一进过大城市、去过远地方的人。因到去西藏很多次,受藏传佛教和当地风俗的影响,他开始信佛念经,买地耕耘,买羊放牧,一心行善,在村上修桥补路,爱惜飞蛾纱罩灯,扫地恐伤蝼蚁命,救济贫穷和有病有灾的人,村里人送他外号'张善人'。后来,因地多、钱多、羊多,张善人被定为地主成分,日子不好过,没多久就死了。爷爷死后,他妈就和他爸离婚走了,一家老小日子过得很凄惶。张忠华小学毕业,学习很好,却因家庭成分不被允许上初中,早早回乡务农,在村里抬不起头来,受人欺负,也找不到对象。张忠华从他爷爷那里了解了佛教,一心想出家,却没有他遁入空门的地方。刚好他们队没人来放羊,他就自愿申请,这里僻静,也算出家,能静心潜修,我们叫他和尚,他也乐意接受这个称号。"

一堆干柴快燃尽了,火势小了,歪嘴又捡了些干柴点了火,将湿柴放在四周烘烤着。跃动的火苗让我对明天的活动充满了向往,心里很激动。

歪嘴觉得有点儿冷,一边往身上裹老羊皮袄,一边回忆着说:"还是春天好啊!"他给我描述了沙漠春天的景象,南飞的鸟归来,雄鹰久久地盘旋在天上,雪漠在溶化渗透,阳面露出金色,阴面还背着冰雪的俏盖头,颜色反差极大,成了摄影家的天地。沙漠里静静的,绿洲冒出一些绿色的枝丫,沙枣树、红柳的一半叶子枯着,还未被风卷走,绿芽已钻出硬地的碱壳,柔软的沙盖头,贼贼地露出尖尖角芽,蓄积了一冬的能量,一出来就闪着绿油油的光泽。从绿洲到牧羊人的住处和羊圈,踏出的蹄印道在阳光下斑驳地闪烁着亮点。露珠已带来潮湿的气息和生机。接着,野杏树有了粉红色的苗头,沙枣花黄澄澄的枝条刺向高空,浓郁的芬芳飘向很远很深的地方。牲口昂着头,向前伸着鼻子,一扇一扇的,打着响亮的喷嚏。一解开缰绳,烈马昂首奔出牲口棚,驰骋着奔向对它招手的绿色小点儿。春天是牲口的节日,羊群悠闲地漫涌在沙梁上,在人眼无法捕捉的缝隙里寻觅着,啃食植物刚冒头的茎叶。

我突然听到了细微的脚步声,坐起来向外边看,黑咕隆咚的,什么都看不见。"你听!"我对歪嘴说。根本不需要我提醒,歪嘴已经在那儿全神贯注地听了,他侧躺着,耳朵向着传来声音的方向。忽然,那声音又响了,极轻极轻,好像在试探着,我的牙齿开始打战。

"这……这是什么声音?"我小声问道。

"不知道,可能是烤兔肉的味道引来了野兽,这个声音是从草

第二十八章 打猎

丛那边传出来的。那家伙在嗅着，因为我们有火，它不敢贸然过来。"歪嘴悄悄地把枪拿过来。那怪声又响了，这次好像离我们更近了些。我从没有在晚上听过这样的声音，觉得有股寒流顺着这声音爬上了背脊，我一阵阵发抖，不由得向歪嘴身旁悄悄挪近了点儿。歪嘴轻蔑地笑笑："有枪有火的，怕啥！"他扣动扳机，一声枪响，在寂静的夜晚，如电闪雷鸣，接着归于空寂，什么声音都消失了。

说了很久，讲得困了，我们裹着老羊皮袄倒头睡了。

第二天起个大早，继续向沙漠深处走。沙丘一个连着一个，除了黄还是黄，满目苍凉，十分单调无趣，我一开始抱着好玩的态度，走路蹦蹦跳跳的，还算轻快，可是走上一天两天，新鲜劲过了，就觉得走路特别累。歪嘴穿着他自己缝制的鞋，鞋底子宽大，宽出脚板二个指头，像个小船似的。真怪，走在沙漠上不陷下去，沙滩上留下的足迹像个骆驼蹄子印。我每一步都陷进沙子，跋涉得比他艰难多了，遇上上坡爬沙丘，走两步，退一步，有点儿跟不上他的步伐。我就想，下次回家让我妈也给我做一双他那样的鞋。

快到中午时，来到韩昌沟，有一片小胡杨林，看到绿色就看到了生机，一路的辛劳就缓解了很多，稍微轻松了一点儿。我走近每一棵胡杨树，仔细端详着它们的树干和叶子，把它们和沙枣树做个比较。除了家门口的沙枣树和杨树、柳树之外，我没有见过更多的树，沙枣树在我心中的分量源于它每年能让我吃上沙枣，这是我能吃到的为数不多的"水果"之一。这几棵胡杨树和沙枣树长得差不多，树干弯弯扭扭的，毫不掩饰地裸露着它的粗糙树皮，枝不繁，叶不茂，橘黄色叶子和秋天的沙枣树叶子也是一样的，在阳光的照射下泛着金光。我抿了一下自己的嘴唇，咽了咽口水，它还没有长果实，我找不到可以吃的东西。

歪嘴介绍说，据传古代名将韩昌带兵途经此地时，天色已晚，翻越了无数沙丘，士兵们又累又渴，突然看见前方有树有草，掘地

沙枣树开花

六尺,渗出地下水,解了渴,在此安营扎寨,后人就叫这里韩昌沟。我们也在这里歇口气,拿出昨晚吃剩的烤兔肉,又摘了些干枯的沙枣,味道中有甜蜜,也有酸涩,和着干饼子充饥。

这时跑过一只沙漠蜥蜴,有手指长,也有指头那么粗,拖着细长的尾巴在地上迅速爬过,背是灰绿色的,肚子是沙色。我追过去,它受到惊动,一溜烟跑没影了。我奇怪,那么小,怎么能跑那么快?我问歪嘴:"这么小的家伙,看不到它长腿,跑得还这么快!"

我这么问他,歪嘴的虚荣心得到了满足。他这种有嘴歪毛病的人,没有什么文化,又是个放羊的汉子,平时被人看不起。我在他面前,又低他一等,屁颠屁颠地跟着他,尊敬他,听他的,请教他,他心里很受用。他以过来人和专家的口气给我讲沙漠里的动植物,说:"你仔细观察就会发现,沙漠里的植物和动物都很特别,卑微无名,生得小,长得丑,活得累,但都有奇特的生存能力。它们上不了厅堂,不在'五谷'和'六畜'里。它们从来就没有高贵、华丽、被尊崇过,甚至没有稍稍鲜亮一点儿的称谓。"

我迫不及待地问:"小在哪里?"他用手指着前面的乱草说:"沙漠里的树和草都不高,都不粗,没有粗杆阔叶,细碎但结实,当然,仙人掌除外。它们大都匍匐在沙子上生存着,不张扬。许多植物不开花,即使开花也很小,结的果也瘦小干硬。"

我又问:"丑怎么解释?"

"尖嘴猴腮、贼眉鼠目、灰不溜秋。还有你刚看到的沙漠蜥蜴,那有那骆驼,背上长着两个大肉疙瘩。经他这么一说,我觉得很形象,真是这么回事。记得刚来那天,瘸腿婆领我看驻地,那沙枣树长得也比我家的沙枣树差远了。

人丑了好养,名字难听了好活。沙漠里卑微生长的植物都有沙枣树、芨芨草、红柳一样的性格,带着沙的烙印,顽强地活着。它们从不抱怨自己的生活环境。尽量减少对水分和营养的需求,平时

第二十八章 打猎

潜伏着,好像不生不长,但一旦雨水来了,就像被施了魔法一样疯长,窜出半截,来得迅猛。它们的根扎得很深,打好基础,蓄势待发。动物也一样,在沙尘暴、冰雹、严寒、酷暑中,它们依然存活了下来。这就是奇特的本领。

我突然明白了西北人为什么喜欢唱花儿,唱得粗犷,唱得硬朗,唱得欢快,唱得陶醉。因为这样的花儿生长于广袤的大漠,那是粗犷豪放的大西北人面对肆虐的黄沙寄托的一种期望,他们希望大漠里能够早日拥有遍地鲜花与绿意。

歪嘴的介绍漏了一点,这里的动植物的颜色都与沙子的颜色差不多。骆驼、黄羊、黄鼠狼、狐狸等动物,无不如此。植物的颜色也被沙子"传染"了。

这些动物很机灵和敏感。比如我们正在寻找的黄羊,它的嗅觉和听觉都很灵敏,对人气的气味和火药味很敏感,必须从下风口向上寻。黄羊还有个愚蠢的经验,一有风吹草动,跑向最高处观察动静,猎人正好埋伏在高处等着,枪弹用整颗钢珠,不用铁砂,否则杀伤力不够。猎人中流传着一句顺口溜:"狐颠颠,人三天;羊颠颠,百里外。"这些野兽生命力极强,若是打不到要害处,那种求生的本能使它使劲往外蹿,每小时能跑几十公里,不一会儿就没影了,你只能跟在它屁股后面循着血迹跑上几天,在它血流干的地方收尸。

吃了饼子烤肉,喝了几口水,体力恢复了许多,我们又上路了。我看这里的草丛一棵两棵变为一簇簇、一摊摊。歪嘴自信地说:"韩昌沟这里草好,应当有兔子,我们这次抓活的,死的不要。天热,死兔子带回去,都捂臭了。"他拿出刀子,挑了一个枝丫多的枣树枝,砍下来,捋掉叶子,做成个芭蕉扇一样的东西。他解释,这样打出去,面积大,命中率高。然后,他观察地形,埋伏在一个高坡后面,让我拿红柳棍在草丛里乱打乱轰。不一会儿,一只野兔从草丛中弹跳出去,一瞬间跑出二十多米,不时地停一下,四处张望,随后又

沙枣树开花

蹦蹦跳跳地向那高坡跑去，丝毫没有感觉到危险正一步步靠近。即使这样蹦蹦跳跳，时停时走，它的速度也极快。突然，它感到我在后边追撵，就脚下发力，加速向前冲去。就在它刚刚起步时，一道身影悄然而过，矫捷如豹，带起的只有风声。歪嘴那像芭蕉扇的木条迅速击下，野兔在起步的刹那就倒下了。歪嘴提着受伤的兔子过来，扔进了麻袋，他说还能活个一天半天。我突然觉得，人外有人，山外有山。这木扫帚条打兔子的办法算是歪嘴的一个发明吧。

我觉得好玩，想再来一次。歪嘴说："你傻兔子可不傻，打草还惊蛇呢，别说兔子，早跑没影了。这地方，两天内都不会有野物上当了。打猎是打一枪换一个地方。若是狼，放倒一只，几个月都不会再有狼上当。黄羊被打死一只，个把月也不会再出现了。"。

我琢磨着，打猎还有这么多讲究，看来干啥都不容易啊。

我们又踏上了寻找黄羊的路。骡子爬沙漠与人一样，也不带劲。我们牵着它走，在平缓处，歪嘴才让我骑行一会儿。一翻沙丘，我就下来和骡子一起走。也不知走了多远，到了哪里，我稀里糊涂地跟着。到太阳偏西时，歪嘴高兴地说："有门道了，你看这儿有黄羊蹄印。"

歪嘴在四周查看了一下，在草丛处发现了一些踪迹，判断是狼。他说："这地方，我来了快十年，除了迷眼子引来狼，我从未见过狼，这是第二次发现狼的踪迹，说明方圆五十公里内，应有大的动物。"

我也看不出什么名堂，与羊留下的痕迹差不多，像一朵朵梅花。歪嘴顺着蹄印走到天擦黑，找个背风的地方休息。第二天起个大早，我们循着那踪迹走向沙漠深处。歪嘴说："人为财死，鸟为食亡，这草多人少处便是黄羊的家园。"果不其然，出现了黄羊粪蛋蛋，歪嘴捏碎后发现还潮湿着，这是晚上留下的。他找棵树拴了骡子，开始潜行，认真观察。

在流沙沟向西十五公里的一个沙坡下，有一片沙蒿、芨芨草的窝子。几只黄羊轻轻地走路，边走边留意身旁的几棵树和高一点儿

第二十八章 打猎

的草窝子，不时抬头看远处的沙丘，耳朵敏锐地捕捉着周围的动静。每走几步，它们就停下来使劲吸鼻子，因为鼻子能辨别出眼睛、耳朵都发现不了的东西。一有危险信号，它们马上准备逃跑。正在这时，一股熟悉的味道钻进了领头黄羊的鼻子，那味道在微风中似有若无，极轻极淡，不容易察觉和辨别。它转身向传来味道的方向走去。没走多远，就停下来用力嗅。蹑手蹑脚地走着，走走停停，东嗅嗅西闻闻，四处张望，看看附近有没有其他动物或者人。然后，它又朝前走近了些，围着沙丘边缘和草窝子转悠，但很小心地不让自己靠得太近。最后，还是不能确定，它疑惑着，警惕着。

再聪明的猎物也没有人狡猾。今早起来，歪嘴领着我，脱光衣服，在沙子里滚了十几分钟，又点燃一把小火，用烟把身子和衣服熏了一会儿，"人味"消失得干干净净，难怪那黄羊嗅了一会儿不能确定。在沙窝窝的一个小绿洲里，沙蒿低低地卧在沙子上，草棵硬扎扎地朝上竖着，表示着生命的顽强不屈。歪嘴匍匐在沙丘后面，背风偷偷观望，怕被黄羊发现。我们屏着呼吸蹑手蹑脚，轻轻向前爬行。遇到开阔地带，歪嘴先是探出半个脑袋，用一只眼睛观察黄羊的动静，模样如贼一样。瞅一会儿，觉得黄羊没有被惊动，才把脑袋慢慢地伸出去，紧贴着地面，轻柔地爬行。每爬几步，他就停下来，竖起耳朵听动静，望着远处再观察一会儿。我跟在后面，木偶似的，他动我就动，他静我就静。看他滑稽可笑，我差点儿没憋住笑出声来。就这气息，歪嘴都感觉到了，回过头严肃地看着我，做了个噤声的手势。黄羊与我们一样，警惕性极高。当黄羊接近荆棘灌木时，它会四下环顾，一旦放心了，便会小心翼翼地前进，以湿润的鼻子试着在上百种气味中过滤出某种气味。某个猎人若隐藏得不好，便会被发现。歪嘴穿上老羊皮袄，头上顶了个大沙蒿，将头整个藏了进去。与沙子和草混为一色的黄羊，难怪它难寻，它的颜色与沙漠中的草一模一样。歪嘴采用制高点埋伏的战术，让我悄无声息地爬到对面的沙丘后面,他已埋伏好,我从沙丘上刚一露头,那头羊已发现情况,突然从地上弹跳起来。一只又一只,几只健壮的黄羊还没等我看清楚它们的相貌,已经迅速蹿出去,一溜烟地向对面飞跑。它们刚跑上歪嘴埋伏的高沙丘上,枪声就近距离地响了,那羊又一个猛回头,向洼地落下,跑出不到一公里轰然倒下,显然是被打中了要害。

这是我第一次近距离看黄羊,吃了一惊。黄羊虽说名字里有个"羊"字,其实像鹿一样美丽,体形比羊大多了。

平时,歪嘴不显山,不露水,没有文化,形象猥琐,不太会说话,我不太喜欢他,难怪他找不上婆姨。今天他露这一手,我对他的印象变了,他也是个能人呢。

我们在打黄羊的地方安营扎寨,又休息了一夜。晚上回来的路上,他又跟我吹牛,讲他过去打猎的英雄事迹。事实胜于雄辩,他拿着猎物吹,我还有啥不相信的呢?

他讲得很有道理,不管做什么事,都要给自己鼓劲,不管遇到多大困难,都不能泄气,都要有一股冲劲,不打到猎物绝不罢休。因此,每一次狩猎前,他都会这样给自己鼓劲。猎人平时要多走沙漠和跋涉险路,身上的膘要塌下来,腿上的耐力要练出来,才能与野兽较劲。就算是跑断了腿,也要撑上猎物,就像钓鱼一样,守杆要有耐心,钓上要溜,溜的过程就是猫玩老鼠——享受。猎人最喜欢做的事情就是进行马拉松式追逐。无论什么时候,就算不吃饭,不睡觉,都很享受追赶猎物的乐趣。打猎遇上熊包,一枪放倒,一击而中,都没意思。猎物越聪明、狡猾、奸诈,猎人越觉得有趣,那才过瘾。牧人喜欢夜里。夜里能容万物,藏着一切。野物都喜欢夜的空旷、寂静。很多动物的视力在晚上格外敏锐。有一次,歪嘴追踪一群黄羊,走了三天,干粮吃完了,就打野兔和旱獭充饥,终于追上,一枪打中黄羊的臂膀。黄羊就一直跑啊跑,他跟在后面,追啊追。三天时间,他过了一个沙丘又一个沙丘,血迹时现时隐。

第二十八章 打猎

那黄羊很狡猾，过戈壁，穿绿洲，绕圈子，他一直在后面紧紧跟着。为了不跟丢了，前两个晚上他几乎不合眼，第三天实在累得受不了，就将香夹在指缝里，他倒头即睡着，约半个时辰香燃尽疼醒他，他再追，循环往复，到第四天终于追上。他完全可以再补一枪结果了它，但是他没有开枪，而是继续耗着。那黄羊健壮，流了很多血，前腿略拐，仍然是一个身体特别棒的赛跑者。它已经很累，却不甘心束手就擒，硬撑着往前冲。那次他很兴奋，觉得自己有了这个经历，就是个顶好的猎人了。他在最后关头掉以轻心，结果功亏一篑，那羊最后跑到一个高高的、陡峭的沙丘顶上，跟跄着往下一滚，掉进了黄河。河面宽阔，黄浪滔滔，看那黄羊的角在水里隐没，他叹息着，也崇敬这只勇敢的黄羊。它冒着被淹死的危险，宁可死在河里，也不屈服于猎人，也是个英雄。

第二天，骡不卸鞍，人不停步，一天就回来了。他们带回一只羊，大家都很高兴，七手八脚，一齐上阵，将黄羊剥皮开膛。羊油炼成荤油，凝固后成膏状，平时用来炒菜。羊头和肝肾心肺做了杂碎，腿肉炒了臊子，肋条和骨头清炖。黄羊瘦肉多，肥肉少，吃起来比牧羊肉瓷实。人常说"羊缩缩"，一斤羊肉煮出锅还剩四两熟肉，一斤黄羊肉却能煮出八两，煮前全是瘦肉的肋骨条，出锅后一层红、一层白、一层黄，嚼起来费力但筋道。

第三天，剩下的黄羊肉，歪嘴要用来做囊坑肉。他到外边打了两只野兔，收拾干净，将黄羊肉和兔肉剁成葱头大小的块，用盐、蒜、姜末等调料腌上，混合着塞进羊的肚子和大肠，在沙子里刨个坑，用干柴架火烧，把塞满肉的羊肚和大肠埋进烧好的沙子里。上面覆火堆继续烧烤沙子，不到一个时辰，刨开沙堆，羊肚和大肠已经膨胀，热气腾腾，香气四溢，外皮烤得焦黄，羊肉的膻味和兔肉的土腥味中和了，出来的是鲜香味。里边的兔肉细腻流油，混进了干瘪乏油的瘦羊肉中，配上沙葱和野蒜，别有一番风味。

第二十九章　苦命人

我们打猎回来后，王姨还没有回来，歪嘴骑着骡子去找了一趟，第二天一个人回来，喝得酩酊大醉，不省人事。

下午，太阳落在了沙海浪尖上，我和歪嘴都盯着看。歪嘴心里有自己的太阳，那就是王姨。我盼着太阳下山是盼着早点儿吃饭，他不希望太阳落下去，太阳却仍落下去了，落得特别快。歪嘴仿佛失去了自己的女人，眼睛失神。

第二天早晨，他既不吃饭，也不说去放羊，蒙着头在被窝里，低声呜咽。临近傍晚，我们牧羊归来，吃晚饭的时候，我几次进去叫他，他都佯装睡着不吭声。我听他一会儿唉声叹气，一会儿咬牙发狠，我站了一会儿，把饭给他端进来了，说："一天没吃饭了，吃一点儿吧。"他揭开被角露出头来："我咋这么命苦，活着还有啥意思！"他咬着牙憋出这一句，号啕大哭，眼泪扑簌簌地落下来。蛇狼和山蛋、二愣子循声进来探望，唯独不见一撮毛。男儿有泪不轻弹，一定是发生了什么大事。蛇狼问："咋了？又是鼻涕又是眼泪的，爹死了还是妈跑了？"歪嘴一下翻身坐起来，两手揪着头发慢慢地附下身，头抵在炕沿上，哽咽着说："那女人不回来了，嫌弃这里不是女人待的地方，跑了。"这话说得大家丈二和尚摸不着头脑，齐声问："哪个女人？说清楚。"歪嘴吭哧了半天才说是瘸腿婆，大家一头雾水。山蛋年轻，不动脑筋，埋怨道："迷眼子死

第二十九章 苦命人

了,人家走了是对的,不走,待在这里才不正常,轮不倒你号叫。"我已多少明白了些。蛇狼是过来人,也明白了发生了什么事,一边给山蛋使眼色,一边拉我们出去。蹲在门外的一撮毛,早就知道是怎么回事了。

歪嘴像泄了气的皮球,蹲在沙丘上,捧着脑袋,十分沮丧,不倒翁得相思病——坐卧不安。三十多岁的光棍,文化水平低,长相有缺陷,又是个狼不啃的放羊娃,原打算一辈子做光棍了,现在遇到一棵救命稻草,刚看到点儿希望,手还未抓上,到手的鸭子就飞了,能不失望极了吗?一个人若连希望都没有了,而且是涉及生命本原的"食色,性也",那他心里的滋味可想而知。歪嘴心里痛苦极了,还无法表达,不能说出来,不能找个人倾诉,真窝囊透了,他在心里骂了无数次。

王姨不回来了,蛇狼和我还有山蛋搬到她的房间住。我把自己看到的一些情况跟蛇狼说了,他叹口气:"真是造孽啊!"倒头就打起了呼噜。大家躺下后,歪嘴却起来出了门,死盯着我住的屋子看了一会儿,站在外面,茫然四顾。半晌,他一咬牙疾步走了。整个晚上,他像疯子似的,如鬼魂夜游,出没于他和她过去活动过的地方,羊圈、草棚、沙丘……嗅那熟悉的味道,满脑子都是她的影子。"完了,鸡飞蛋打,这下都完了!"他喃喃自语着。他知道他永远失去这个女人了,这个让他第一次领略了爱情滋味的女人,这个让他全身战栗、神魂颠倒的女人,这个让他一日不见便茶饭不思的女人,这个装满他脑子、占据他全身心的女人,这个每晚他念叨一下名字就可以让他安然入睡做好梦的女人。歪嘴咋都想不明白,她为什么突然离开了。他还不知道这个女人的真实名字。"瘸腿婆"这称呼一叫出,他就觉得是对她的亵渎和不敬,他埋怨自己粗心,没问她的名字,连个念想的名字都没有。他发出呓语一般的声音:"我的婆娘,我的心肝,我的亲人……"天亮时,他终于精疲力竭地回来了，被一种绝望又迷茫的情绪包裹着，又把自己裹进了被窝。

我们也拿不出个开导劝解的办法。大家都闷着，不好说啥。歪嘴喜欢上了别人的老婆，对还是错，支持还是反对，而且那个死去的人还是大家的朋友，就埋在附近，可能尸骨还未腐烂。

歪嘴怅然若失，浑身空虚，丢了魂儿似的，似乎失去了最宝贵的东西，无法继续生活。农历八月十五晚上，月色如水，清爽而宁静，家家团圆，我们牧羊人自己烙了个大面饼子，团团圆圆，每人吃点儿。歪嘴一动不动，那圆饼勾起了他无限的遐想和回忆。他回望一眼那女人住过的屋子，那里曾经是他与她温馨的窝，带给他快乐、希望、美好，如今人去屋空，成了令他触景伤情的梦魇。现在，月色美好，清幽的屋子变得冰凉，像一个无底洞，像一只狰狞的怪兽，张着大嘴，他沉浸在悲凉中，一想那女人，心就裂了，就觉得天昏地暗，如沙尘暴遮天蔽日。他觉得没有盼头了，没有了那女人，他活着没啥意思，不想活了。

他像丢了魂的梦游者，游荡在他们过去的遗迹中，偶尔凄凉地号哭，声音大得仿佛要撕裂天空，能吓跑狼，连那每日按时出现的狐狸也不见了踪影。一种猝然而至、无法释怀的委屈使他泪流满面，他脑子里全是那女人的音容笑貌，那女人犹如挥之不去的幽灵，在他的心头飞来飞去。歪嘴的心被辛酸的泪淹了，那女人在他心里下了种子，还在发芽长大。他在沙丘上像个呆子，木然地、机械地挪动着脚步，终于心神俱疲地倒在沙沟里，在慌乱、颓丧和绝望中度过了一夜。天寒地冻，风声呼呼，他陷在对那女人的眷恋、思念中久久不能自拔，其他感觉都已迟钝麻木了。他不知时间，不辨天地，不觉寒冷，不畏风沙，成了行尸走肉。他一直躺着，闷声不语。一天一夜了，我放羊回来，找着他，搀他回来，望着他消瘦的身体，枯黄的脸，空洞无神的眼睛，真是揪心。吃饭时，他蹲在地上，一句话不说，越想越委屈，越委屈越觉得来气，越来气越觉得胸口发堵。

第二十九章 苦命人

他猛地直起身子，只感到脑袋发麻，眼前发黑，一下子摔倒在地上。众人急忙把他抬到东屋的炕上。歪嘴挣了挣身子又醒了过来，看着大家说了句"没事"，然后下炕离开。他开始变得沉默寡言。

和尚给歪嘴号脉，如摸到了一具僵尸，冰凉、僵硬，血脉仿佛都已经凝滞。

歪嘴始终没有忘记王姨，还抱有幻想。有时我们好几天见不到他，知道他又出去找她了。他一大早就骑马出去，隔一两天一个人空着手回来，还不死心，就在王姨屋里坐坐，到他俩活动过的地方溜达。他们都说歪嘴的魂丢了，让王姨勾走了，整天找魂呢，没事就跟着魂乱跑。

夕阳落在沙丘上，如巨大的金黄落叶，在沙尘中抖动着跌下，歪嘴变成了一只孤独的狼，瞪着血红的眼睛，狂躁地寻寻觅觅。

王姨就这样不明不白地消失了，从牧场到沙坡头，在歪嘴的眼皮底下，隔了一天不见了。歪嘴依然隔三岔五到她家，问她爸妈知道不知道她去哪里了。每次他爸都说："管她去哪里，死得远远的好，眼不见，心不烦。"她妈抹着泪说："说是出去串个门，就再也没回来，我还以为回了羊场子，和你们在一起呢。"歪嘴好像不相信她爹妈不知道她去了哪里，继续纠缠着，喋喋不休地问老两口。老汉烦了："我就没这么个丫头，当她死了。"他老伴就哭天抹泪地喊着："哎哟！我的女儿呀！你在哪儿呀？你咋心这么狠，连娘都扔下了。"哭得歪嘴站也不是，坐也不是，好像是他把人家的女儿弄丢了。

那段时间歪嘴几乎要崩溃了，他的心丢了，魂走了，睁眼是那女人，闭眼也是那女人，连做梦也离不了那女人的影子。

一撮毛不以为然，打死都不信那女人能看上歪嘴。一撮毛现在恨那女人和歪嘴。他才和那婆娘有了一次，她就走了，从这一点，他才明白，她不喜欢他，是他把她欺侮走了。但是他不服气，越想越生气，她有什么了不起？难道他比歪嘴差吗？作为男人，一撮毛自尊心受到打击，心里就像打翻的五味瓶一样不是滋味。

爱情，会拯救一个人，也会杀死一个人；会使一个人进入天堂，也会使一个人堕入地狱；会让一个人变为天使，也会让一个人变为恶魔。就像现在，歪嘴虽然还活着，但是心死了。没有了心，没有了灵魂，活着的人就如同死了一样。那女人，成了他心上的刺，长着倒钩，锈挂在心上，取不掉，拨不出，碰不得。稍微动一下，不经意间触及，那心就哆嗦着把全身的神经拽着痉挛。他在心里时时刻刻念叨着"我的肉肉""我的心肝"，那女人的影子、熟悉的味儿就从心里冒出来了。草房、羊圈，这些看似无关的东西，在他眼里，牵出的却是情，不经意间，从他心里溢出，可到了里面，却寻不见任何东西，熟悉的都不见了。他的心在暗中呻吟，他被折腾得暴瘦了，终于垮了。

歪嘴过去不抽烟，可自从失去王姨，他用鹿骨自制了个烟锅子，开始抽烟了，而且抽得能熏死人。尤其是到了夜里，他一锅接一锅地抽，一边抽一边咳嗽，越咳嗽越抽。和尚好心劝他，怕他抽出毛病，就让他少抽点儿，可他不吭声，被说急了就把眼睛一瞪："老子不抽烟还咋活下去？"

蛇狼抽完最后一口烟，在鞋帮上磕掉还发红的烟灰，睁着一对老鼠眼，恨铁不成钢地说："歪嘴，你像个男人的样子，别烂泥扶不上墙，一天别想着别人老婆了。跟你说句真心话，好好过日子，挣点儿钱，改日明媒正娶一个老婆，那才叫日子。"

歪嘴耷拉着脑袋，声音像蚊子叫："你以为我不想啊？在村子里，我是个歪歪嘴，也算个有毛病的人，三十好几了，在这里放羊，除了吃喝就没弄下钱，我咋娶老婆啊？"

也是，在这里的人都像囚犯一样，好事别想。山蛋年轻有文化，小伙子也端端正正，二十六七岁了，还没听说有人给他提亲，更别说歪嘴了。听了歪嘴的话，蛇狼叹口气，不言语了。

第二十九章 苦命人

大家怕歪嘴出事,都说要防着,说歪嘴喜欢我,与我走得近,由我来陪两天。可我一个不懂世故、未经感情的小毛孩,能做些什么呢?开始两天,我说什么,他也不言语,静静地发呆,静得让我心慌,我只能看着他不寻短见。那段时间,我整天提心吊胆的。他有一点儿动静,我都会睁大眼看着他,耳朵竖起来听他的动静。

歪嘴整天低着头想心事,心都快撑破了,却不从嘴里释放一个字,这样会被憋死的。

守着一个大活人,如同一个石雕,一个死人,太无聊了,实在憋得慌,我没心没肺地劝他:"她腿都坏了,有啥好的呀!"说完这句话,我自己想抽自己的嘴巴。王姨对我挺好的,给我们做饭,有好吃的紧着我,领着我睡觉,我感冒了伺候我……这一琢磨,我也想王姨了。歪嘴叹息一声说:"碎娃,你不懂。唉,到手的葡萄丢了,刚尝到甜头,有个希望,有个盼头,就突然没了。这份失落,让人多难受,心里多酸啊!"

我说:"丢了就丢了,好葡萄多的是,今年没了,明年还会长呀!"

歪嘴苦涩地摸摸我的头,惋惜地说:"这和葡萄不一样,大多数人一生中只能遇到一个,吃不上就打光棍;错过了,这葡萄就被别人吃了。你王姨就是我的葡萄,我只能等她。"

我虽然小,但我知道王姨一个大活人怎么能突然就不见了呢?她肯定是逃跑了,不回来了,于是我口无遮拦地说出我的想法:"我觉得她不会回来了。"

歪嘴急了,瞪着我说:"你别胡说,她一个腿脚不好的女人,能去哪里,又怎么生活?"

"葡萄被别人吃了呗!"我把话挑明,让他不要抱幻想。歪嘴听了叹口气说:"那我还不如死了呢,活着有啥意思。"听了这话,我吓了一跳,大家让我看着他,就是防他寻短见,怎么说着说着又着了这个道。

我赶忙劝他:"可不能那样想,否则你不仅丢了她,还牺牲了自己,再说为了一个葡萄值得吗?"

"那你说,我该怎么办?"歪嘴也觉得他的想法太荒唐。

我这个小孩说了许多大人的话:"我上不了学是很痛苦,可换个地方,觉得这里好,也就不那么难受了。王姨在沙漠里,风吹日晒,生活艰苦,又死了丈夫,无儿无女,多痛苦。你看人家老家,比这里好多了,有山有水,有人有生机,又有那么多好吃的,是不是觉得这里不好,换个地方对她更好一些呢?"

歪嘴不服气地说:"我对她那么好,她为什么就这么扔下我?我想不明白,她走了图个啥?"

"你对她好,就应当理解她,希望她过得好。她离开沙漠,到平原上去享福,这不正对了你的心思?"我开导他,希望他看长远,看开些。

歪嘴低着头,盘算一会儿,说:"她将来好不好,我不知道。扔下我一个人,我将来可怜死了。"

我把话说明白:"就算王姨是个葡萄,她没有答应嫁给你,就还不能说是你的葡萄。她让你尝了尝,你尝到了点儿甜头,占了点儿便宜,你应当谢她才对,别得寸进尺了。"

"你这话说得有道理,一语点醒梦中人,我和你王姨在一起有段时间了,她好像从来没跟我说过日子的话,我们也从未商量过成家的事。"他似乎有点释然,长长地吐出了一口浊气。

我又跟他诉说了我的遭遇。一开始,他无动于衷,听到中间,他看着我,露出同病相怜的知音表情,到后来,他搂着我大哭了一场。

我出生六个半月的时候,父母离婚了,妈妈将我托付给姨妈,我喝着米汤、小米粥长大。大人外出时,用布拴着我的脚,把我放在炕上,一走就是一天。回来时,看我脸上糊满了鼻涕、泪水,或昏睡,或者正声嘶力竭地号啕大哭。三岁时,我随母亲到了现在的这个父

第二十九章 苦命人

亲家,小的时候是怎么熬过来的,我都记不清了。但是后来妈妈和姨妈每当提起我小时候的往事,都泪流满面,说我可遭罪了。我从四岁记事起,就知道了不公平和嫉妒,家里有了好吃好穿的,先有哥哥和弟弟的,最后才轮到我。我就躲在门后、厨房、柴院,看着他们所拥有的东西。那时候物质匮乏,苹果、梨、杏子、桃子都是稀罕东西,偶尔买几个,最小的是我的,或者我压根儿就没有份儿。记得有一次,父亲拿回一个黄色的面包,撕开分着吃,轮到我时面包没有了。看着他们吃得那么香,我的眼泪就在眼眶里直打转。小弟弟好玩,伸着小手喂了我一口,我吃着又香又甜,才知道世界上还有这么好吃的东西。他们围着父母做游戏,讲故事,吃东西,说说笑笑,可是没有人管我。一小时,或更长时间,没有任何一个人问我去了哪里,就像我不存在似的。我心里漆黑一片,周身冰冷无比,咬着嘴唇暗自流泪。那个时候,我那么小,就想到了离家,想出去流浪,可我不知道去哪里,也理不清自己的情绪。我蜷缩在阴暗角落,双臂紧紧抱着自己,眼睛一眨不眨盯着外面,黯然神伤。我五岁时,开始干力所能及的活计,割草、拾粪、喂猪、鸡、鸭、赶羊。七岁上小学一年级时,我接触到了外面的世界,知道了有火车、汽车,坐着它们可以到很远很远的地方。我在心里多次幻想,我要是长个翅膀,就飞出去。那个时候,每次痛苦、孤单时,我就会想着,等我长大了,可以自己坐火车时,就走出这个地方。到哪里去,我也不知道。我通过观察同学的穿着和用品,知道了有帽子、书包、小人书、铅笔盒,还有饼干、糖果、罐头等好吃的,而我没有。我才慢慢地知道,人和人的差距太大了。我羡慕他们,连做梦都想像他们那样,可是,我什么也没有。每年冬天,我没有帽子,露在外面的耳朵冻伤流脓。我没有香皂洗手,手和脚脏得黑乎乎的,像鸡爪子。我没有手套,手在冬天裂着口子。我没有暖和的棉鞋,脚冻成冰疙瘩,春天时冻伤处奇痒。我九岁在生产队放牧,牵着比我高的骡子在田间地头寻草，会做饭，擀面、切菜、煮饭，没有哪样不行。

歪嘴听到这里，开口说话了："真是都一样，我也是那么大开始干活的，穷人家孩子早当家。"他叹着气说，"你就这样不上学了。"

我无奈地说："不是我不上了，是因为我家成分的问题，学校不让我上了。小时候，那真是苦呀！真是受不了了。可是到了沙漠，和你们在一起，经和尚开导，我想开了很多。他说苦啊乐啊全是心的显现。那骆驼，一天驮二百多斤东西，走上几十里路，苦不苦？比如那驴子，在磨道里转啊转啊，从小驴子转成了老驴子，苦不苦？再比如那老牛，犁地啊，拉石磙啊，拉上一辈子，到老还被人一刀捅了，苦不苦？还有好多'比如'，你自个儿发现去吧！正因为有了这么多'比如'，我终于发现，自己并不苦，要乐。渐渐地，我也就不再苦了。我不苦的原因，是我发现了世上有比我更苦的生命，这样想，我真的乐起来了。我发现，天地间有许多乐事，清风啊，鸟鸣啊，青山啊，绿水啊，尽是叫人乐的东西。"歪嘴听着听着，搂着我痛哭起来，好像是放松了。

哭和笑只在一念之间，苦和乐也在一念之间。我们在日常生活中，无论遇到什么困难挫折，只要懂得转念，情况就不一样了。假如遇到悲伤、烦恼，只要心境一转，没有什么不能解决的事。重要的是当下一转，如果不转，烦恼是烦恼，菩提是菩提；能转念，才能把烦恼转成菩提。

下午其他人牧羊回来，歪嘴帮着做饭，吃完后，和尚过来与他聊天，开导他。

"世界是不圆满的，不圆满就会有不如意，不如意就会有辱。在佛家看来，一切不如意就是辱，一切痛苦就是辱。谁都有辱，那么，受辱的后果是什么，是嗔心！嗔是一切逆境中发生的憎恶心，为恶业的根本。当一个人的嗔恨心来的时候，他的无名怒火就把自己烧得不行，坐立不安，此时此刻说出来的话或做出来的事情，都会伤

第二十九章 苦命人

害到别人,尤其是伤害自己,毁灭自己。忍辱就是治嗔恨心的。

"人一生有许多际遇,就像河里的羊皮筏子,聚聚散散,漂漂荡荡,缘深缘浅,不可预测,谁都不能陪别人一辈子。相逢离别,各随其缘,随缘自在。花开是有情,花落是无意,相聚是缘起,分离是缘灭。唯有放下,诸相自灭。珍惜现在,活在当下,祝福所有我爱和爱我的人……有些人,有些事,不要去刻意要求和勉强,放开了也就无所谓了。

"爱情是没有公平可言的,正如生活没有道理可讲一样。当我们一心一意为某个人、某件事付出,却得不到任何回报,我们怎能不哀叹一声'苍天不公'?但适当发泄、排解一下即可,千万不要怨天尤人,更不要自怨自艾,否则只会加深这种痛苦。"

那段时间,歪嘴把失去爱人的悲伤统统发泄到了沙漠身上,他的压抑和愤懑就如沙丘上丝毫不停歇的风,一日胜似一日地膨胀着,让他必须寻找到一个突破口,不然他会疯掉。于是沙漠里活动的狼、黄羊、野兔子成了他最好的发泄对象,遗憾的是他没有找到狼和黄羊,只打了些兔子。

我和歪嘴同病相怜。闲暇时候,我总是在戈壁和沙漠之间游荡。沙海无际,外边的世界人群汹涌、热闹繁华,而只有我,以及和我一样的人,在沙漠,被风暴、沙尘、孤独、忧郁、摧毁、塑造。由此,我变得沉静起来。在沙漠,人变得简单,世界也跟着单一。在巨大的孤独和空阔之中,个人变得庞大而真切。许多个月夜里,我坐在戈壁滩上,沙尘从四面包抄。远处的沙海如沉默的母亲,用一枚枚硕大的乳房喂养整个天空。坐得久了,会觉得整个人都是透明的,可以看到自己的心脏及骨骼,甚至内心那些光明和阴暗。

人在沙漠,首先是生存,而后才是梦想。要把自己交给风,以及风中的沙尘,甚至如风一样的时间。

第三十章　苦中作乐

王姨走了，冰雹砸了棉花地——全是光棍，这几个男人中午赤裸着身子，捉虱子，晒太阳，看两个骚胡打架逗乐，赌谁的羊能赢，助阵叫喊声一个比一个高。羊斗完了，歪嘴和二愣子、山蛋三个人摔跤，或者在沙地画个棋盘，捡几个大小不一的石子，下狼吃娃的棋。他们也打扑克，那副牌已打得卷边、揭层、起毛、发黑、油腻，字都快看不清了。唯有一样东西坚固耐用——他们用兽骨雕刻磨制出的麻将，色白、典雅、高贵、养眼，手感也好，铺在一张用刀刨得很干净、平整的羊皮上，就可以打麻将了。输了的人将晚上闲着没事卷好的纸烟给赢家一根。在这旷野中，穷开心，苦中作乐，自己看自己的戏，喝米汤划拳——自个儿图个穷热闹。我在那时候跟他们学会了这些游戏。

一个院落，没个女人，不但缺了生气，也缺了女人的打理，很快就破败了。过了一段时间，院子里长满了杂草，散落着牛粪、马尿和羊粪蛋蛋。前段时间连雨天，淋湿了墙皮，又经风吹日晒，地窝子墙面上的许多地方已经掉皮了，房顶的草也被风揭走不少。更让人感觉破败的是那几扇小窗户，虽然糊的麻纸没被风吹破，没被雨淋烂，可已经失去了纸的颜色，黑不黑、灰不灰的，让人看着不舒服。让人看着更不舒服的还有那房门，它给人一种一碰就会碎的感觉。无论从近处看还是从远处瞧，都没有半点儿人气和生机。大

第三十章 苦中作乐

家也没有心劲去拾掇。

最明显的是那两只狗，它们也失了精神，没了活泛劲，终日趴在王姨的门口打瞌睡，一副懒散相，都不正眼看其他人一眼。

和尚常说一句话："饥了甜如蜜，饱了蜜不甜。"如今王姨走了，没人好好做饭，吃饭也不按时，饥一顿，饱一顿。我对和尚的话有了真切的体会，连他们凑合着做的烂饭剩菜，吃起来都那么可口香甜。

院子里有一小片地方，一撮毛种了黄花烟叶，这成了他和蛇狼、歪嘴的宝贝。他们抽的烟叶是自个儿种的，三个人经常过去收拾，松土、浇水、施肥、防虫。蛇狼刚来不久，自带的烟叶就抽完了，他每天偷偷地去那片地里掰一片叶子晒在房顶上，干了拿手一揉就可以抽了。到了秋天下霜前，他们就从下往上掰烟叶，直到最后掰得只剩下光溜溜的杆子。早掰的烟叶要在太阳下晒干，再捆起来拿到房檐下阴着，返潮了再拿出来晒太阳，如此折腾九次，九干九阴，烟叶抽起来才有味道。地里剩下光溜溜的烟杆子，拿镰刀割了，在炒锅上炕干，再用剪刀剪成细丝，这些烟梗子更辣更劲道。他们炕过烟叶杆子后，锅里烧的水也有浓浓的烟味，做的饭也有一股老烟叶子味道，害得我好几天不想吃饭。山蛋气得骂他们是牲口，拿沙子把锅打磨了好几遍，那呛人的味道才慢慢淡下去。

沙枣也成熟了，这些小果子有黄色的，也有黄红色的，很诱人。我爬上树，迫不及待地摘一个放进嘴里一咬，酸涩得直吐口水。

王姨走后，沙漠寂寞了，绿洲没了趣味，这群人没了生机。人们常开玩笑说"男女搭配，干活不累"，在沙漠这样的艰苦条件下，一群糙汉吃着那绵软的手做的饭，身上穿着那女人缝补的衣服，开几句素里带荤的玩笑，这都是"心灵鸡汤"，莫大的安慰。现在，这些都没了，日子苦了，心里也苦了，情绪烦闷，身子懒洋洋，浑身不带劲。

沙枣树开花

现在几个男人轮流做饭，每天日头过午，还未开始偏西时，做饭的人提前回来。第三天轮到蛇狼，我跟着一起回来。蛇狼嫌屋里闷，烟气呛人，就在屋外一个斜坡掏洞搭建的大锅灶上做饭。今天想吃羊油腥汤土豆酸菜揪面片，他也不洗手，笨手笨脚的，我不满地说："洗洗手再干吧。"

蛇狼笑嘻嘻地说："这穷地方没那么多讲究，一手抓牛粪，一手抓菜，不干不净，吃了没病。"

我说："真是恶心死了。"

蛇狼也不客气地说："这还叫恶心，你娃娃经的事太少了，我过的独木桥比你走的路都多，给你讲讲我亲眼看到的事。冰糖葫芦你吃过吗？卖的人将葫芦插在像个大扫帚的木棍上，走街串巷，风过尘落，葫芦脏了，颜色不好看，他就用指头蘸着唾沫往上面擦擦，你知道他干净不干净，有病没病。造酒酿醋，那料都是光脚丫子踩出来的，照样香香的，酸酸的。再给你讲个笑话，有一年我到一农家，人家给我做刺耳子吃，有点儿像我们的揪面条，那个香啊，肚子里的蛔虫都会扑出来。我说大嫂啊，这么好吃的东西，你教教我。大嫂说，农村也没个招待人的好吃货，这个简单。她就领我进了厨房，与咱们这儿一样黑房黑墙黑锅炉，脏乱差。那大嫂添柴烧火，将裤腿往上一抹，到处黑乎乎的，只有大腿内侧有一片白花花的皮肤。她将案板上的面，揪一块，在大腿上一搓，一片刺耳子扔进沸水锅里，那么好吃的东西竟然是这么做出来的，我当时也差点儿吐出来。现在想明白了，用手做饭，还是用脚做饭，包括那大嫂用腿做饭，都离不了人的身体，都一样。要是不一样，那只是你的心在作怪。"蛇狼唾沫四溅，手脚并用，讲得绘声绘色，我听得倒胃口，胃都不舒服了，直吐酸水。蛇狼就不是个做饭的料，人脏，手笨，没有个程序和章法，搞得乱七八糟。我看不过眼，从打下手变成主厨，露了一手。蛇狼佩服地竖起大拇指，说："你小子做饭还真比我行。"

第三十章 苦中作乐

我得意地炫耀着："我五岁喂猪和鸡,六岁赶羊,七岁帮我妈做饭,九岁踩着板凳会擀面条,农村家里的普通饭食我都会做"。

蛇狼学着《红灯记》里李铁梅的动作惟妙惟肖地唱了句"穷人家的孩子早当家",算是对我的夸奖。

准备工作都做好了,大家踏着夕阳的余晖回来了,我和蛇狼开始揪面下锅。面快揪完时,谁也没注意,一个屎壳郎拖着臃肿肥大的粪蛋突然滚到锅里,我正揪面的手停在空中不动了,张着嘴不知所措,蛇狼急忙拿勺子舀着扔掉。

我沮丧地说:"这真是一个老鼠坏了一锅汤,这下完了,还得重新做。"

蛇狼拿勺子舀了一口汤尝了尝,说:"没事,尝不出啥味道,继续揪。"

我觉得恶心,不干了,他一个人坚持做完。吃饭时,我嫌弃,不吃,大家问:"咋了,这娃怎么不吃,嘴噘着和谁赌气呢?"

我把屎壳郎掉锅里的事说了。

大家指责蛇狼:"你呀,眼睛长在后脑勺上了,不看着点儿!"说归说,筷子不停,照样吃着。

一撮毛说:"沙漠上什么都干净着呢,那屎壳郎卷的牛羊粪,经风吹日晒和沙子洗,就是个干草团子,没啥恶心的。娃子,吃吧,在沙漠里口渴的时候马尿都是好东西呢。"

蛇狼也说:"面疙瘩掉在肉锅里——昏(荤)啦。"

我坚持着没有吃这顿饭。

牧人地位卑微,生活即使清贫而艰难,也不争、不抢、不盗,因为他们的心地就蓝天一样透明,沙子一样纯净。

说起做饭,我还是佩服山蛋,他有学问,又讲究,他做的饭色香味俱全,我特爱吃。他今天一边往炕桌上端饭,一边咧嘴笑着说:"这羊肉焖饼子可是内蒙古的一道名吃。"说着,他用筷子夹起一个饼。饼黄肉红,颜色光鲜,我看着就垂涎欲滴。"以前草原上有个将军特爱吃肉喝酒,每天都是肉啊肉,日子久了,将军夫人和女儿就吃烦了,可也没有其他啥好吃的。将军就让厨子变着法地做。厨子变来变去就那几种做法,无非是红烧啊、清炖啊、烧烤啊、蒸煮啊,厨子愁得不行,就去民间寻找灵感。老百姓家的肉少,大量的面粉和粗粮里掺点儿羊肉,就是这羊肉焖饼子。将军夫人和女儿一吃,说香而不腻,肉少还好吃,赏了厨子不少银钱。"山蛋得意地说,"我根据传说中的方法,用清水将荞麦面和成面团,揉搓到有了弹性,再搓条、揪剂子、擀成圆饼坯,再将上次打猎剩余的腌羊肉剁成肉泥,加沙葱、野蒜,在烧热的烙锅中贴上馅饼。开始时用大火,快熟时转用小火,三翻两烙,见两面金黄,皮鼓起即成。要是有味精、花椒粉、姜末加进去,味道更好。我们不同的是多了一份沙葱、野蒜。"蛇狼看得眼睛都直了,咽了口唾沫,抓起来不顾烫手烫嘴就开吃,不住地夸赞:"唔——唔,好——吃!好吃!谁家姑娘若嫁给你,可享福了!"

  这几个月,我吃过几次肉了,有肉吃,好比在家过年,很幸福。

  高兴的时候,我回过头仔细想想,在沙漠里,湛蓝的天空,飞翔的鸟儿,悠然的朵朵白云,时时刻刻展现着大自然的神奇,比学校里的风景好看多了。放羊时,天做屋顶,绿洲做院,沙做床,多么舒适,多么自由。聆听自然的教诲,领略自然的神奇,也能满足人的探索欲。你能看懂一年四季和一天中不同时间沙丘颜色变化的节奏吗?你能从晚上的月晕知道明天刮多大风吗?如果一片浓郁的蓝雾在不断上升中变成了金色,那又预示着什么?这些都是知识啊。当落日的余晖一点点退去之后,喝上一碗羊腥汤面条,多么可口。在地窝子里拥着老羊皮袄聆听雨的叮咚声,而当云开雾散,朝阳升起,我们又可以欣赏羊群的悸动。晚上,篝火的红光伴着烟袋的火星,烤肉的清香伴着浓烈的酒,这生活也比家里好多了。

第三十章 苦中作乐

下霜后，沙枣多了一分香甜，我每天爬树摘上好几把，尽情地往肚子里填。我生活的农村没有别的水果，杏子和李子是要花钱买的，也是吃不起的。我们唯一的水果就是沙枣，唯一的甜蜜感觉也是沙枣带来的。这里比乡村条件更差，杏子和李子等水果看都看不到，只有一片金黄色的沙枣，但是吃得多了，排便就很困难。和尚给我泡一种沙漠里生长的苦草叶子喝，我又好了。

我已经喜欢上这里的生活了。

夕阳是一堆快燃尽的篝火，明亮的大火没了，剩下红红的木炭灰，红彤彤地浸染着周围，给天边刷上红霞，给沙漠洒上金光，缓缓地释放着最后的魅力，直至坠进黄色的沙梁下。

第三十一章 沙漠遇险

十月来了，不经意间抬头一看，胡杨叶子黄得比沙透亮。沙漠里，秋天的胡杨林是黄金的宫殿。灿烂的叶子覆盖在黄沙之上，将干燥而荒凉的沙漠映照得令人神魂颠倒。到处都是如饮甘醇的人，连空气中都飘着一种癫狂与迷醉。红柳在丛林中浮起一片片红红的丝巾，在风中招展。沙枣的清香弥漫在空气中。满是杂草和棘刺的植物枝丫乱伸，鸟儿在里面做窝，求偶的歌声不断，翩翩起舞地向异性展示着自己的美丽。

这段时间，盐快用完了，夜里给羊拌料的草里没有撒盐，羊不安分地叫着。我们几个放羊的，一旦从栅栏前经过，那几个胆子大的骚胡用羊角撞击栅栏，几个羯羊不安分地叫着。歪嘴说："羊想吃盐了，向我们要呢。"

我才知道，羊群若冲着牧羊人叫嚷，唯一的需求是吃盐。牧羊人对它们来说，就是个有盐的家伙。羊还有其他毛病。它们要是吃了黄芪，就会像上了瘾一样不断地寻找着啃食。羊闻烟味久了，会有意识地凑到吸烟人跟前，去吸那飘飞的余烟。

在我们驻地的西北方，距我们七十余公里的地方，有个盐池。牧羊人自己用的盐，回家时给家里带的盐，还有给羊的饲料里拌的盐，都从那儿用牲口驮回来的，用人背回来的。要是有匹骆驼就好了。

轮到蛇狼背盐了，他带着我，准备了三天的干粮和水，牵着骡

第三十一章 沙漠遇险

子上路了。起个大早,紧赶慢赶了一天,累得精疲力竭。骡子上沙丘时,后腿蹬着,前身弓着,嘴里吐着白沫,腿一拧一晃就是一个屁,这是牲口累了的表现,当天还是没有赶到盐池。

这是我到这个地方以来进入的沙漠最深的地方,一路上沙丘忽高忽低,无穷无尽。

我们向沙漠腹地行进,沙丘越来越高,越来越荒凉,开始时还有树,后面就连草都看不到了。我跟着蛇狼走,不辨东南西北,蛇狼却认得这沙漠里的路,还知道一些奇怪的地名,一道沟、二道梁、三道槽等。晚上野宿,借着篝火,烤热饼子,加热了水,填饱了肚子。蛇狼连续抽了四袋烟,闭着眼睛,深深地吸气,烟完全进入腹腔,他才缓缓吐出,让烟进入每一个毛孔,驱寒解乏。几锅烟过后,他如喝了几杯好茶解渴似的,惬意起来,睁大眼睛看天象,月亮四周有浓浓的光晕,他嘴里嘟囔着:"看这天象不对,明天怕是会有沙尘暴,惹下麻烦了。"他脸上有惊恐之色,在老羊皮袄上坐卧不安,唉声叹气。

透过他的话语和表情,我隐隐约约感觉有危险来临。我不懂这些,再说天塌了有大个子顶着,我只是个跟班跑腿的,混一天是一天。我脱下湿漉漉的衣服在火上烤着,本来疲惫的身子和酸疼的腿在篝火的热浪炙烤下,渐渐暖和、舒坦起来,比洗热水澡更快、更好地驱寒解乏。我已经历过一次沙尘暴,天边狂风怒吼,飞沙走石,令地窝子气喘吁吁,草垛差点儿被狂风掀翻,当时蛇狼还不是睡得沉沉的,他什么大风大浪没经过。

蛇狼跟我讲:"像你娃这么小,年轻,小孩身上三把火,出了汗,在火旁脱衣还可以,像我们上了年纪的人就不行。身上毛孔大开,若遇风寒,会得大病,村子里的张背锅子你应当知道。"

"张背锅子身体弯曲成一个圆圈,头缩在裤裆里,脚卷上头,像杂技团表演绝技似的,看人时从裆里倒着看,走路靠手拿个木板

沙枣树开花

在地上滑着，你说他怎么变成那样了？"

"张背锅子以前好着呢，夏天在油房炒胡麻，如蒸笼里出的包子，人全身冒着热气，浑身汗如雨下，实在热得喘不上来气，出了门跳进冷水渠降温，得了场大病，身上筋骨痉挛，就蜷缩成了个肉蛋蛋。我们在沙漠一样，避风、避暑和露宿，要找背风的地方，燃篝火，千万不能叫'神风'掠了，否则会得大病。"

他这样一说，我吓得赶紧穿上了衣服。

半夜寒气袭来，把我们冻醒了，蛇狼把沙子推到冒着火星的篝火灰烬上，我们又挪到那篝火上的沙堆上，有睡热炕的感觉。

清晨，薄雾弥漫在沙丘上，点缀在大漠上的沙枣都失了本色。

从沙丘起来，蛇狼腰疼，让我帮他捶捶。他嫌太轻，连说："劲大点儿，再大点儿。老了，不服不行，过去我进山连火都不燃，露宿一晚，好好的，起来生龙活虎的。"

他说得对，我睡了一觉，好好的，疲劳消除了，身上轻轻松松的。

与昨天一样，天蓝蓝的，白云在远处翻滚，沙丘静静地睡着，还没有醒来。走了一两个时辰，走出十多公里后，我看见了白茫茫的盐池。

到了盐池，我的天哪，在半平方公里的洼地里，像白中透蓝的湖一样，结着硬茬茬，白花花的盐疙瘩如冬天的冰块，反射着阳光，这么多盐，如同四周的沙一样，这么扔着，没有人管，也不收费。在我们家乡，一斤盐卖三毛钱呢，我俯下身子就用手抓，可是竟然硬得搬不动。

蛇狼说："别急，别急，多着呢，要挑那些透彻、干净、明亮、不含碱的地方弄。"他走着转了一圈，往手里吐口唾沫，拿起斧子就劈起来，盐渣子像被打击的冰块一样，从四周飞溅起来，我往口袋里装。

约半个时辰，装了一口袋，蛇狼说："够了，搬上去，撤！"

第三十一章 沙漠遇险

我说:"拿了三个口袋,一个还没装满,这么好的东西,不多拿点儿,太可惜了。"

蛇狼说:"人心不足蛇吞象。是好东西,偏生在沙漠深处,离人烟有六十余公里的沙漠,叫人不容易进来,不好寻,没法子拿走,这就是好东西的高贵、尊严,它教会人珍惜,不要浪费。你想,若是离人近,好拿,还能留到今天吗?这么远的路,牲口驮上一百斤,你我各背二十斤就够了。"

我恳求他:"我们家穷,我能背四十斤,给家里多拿点儿。"

"你这娃啊,不听老人言,吃亏在眼前,拿得多背不动,还得扔掉,白费力气。"这是蛇狼的忠告。

我不管,接过斧子又猛砍猛砸,再装一些,用手一掂,沉甸甸的,才撒手往回走。蛇狼已将盐固定在骡背上,自己背的一点儿在后背驮着,前面空甩的布袋耷拉着。我暗笑这老头耍滑,不肯出力。在沙漠里,两公里的路实际上要走半个小时,走一步就会陷下去。我索性脱下凉鞋,但走起来还是很吃力,而且走不快。我很快就累了。走了还不到五公里,我就走不动了,身上如压着三座大山一样,天又闷热,全身汗如雨下,每迈一步,都咬着牙,艰难极了。蛇狼早看在眼里,说:"不行了吧,你呀,不听老人言,吃亏在眼前。火车进站——吼声大,走得慢。看着天,摸着地——眼高手低。快倒掉一半,轻松一下。"我也正有此意,死要面子活受罪,有了这话,我如获大赦,借坡下驴。但是我没有倒掉一半,留了一手,倒了三分之一。

沙漠中没有路,只有前面的人留下的脚印。蛇狼走在前面,远远看去,有几行歪歪扭扭的脚印,我想走得轻松一些,踩着他的脚印走,但实践证明这个走法不好,被他踩过的地方,反而松得难走,陷下去得更深,跋涉起来更艰难。

来的时候,我有玩的心境,空着身子,也不觉得沙丘有多高,

沙枣树开花

这会儿累得精疲力尽，身上背着东西，觉得沙丘突然增高了，变大了，只一个沙梁，就折腾小半天。往前还有那么多沙梁，我想一想就头皮发麻，不禁恐惧起来。沙

挡眼的是几座巨大的沙山，只能一步一步地翻过它们。背着盐上沙山实在是太沉重，太累，太苦了。刚刚踩实一脚，往上稍一用力，脚底就松松地下滑，陷进沙里。坡越陡，步子越难迈开，用力越大，陷得越深，往下滑得越厉害。软软的细沙，不硌脚，也不滑，只是款款地抹去你的全部气力，拖拖拉拉地坠着你的身躯，消耗你的体力。你越急，它越温柔地束缚着你。才走几百米，我已经气喘吁吁，心跳得厉害，仿佛要从胸腔里蹦出来。又走了两公里，我有些走不动了，不等蛇狼说，我自己又悄悄倒掉一些，和他背的一样多。可是，我之前把力量消耗完了，背这么一点点也觉得很沉重。又起了风，沙子扬着，呼吸不顺畅，气上不来，我真的走不动了。我一边往下躺，一边说：“走不动了，休息一下。"我这心里，猴舔蒜坛子——越咂摸越不是滋味。

蛇狼说："看这天，猴儿的脸，猫儿的眼，说变就变，沙尘暴马上要来了，快找个合适的地方去避风，躺这儿会被沙子埋了。"可我的身子就像散了骨子的算盘，串不起来了。突然，感觉有风吹来，不冷不热，但是有尘埃泛起。风越来越大，沙尘越来越浓，细小的沙越来越强劲地打在脸上，我有沙眼的毛病，眼泪开始流淌。

走沙漠，进沙窝，向远处行进，有两个法宝，一是骆驼，一是人先得"塌膘"，即锻炼身体。在沙丘上摸爬滚打一段时间，经过了苦，熬过了累，瘦了几圈，脂肪少了，肌肉多了，腿功好了，耐力提高了，才能克服沙漠的干燥炎热和坡大路远的问题。我和蛇狼都没经过，他也累得够呛，但这天气又不敢停留。

蛇狼把手搭在脑门上，眼睛眯成一条细线观察周围，手指着西北面："你看那是什么。"我顺着他手指的方向看，远处朦朦胧胧

第三十一章 沙漠遇险

似有一道沙山,犹如一道黄线,逾出地平线,齐齐整整的,横亘在沙海尽头,那不是远处的大沙漠吗?

不对,是风把沙子刮起来了,我还没看清是什么,远处的天和黄沙的边际已经模糊起来,风沙从西北方向汹涌而来,如同一条卷起妖雾的黄色巨龙。我惊叹得语无伦次:"风、风,沙来得好快呀!"

蛇狼一把拉住我说:"别看了!快走!到那边的沙山下边躲一躲!"我们俩赶着骡子,走到一个有黄蒿的背阴的地方,卸下骡子背上的盐袋,压住缰绳,然后吆喝骡子趴下来。那牲口显然没有受过骆驼的训练,死站着不动,一点儿办法也没有。若是个骆驼,叫一声,抖抖缰绳,或遇了狂风,自己就卧下了,挡风遮沙,人在它的肚腹边卧下,也是个避风沙的好港湾。沙子泼打在骆驼身上,驼毛对风沙有很好的顺滑能力,一物降一物。沙多,骆驼抖一下就没了。沙升驼涨,再厉害的沙子也拿骆驼没有办法。可这骡子不行,不但不能替人搭建个避风港,遇了风沙还扬着头,一惊一乍,让人替它操心。骡子睁大眼睛惊恐地张望着,听到风沙的怒吼声,它的耳朵竖起来,不安地摆动着,昂起长颈迎风顶着。它无法挣脱羁绊,无奈地昂首嘶鸣,在原地焦躁不安地转动、挣扎着。

蛇狼看天象看得很准确。前一个时辰,风还似温柔的少女哈气,吹在人身上,凉凉的、酥酥的,怪舒服,这会儿就似一个莽撞大汉的出气,带着粗粝、狂躁、骚动不安。不知什么时候,西边的天际拉起一道黑幕,天地陡然一片昏暗。风吹过来,带起一片沙尘。蛇狼有经验,警惕地抬头望了望四周,大呼:"沙尘暴!沙尘暴来了!"话没喊完,就被沙尘噎着了。风沙越来越猛,裹挟着沙子,呜呜响着,怪叫着,黄尘满天,沙舞龙飞,抽打着一切,让人睁不开眼睛,耳朵和脸面被沙石打得似鞭子抽,剥皮般生疼。风抓住沙子,组成变幻不定的形状。我一张嘴喘气,沙子就灌进嘴里,仿佛叫我别出声。我的心窝里一股热乎乎的液体往上升,到达喉咙。我捂着脸和耳朵,低头合眼地躲着。我迷迷糊糊地睁开眼,张开嘴还没有喊出声,就被沙尘迷了眼睛,灌了一嘴沙子。远处的风沙如浊浪连天接地,滚滚而来,黄色的沙漠变得黑黢黢的,风沙的怒吼使人感到恐怖。

　　到处是风,却找不到一个避风之地,沙梁在飘动,沙丘在下滑,沙湾更是风口,风通过灌风洞时还发出嘶嘶的鸣叫声,四下里的风泼妇般扑过来,把我吓坏了。蛇狼急了,大声朝我喊着什么,声音却被风刮没了,我什么也没听到。说话间,黄沙已经吹进了两个人的口中。沙子在舌头和牙齿之间摩擦,那种感觉就像拿一个砂轮打磨自己的肉。只见他迅速拿绳子将骡子的腿绑了,使出浑身力气,顺着斜坡将骡子掀翻,然后急忙将盐合在一条口袋里,放在骡子前边,又将一个空口袋蒙在骡子的头上,用绳扎紧,只露出它的鼻子。他拉我一把,趴在骡腹一侧,披上老羊皮袄。他将头上的狼皮帽子耳朵翻下来,用绳子在脖子上系紧,护住头脸和耳朵,又用他宽大的皮袄将我的头裹了。这一切刚完成,那沙之浊浪就翻滚过来,刹那间暗无天日,像是什么巨型怪物吞了天,盖了地,吞食了一切。天猛然黑了,眼睛几乎睁不开,空气凝结了,沙怪呼啸着,沙丘在动,大地在抖,我被压得浑身沉重,透不过气,感觉骡子的腹部急速抖动着,它也呼吸困难。风开始发生变化,一个强大的旋涡从不远处升起,地面的沙子被卷起,形成一个大漏斗。强旋风的威力之大,令人难以想象,它推动了整个沙丘。沙丘就像长了腿的动物一样,开始慢慢地向前移动,但移动速度很慢。危险正在一步步地靠近,沙丘已经慢慢地掩盖了我们的脚,埋住了我们的腿,过不了多久,也许我们便会永远睡在沙丘里。蛇狼匍匐着将骡子头上和身上的沙子刮掉,他的动作使裹我的皮袄有了缝隙,我的脸立刻被沙子打得出了血。我手抓着皮袄往脸上堵,顺便将我身上一掌厚的沙子抖掉。蛇狼的皮袄毛朝外,隔着那么柔软厚实的羊毛,我耳朵里传来千军万马的声音,天摇地动,天倾地覆,世界末日来临了。脚下

第三十一章 沙漠遇险

如有千万条黑色布带接连缠绕，身上的毛发如被千万只大手揪拽。听一撮毛说，去年有一个村子，被一场特大沙尘暴裹着沙丘往前挪了一千米，埋了几千亩地，刮飞了几千只羊。这沙尘暴具有摧毁一切的能量。

我感觉是那场沙尘暴的难兄难弟来到这里作怪肆虐，它在天上挥舞着遮天蔽日的巨大旗帜，擂着天幕大的战鼓，声嘶力竭地怒吼着，指挥着无数的死神搬起沙丘、石子，怪叫着、呼啸着、狂舞着，张牙舞爪，要摧毁万物。

这是我来到这里经历的第二次沙尘暴，上一次如拳击的一个回合，这两个月拳手之间只是短暂分开，积聚能量，像狼一样寻找战机和对方的薄弱环节，蓄势待发。这一次比上一次脾气更大，拳头更狠，牙齿更锋利，不顾对手是善良还是凶恶的，不管沙漠里是美丽的绿，还是干枯的黄，不分人和畜，它都横眉冷对，横扫千军万马，将一切摧毁、扫荡、吞噬、掩埋。

我们太渺小，太无能为力，匍匐在狂魔面前，屈服吧，躲避吧，在颤抖中祈祷吧。约一个时辰，我感到小腿处进了风，皮肤被千万个锥子戳得生疼，伸手一摸，露在皮袄外面的裤子已被沙子撕烂。风沙拧成箭，密集射击，平常衣物和人的皮肤挡不住这如刀的利箭，我才明白老羊皮袄的厉害和珍贵，动物的皮毛是天生用来抵御自然灾害的，结实耐用。我赶忙将腿脚抽上来，弓腰弯腿，全藏在皮袄里，一夜抖了无数次身上覆盖的沙，累计起来估计有几尺厚。这真是麻雀入了瞎猫口——不死也要脱层皮。

魔兽的力量也是有限的，它终于体力不支，累了，力量慢慢小了。太阳喷薄而出时，群魔谢幕了，大地又沐浴在无限美好的朝霞下。

天地间还飘着沙尘，我将身上的尘土抖了又抖，打了又打，总觉得哪里都有沙，每个毛孔、细胞都被可恶的沙子吻过舔过，浑身不自在。饿了近二十个小时，饥肠辘辘，口干舌燥，舌头一动，一

沙枣树开花

嘴的沙子磨得舌头发涩,犯恶心,该漱口吃东西了,才发现蛇狼又犯了他年轻时的错误,顾了头忘了腚,照顾了人和骡子,忙中出错,他带的食物和水被风卷走了。只有我胸前挂的军用小水壶,里边的水昨天已喝掉了一半。不能不承认,水是沙漠中最难得的资源。有时候,一口水就可以挽救一个生命。我要漱口,拧开水壶盖子,喝了一口水。满嘴的沙子在口中晃动,一嘴土腥味儿,我一口将水吐到地上,饥渴的沙地立刻贪婪地吮吸着,瞬间将它吞噬了。蛇狼紧紧抓住水壶说:"你别浪费水!"接着紧紧抓住我的手,严肃地说,"那是一点儿活命的水,比金子珍贵,一滴都不能浪费,只能在渴得要命时用嘴抿一下。沙漠里很难寻找水源,如果水被用光了,非渴死你不可!"现在,没吃的了,身上也没有力量,保命要紧,身上不必要的东西和盐全扔了,轻装上阵,活着回去就行。

我们牵着骡子又上路了。蛇狼抓了些沙丘上依然屹立的黄蒿和梭梭在口袋里,一路上抓着给骡子吃,风停了,天却灰蒙蒙的,云彩都被风刮走了,天地一色,很枯燥乏味。还没走出多远,我肚子咕噜咕噜叫着,前胸贴后脊梁,胃壁干磨得难受。尤其是上沙坡时,腿脚无力,就揪着肠胃要补给和精力,抓着五脏六腑往下坠,脑子就晕了,各个器官都在抗议:饿了、渴了、累了、乏了、要休息,乱七八糟的一大堆,可一个问题也无法解决,一项指令也落实不了。身体就折腾你,给你痛苦。还不听话?好了,抽干你嘴上的血,让你的嘴唇干裂,嗓子冒火,舌头发硬,鼻子干燥如烤火,狠狠折磨你。

一场沙尘暴过后,地上没有了来时的硬度,现在每一步都陷得深,一拔一陷,很吃力。骡子脚细身重,陷得更深。姜还是老的辣,蛇狼果断扔掉东西的做法是正确的,现在身上每加一斤东西,都是千钧重,拖后腿。

我实在渴得受不了,三次要喝水,蛇狼把水壶抓得紧紧的,像个命根子似的,只给我抿了一小口。我多想喝一大口,多想趴在水

第三十一章 沙漠遇险

槽子上痛饮，可在这沙漠腹地，惜水就是惜命。

我要晕倒了，他拿水壶又让我抿了一口，只是润润喉咙，可这一润，那股凉凉的液体刚一入口，还没有进入喉咙就干了，我更渴了，一股火苗从腹部蹿了一下喉咙，把舌头都蹿疼了。

我饿得有种肠子揪胃，胃抓食道的刺痛感，连带着心脏晃晃悠悠，骨头都被难受，身不对劲。

蛇狼拧紧了盖子，他没有喝。在沙漠行走，除了尽可能把你的大水袋灌满之外，用水也应该节俭。喝水要有技巧，你不能像浇花一样，一次性地把自己灌饱，而要采取"少量多饮""细水长流"的办法。吞下一小口水，把它含在舌面上，始终保持口腔湿润，而用鼻子呼吸。这样吸入的每一口空气都会被降温，而水分会以水汽的形式进入体内，缓缓地被身体吸收。不过，也许在这样做的时候，你会忍不住想把它咽下去，至少我是这样的，可见这种小事情也是十分需要意志力的。水分如果补充得快，那么流失得也快，变成汗液流失到空气中的水分，就再也收不回来了，几乎不能发挥它的作用。有时候，你会觉得身体就像筛子一样，喝下去的水很快就出来了，这就是脱水的征兆。任其发展下去，一段时间之后，你会发现身体不再流汗了——体内已经没有多余的水分可排了。

到中午了，虽然已立秋，但无云的天空太阳直射，还是很热，蛇狼也受不了，真如推车上坡，越来越难。找了个低洼处，撑起老羊皮袄遮住骡子，我们俩又坐在骡子肚腹下面，休息一会儿。他用手刨沙坑，约一米时，沙子有了湿气，然后将自己埋在沙里，虽没有水汩汩流出，却给干渴的喉咙带来富有希望的蠕动，干裂了几道口子的嘴唇贴上去，贪婪地吮吸，没有一丝水进入口中，倒像是人的嘴与沙子为那一点儿湿润在拔河。我也学着他的样子，嘴唇略微舒服一些。干了再刨，坐在深坑里，凉爽一些。晌午已过，那骡子突然弓身，扬尾巴，蛇狼说："要尿尿了。"他拿过水壶要接，我一把抢了过来，他也急了，不管三七二十一，嘴迎了过去。一股黄而混浊的尿水，全进了他嘴里，他还用舌头将溅到嘴边的尿滴舔进去。

我看着恶心极了，胃强烈地痉挛，却什么也呕不出来，只呛出几滴干涩生咸的泪滴。

蛇狼润了嗓子，脸上马上有了血色，说："这个时候，能喝上尿都是救命的，脏和命哪个重要？活了命，再享以后的福，才能有身体吃肉喝酒，喝那香醇的奶茶、甜滋滋的井水。"

风沙过后，该长的继续长，该动的继续动，该跑的又跑起来。树根、草根、沙蒿、甘草枝和叶子，好像被风梳理了一下，都朝风向倒伏着，根后边隆起了大小不一的沙包，那是这些植物与风抗衡后留下的唯一痕迹。风沙将被动物踩踏得凹凸不平的沙丘刮磨得干干净净，平平整整，沙漠化了妆，没有皱纹了。

蜥蜴、蚂蚁、四角蛇、黑甲虫不知从哪里钻出来，慌忙地挪动，也许是寻找失去的家园和亲人，也许是饿了寻找食物。狼和狐狸却藏在洞里，贼眉鼠眼地支棱着耳朵，观察着四周的动静，判断有无风险，越大的家伙越是胆小多疑。

我刨开沙枣树根下的一堆细沙，露出一蓬沙蒿和不知名的幼草，它们瑟瑟地颤抖着、挣扎着，如一个做错事的孩子突然低下头来，温顺听话，乖巧懂事。

日头偏西，我们又上路了，同软软的沙子斗争，同饥饿、干渴斗争，同身体斗争，每迈一步靠的都是毅力。如果没有了生的意念，我们随时会一头栽倒在沙丘里。天黑了，热气慢慢减退，这样才好赶路。我的少半壶水，蛇狼一口也未动，全留给了我，现在只剩个底子了。在这生死关头，人性的慈悲令我如此感动。

凭着星星指引的方向，我们艰难跋涉了一夜。天又亮了，不少植物上边都覆着白霜，蛇狼指导着我，对枝子和叶面肥大没刺的，

第三十一章 沙漠遇险

用舌头舔。一抹冰凉浸润了干裂的嘴唇，舔得多了，食道和胃肠有了水感，身上难受的感觉减轻了不少。可好景不长，太阳光一照，那可怜的一点儿霜就没影了。对细小有刺的，我用指甲刮了些霜花，一化就是一小滴水，刮入壶里，虽不见多，但肯定不会少。

蛇狼说："你也瞧见了，在沙漠里找水的难度，我这样接尿喝，啃树叶子，也是没办法。这能救命啊。"我才想起自己两天两夜没有尿过一滴，这不正常。

我已感觉不到饿了，只是对水的渴望在跳动。看着他喝尿，我的心思越发集中到水上，全身每个细胞对水的渴望也越发强烈和执着。对水的渴望刺激着神经，连大脑都不听使唤了。

又渐中午了，沙丘逐渐小了，离那绿洲应更近了，可我越来越迈不动步子，蛇狼摇晃趔趄着，我看着远处，走一步，数一下，应当快到了。随着太阳的升高，天气似乎比昨天更热了，空气洁净了，沙漠也温柔了，像个青春少女，可她的美丽带着火热的激情，诱发着太阳也激情燃烧起来。我开裂的嘴唇冒出血来，舌头一舔，一股热热的咸腥味，喉咙也干裂得直冒火。我眼冒金星，水全部喝光了，但我还是拿出来舔，嘴和嗓子撕扯着干疼，血管在身上咚咚地打着鼓，我几乎到了无意识状态。正在绝望时，远方一个黑点儿迎着我们而来，不管有无救星，我们俩同时栽倒了，睁着同样冒火的眼睛看着那远处的希望。是和尚骑着马来了，我们得救了。

一句话也没顾上说，我一把抓过水袋就要喝，和尚一把抓住，说："渴极了的人不能猛喝，也不能一次多喝，胃会炸的，先慢慢地喝三口。"

我小心地抿着喝，先是一股热浪从上至下涌动，好似喝高度数白酒。蛇狼也小口抿着，隔了十来分钟，再喝几口，那咸水竟也甘甜爽口，堪称最美的琼浆，入口滑、爽、甜、润、凉。那骡子伸过头来，和尚也给它喝了些水。然后，我们就着水慢慢嚼饼子，牙齿一开始

沙枣树开花

没有力量,吃个发面饼子似咬硬邦邦的冻馒头。过了好一会儿,人有点儿精神了才咬得多了些,我第一次体会牙也会乏、会累、会没劲,人身上的任何器官在缺吃缺喝时都会这样。我吃了半个饼子,胃就累了,下一个是肠道要累了,一直传递下去。

我和蛇狼共骑一匹马,和尚牵着骡子,约一个时辰后回来了。躺在床上休息了三天,清晨的一缕阳光透过破旧的门缝照进来,我终于睁开闭了几天的沉重眼皮,混沌的大脑也有了几分清明。山蛋说:"你知道你昏睡了多久吗,吓死我们了。"我嗓子干涩,仿佛被什么东西堵住了似的,就连发出的声音也像破锣般嘶哑:"怎么了?""两天了。"他摸着我的额头,温和地说,"和尚开的药还真管用。"快到下午的时候,大家陆续回来了,看到我好多了,都很高兴。在饭桌上,大家都劝我多吃点儿,给我加了小灶——一碗羊肉面片。他们吃的是土豆清汤面条和野菜,只有我自己的碗里有肉,这让我有些感动,眼眶里有了泪水,原来这就是被人关心的感觉啊,真好。

一场沙尘暴,秋天的果实脱尽繁华,扎根不深的树和骆驼刺被连根拔起,树枝和杂草乘风走到了天边,一切不结实的附着物荡然无存,尘埃落定,风沙的洗礼改变了许多东西。

我们这次白跑一趟,领教了沙的厉害,我一周内没出过绿洲,不敢进沙漠,心有余悸。

休息期间,大家给我讲了许多道理。山蛋说:"有一个人在外经商多年,赚到了许多金币,决定回家。但回家的路并不好走,途中要穿越一片很危险的沙漠。在穿越沙漠的时候,他考虑到带太多水和粮食,再加上金币,会非常沉重,这样就会使他走起路来非常缓慢。于是他决定,少带水和粮食,减轻负担,以便能尽快走出沙漠。

"踏入沙漠之后,他带的水和粮食很快就消耗光了。他背着金币在沙漠中艰难跋涉,有点儿后悔带的粮食和水少了。但他想,只

第三十一章 沙漠遇险

要走出这片沙漠就好了。于是，他忍着饥渴继续向前，并不断鼓励自己。

"在他饥渴难耐的时候，响起一阵驼铃声，他碰到了一个向沙漠另一边走去的商队。商队的骆驼上装着水袋，里面有充足的水。他向商队的人讨水喝，但商队的人把水卖得很贵，因为在沙漠中水是非常珍贵的。这个人摸了摸装着金币的口袋，犹豫了。他想，买完了水，走出沙漠是不成问题了，但这多年来积攒的金币，怕是要用掉许多呢！他咬了咬牙，对商队的人说：'我不买了，只要忍耐住饥渴就能走出沙漠。'说完，他背起行囊继续向前走。商队的人在背后嘲笑他：'守财奴，还有好远的路才能走出去，没有水，你是不能活着走出去的。'他没有理会商队的人的嘲笑。没有水，他感觉到口干舌燥，头晕目眩，四肢无力。他仍然坚持着向前走。两天后，他觉得自己要坚持不下去了。

"正在这时，他又听到了驼铃声，又一个穿越沙漠的商队走过他身边。他又向这个商队的人讨水喝。可这个商队的人把水卖得更贵。如果不是因为饥渴难耐没有力气，他真的会跳起来，那么小小的一袋水，就要花掉他一半以上的金币！他拒绝买水，继续向前走去。商队的人在背后喊他：'喂，如果没有水，你是不能活着走出沙漠的。把金币花掉一些，又减轻了重量，你就能走出沙漠。金币和生命究竟哪个更重要呢？'他不肯理睬，继续向前走他的路。

"两天后，在没有水的情况下，他竟然挣扎着走到了沙漠边缘，也看到了远处村庄的炊烟。但此时他精疲力竭，倒在沙漠中。临死时，他叹了口气：'我真傻，要是早些放弃，就不会是现在这个样子了。'

"你这次背盐和这是一个道理。人不能贪多。"

我在想，在人生路上，有同样的沙漠，只有放弃才能走过去。金钱可以再赚，生命失去了就不再有了。有些时候，我们必须懂得放弃才行。人间的路，深一脚，浅一脚，步步皆是故事；人间的情，亲一时，疏一时，时时皆是因缘；人间的缘，善一段，恶一段，段段皆是注定；人间的事，明白一阵，糊涂一阵，阵阵都有因果。受苦历险，看清了世界，明白了世事，是很好的阅历，人生宝贵的财富。这件事，我会记一辈子，有苦有乐，值得回味。

歪嘴又问："你在最困难的时候首先想到的是什么？"

我毫不犹豫地说："当我口渴得要命时，我想到愿意拿一切换一口水；当我饿得要命的时候，我愿意拿一切换一个饼子。人需要什么，什么就重要。当我和蛇狼倒在沙丘上绝望地等死时，我想谁救了我，谁就是我的再生父母。"

"你绝望时，想到了什么？"

"想到见父母，见家人，这么小就走了，心有不甘"。

我突然理解歪嘴失去王姨的痛苦了，她对他来说，是亲人，是他的生命。

和尚接过来说："对了，你悟到了吗？人最重要的是活着，最亲近的是父母、家人，而支持生命的东西又很简单，空气、水、阳光、食物，这几样人人都有，除此之外都是身外之物。最重要的，却是最容易被忽视的。最让人们欲罢不能的是身外的功名利禄和锦衣玉食。一个人经历了大危难的磨炼，才能被激发出潜能和生命最根本的意识。你这次经历，使你小小年纪就悟到了人生最重要的东西是什么，难能可贵。"

我觉得人在大自然面前是很脆弱的。我讲了一些沙尘暴的细节和我们一路的艰难困苦。

和尚说："人的生理和心理承受能力是有限的。在沙漠里，每个生命时时都处于时时危险境地，随时随地可以死去。人虽然自命为'万物之灵'，但实际上远远不像自己想象的那么强大，上天不如鸟，游泳不如鱼，在沙漠中生存不如狼，草原行动不如马，寿比不过乌龟，灵敏比不过猴子，鼻子比不过狗。人唯一超越动物的是

第三十一章 沙漠遇险

有思想的头脑，却想入非非，追求过多，欲望无止境，反过来又束缚人。求不得，爱离别，常使我们处于心理失衡的煎熬之中。因此，人要有自知之明，善于示弱、低头、退让、放弃、感恩、委曲求全，这未必是坏事。"

山蛋抢过话头说："和尚，你给他讲这些，他能领会吗？对他来说，就是要树立远大的理想，好好学习，天天向上，长大了，当兵、做工人，或者当个好农民，这才是正理。"

我的身体稍微恢复，能下地的时候，我来到沙枣树林，用手抚摸着它结着疙瘩裂着缝的树皮，同病相怜的心酸感油然而生。在我从小生活的地方，良田都给了小麦、水稻、玉米、菜，沙枣树生长的地方除了沙漠，就是盐碱地，或者不种粮食的院子，没有人栽培它，也没有人为它浇水施肥，任由它自生自灭。我的命运和沙枣树一样，出身不好，辍学来到沙漠放羊，差点儿丢了小命。想到这里，我的眼泪就不自觉地流了下来。和尚在远处看着这一幕，悄悄走过来，为我擦掉眼泪，搂着我说："你看这周边的树，杨树的叶子早掉光了，其他树在这里活不了，唯有这沙枣树，还挂着些树叶和枣子，树皮里还有绿色，生命力强，坚强不屈，为什么呢？因为它抗干旱、抗风沙、耐盐碱、耐贫瘠。我们在这里放羊，环境差，生活艰苦，却和沙枣树一样，远离了人世间的你争我夺，不急不争，就那样静静地生长。环境越艰苦，越能锻炼人。你有没有这样的经历，在村子里，倘若你能闻到一种浓烈的香，那么一两公里外必定有一片花儿怒放的沙枣林。一串串沙枣花从浓密的叶子中探出头来，'金花银叶片，花飘十里香'，香气是最浓最香的。"

和尚的话勾起了我最美的回忆。在我们家乡，没有人种花，能够看得到的花，就是杏花、梨花和沙枣树的花。杏树和梨树是很少有的，平时能看得见的就是沙枣树的花。每串沙枣枝少约八九朵，多的也不过几十朵，花朵呈喇叭状，外白内黄，丝状花蕊和大点儿

沙枣树开花

的蚂蚁身形相仿。乳黄色的花蕊,橙黄色的花冠外面镀着一层薄薄的银,端庄秀丽,娇小玲珑。它很香,一阵风吹来,香得那么热烈,无遮无拦地弥漫在树丛中,散播在空气里。

第三十二章　深秋的悲凉

万物各有归处，叶子也不例外。秋天到了，叶子变黄，秋风一阵紧似一阵，最先衰落的是大树叶，它们在空中旋转着舞动，随风荡一阵，落在地面上。胡杨叶子金灿灿的，红柳树干和叶子变得紫红，沙枣树却是干枯的。那些细小的，匍匐在地的，低头的，臣服于大自然的，活得更长久一些。

沙枣树上金黄色的枣子，有些还挂在树上，有些掉在地上，我能嗅到的清香。它太小了，太普通了，没有人来怜惜它，珍藏它。我有时过去摘几颗，或者从地上捡几颗放在嘴里尝尝。此时的沙枣树树更加干枯，树皮上裂着细细的小口子，行将就木样子。

院子里唯一的一棵胡杨树，树皮被牛羊蹭掉了，露出了破碎的岩石一样的颜色，树干被蹭得油光闪亮，挂着一缕缕牛羊毛，这是牛羊蹭痒痒的杰作。

这时我就想草活一秋，沙枣树能活多长呢？ 我曾在春天见过我家院里沙枣树萌芽初生的模样，和其他树一样，在春风中枝丫泛绿，树皮像竹子一样光滑细腻，透着绿光，枝尖上芽胚顶着极短且密密的小茸毛，非常可爱，可以掐下它喂鸡。在蜜蜂忙碌的时候，它黄色的碎花繁茂，就连扑面的风中都有丝丝缕缕甘甜的味道。

总是等不到它成熟，它涩中带甜的味道，吸引了鸟，引来了小孩，它就被糟蹋光了。

沙枣树开花

沙枣树的生命很长,别的树早已飘下落叶,光秃秃地谢绝了秋收,沙枣树却迟迟不肯落叶,迎来几场雪,在呼啸的北风中才肯放心卸任,抖落身上的叶片,放下这一世的情缘。这就是它的一秋,它在这种轮回中长大,再长大,然后衰老,走向死亡。

世人都说人有执念,草木何尝不是呢?一花一世界,一叶一菩提。但愿那些最后的叶子,终会带着最美的记忆,与母体分离,寻找到真正的归宿。

沙漠里早晚已很凉,一撮毛领着我们修补房子,堵塞墙的缝隙和风洞,糊泥巴,抹平整,又打好新炕。我和歪嘴两人轮流烧炕,烧得那湿漉漉的泥炕干了又返潮,返潮又干了,最后彻底干透了。这期间,蛇狼与山蛋,还有和尚,割了许多芨芨草,编了三苇席子,又用羊肚子和腿上的糙毛做了三个厚毡。白花花、硬邦邦的席子铺在炕上,上面再铺上毡子,瞅着就舒服,又防潮又暖和,只是略微扎皮肤,睡在上面有点挠痒痒的感觉。

沙漠的秋天是短暂的,急速向冬迈进,说冷就冷了,是从早晚开始凉的,人们很自然地扣上了老羊皮袄的腰带。枯萎了的草和黄了的树叶,渐渐失去了妩媚和妖娆,在厉风中摇曳着。

秋天是伴着风来的,日夜刮风,呼啦啦荡过一阵大风,接着又是连续不断的小旋风,把沙脊、沙坡塑成波,一波推着一波,一浪荡着一浪,涟漪套着涟漪,充满了艺术感。

那个明晃晃的太阳更高了,天更高远了,一眼能望到更远的沙丘,满目苍黄,所有植物都被秋霜染成了灰黄色,没有一点儿绿意。

十月底,秋风瑟瑟,霜杀天地。一阵风似刀刺来,那叶子一片片脱落,悠然地在空中飘荡,恋着供养它的树干。越来越多的枯叶随着风的呼啸漫天飞舞,积聚在阴坡的坑里。蒲公英是极耐寒的植物,带着满身的刺,护着它那黄灿灿的美丽凤冠,历经风霜,仍傲骨铮铮,现在叶子灰扑扑地耷拉在地上,美丽的凤冠变得萎缩。牛

第三十二章 深秋的悲凉

莠枝上尖刺直立，护卫着菱形的种子，沙漠上竟是这些讨厌的刺，钩住人的衣衫不放，挂住羊毛，划伤胆敢吃它的果实的嘴。寒冷极快地来了。大自然果然偏爱小的，大树叶落了，小尖叶细草还瑟瑟发抖地活着，动物更是如此，大鸟们开始了它们那遥远的旅行，抛弃了这"不尽鸟意"的地方。忽然之间，天空中空荡荡的，少了那些翱翔天空的精灵。它们何时动身，怎么上路，也不与人商量，悄悄走了，留下小的蝴蝶、苍蝇、甲虫，它们钻进了沙子、树根、树皮裂口、羊圈墙的裂缝中躲藏起来了。麻雀、鸽子、寒鸦、山雀、啄木鸟、鹌鹑、野鸡、鹞鹰，这些小鸟儿，沙漠练就了它们的能力，它们一直都在这儿生长，也不会飞走，只要刨点儿吃的，它们就满足了。树木入睡了，好像死了一样，就连它们身体里的汁液都停止了流动。侧耳倾听，四处一片寂静无声。

沙枣树变为深褐色，正按照秋的意图改变着颜色。

胡杨坚毅、挺拔，屹立不倒，像一组渗透了悲壮之美的雕像，矗立在天地间。

秋天也是沙漠的风沙季节。漫天黄沙的世界，天上的云演绎着八卦，风随时变幻着力量和速度，沙漠表层如浪如涛。置身其中，风卷起头发，掀起衣襟，衣服鼓着，人似气球轻飘飘地被吹着走，好像只有灵魂，没有了肉身，飞翔的冲动立刻涌上全身。我张开双臂，在沙上连跑带飞。我是个风筝，随风上飘荡；我是个皮影，被风线操纵，多么惬意好玩。

羊是不惧这点儿风寒的，它们厚厚的皮毛就是用来御寒防风的，然而草黄叶枯，吃起来如同嚼干柴，它们吃不饱肚子。羊以草为天，这可是大事。

屈指一算，我来这里四个月了，经历了沙漠绿洲的夏和秋，已经完全融入这个集体，适应了这里的生活，再也感觉不到空虚、寂寞和无聊。这时候回想和尚和歪嘴两个人教我克服寂寞的两个法子，

沙枣树开花

我开始觉得歪嘴说的方法灵验,立竿见影;时间长了,我才体会到和尚说的法子是根本。

沙漠的安静,使我体验到生命的质地,此处无声胜有声,这是大自然原有的静态,是上苍在休息,自然在打坐,动物在休眠。人若置身于这种环境,无须到深山老林的寺庙去修行,这里便是最好的修行场所,每个细胞都受到静的沐浴。

沙漠空旷深邃,你会觉得心外无物。一个人的在与不在,对这个世界一点儿都不重要。

十一月,来自西北的寒风一天比一天大了,也凛冽了。强劲的风从腾格里沙漠的北边长驱直入,鼓风扬沙地肆虐而来,让我们明显感受到了冬的来临。

绝大多数树叶都落光了,地上干干净净的,一片落叶都见不到,有的被风吹走了,有的被羊吃了,赤条条来,赤条条去,满目萧条。

沙枣树只挂着几片叶子,孤零零地随风摇摆,干枯的叶蒂细小有裂缝,随时都可能从树上脱落。只有红柳和茇茇草还要等天气冷透,将近初冬才肯依依不舍地离去。

我凝望着沙枣树在思考,它的最后几片叶子在风中摇摆,在等待什么呢?如同我还在盼着上学,还在做着春天的梦,春天会来吗?还有希望吗?我想它是不是和我一样,不肯认命,还是不愿入冬?我在心里祈祷着它的叶子不要落下来,永远挂着,永远有希望,永远有盼头。我抚摸着它粗糙的树干,对它悄悄说:我们一定坚守着。

沙漠披上了霜做的白发似乎变老了,霜气会不知不觉地伏在人身上,衣裳潮寒。早晨迎风冻得上牙磕下牙,晚上打水饮牲口,抓着洒上水的绳子和水桶,手冻得哆嗦。伺候了羊群,回到屋里,再不想出去,人在冷的时候会变得懒惰,越懒惰就越冷,越不想动,不想说话。偶尔传来马的响鼻声和狗吠声,这些声音很快便会被幽深的夜淹没。我缩成一团,爬进被子里窝着。

第三十二章 深秋的悲凉

蛇狼和歪嘴用那狐狸皮做了衣服领子,毛色金黄,长而柔软,又好看又暖和。蛇狼的狼皮帽子也让我们羡慕,我很想戴着玩玩,可是太脏太油,散发着臭气,他戴了几十年,没有清洗过。

这时候我就羡慕蛇狼衣领上的狐狸尾巴领子,毛茸茸的,崭新的,亮亮的,这是他身上唯一干净的物件,看着就暖和舒服。山蛋和歪嘴拿放羊路上捡的羊毛纺线,编制手套、帽子、袜子。看着一大堆羊毛,可捻着捻着就成了拳头大的一疙瘩。我还注意到,最有意思的是他们用粗羊毛擀毡,几个人拿着工具,水洗、打毛、揉、搓、擀,那是个团结协作的技术活。毛毡防潮防湿,保暖性强,还耐用。这些人沉醉于用这种原始的刀削手编,不用机器,靠他们自己灵巧的双手进行最原始的制作。我们地窝子的房门上挂着的骚胡角,也是他们的作品。骚胡长着盘盘的大角,形状如公牛角,公羊身子虽比牛小得多,角却比牛大。

为了省事,不单独烧炕,我们都回到了大地窝子,睡一个大炕。

二愣子很会烧炕,每天一边烧炕,一边把前几天炕洞里的灰烬掏出来。他先用柴火把炕烧热,接着把牛羊粪和灰烬掺在一起,再拌上碎柴,用木棍捅到炕洞四周,一铲一铲地压实,形成文火,慢慢地燃上一夜,炕也就热一夜。说他傻吧,在这件事上他一点儿不傻,知道大火、小火、文火,还能烧火、压火,控制火的燃烧程度和时间,这也是不容易掌握和领会的。不知道是谁教给他的。我在想,人啊,这脑子里的东西都是有限的,这一面聪明了,那一面就愚蠢了,本事也一样,有长有短。

天越来越冷了,夜越来越长了。大自然是体贴的,天热昼长,让人多在外面活动;天冷夜长,让人多在屋里待着。我们偎在热炕上打盹,一撮毛、蛇狼、歪嘴就一锅接一锅地抽旱烟,正好炕洞口的火可以点烟锅。和尚念经,对他来说,昼长夜长是一样的,一天念多少经,念几遍,时间也是一样的,不分白天和黑夜。二愣子也是个怪人，也没有昼长夜长的概念，天黑了，他倒头就能睡觉；天亮了，眼一睁就醒了，该吃就吃，吃啥啥香，该放羊就放羊，该睡觉就睡觉。他不会想事，不琢磨好坏，不患得患失，整天活得无忧无虑的。歪嘴羡慕地说："我想瘸腿婆睡不着，像他就好了。"一撮毛说同样的话，不过措辞变了，说他想女人睡不着觉，没有针对某一个女人的情感，而是抽象、笼统的，可以对应任何一个女人，就是个流氓。蛇狼说想死去的孙子，心疼得睡不好，饭也吃不好。山蛋和我说："像二愣子那样，不学习，不思考，不想问题，活得倒也简单。"和尚说他修行，目的也是心里不想事，不搁事，两耳不闻窗外事，心外无物，土房低屋睡得香，粗茶淡饭吃得香。我们都觉得二愣子活得自在，都羡慕他。二愣子永远长不大，他的身体是成年人，智力是孩童，情感是张白纸，也不知道他这样是好是坏，是幸福还是不幸，是快乐还是痛苦。他不知道世道的艰辛，不知道世态炎凉、人情冷暖，不偷不抢不害人，也不防人，毫无风险概念，活得像个娃娃一样。我们讽刺和尚："你修行的目标，二愣子都达到了，难道修行是为了做个像他这样的人？"和尚愣了一下，一时反应不过来，表面上是这样，实质上又不是这样，怎么说呢？他解释道："佛家修行的目的是明心见性。明心就是不要蒙蔽心、阴暗心、扭曲心，要像小孩那样纯粹、纯真、纯洁，毫无顾忌，毫无猜忌，让心恢复最原始自然的状态。他不是以上的菩提心。"他说了这么多，我们还是不明白，更迷惘了。

第三十三章　草原客人

这期间，鲍布和隔十天半个月就来转转。他骑一匹马，身后还拽一匹马，驮着帐篷、水、猎枪、马头琴等物品，难怪人们常说蒙古族是"马背上的民族"。也许是常年骑马的缘故，马腹向外撑着他的腿，他走路也像骑马，罗圈腿向外拐，左右摇摆。他一手拿着马鞭，一手提着皮酒囊，嘴里还哼着草原小调，一副没有忧愁的样子，让我们几个很羡慕。鲍布和穿着老羊皮袄，袖子用来擦汗、抹嘴、揩鼻涕，任性又自在。吃饭必吃肉，吃肉必喝酒，喝酒必唱歌，这可难为了蛇狼，他穷得叮当响，哪有钱打酒买肉。偷宰生产队一只羊可以，弄多了，被人发现和告发，那他可就吃不了兜着走了，可不是闹着玩的。好在鲍布和每次来都带两皮囊酒，能凑合一两天。这次他来，蛇狼与一撮毛等人偷偷商量，宰一只羊，以病死记录上报。

轮到一撮毛做饭了，这人品行差，但鬼点子多，常有意外之举。他说："烧烤、水煮、手抓这些吃法，鲍布和在草原上都吃腻了，我今天来个新花样，回报他对我们的热情招待。"

大家齐声问："你又有什么鬼点子、歪主意？"

"火锅涮羊肉，没吃过吧？"他狡黠地笑着说。

"可是我们没涮锅，没调料，咋办啊？"我们认为巧妇难为无米之炊。他说变着法儿办。在门前挖个土坑，里面填火，上面架着铁皮水桶，熬了一只鹌鹑鸡、半只兔子，快熟时加入干辣椒皮、野蒜、高台花,汤看着油汪汪的,闻着鲜香,然后拿长红柳枝当筷子,将羊肉用刀削成片下锅,沙蒿干柴火猛,水桶里咕噜咕噜滚着。羊肉发灰,皱着卷儿,鲍布和说:"快捞,羊肉涮老了。"是的,入口有点硬涩。

鲍布和告诉他,他们打到黄羊,用刀割生肉,卷着沙葱、野蒜吃,那样更香。在他的提示下,后面都是一涮即起,肉还红着,蘸了料,一嚼才知道一涮即起的羊肉,半生半熟,肌理若有若无,嫩香软滑,入口即化,嚼都不用嚼,就香香地入喉了。这时他们几个牧羊人、吹牛老手才觉得以前那些羊肉都吃错了。

几个人围着火,吃得满头大汗,嘴上流油。

山蛋卖弄着学问说:"我看书上说羊肉的做法很多,涮羊肉是清朝贵族的吃法。羊肉天生丽质,适合清水出芙蓉,一个'涮'字,如贵妃出浴,最能吸引人,最能出味,激发人的食欲。"

鲍布和喝一口酒,打着嗝不屑地挑着毛病:"你们这吃法,头头脑脑、肠肠肚肚都吃,人家蒙古王爷涮锅时挑挑拣拣地吃,一个四十斤的羊,最多能挑出十斤适合涮的肉。肉可以薄如雪花。涮羊肉好吃的地方只有五处:上脑嫩,瘦中带肥;大三岔一头肥,一头瘦;小三岔就是五花肉;磨裆是瘦肉里带肥肉边;肋条是取其嫩和肥瘦相间。"

一撮毛听了这话,觉得有人嫌弃他的手艺,红着脸说:"我们这些人穷,穷得见不着肉,我看今天大家是狼的吃法。"看大家不解,他反问鲍布和,"听说狼吃肉不吐骨头。"

"是的,狼吃得很净,一点儿不浪费。"鲍布和指着蛇狼和二愣子,"你看他们,把锅底熬汤的骨头都吃了。"

蛇狼说:"哎,没听说过一句话?不怕杀生害命,就怕骨头啃不净。"

他们尽情地喝那浓烈的粗制白酒,释放着无限的寂寞,今朝有酒今日醉。我越来越深刻地理解了这里的环境、条件、人性，也逐渐明白了人性深处的内涵。

鲍布和用一把精美的刀子，把锅里的鸡骨头、兔骨头刮得干干净净，我感到好奇，要看他的刀子，像他那样削着吃。他嘴上不利落，用生硬的汉语说："蒙古人，信'长生天'。'长生天'给我们'三大宝'和'三小宝'。'三大宝'嘛，蒙古包、草原、牛羊。'三小宝'嘛，"他把那个刀子递给我，"蒙古刀是一个，给我们好运和平安。刀分六种，勇、智、礼、亲、忠、姻。其中的忠，就是对朋友好好的，你们，朋友。"说着，他竖起大拇指。这刀平时用来屠宰牛羊，吃饭时用来吃肉，外出时用来防身。

"奶酪是二宝。"他捡起一块扔到嘴里，"这三宝嘛，"他取过马头琴弹拨两下，调试一下琴弦，"我今天给你们唱一个。这是我们蒙古族的《波茹莱》。"他唱的我们听不懂，后来知道歌词是这样的：

四邻八舍的人们，
都已经进入梦乡，
波茹莱弟弟你哭闹不停，这是为着哪般？
为什么要把玲姬姐姐折腾得坐卧不安？
额吉达，
阿吉达，
弟弟哟，你别再哭泣啦，妈妈还在呀！
要说我们俩共同出生的地方，
是王公们居住的哈拉毛都屯；
要说你跟随姐姐出嫁的地方，
是坐落在坡岗上的吉拉吐屯。
工艺精美的红柳木摇篮，

沙枣树开花

是阿爸亲手为你制作的。
你在长夜五更里哭啼时,
是善良的阿妈起来喂你。
呼和湖畔的那一座白塔,
塔心空了一次又一次哟。
以乳汁养育我们的阿妈,
离开人世,我们多么孤苦。
那青灰色可爱的小山兔,
离开绿草后是多么悲苦。
生来可爱的波茹莱弟弟,
离开阿妈之后多么孤苦。
那灰花色奔跑的小山兔,
离开山岗之后就会遭殃。
生得白净漂亮的波茹莱,
离开阿妈之后多么难过。
山岗上的榆树钱儿多好看,
姐姐给它摘下让你吃个够。
把绣着杏花的靴帮放下来,
抱着你东邻西舍地逛个够。
草原上的萨日朗花多鲜艳,
姐姐把它摘来让你玩个够。
把绣着的荷包放在柜子里,
背着你前屋后院地串个够。
波茹莱,别哭啦,
山丁子树长在南山西边,
爸爸用它给你做了一个摇篮。
漆黑冰冷的夜里,

第三十三章 草原客人

妈妈起来，抱着你喂奶驱寒。

爸爸呀，妈妈呀……

鲍布和声音嘹亮，时而悲伤，时而悠远，突然又变得激越铿锵。马头琴悠扬，如泣如诉，缓时如山泉淙淙，溪流潺潺，山风呢喃，急时如万马奔腾嘶鸣。

他还唱了一些长调，歌词内容绝大多数都是描写草原、骏马、骆驼、牛羊、蓝天、白云、江河、湖泊等，歌咏自然、讴歌母爱、赞美好人、诉说爱情，把蒙古族的智慧及其心灵深处的感受表达得淋漓尽致。鲍布和唱得如痴如醉，我们听得如痴如醉。歌声里有一种什么东西在撩拨着人的情绪，仿佛在人们眼前展现出一幅壮阔的画卷，在明媚的阳光照耀下，羊群犹如颗颗珍珠散落在宽广无垠的大草原上。

蛇狼酒至半酣，舌头打着结说："唱！大声地唱，高兴就行！"

大家大醉而眠。第二天早起，鲍布和闲着没事，与我们一起去牧场聊天。我和山蛋、一撮毛都没见过狼，请鲍布和讲讲狼，还问他打过狼没有。鲍布和是性情中人，爱喝酒，爱唱歌，爱交朋友，爱吹牛。喝点儿酒，他就高兴起来，有说不完的话。他给我们讲了很多很多传说故事。

从前，草原上，牧人挤出牛奶、羊奶后，你一碗、我一碗地喝，不知道加工奶，剩下的就放坏了，很可惜。成吉思汗的父亲耶速亥巴特尔死后成了神仙，有一回成吉思汗去天上看望他，在那里吃到了酥油、奶酪等。成吉思汗觉得很好吃，问了才知道是从奶里提炼出来的。

做奶酪需要有奶酪种才行。成吉思汗想，草原上有的是牛奶、羊奶，如果把天上的奶酪带些回去，牧人一样做好吃的。可是，天上不让拿出去，怎么办呢？

成吉思汗多聪明，眉头一皱，想出了办法。他吃饭的时候，把酸乳汁沾在胡须上面，就这样把天上的酸奶种偷回来了。于是，一传十，十传百，草原上的人有了酸奶，还学会了做酥油、奶皮、酪蛋等。这事传到了天上，天神们发怒了，牧民学神仙，吃神仙饭，那怎么行？于是，天神派下了天狗，吃牧人的牲畜，这就有了狼。

狼是天上来的，以其坚韧、勇猛、狡黠，成为草原人的精神图腾。

狼，外表凶恶残暴，内心却有情有义，骄傲地昂扬着头，永不服输，善斗。它很复杂，既冷血狂野，又对同类热烈温柔，既对猎物贪婪自私，又对同族慷慨奉献，对仇者睚眦必报，对狼群以命相报。狼，宁可忍饥挨饿地自由流浪，也不愿像狗一样被人养着，摇尾乞怜。狼，脚掌比狗大得多，肩胛骨狭窄，走起路来轻飘无声，柔软的腰肢让它极富弹跳力。生就宽大的狼爪，抓地极其稳当。它奔跑的速度是狗的三四倍。狼，多疑、狡猾、孤独、桀骜，很聪明，甚至有智慧。狼会动脑筋，耍手腕达到自己的目的，称得上动物界出色的谋略家。生存在险恶的大自然中，狼的残暴是环境逼出来的。

成吉思汗说，闲暇的时间，要像牛犊；嬉戏的时候要像婴儿、马驹；拼杀冲锋的时候，要像雄鹰；高兴的时候要像三岁牛犊一般欢快；同敌人对阵的时候要像黄雀一样节节跃进；在明亮的白昼要像雄狼一样深沉细心；在黑暗的夜里，要像乌鸦一样有坚强的忍耐力。这些对蒙古族人性格的养成有一定的影响。

蛇狼竖起大拇指说道："狼表里如一，人表里不一；狼爱憎分明，人黑白不分；狼为食而战，人为财而争。"

对于蛇狼的说法，和尚深有同感："一个不善良的人，有时比狼更复杂，狼的凶狠是暴露在外的，人的凶残是藏在心里的。"

我尝到了世态炎凉的滋味，联想到陈文忠不理睬我的事，发表着幼稚的观点："人有时候不如狼团结，同类之间还有歧视和压迫。"

一撮毛盯着歪嘴，想迷眼子是歪嘴最好的朋友，歪嘴却偷了迷

第三十三章 草原客人

眼子的女人，有针对性地说："朋友妻不可欺，这个道理大家都知道吧！有些人表面上对朋友好，其实背地里干着伤害朋友的事，比狼还狠。"大家都把目光都投向他和歪嘴。歪嘴的脸红了，却不示弱，嘴上不饶人地讥讽一撮毛："人有时比狼更可怕，狼不会背着妻子偷女人吧！狼也不会嫉妒你时陷害你，算计你时口蜜腹剑！"这话噎住了一撮毛。

说话说到了半夜，风从沙漠北边呼呼刮过来，一路蹚过沙漠，带着坚硬的沙粒拍打着门窗，发出狼嚎的声音。

我听到了沙漠里生灵绝望的叹息。

第三十四章　好汉又提当年勇

我们问鲍布和他打过狼没有，他嘿嘿地笑着说，过去和蛇狼一起打过，现在好多年不打了。我们回过头看蛇狼，才知道蛇狼不是吹牛说瞎话，是真有那么一回事。鲍布和说汉语不流利，表达不是很清晰，还是让蛇狼吹牛吧。

蛇狼看大家信了他，认可了他，对他露出羡慕和敬佩的表情，立马腰也直了，人也神气了，将着一把山羊胡子，摘下头上的帽子，让我们瞧瞧、摸摸。四十年了，这帽子上的毛还没掉，还这么亮，这么暖和，因为这是狼崽的皮。我接过来看，毛色灰黄，皮子柔软细腻，毛发根根直立，带着光泽，真是个好东西。

蛇狼这才侃侃而谈。多年前，他走西口，在草原贩皮货，认识了鲍布和。那时候他没有猎枪，老鲍有套马杆、刀和布鲁。布鲁是用弯曲的小木棒制成的，直柄曲头，状似镰刀，一头是金属弯钩，系上牛皮板绳。这个东西好啊，布鲁可打低空飞鸟，可击地上走兽，遇到狼和其他野兽时，用力摔出，能打击野兽头部，击碎动物头骨。老鲍领着他，骑着马，带着狗，本来是去打黄羊的。到了一片胡杨林地，沙丘低矮，一些老树杈子干的干，枯的枯，还有的被雷击过，烧得黑漆漆的，一半都光秃秃的。那附近有个小水泡子，他俩就地躺在沙坡上等着黄羊来喝水。他不时悄悄地抬起头观望，半天也不见个影子，老鲍还说他："藏好，急啥啊！把羊都吓跑了。"等到

第三十四章 好汉又提当年勇

天快黑了，有三只羊走走停停，望来望去，慢悠悠地过来了。他那时年轻，紧张得心都要跳出来了。黄羊越来越近，挤在水泡子边上饮水。一只黄羊警觉地四下张望，头好几次转到他们藏身的地方。他问鲍布和："能打了吗？"鲍布和忙着观察找机会，没顾上回答他。他用力把布鲁摔出去，饮水的黄羊受到惊吓，瞬间四下飞奔，跑得连个影子都没了。鲍布和埋怨他心急吃不了热豆腐，到手的鸭子飞了。他也很沮丧，那狗也用敌视的眼神盯着他，嫌他是个累赘。没办法，只能打道回府。走过二里地，那狗突然放慢速度，东闻闻，西嗅嗅，走到一处陡坎旁，突然停住。它仔细地嗅着、寻着，找到一个坎洞，冲着洞里吼叫。鲍布和说："有东西，这是狼窝，快拿家伙！"鲍布和手提刀，他拿布鲁，那狗看他俩做好了准备，狗仗人势，大着胆子俯下身，向洞里爬去。不一会儿，它叼着一只小狼崽出来。接着，它又钻入洞里，又叼出一只。小狼崽装死，鲍布和用手一掐，小狼崽疼得吱吱地叫，小身子瑟瑟发抖，与他们养的小狗一样可爱。鲍布和将它提起来，往上一扔，它掉下来摔死了。鲍布和说给他做个大衣领子，就有了狼皮帽子这宝贝。

蛇狼说完不吭声了。我们急切地等着后面精彩的部分，催他快讲。他抿着嘴，笑着说："没了，讲完了。"我们大失所望："这是啥啊？是你打狼吗，就是狗偷了两只小狼崽嘛。"

鲍布和说："他拿狼崽皮走了，我倒霉了。过了两天，我们一家人睡了，半夜狼嚎狗叫，我赶忙爬起来，出门一看，有四只狼凶猛地扑咬我家的狗，羊圈里也乱套了。狼凄厉地嚎着，个个穷凶极恶，瞪着绿眼珠子，狠狠地扑咬，怪瘆人的。我知道狼是寻仇来了，我的羊要倒霉了。我一手提刀，一手拿布鲁，向狼吼着，扔木棒，摔布鲁，可狼多，我一个人根本不敢冲进去。我的狗正被几只狼包围，被狼死死地纠缠着。我急了，赶忙让老婆使劲敲锣报警。我拿套马杆向狼群挥着打着，狼才稍微退了。我一边挥杆，一边提刀向前逼近。

沙枣树开花

一只大狼躲过套马杆，俯下身子，后腿发力，腾空向我扑来。我迎面一力挥去，砍中狼的前胛，那狼哀号一声，滚倒在地，瘸着跑了。其他狼被震住了，攻势稍缓。这时，周边的牧民闻声赶来，狼忽地没入夜色中，逃跑了。我的狗，脖子上被咬了个口子，汩汩地流血，痛苦地挣扎了几下，血流尽死了。我到羊圈一看，九只羊被咬死，还有几十只被咬伤。我明白，这是狼的一次报复行动。我的狗掏了狼窝，它们就咬死我的狗。我杀了狼崽，它们就咬死我的羊。母狼是不会轻易放过我们的。从此，我除了加强防备，发誓再不打狼，不惹狼。据说狼记仇，报复心强，能辨味，嗅觉比狗灵敏，会寻上门来，这你们都知道。可那半年，我整天提心吊胆，走路都不停地转着脑袋看，睡觉把门锁得死死的，还常做噩梦，梦里那狼还在寻找我，扑着咬我，经常吓得一身冷汗。我用了半年时间才逐渐从惊恐中走出来。"

蛇狼说："我得好处你受罪，真不好意思！我用那小狼崽的皮做了这帽子，一戴就戴了几十年，秋冬两季从未离过身。从那以后，村子里人叫我蛇狼，反而把我的大名忘了，连我自己都不知道自己姓甚名啥了。这辈子估计我就得戴着这顶帽子和蛇狼的名字进棺材了。"

鲍布和大咧咧地说："朋友嘛，最好的，给朋友，哈哈……"

蛇狼听了这话，搂着鲍布和，深深地出了口气，好像吐出了心里的不安和歉意。

一撮毛竖着大拇指佩服地说："没想到你们老哥俩，东山跑过驴，西山打过狼，见过点儿阵势，佩服，佩服。"

"你是女婿认不得丈人——有眼不识泰山。"蛇狼开玩笑回敬他。

一撮毛更不客气："你个老东西，破麻袋装着烂套子——不是好货。"

第三十四章 好汉又提当年勇

大家哄堂大笑。

和尚双手合十，口念"阿弥陀佛"。

鲍布和说："现在我们很少打狼了，狼是草原的看门狗和保护神，使草原维持着生态平衡，残酷中带着合理。人们打狼会打破自然法则。"

最激动人心和引人注目的还是骚胡打架。羊贴了秋膘，很肥壮，骚胡打斗更频繁，更勇猛，更精彩。今天是一撮毛的羊与我们队的羊比斗。我们队的那只骚胡顶过我，我觉得它挺厉害，它已占据头羊位置两年了。一开始，它还高扬着头，好像没把对方看在眼里。前几个回合，他明显占优势，我大声喊着为它喝彩。到了第十几个回合，双方相持不下，不分胜负。到了第十五个回合后，我们队那只傲慢的骚胡有点怯了，对方越战越勇，后退稳健，前扑愈来愈勇，犄角相撞越来越大。我的手攥得紧紧的，为它使劲，捏出了一把汗。又过了三五个回合，我们队的羊转身逃了。

一撮毛坏笑着说："这回你个老骚胡遇到对手了，嘴闭紧了吧。"

蛇狼红着脸骂了句："不争气的东西！"假装生气，背着手走了。

一撮毛又哼起了小调。

那个暴戾了大半个白天的日头显得精力不济了，透出惨白的颜色。那只头羊今天败了阵，头羊地位岌岌可危。二次打斗角逐，它如果挽不回败局，就该下台了。

沙丘也不安分，细沙随风细浪似的往前涌，比水上的浪花还细还散，线条是那么柔和。蒿草、芨芨草、红柳摇着头，抖着叶子。沙漠小蜥蜴急速地奔跑，在沙丘表面上留下一串细细浅浅的爬痕。沙鼠呢？野狼呢？野兔呢？它们都藏在哪儿活动呢？沙漠何曾有过片刻安静？

第三十五章　严寒中生产

骚胡安静的时候，秋天走到了尽头，绿洲里的草都枯死了，连挣扎在瑟瑟秋风中的芨芨草都失去了最后的颜色，由绿变青，由青变白，努力地以刺刀般的尖锐戳向湛蓝的天空，发出呼呼的声响。蒿草干枯着缩成一团，随风在沙丘上滚动着，只有驻地傍墙根和栅栏而长的野草受到保护，依偎着墙和木头，不忍被风卷走。

沙漠下了第一场雪。世界上的事都是矛盾的，牧人盼下雪，给大地带来宝贵的水，保墒。可是，雪覆盖草，如果秋末和冬季连续遭遇几场大雪，那么地上的草全都会被雪覆盖，直到来年开春冰雪融化才会露出来，这对羊而言无疑是一大灾难。刺骨的寒冷在沙漠上升起，在阴坡上积聚发威，借风乱窜，张着大口，吞噬一切。植物光秃秃的，停止了生长，动物巧妙地佯装死亡，看似没了生命的征兆，在死气沉沉的白雪覆盖下，保存着生命的种子。到处是一片白茫茫的雪原，牲畜可以吃的草都被雪盖住，只有少数在低洼处长得比较高的枳芨和荆棘露在外面，但是这些植物只有骆驼能吃，所以多么严重的雪灾都不会危及骆驼的生存。骆驼不仅不"挑食"，而且它们的三瓣子嘴比马、牛、羊都要巧，可以吃到高矮不一的任何类型的植物，而且吃得特别快，吃到胃里再慢慢反刍。但是，马、牛、羊只能吃覆盖在雪下面的低矮的草。当雪厚的时候，找到这些草的办法只有两个，一个是到沙坡的最高处，朝阳和风容易吹到的地方，

第三十五章 严寒中生产

那里的雪往往薄一些,所以草也会少一些;另一个办法就是用蹄子刨,扒开深雪,让草露出来。羊有这个技能,那是饿极了的动物的本能。

整个冬天,风在院子和羊圈里呼啸了无数次。院子里的沙枣树上,几片灰灰的叶子,执拗地挂在树梢,坚守着光秃秃的树枝,像坚守着自己最后的生命,期盼着春天的来临。

每天到羊圈填草,无论多么冷,我都会驻足片刻,抬起头看几眼那几片在风中瑟瑟抖动的叶子,心中有些安慰。我就像这冬天的沙枣树叶子,驻守在这沙漠中,心中期盼着上学,希望奇迹出现。

黑夜漫漫,白天变短,月光和星光也是冷的,一切都被大雪封了,没有了生机,都陷入沉睡。我们挤在地窝子的土炕上,无聊地坐着、躺着。一撮毛说:"太无聊了,我们来摇单双,耍一耍。"我们围在一张炕桌四周,桌子中间点着一盏油灯,一撮毛拿来两只碗,里面放了两个一分硬币,两只碗扣在一起,摇晃着,里面的硬币碰撞着,哗啦啦地响着。两个硬币的面一样为双,不一样则为单。我本来吃了死羊肉拉肚子,身体软得像一根面条,可实在是太无聊了,也凑过去看热闹。他们是拿一分和五分钱币下赌注。一撮毛坐庄,其他人下注,和尚坐在一边念经,都不瞧瞧这边的热闹。两边都在押钱,押在一撮毛那边的都信双,押在他对面的都信单。大家兴致很高,都很专注,连劣质浓烟味也不在乎了。我夹在他们当中看热闹,赢的人兴奋得脸都红了,输的人直骂娘,嫌自己手气不好。我关注和分析着每次赌局的结果,单和双的概率差不多,有时一会儿单、一会儿双地交替着,一会儿连着几个单或几个双,没有任何规律。我以前在家看大人们赌过这东西,看了一个时辰后,还是看出里面有一点儿小名堂。单和双连着出现两次的时候,我就跟一把,学着他们的样子,在单的位置上押了一分钱,没想到这次揭开后果然是单。接着我不下注了,其他局也不下注,静静地等重复出现的机会。我

265

一边摸索规律,一边等下次机会。到了半夜游戏结束时,我赢了一毛二分钱。他们几个大人说:"这娃聪明,手气好。"

十二月底,沙漠被雪彻底覆盖了,积雪最深处有一尺多厚。沙漠上的所有植物都休眠了,所有动物都缩回窝里瑟瑟发抖,只有狐狸偶尔一闪而过,间或有一声凄厉的鸣叫。天黑得早,天上有几颗星星,泛着残弱的光,时隐时现,好像也怕了这寒冬。

抬头远望,连绵的沙漠上覆盖着白雪,虽然有些忧郁和阴沉,但雪折射出星星点点的亮光,神秘而美丽。

沙漠下雪与平原不同,雪似乎就没有停过,一场接着一场,整个沙漠一片迷蒙。地窝子顶上压着积雪,如蘑菇盖子一样。背风的围子墙的北面和西面的壕堑里积满了雪,每下一场雪都会积一层,渐渐地,积雪有半墙高了,已看不出房子的模样了。大家都担心积雪会压塌房子。

一望无际的白色世界,沙丘好像平了,如白色飘带的褶皱,对牧羊人来说,这不是景观,不是美丽,只有严寒,冻得血液都仿佛凝固了。

我们进入休牧期,羊入圈,不再外出,喂秋天打好的草料。活儿少了,山蛋回家探亲,其实是想回去找个媳妇。蛇狼问我是否跟着回去,我不愿意回去。对一个小孩来说,没有什么比这个念头更悲哀和凄凉的了。对我而言,不是无家可归,而是有家难归,有家不能归,这种感受是可想而知的。有了这个念头,我突然对他们有了亲近感。人是感情动物,需要人的关心和爱护。在这里,我没有亲人,没有同学,没有小朋友,这几个牧羊人自然成了我依赖的人。听他们胡扯、闲聊、掐架,成了我的乐趣。和他们溜达,下简单的棋,摇单双下注,成了我打发时间的娱乐活动,于是日子就在等待中熬着,天黑了等天明,天明了等天黑。他们的呼噜,也能分担漫漫长夜的哀愁,一切丑陋的东西也不那么讨厌了。出外打猎和喝酒吃肉

第三十五章 严寒中生产

是我最舒心的时候。晚上黑洞洞的夜色掩盖了一切,抬头看星星,我听他们讲牛郎织女的故事,还有许多鬼故事,打发寂寞。

这期间,他们用粗糙的掉羊毛制成羊毛毡,一个毛毡拿到外面能换五十多元钱,用换来的钱买六毛钱一斤的散装酒,用塑料桶提回来。漫漫冬夜,寂寞无期,有了酒,就可以热身解愁。这时候我理解了酒是好东西。酒一旦进入身体,冷的人变热乎了,空虚的人变充实了,寂寞的人变活跃了。在寒冷漫长的沙漠之冬,我深深地体会到这一点。一撮毛和歪嘴翻遍口袋,拿出所有家底,打来最便宜的散酒,打发着日子。他们喝得身体绵软、虚飘。他们学着鲍布和,两人共用一个大碗,一人一大口,不耍奸,不使诈,喝醉了才叫真朋友,一会儿歪到左边,一会儿倒向右边,这样日子过得快一些。

同是天涯沦落人,同行同住同甘苦是人生的慰藉,温暖着艰难的岁月,让我们每天不孤单。我后来体会到用一颗有爱的心去对朋友、对家人、对同事、对身边的人、对陌生人,受益最多的是自己。

下午,我去给羊送草,往草垛走去。草垛的草籽落地,在四周长了许多杂草,大部分都冻死枯萎了,唯有芨芨草还干干硬硬地立在那里,风扫得芨芨草"嚓嚓"响。那响声也有变化,风从缝隙穿过去带来刺耳的哨音,草随风摇晃着刷出扫帚扫地般的声音。仔细看,稍微低矮的芨芨草无论风多大都岿然不动,就那么直愣愣地立着,咋扒拉都不倒。高的草迎风弯曲着,如拉满的弓弦,蓄着抗争的力量,可只要风一小,那草立刻反弹回来直立起来。我们经常用镰刀割芨芨草烧炕,火苗子都带着暴脾气,噼噼啪啪地爆响。我总是想不明白,那些芨芨草年年割,年年刨,年年长,竟这样顽强不屈。

给羊送了草,饮了水,我们站在栅栏外看羊吃草。有几只羯羊骚动着,寻找着自己的相好。歪嘴羡慕地说:"你看羊活得快活不?"蛇狼叹息一声道:"咋不快活?草来张口,水来伸舌,不愁吃不愁喝,身上皮厚毛长,又不怕冷,不用花钱买衣服,多好!可惜膘肥体壮时,要挨刀子。"和尚叹息一声,道:"世界上有许多缺憾,这个世界本来就不完美。"几个人又看了一会儿羊,看羊吃草、骚动、打架,一直到天完全黑下来,才异口同声地叹息道:"天又黑了。"

我们过了一段轻松的日子,早晨提水饮羊,早、午、晚分发草料,一周起一次圈。活儿不多,但是在那样极端严寒的天气下,干什么都不是滋味。零下二十多度,滴水成冰,走出地窝子,嘴里呼出的哈气可以把眉毛冻成冰条,头上的汗能使皮帽子冻成结满冰凌的冰帽。最难的是井里打水,手冻得拿不出袖筒,沾点儿水就与衣服结成冰疙瘩,鼻子冻得由红变白,又由白变黑,最后结成一块黑皮,黑皮掉了以后才算好。剩下的时间,和尚念经,我们三人打牌、吹牛、胡扯,实在闲得没事,就在"雪沙"里转转。我也看看初一的课本,但兴趣不大,我已立志做个牧羊人,对未来没非分之想。

晚上的饭,大多是土豆汤煮面条,拌上萝卜酸菜,清汤寡水。蛇狼又说起了上次吃黄羊肉的滋味,我听着不自觉地咂着嘴回味。我们现在没有肉,巧妇难为无米之炊。歪嘴说他领我去打猎,搞点儿野味犒劳大家。这次去的是北沙窝,沙丘的阳面风吹日晒,雪覆盖得不多,阴面更冷,积雪没膝,走路十分艰难。行路慢,露在外面的手和脸冻得生疼,衣服里都是艰难跋涉带来的汗水,鞋上包着雪水冻成冰疙瘩,一身是冰火两重天。到北沙窝时,夜幕已低垂,星星很多,洒在大漠的天空里。夜空显得很低,月光和星光都是冰冷的,心里也是凉飕飕的。找了一个背风的旮旯,点燃一堆篝火,烤着贴在身上的湿衣服和冰疙瘩鞋,这时才感到温暖。鞋上冒着气,我们把火往前推了推,坐在刚才火堆烤过的沙子上,比热炕还柔软暖和,一会儿身上的每个毛孔都打开了,骨头酥了,皮也松了,细胞都舒展了,那个舒坦啊,简直飘飘欲仙,妙不可言。我体会到人真正的享受和乐趣要到大自然中去寻找,渴极了水甜,饿极了饭香,品尝过这种酸甜苦辣,才能真正地了解人生。晚上备足了干柴,睡

第三十五章 严寒中生产

在篝火旁，不停地填柴。天上有一轮浅浅的弯月，洒下淡淡的寒光。远处我最先看到的是沙丘的轮廓，上边覆盖着白雪，寒气包裹着我们。我一直听到沙沙的脚步声，不时会有一道道暗暗的影子掠过，我不知道是狐狸还是野兔。

第二天，跑断了腿，才打到一只兔子，瘦瘦的，只够塞牙缝，野物都不知藏到哪里了。下午返回时，忽然刮起了西北风，下起了鹅毛大雪，天地白茫茫一片，我们俩成了风雪夜归人，当地人叫作"白毛糊糊"。我们裹紧老羊皮袄，捂着帽子，顶着夹着雪的西北风，走两步，退一步，艰难前行。最先感到冷的是脚。人很奇怪，在行进中，头上和身上会热，唯独腿和脚不升温。虽然我们穿着皮袜子、毡靴，但是依旧抵御不了寒冷，鞋面结了冰，积雪没过靴子筒进入袜子，湿漉漉的，脚冻得都肿了。鼻子露在外面，已经冻成红萝卜。晚上回来时，进了屋子，嘴哆嗦得说不出话来。蛇狼帮我们脱掉衣服，鞋和脚冻在一起，脱不下来，也不敢烤火，端来几盆雪，用雪给我们擦手和脸，直到恢复热度，才脱掉鞋，又用雪擦脚，可是已生冻疮了。他们又用酸菜土豆煮面条，让我们热乎乎地喝下去，我们才缓过劲来。

我们对打猎也不抱希望了。

深冬下了几场雪，羊有那么厚实的毛，也冷得发抖，相互依偎，抵挡擦地而过的寒风。

春节前后便是母羊生育的季节。羊下羔子基本是在冬天最冷的时候。母羊从开春吃上青草，一直到养好膘，至少要到七八月份才开始跑羔，从跑上羔到下羊羔起码也得五个多月，所以正好是过年前后。

一月份将怀孕的母羊隔离开来，喂料加强营养，还要将骚胡隔开，防止它们顶撞母羊肚子，我们又忙了。歪嘴抱怨道："这该死的东西，真会选日子，快过年了，让人不得安生。"

一撮毛接过话头:"这你就不懂了,外行了。一年中这个时候,沙漠最为平静,没有大雨冰雹,也没有沙尘暴,老天给出一个安全期,保证母羊的安全生产。再说了,生产时还会死羊,让牧羊人春节有点儿肉吃,让你过个吃肉的年。"

山蛋也回来了,我们七个人挤在一铺大炕上,腾出隔壁的地窝子和值班房当产房。

母羊繁殖季节,牧羊人睡不上个好觉,不时拿个电筒或火把在羊群中巡视,当接生婆。这样的夜晚,羊在风中蜷缩着,狼在不远处饿得嗥着,狐狸都不安分地来掏栅栏,牧羊营地的篝火在黑暗中明明灭灭,小狗围着栅栏转,急得一刻也不闲着。

夜里起来几次去照看羊。羊下羔子的时候,整夜整夜亮着马灯,我们观察哪些羊该生了,就把它们牵到那屋子里,遮风避雪,加供精草和干净水。每天都有小羊羔接二连三地出生。

女人生娃是过鬼门关,羊生小羊羔也一样,整晚都能听到母羊发出的凄厉的嘶叫声。我负责烧水和填坑,兼做饭。他们几个都成了接生婆。他们焦虑不安,好像是自己老婆生孩子,那痛苦的叫声揪着他们的心。小羊羔湿漉漉地在地上挣扎乱动,母羊会伸出舌头舔干小羊羔身上的血迹,一会儿小羊羔就颤抖着站起来了。有些母羊已精疲力尽,连舔的力气都没了,掉过头来,温柔而着急地看着它的儿女。他们几个就帮着擦干净,母羊会感谢地看着他们。第二天,母子平安,小羊会吃奶了,第一次产羔的母羊大都不会照顾第一胎,我们要格外小心,把屋子烧暖和,将母羊和小羊羔强制放在一起,让母羊逐渐适应并记住羊羔的气味,奶头肿胀时,它就开始哺育了。

第一批母羊和小羊羔子被送回羊圈,我们又迎来了第二批待产妈妈。羊的难产率很高,十个当中有一两个难产,还会有一两只小羊胎死腹中,母羊也跟着完蛋。他们几个经常接生,能处理简单的情况。难度大的,他们也回天无力。这不,一只即将分娩的第一次

第三十五章 严寒中生产

生产的母羊，没有经验，惊慌而又痛苦地蜷伏在沙土地面上，已没有多少力气，蹄子不断在地上刨动着，试图站起来。它已经这样挣扎了很久，渐渐伏在了地上，它的身下已浸湿一大片黄沙，这沙子是我每天换一次的。一撮毛的手在羊的肚子上慢慢捋着，谨慎地在羊鼓凸的腹部轻轻地推拿，就好像母亲的手滑过孩子细嫩的肚皮。然后他将手又伸到羊的下身镇静地摸索着，一脸凝重和焦虑，这时我才看到他和善的一面，以及对生命的尊重。看来每个人都有光辉的一面，也有丑陋的污垢。他的表情越来越显得焦虑不安，他那一撮毛随着母羊的痛苦呻吟而不断颤抖着。我们都屏住呼吸紧张地看着他和羊。在这屋子里给羊接生多天，血污遍地，浓烈刺鼻的腥臊味萦绕着，可是大家都忙着，顾不上这些。尤其是危急时刻，羊的命在牧人心里分量是很重的。这一刻，他们就像在给自己的孩子接生一样。一撮毛用手背抹一把额头上的汗，血迹沾在额头上，像个小学生拿毛笔写的不规则的"王"字，十分滑稽可笑，可我们没有一个人能笑出声。那只母羊的四肢抽搐起来，瞳孔张得很大，快不行了。他果断地说："开刀取吧，羊羔还在肚子里动弹呢，不然胎死腹中，两个都没救了。"他说话的口吻是不容置疑的。山蛋递过宰羊匕首，帮他按住母羊的两条后腿，母羊知道了它的命运，腿痉挛着，却不叫唤了。一撮毛拍拍它的头说："你呀，真不会做母亲，我们帮着你取出你的孩子。冤有头，债有主，早点儿超生去吧。"匕首划裂母羊的肚皮，也许是它的血流尽了，也许是没有刺穿主动脉，那血没有喷，顺着羊皮渗出来。我看着这个过程，心在嗓子眼里直扑腾，两个拳头握得紧紧的，为羊的命运担忧。一撮毛小心翼翼地从羊肚子里拽出一只湿漉漉的东西，它的身体上裹着一层晶晶亮的黏液，还有血污，幼小的身体如它母亲死去前一样颤抖。山蛋用手捋去它面部的那层黏液，拿布擦干净，小家伙弱弱地"咩咩"叫起来。一个幼小的生命在大家的期盼中就这样奇迹般地诞生了。

沙枣树开花

山蛋让我把另一个正在给小羊羔喂奶的母羊的头抱住，蒙住它的眼睛，他用手挤了些奶，抹在那只刚失去妈妈的小羊羔身上，将它塞到那只母羊的奶头底下，它跪着将奶头含在嘴里。母羊的亲生孩子委屈地"咩咩"叫着，那大母羊从我手里挣脱出来，扭头看着嗅着，感到很迷惑，看看她的亲生孩子，又看看正在吃奶的养子，不知所措。

连续忙了一个月，接生才结束，死了六只母羊、十多只羊羔。我们也舍不得丢。乏羊、难产羊、死羊肉都不好吃，像皮条嚼不烂，腥膻味还浓。我们计划给每个队拿回一只死母羊和一只羊羔，剩下的进我们的肚子。

如果羊生了二胞胎或三胞胎，哺乳能力不足，就在一个月时宰杀弱小的羊羔。这肉送回队上，皮也拿回去卖钱，羊羔皮有九道圈，比较值钱，可顶三张大羊皮。

为了保证其他羊羔的生存，将剥下来的皮裹在另一个羊羔身上，母羊就会敏感地闻到混杂着自己孩子的气味，适应了自己的气味，母羊会继续履行母亲的职责。

对调皮捣蛋，特别不认亲的头胎母羊，就将它隔离拴在狗旁边，羊落单，离开大部队几天后，抵抗恐惧的能力会越来越弱，对自己亲生羔子就会亲密起来，抵抗孤独和恐惧，羊羔也就有了生存的希望。

羊羔一个月时，如顽皮的孩童，喜欢在一起跳跃、奔跑、玩耍、撒娇，或卧在挡风的阳面睡觉、晒太阳。它们不担心生活，如少年不知愁滋味，骚胡保护着它的后代，母羊乳房胀满时会寻它吮吸。小羊羔一百天就要断奶，方法是母子隔离，或者母子交叉入圈放出，也可以给母羊"戴乳罩"，促进小羊自己吃草，提高它们的生存能力。

有妈的孩子是个宝，没妈的孩子是棵草。有两只小羊羔，它们的妈妈难产死了，我们把其他母羊的奶抹在它们身上，偷偷塞进其他母羊的怀抱里，让它们偷吃上几口，但这需要人的配合。这么多羊，

第三十五章 严寒中生产

人哪能挨个照顾到，母羊很聪明，发现奶头下多出个崽，会不安地团团转，使劲地嗅和辨别，一旦发现假冒伪劣，就毫不客气地顶出去。那两只小羊羔一出生就失去了爱，失去了关心和照顾，饱尝被排斥和凌辱的滋味。我多次见它们被别的羊顶得血肉模糊，伤痕累累，委屈地"咩咩"叫着，找不到保护者。久而久之，伤害、敌意、欺压使它们学会了保护自己。我觉得我的境况和它们一样，所以我不但不讨厌这些羊，相反，还有同病相怜的感觉。它们的确很可怜，也很可爱，我有意关照它们。遇到以强凌弱的情况时，我会路见不平，拿鞭相助，给那些捣蛋鬼几鞭子。给羊吃草料喝水时，我牵着那两只没娘的羊羔，给它们额外开小灶。时间长了，它们好像同我很熟了，老是紧紧跟在我身后。我的精神也得到了慰藉。以前我跟歪嘴打猎时，逮了只小兔子回来，专门为它编了个木笼子，给它沙葱和梭梭草吃。现在它也老大不小了，我有时把那两只羊与它放在一起，额外加草。我们吃剩的饭拌着草做成好饲料喂它们。有了小灶的补充，小羊羔和兔子上膘很快，长得也快，皮毛光亮，眼睛有神。其他羊知道了我的鞭子的厉害，欺负小羊的暴力活动越来越少，它们进入正常的成长状态，再也不用担心害怕了。它们和兔子处得很好，经常依偎在一起。一个秋季下来，它们的个头蹿出一截儿，胆子大起来，归入羊群，有其他羊欺负它们，它们会奋起反抗。在这个以强凌弱的低等群体里，有了足够强健的体魄，就有了一席之地。这算是我成功扶植培养弱势群体成熟自立的例子。

又该做晚饭了，我就坐在灶火前的小板凳上，拉着风匣烧火。歪嘴催我拉快点儿，他说："这清炖羊肉的火候，一开始要火大。"可我使劲拉了十几下，火苗子猛烈地跳跃时，他又急了，"甭烧了，停下来，火太大了。"我连忙止住了风匣，歪嘴又舀了半瓢水，含在嘴里喷到炉灶里，一股热气"扑哧"出来了，烫了他的脸，他的皮肤都红了。他将嘴喷改为用手撩水，洒在灶火里，扑灭大火。火势弱了下来，他才说："现在要用文火慢慢炖了。"想要熬出好羊肉汤，就得把羊骨头砸烂，花时间熬浓熬透，骨髓出汤，不断地将浮沫滤去，汤清又白，香味纯正，油而不腻，营养丰富。寒冬腊月，肚饥身冷，捞出几大勺汤、几大块羊排，撒些葱花，若有香菜更美，汤白、肉红、葱黄、香菜绿、辣椒红，五颜六色，和着白馒头、花卷、面饼，满口滚烫，唇齿留香，额头出汗。卢仝说，喝茶是"七碗吃不得也，唯觉两腋习习清风生"。羊肉汤也是，喝到第三碗，就从脚底一路通透，直暖到头顶，舒坦极了，那真是神仙过的日子。

歪嘴自从上次被开导后，也想通了，钱和色都是身外之物。他打猎卖猎物存下的钱，原来准备娶那女人，现在用不着了，就拿出来买酒，借酒浇愁，拿出来大家喝。土炕上，大家围在简陋的木桌边，一手抓着沙葱、野蒜，一手拿着油腻腻的羊棒骨，粗瓷碗里装着酒，大块吃肉，大碗喝酒，大口抽烟，像一窝土匪似的。一撮毛拿着一块兔腿肉，一手抓起一把沙葱，大口嚼着。不知他心里作何感想，他是仇恨歪嘴还是嫉妒歪嘴，是对不起歪嘴还是报复歪嘴，是悔过还是不思悔过呢？他抓着一块滴着油脂的羊腿肉，斜眼看了一下歪嘴，张口咬住了，牙齿狠地一拽，从羊腿上撕下一大块肉，往嘴里塞进一把腌沙葱，鼓着腮，磨着牙咀嚼几下，嘴里发难听的声音。他拿起酒，狠狠地倒进嘴里，惬意地"啊啊"着，酒碗底朝天一亮，然后重重地蹾在桌子上，带有挑衅姿态，抬起手将嘴角渗出的油渍抹在衣服袖子上，又张嘴撕下一块肉大嚼，如此反复。蛇狼看着一撮毛的吃相，说道："哎，没人跟你抢，你像狼一样吃。"

我一边吃饭，一边听他们讲羊肉的吃法。蛇狼和歪嘴说起羊肉的吃法，一个比一个能吹牛，我才知道羊肉有好多种吃法。

羊肉是肉中之王，"鲜"就是鱼和羊组成的。羊肉细腻、白嫩，无病无虫无传染病，做法很多，烹炒煎炸煮都可以，入口回味无穷，入腹大补。羊肉从肌理到气味至口感，都比猪、狗、牛、马、驴肉好，

第三十五章 严寒中生产

上得了厅堂，下得了厨房。人们把羊的一切吃得干干净净。下水做杂碎，虽然名称不好，上不了厅堂，但民间杀猪宰羊的匠人最喜好刚出锅的杂碎，味浓，吃得过瘾。连那羊头羊蹄，也可做成凉拌羊头和卤蹄，烟熏火燎，适合下酒。歪嘴说，羊肉本身鲜嫩好吃，布衣不掩天色就是美的，不用施以脂粉、加以环佩。羊肉可以搭配萝卜、土豆、粉条、酸菜。做羊肉时少不得生姜、当归或甘草之类，或者大火葱爆，以压膻味，还可以做羊肉馅包子，羊肉大葱馅、羊肉萝卜馅、羊肉白菜馅饺子，它比猪肉馅清鲜多汁，不喝酒的也得来两瓶。更带劲的是冬天的羊肉汤，家常、宴席都常吃，有钱的、没钱的都爱喝，过去、现在、将来经久不衰。

和尚形象地讲人生的大道理：人生就像"烤全羊"，要经得起"烤"验，才能成熟有内涵；人生就像"羊杂碎"，生活总是充满了各种复杂的情况，正是因为这样，生活才足够精彩；人生就像"羊肉搓面"，不要感叹生活不易，要经得起揉搓才会更劲道，太软或太硬都不行，正如遇事要掌握好度，能进能退，把握时机，才能得到想要的生活；人生就像"炸油香"，虽经过煎炸的千般磨难，但仍能保持内心的酥软与香甜；人生就像"清烩羊肉"，唯有文火慢烩，才能有滋有味；人生就像"手抓羊肉"，机会来了，该出手就出手，抓住机会，才能有所收获；人生就像"羊肉粉汤水饺"，既要保持初心，也要学会改变，学会融合，接受新事物；人生就像"羊腥汤"，看似平淡如水，但其中韵味只有真正品过的人才知晓。

第三十六章 复学

我在沙漠放羊七个月了，寒冬终于过去，电婆风神似乎偏爱沙漠，没完没了地刮风，看不清从哪儿冒出，冷不丁就起个旋风。那风还从树林子、野地里、石头缝、沙丘边神不知鬼不觉地出来。小股的风，如一群黄鼠和一队蛇，在沙地上滚爬滑动；大风来时，沙漠翻卷着黄色的浊浪，昏天暗地，沙梁子带着旋转的皱褶痕迹。

这期间，我的父母为我担心，为我的未来忧愁。他们吃不好，睡不着，到处托人说情，要让我复学。功夫不负有心人，在一个高人的指点下，终于有了办法。

家里托人到我们驻地，跟我说明了情况。一开始，我觉得能和同村孩子一起上学，这是一种认可，原来的无奈和委屈，如天上的乌云被风吹散。可我又舍不得放弃牧羊生活，这里自然、开阔、博大、自由，这里的人友善、和睦、讲义气，这里还有肉吃，尤其符合小孩子的天性，无拘无束。可蛇狼、和尚他们都说，念书是娃娃的正经事，放羊是糟蹋娃娃哩，等书念完了，再来放羊不迟。

初春，我要回家了，上学去了。

那年夏天，我失学了，我的同学们没有送我，村里人也没有，只是在远处看着，说着，一个娃娃就这样走了。天是那样热，我心里是那样凉。

这年初春，我要复学了。我从地窝子出来顶着风往羊圈走，再

第三十六章 复学

去看看我放的羊。那条路是我走过无数次的。我注意到茇茇草灰扑扑的，没有半点儿返青的意思，就那么挺立着，想扎破天似的。这几个牧羊人都送我，分手时，他们嘱咐我好好学，争口气，给他们写信。可这信会有人送吗？

山蛋将我一直送回家，走过一个沙丘又一个沙漠，沙漠的积雪消融了，寒风又起，可我心里暖暖的。他还送了我一个用白羊毛编织的书包。

给我们家出主意的人出主意，让我改姓，随着生父姓，因为他是贫下中农，可这个人在我妈妈怀孕时，就与我妈妈分道扬镳了。他抛弃了我，从来没有见过我，没有为我提供过一碗稀饭、一勺奶、一丝温暖和关心，没有尽一点儿责任，为什么要我用他的姓氏，承担他的家族的延续？我母亲坚决不同意，可我父亲目光长远，坚定地说："只要娃能上学，只要不耽误娃的前程，一个名字又有多大关系？改名上学是大事，就这么定了。"说实话，这令我非常意外和感动，我从来不记得他这样关心过我。他有人性的弱点，偏爱自己亲生的孩子，他抱和亲我的哥哥和弟弟，却不肯多看我，好吃好玩的，先紧着他们，剩下的是我的，我为此伤心、抑郁。我的童年非常不幸，父亲也很不幸，经历了那个时代的苦闷和无奈。我一直与他有代沟，但他抚养我，供我吃、穿、住、行，为了我的前程，让我不随他姓，这需要多大的宽容和多深沉的爱。我心里如同注入了某种神奇的力量，它迅速在我体内蔓延、流动、撞击、疏通，我的心被融化，我的情感变得温柔细腻。我突然觉得父亲高大起来，他的话突然变得亲和、有道理，我爱听了。再回头看，我甚至觉得他对待子女，一碗水端平，一切都好起来了。

回到家，我才知道我爷一个月前死了。我问："咋死的，怎么不叫我回来？"没想到我二哥抢着说了一句话："死了活该！活着也是受罪，我们都跟着受罪。"我妈淡淡地补充了一句，"咋死的？

你爷从你不上学时起就病恹恹的,你二哥的婚事吹了,他就病得更重了,没过几天就走了。"

看我掉下眼泪,它又安抚着我说:"你爷盼着自己早走。临走前两天,他有预感,让我们为他准备后事,你死去的奶奶给他托梦,说她在另一个世界里生活得很好。"

我又问爷爷有没有什么吩咐。父亲说:"有,他唯一放心不下的,就是你二哥的婚事和你们的未来。他说你二哥结婚了,给他烧纸时说一声。等你们以后日子好了,给他上坟时也说一声。"

我改随一个从未见过面的生父姓了。这件事由不得我。改了姓,我又是贫下中农的后代,学校让我复学了。我成了初一三班的学生,这已是初一下学期了,我耽搁了上一学期的课程。

1977年来了,这个国家悄然发生了很多变化。在初中升高中的考试中,三百多名学生,我以第三名的优异成绩考入了高中。陈文忠考得很差,名落孙山,他没有了过去的光环,同他父亲一样,灰溜溜地回了村里。

农村已包产到户,真正的春天来临了!桃花妖娆地绽放,一簇簇晃着,一枝枝摇着,不时飞来一群蜜蜂,在花团上起舞。偶尔一阵清风吹来,花瓣落地,红的、白的、黄的铺洒在草丛中,大地比以前更美了,春风比以前更勤快。芒头草、牵牛花盛开,家家满园春色关不住,种上了青葱、茄子、西红柿、辣椒,村里人的日子一天天好起来。

陈文忠的爸得罪人太多,给他也留下了后患,他无脸见人,在村子里待不下去了。其中有一件事,我印象很深。他家不知从哪里引来了果苗,在自家院里搭上了三架葡萄,栽了五棵梨树,还有几棵很高大的沙枣树,这在当时的农村很稀罕。瓜果飘香时,这几棵树引得村里人垂涎欲滴,小孩按捺不住,总往他家院墙里凑。为了防止村里人摘果子,他家把围墙砌得比别人家高,还养了条大狗看

第三十六章 复学

护。偏偏他家是通往队部、饲养场和田地的必经之地，果树的枝条伸过院墙，硕果压得枝条弯曲，村里人经过时，大人拿农具偷摘，小孩拿土坷垃向树上抛掷，希望打下一两个尝尝鲜。陈文忠的爸会放出狗来咬人，自己拿个鞭子打人。大人他不敢打，吵得面红耳赤；小孩他抽上几鞭子，村里不少孩子挨过他的打。孩子们捂着发红的鞭痕，找爸爸妈妈哭诉。一些老太太领着孙子找上门来骂："老不死的，你捂着藏着噎死你！"陈文忠的爸也不甘示弱，出来对骂。

他们一家人不受村里人待见。他失学回村不久，蛇狼病死在沙漠，他又像我一样，去了沙漠，接了蛇狼的鞭子，成了和我一样的牧羊人。

我还想念着生活在与世隔绝的沙漠绿洲的那几个人。我后来经常做一个重复的梦，写信，然后撕掉，在沙漠点燃，那黑色的灰烬像一群蝴蝶，飞呀飞，不一会儿，我就看不到它们的踪影了。它们能否把我的梦想带给那些可爱的人和羊？

梦里，腾格里沙漠春天的风依然肆虐，夏天的阳光依然毒辣，秋天的雨水依然稀稀拉拉，冬天的积雪依然坚硬，只是贫瘠和荒凉里依然承载着牧羊人太多的期盼和梦想。他们依然面朝沙漠背朝天，依然辛勤地耕耘着，扬着鞭子吆喝着，跟在羊屁股后面，日复一日，年复一年。

高二的寒假，离过年还剩几天时间了，我们全家忙着扫屋，烙饼蒸馍，门外传来队长袁二的声音："郭兽医，好事！喜事来了！上面来文件了，'四类分子'要摘帽子啦，第一批里就有你家老爷子。"

袁二刚走，我父亲连忙安排摆香案，农村有过年前烧香祭祖的习惯。快过年了，东西都是现成的，摆上五个烙饼、五个馍、几碟菜蔬，没有水果，那时农村人冬季还吃不上水果。我们全家跪下，向祖宗磕头。这场景让我想起了陆游的诗句"家祭无忘告乃翁"。

消息传出来的当天，五姨主动上门来给我二哥说媒。邻村谢家有个姑娘，也因成分问题，二十八岁还没有嫁出去。人长得高挑白净，瓜子脸，柳叶眉，杏眼含春，是村里的一枝花。两家一拍即合，大年三十前一天举行婚礼。

接新娘用上了拖拉机，突突的响声，招来村人羡慕的眼光。门窗、车子、嫁妆上都贴了大红喜字，显得非常喜庆。这次闹洞房也比以前热闹，给久旱逢甘霖的郭二打气，给乡村增添热闹气氛，给新生活喝彩。小伙们脸上荡漾着开心，小媳妇们是生活阅历丰富的人，有层出不穷的点子，新媳妇娇羞不已，大家都期盼着自己的好日子的到来。

这两年，我们家好事连连。我那含恨而死的爷爷应该高兴了，放心了，可以瞑目了。

1979年参加完高考，我平静地回到家，没有奢望自己能考上大学，跳出农门。我回家安心务农已有四十余天了，这天下午，天空中飘着薄薄的白云，我随母亲在稻田里薅草，地里没有一丝风，赤腿在水里是凉的，上身还是闷热的。我们已弯腰在稻田里走了七八个来回，我的腰都疼得直不起来了。高一和高二这两年，上学期间，除了寒暑假期，我们要高考的学生没有再参加劳动，土地承包到各家了，家里都希望自己的孩子能有出息，宁可苦了自己，也不要苦了孩子。我捶着的腰，感叹我的父母多么不容易，成年这样劳作。我心想，自己已经长大了，不上学了，要当个好农民，多操心，多干活，让父母轻松一些。正在这时，袁二队长一边喊着"好消息！大喜事！"一边快步朝我们这块田地走来。看他激动地大喊，附近各家田里干活的七八个人都直起身子，看着他。袁二队长径直跑过来，大声喊道："健民，上面来通知了，你考上大学了！"我听了，身体如电击一样战栗着，随即又僵住了。我妈迷茫地问："你再说一遍。"待袁二队长说第二遍的时候，我妈高兴得眼泪下来了，一把抓着我的手说："不干了，回家！"

第三十六章 复学

路过陈大的地头，他阴阳怪气地说："这就叫子系中山狼，得志便猖狂！"宋二也嫉妒地说着怪话："这地主崽子平时看着就比一般人有心劲，这不，驴圈里冒出个骆驼。"

袁二听了，说："狗嘴里吐不出象牙。我们应当高兴，应当骄傲。他是我们乡第一个应届考上大学的，是我们乡的骄傲，你们这些人眼界太低了，活该是这份命。"他还邀请我到他家去吃饭，给他家娃娃当个好榜样。他给予我的是宽容，是爱心，是理解，怪不得大家选他当队长。心好，人缘就好；他善待每一个人，大家也信任他。

回到家，我父亲听了后先是哭，接着突然放声大笑起来："还是现在的社会好，政策好，改变了我家的命运，还让我儿子考上了大学。"说着，他双膝着地，朝着祖坟的方向跪下去，高声喊道，"列祖列宗，您的不肖子孙给您争气了！"

陈大又站在路口，像丢了魂似的喃喃自语："这世道变了，变了……"

不久，他得了癌症，坐在自家院子门前，像祥林嫂一样，向每个路人诉说自己的痛苦，他已经三天没吃一口饭了，五天没喝一口水了。村里人善良，也不说过去鸡毛蒜皮的事情了，聚在他家门前看望他，和他聊天，同时向外发布他的病情，又几天没吃没喝了。村里木匠帮他打棺材，还未刷油漆，陈大就迫不及待地躺进去试大小，说是冲喜。结果第二天他就一命呜呼了。

后来，大家强烈要求分了沙漠里集中养的羊。1979年秋末，牧场解散了，牧羊人回了各自的村子，羊分到了各家。沙漠那块绿洲里牧羊的故事结束了。

一撮毛经过努力，终于复职了，成了正式职工，过上了轻松幸福的生活。

山蛋有了田地，凭着自己的努力，有了一定的积蓄。他知识底子好，又好学敢闯，还跑上了长途运输，成了村里先富起来的那批人之一,还找了个有工作的女人结婚。

我从山蛋的人生际遇想到,上天是公平的,山蛋的青春扔在了沙漠,可这艰苦生活的磨炼,使他像沙漠上的植物一样,学会了蛰伏、忍耐、等待,一旦条件成熟,他就抓住机遇,乘势而上。

歪嘴一心想着王姨。牧场解散后,他四处打听寻找她。他们终于在兰州相遇,1980年结婚,过上了安稳的日子。他后来随和尚修行,做了居士。没有什么东西是不变的,人生总是这样,得失无常,再美好的东西也无法永远拥有,再痛苦的东西也终有一天会离去。所有的经历,都是一种修炼,等走远了再回首,会发现这一切会让我们变得坚强和清醒。缘合则聚,缘灭则散,不执于苦,不执于乐,不悲过去,不贪未来,怀平和之心。

和尚回家后坚持修行,十多年后,他出家成了真和尚,远离红尘,归隐修行。

有一年,我到中卫高庙去游玩,庙前有保安寺,山门朝南,庙的砖雕牌坊上有一副对联:"儒释道之度我度他皆从这里,天地人之自造自化尽在此间",横批是"无上法桥"。我觉得很有意思,抄录在我的笔记本上。

山门之上是魁星楼,内塑魁星造像。进山门,迎面是一座双层砖雕牌坊,结构独特。这是一座三教合一的寺庙。

由此再走十五级台阶,至大雄宝殿,内塑释迦牟尼坐像。

里边有个和尚,跏趺而坐,低着头敲着木鱼,正在默默念经。我一开始倒没有注意,但我进来以后他敲木鱼的声音突然大了起来,吸引我扭头看了看他,我觉得有点面熟,但一时又想不起来。

这个和尚突然停止念经,双手合十,念了一声"阿弥陀佛",然后抬头看着我说:"施主,有缘千里来相会,我们又见面了。"

听他的声音也有些熟悉,我再仔细端详,才发现他是和尚。当然了,这个"和尚"是和小时候的我一起在沙漠绿洲放羊的那个和尚。

第三十六章 复学

故人相见，分外激动，我差点儿扑上去拥抱他。和尚却很平静，从他脸上看不出喜怒哀乐的表情。他淡淡地说："我知道你今天会来。"

我惊讶地问："听说你出家当和尚了，没想到是在高庙里，也没想到你的修为这么高，能掐会算，知道我今天要来。"

"缘分。这世上的事都躲不过一个缘字，该来的一定会来，该走的一定会走，什么时候出现都是有定数的。"他领我来到他的禅房，为我泡了杯茶，我们就聊了起来。

我看他慈眉善目，脸色比在沙漠放羊时红润了许多，随口便说："你变了，现在真像个和尚了。"

"变啥，这个世界是无常的，一切都在变，能在变中化善、化真、化虚、化空，归于虚静，才是对的。"他从佛家的角度讲变化，我听得云里雾里。

喝了几口茶，他领我出来参观高庙，来到殿后，有二十四级台阶。我们拾级而上，经牌坊、南天门、中楼，最后是高达三层的五岳、玉皇、圣母殿。

他说："天地很大，你看东西两边的配殿里，塑十方佛，还有二十四诸天。这一切也在变化之中，又演绎出许多净土。"

我注意到高庙的建筑很有特色，有九脊歇山、四角攒尖、十字歇山、将军盔顶等各种类型的殿宇。

我还是回忆着我们过去的经历。

我跟他说了那几个放羊人后来的事：山蛋发财了；一撮毛恢复工作了；歪嘴和王姨结婚了，日子过得挺好；二愣子死了。

他轻轻地叹口气："你说，变来变去，还不是那个样儿，该是什么就是什么。"他喝了口茶接着说，"人都看不透，太执着于相，这个相就是权钱利禄。"

走过三十四级台阶，直抵南天门。这些主要建筑都在一条中轴线上,逐步增高,气势雄伟。在高庙主体建筑的两侧,还有钟楼、鼓楼、文楼、武楼、灵官殿、地藏殿等配殿。

登上高庙的最高层,又是一番景象。和尚指着远处的大漠、绿洲说:"你看它,它在;你不看它,它就不在。我看黄河和城市尽收眼底,实实在在的。"

他说的关于在与不在的话,勾起了我对二愣子的怀念。我对二愣子突然病死唏嘘不已,他这么年轻。和尚却说:"走了好!二愣子的愚痴使他适合过简单的生活,在广阔无垠的沙漠,他不知道空虚;日复一日,年复一年的无聊生活,他不知道时间,无所谓岁月长短;酷暑严寒,风吹日晒,他不知道环境的困难和生活的艰辛;土豆、萝卜、白菜拌着稀饭面条和粗米饭,他吃得香喷喷的,因为他不知道世界上还有山珍海味,还有好多好吃的可供享受,能填饱肚子,他就很知足;与牛羊狗为伴,相依相偎,他不知道人心的复杂,世情的险恶,风云的变幻,过着与世无争的日子,自得其乐。这样的环境很适合他。牧场解散,回到'人间',也许是他的噩梦的开始。身心遭受摧残的生活,致使他早逝。这个环境安放不了他的心灵,这个社会接纳不了他,他走了好。"

和尚这番话,我觉得很有道理,对二愣子的死不再惋惜。

我又说起陈大也死了。

和尚又双手合十,念声"阿弥陀佛",接着说:"骗人的叫他骗了,坑人的叫他坑了,不该得的叫他得了,不该造的孽叫他造了,一辈子也没搞出个啥名堂,陈大还是陈大,折腾个啥呀!"

我说:"他这样的坏人该死,死有余辜,可惜一个土馒头,把啥账都算了。"

"放下,看破,自在。但造下的还要还,账跑不了。"他认为天理循环,善有善报,恶有恶报。

和尚说得也许有道理。陈大的儿子陈文忠放了两年羊,回来也

第三十六章 复学

伺候不好庄稼，成了农村人说的"二不愣子"，在马路上闲逛时被车撞死，陈家从此败落。

三十年间，一切都发生了巨大的变化，正应了俗话说的"三十年河东，三十年河西"。事物是不断发展变化的。在生命旅程中，可以影响我们的命运的因素很多。我们每个人最关心的事情，莫过于自己；而在和自己相关的问题中，最重要的就是命运。有的人觉得自己凡事不如人，命运多变，就怨天尤人；有的人认为人生的一切祸福都是由命运安排的，因此对于自己的遭遇只知认命；有的人乐天知命，因此能不忧不惧。

我在沙漠放羊的历程，真是一段奇特的故事。此后的四十多年，我上学、工作，有时会讲起这段经历。有同学、同事、朋友经常问我，沙漠、绿洲和草原是什么？沙漠好玩不，牧羊是个什么工作，我对他们吹了不少牛。

在那样的环境，人的思想是广阔的，想象力是无限的，到处是路。沙漠，它的凝重能否让人敦厚、沉稳？它的细腻干净，能否让人纯真、炽烈？它的博大能否让人宽容、博爱？它容纳了多少生灵。

牧羊人是怎么样的一群人？他们遇到的危险，大多数人都没有机会遇到。那是一个特殊的群体，过着特殊的生活。

有人说，爱上一个地方，是因为那里住着某个自己喜欢的人，或者那里有一道亮丽的风景线，或者在那里发生了一件对自己有重大影响的事。后来，我去寻找过那片绿洲，去寻觅那些踪迹，可那片小绿洲已被向前推进的沙漠淹没了。我只好常去沙坡头回忆过去。近些年来沙坡头旅行的人多了，现在沙坡头可以滑沙，游人从高约百米的大沙丘坡顶往下滑，由于特殊的地理环境和地质结构，滑沙时会发出一种沉闷浑厚的奇特响声，这种响声被称为"金沙鸣钟"；游人还可以骑骆驼在沙漠上领略沙海行舟、铃声悠远的乐趣；最有趣的是坐羊皮筏子在黄河中顺水漂流，惊险刺激；令人难忘的，还

沙枣树开花

有在民族特色浓郁的蒙古包中,喝迎宾下马酒,献上洁白的哈达,吃烤全羊,喝飘香的奶茶,唱豪迈的敬酒歌,围着熊熊的篝火聆听悠扬的马头琴,陶醉其中。

流水过往,一去不返。